LA LIBERTÉ
EST UNE ÎLE LOINTAINE

Titre original : *River Sing Me Home*

Première publication en langue anglaise en 2023 par Headline Review, une marque de Headline Publishing Group

Traduit de l'anglais par Carine Chichereau

76, boulevard Pasteur
75015 Paris – France
www.editionscharleston.fr

ISBN : 978-2-38529-174-7
Maquette : Patrick Leleux PAO

Eleanor Shearer

LA LIBERTÉ EST UNE ÎLE LOINTAINE

Roman

Traduit de l'anglais par Carine Chichereau

CHARLESTON

Pour maman, papa, Cal et Jeanette

« À Rama, une voix se fait entendre,
une plainte amère ;
c'est Rachel qui pleure ses fils.
Elle ne veut pas être consolée pour ses fils,
car ils ne sont plus. »

Jérémie, 31, 15
(Bible de Jérusalem)

« Brisez un vase, et l'amour qui rassemble les fragments est plus fort que celui qui appréciait sa symétrie quand il était entier. »

Derek Walcott, The Antilles: Fragments of Epic Memory

LE SOL DE L'ÎLE ÉTAIT FERTILE, mais les racines des plantes y étaient peu profondes. Quand venaient les ouragans, ils arrachaient jusqu'aux arbres les plus solides ; quand venaient les hommes blancs, ils arrachaient les enfants des bras de leurs mères. C'est ainsi que nous avons appris à vivre sans espoir. La perte était notre seule certitude.

Beaucoup d'entre nous avaient déjà dit adieu à un foyer. Un foyer aux racines profondes, aux ancêtres ancrés dans l'histoire. Ces racines ne nous avaient pas sauvés. Elles avaient pourri dans les cales des navires négriers, dans la crasse et dans l'obscurité. Il ne nous restait plus grand-chose à planter dans le nouveau monde, et ce que nous avions, les hommes blancs pouvaient nous le prendre à tout instant. Aussi, essayions-nous de ne vivre qu'en surface. Nous plantions la canne à sucre, mais rien qui soit à nous. Les mères se détournaient des bébés qu'elles mettaient au monde, refusant de croiser leurs regards.

Nous tentions de glisser à travers cette demi-vie, existence sans histoire ni avenir, mais ce présent sans fin avait des façons de s'étirer, de s'étendre à travers le temps, jusqu'à ce que nos vies regagnent du mouvement, de la couleur. La nuit, nous chuchotions à nos enfants l'histoire des anciens dieux de notre pays dans une langue que les hommes blancs ne pouvaient pas comprendre.

Pourtant, les ouragans s'abattaient toujours. Pourtant, les enfants étaient enlevés et vendus de l'autre côté des flots. Mais quand on nous les arrachait, ceux-ci emportaient en leur sein une petite graine qui leur parlait d'une autre vie.

Les racines étaient peu profondes. Mais ce qui ne pouvait percer en profondeur s'étendait en largeur, plongeant dans l'océan, creusant des tunnels jusqu'aux îles voisines, où d'autres essayaient en vain de vivre sans mémoire d'hier ni pensée de demain, comme nous.

Sans racines, les choses meurent. Beaucoup d'entre nous sont morts aux mains des hommes blancs ou sous le soleil écrasant de midi. Le sol était richement abreuvé de notre sang et les racines des plantes se repaissaient de nos corps. Ce qui renforçait nos propres racines. Peu profondes, mais solides.

Ainsi donc, finalement, l'espoir pouvait exister en ce nouveau monde.

LA BARBADE
AOÛT 1834

1

Au plus noir de la nuit, Rachel courait. Les branches lui déchiraient la peau. Les oiseaux s'égaillaient en criant au bruit sourd de sa course. Le sol était bourbeux, inégal, glissant des pluies récentes, et elle dégringola, chutant durement contre l'écorce rugueuse d'un palmier. Elle se laissa glisser par terre, là où défilaient les fourmis, où trottinaient les scarabées, où les vers invisibles fouissaient le sol. Le souffle saccadé, elle avala une grande goulée d'air lourd et humide. Elle en goûta la moiteur sur sa langue, mêlée au mordant acide de sa propre peur.

Qu'avait-elle fait ?

Elle regarda derrière elle. Dans les ténèbres, se détachait la silhouette du moulin de la plantation de Providence, ses ailes déployées telles quatre dagues aux lames fourbies, élevant une croix implacable dans la nuit. La terreur lui noua la gorge, à croire que le moulin avait des yeux et pouvait murmurer au contremaître ce qu'il avait vu.

Il n'était pas trop tard. Elle pouvait repasser pardessus le mur et ramper dans les champs à moitié plantés de canne, où les trous béants attendaient les jeunes plants. Elle pouvait s'en retourner dans sa case, petit cube de bois parmi d'autres, et s'allonger sur cette natte que quarante années d'usage avaient réduite à presque rien. Elle pourrait attendre l'aube, un autre jour de labeur…

D'un bond, elle se remit debout et repartit en trombe. Ses jambes plongeaient de plus en plus profond parmi les ombres à demi formées de la forêt.

Sa poitrine était en feu. Elle avait envie de s'écrouler, mais elle s'y refusait ; de son propre chef, son corps l'éloignait toujours davantage de Providence. Chaque brindille cassée détonait comme un coup de feu ; les croassements des crapauds buffles à ses oreilles se muaient en cris distants des hommes lancés à sa poursuite. Il fallait continuer à courir.

Seule, couverte de boue, lasse jusque dans la moelle de ses os, une question la hantait :

C'est ça, la liberté ?

La forêt déserte. La fuite enfiévrée d'effroi. C'était donc ça qu'ils espéraient tous depuis si longtemps ?

La veille, tous les esclaves de Providence s'étaient rassemblés devant la grande maison. Les Blancs les attendaient, visages de marbre : le maître à cheval, flanqué du contremaître, l'épouse du maître et leurs trois enfants debout sur les marches. Les Blancs fixaient les esclaves des yeux. Ceux-ci leur renvoyaient leurs regards.

Ils savaient tous ce qui allait arriver. Certains esclaves osaient même sourire. Rachel n'en faisait pas partie. Elle était assez âgée pour se rappeler d'autres temps où avaient circulé des rumeurs d'abolition de l'esclavage.

Elle n'y croirait pas tant qu'elle ne l'aurait pas entendu annoncé par le maître lui-même.

Le front dégarni du maître était luisant de sueur dans la chaleur. Lorsque celui-ci fit s'avancer son cheval, Rachel aperçut le visage de sa femme, lèvres serrées, brûlantes de mépris. Ce fut cette vision plus que toute autre chose qui la fit vaciller. Elle osa espérer.

Le maître ne s'attarda pas. Il leur apprit que le roi avait décidé de mettre fin à l'esclavage. À partir de ce jour, la nouvelle loi abolissant l'esclavage entrait en vigueur.

Ils étaient libres.

Certains se mirent à pleurer. D'autres à crier, danser de joie. Ils formaient une masse de corps suants et hurlants, une rivière sortant de son lit. Le maître et le contremaître aboyèrent des ordres inutiles car inaudibles par-dessus le vacarme. Finalement, le maître lança son cheval au galop parmi la foule, afin de les calmer. Les sabots de sa monture piétinèrent la tête d'une femme, et elle en mourut sur le coup. Mais elle mourut libre.

Il y avait autre chose, annonça le maître. Ils n'étaient plus esclaves, mais apprentis. La loi leur ordonnait de continuer à travailler pour lui pendant les six prochaines années. Ils ne pouvaient s'en aller. Quand le soleil se lèverait, Rachel et les autres retourneraient finir de planter la canne à sucre. Ils la cultiveraient jusqu'à la prochaine récolte, et encore celle d'après. Six années à couper, planter, et couper à nouveau la canne.

Liberté était le nom de la vie qu'ils avaient toujours vécue.

D'affreux sifflets résonnèrent à travers la foule. Le contremaître, fusil en bandoulière, prit son arme en main. Cent paires d'yeux suivirent l'arc que décrivit son bras. Le cheval du maître souffla par ses naseaux, les rênes tirées en arrière.

Le bruit se tut, la foule ne bougeait plus.

Rachel accueillit la nouvelle de cette liberté creuse dans le silence. Pendant des années, elle avait vécu dans un crépuscule perpétuel. Ceux et celles qu'elle avait aimés étaient depuis longtemps partis. Sa vie se réduisait à la taille de la plantation, à la routine d'un labeur sans fin, aux ombres allongées de ce qui naguère avait été. Cela faisait donc sens. La liberté était une coquille vide que seule la canne pouvait remplir.

Cette nuit-là, tout fut exactement comme d'habitude. La pression du sol contre son dos. La forme de ses membres fins, aux nerfs noués. Les relents moisis de sa case. Des jours de travail s'étalaient devant elle, sa vie était écrite avec la même rectitude que les sillons dans les champs de canne.

Dans son sommeil, elle rêva de sa mère. Ou peut-être de l'idée d'une mère, une figure représentant chaleur et gentillesse. Elle ne se souvenait pas de sa propre mère.

Cette mère se tenait devant elle, et pourtant Rachel savait qu'elle n'était pas là. Elle se trouvait de l'autre côté de la mer. Elle était fragile, une volute de fumée. Elle ne pouvait s'attarder.

Sa mère lui dit quel était son nom, et Rachel sut que c'était son véritable nom – celui qu'elle était censée porter avant qu'un homme blanc la rebaptise Rachel. Ce que l'homme blanc donne, il peut le reprendre. Mais cet autre nom lui appartenait à elle seule. Et elle le répéta. Les syllabes sonnaient étrangement dans sa bouche, mais à mesure que les sons de la langue vibraient en elle, ils lui donnaient du courage. Elle réussit à se mettre debout sans courber l'échine. Elle sentait le poids agréable de son corps, solide et puissant.

La mère recula et commença de se dissoudre, une goutte à la fois, trempant la terre sous elle. Quand elle eut disparu, le sol luisait d'un riche éclat de rouge.

Rachel se réveilla dans l'obscurité épaisse effrayée, tremblante, diaprée de sueur, mais son corps ne put trouver la paix. Il se mit à bouger de son propre chef, animé d'un instinct animal, il entreprit de ramper vers le dehors, se déploya, et s'enfuit dans la nuit.

Dans la forêt, elle s'interrogea de nouveau : *c'est ça, la liberté ?* Une violente rupture, un corps qui s'échappe, un esprit paralysé d'horreur en voyant s'étaler sous ses yeux des choses qu'il ne contrôle pas ?

Les arbres n'avaient pas de réponse. Leurs feuilles murmuraient sous le vent et Rachel imagina qu'elles la raillaient :

Et maintenant ?

Son corps se mouvait en dehors de toute pensée, avec une volonté désespérée.

Elle continua de courir.

Impossible de mesurer le passage du temps en cette nuit sans lune, mais à la façon dont ses jambes l'élançaient, elle avait dû courir au moins une heure quand elle entendit quelque chose. C'était si diffus qu'elle crut d'abord l'avoir imaginé. Un chant.

Elle vit un point lumineux qui oscillait entre les troncs des arbres. Elle se mit à avancer lentement, l'esprit rempli d'histoires de fantômes et d'esprits de la nuit. Mais à mesure que le chant enflait, accompagné de tambours, emplissant la forêt de leurs sons, sa peur diminuait. C'était un bruit joyeux, humain, qui l'attirait.

Une clairière. Un petit cercle de terre nue entre les arbres. Au centre, des douzaines de gens dansaient autour d'un feu crépitant, et d'autres se tenaient aux abords. À mesure que les danseurs défilaient devant elle, Rachel entendait des mots et des mélodies qui se mêlaient en une seule voix. Elle distinguait des paroles en anglais, mais aussi dans d'autres langues, qui ne parlaient pas à ses oreilles mais que ses os comprenaient.

Elle demeura dans l'ombre à les regarder. Elle avait déjà participé à des danses dans sa jeunesse, mais rien de tel, celles-ci s'étant toujours déroulées au cœur de la plantation, dans les quartiers des esclaves, ou sur la place du marché d'un village à proximité. À tout instant, un Blanc pouvait surgir, ou le visage du maître des lieux se montrer à la fenêtre de la grande maison, rappelant à toutes les personnes présentes que leur joie n'était pas sans limite : elle ne pouvait s'affranchir des frontières de l'esclavage. La clairière étincelait d'une magie différente. Sans œil inquisiteur pour rompre le charme, les danseurs se mouvaient avec une grâce parfaitement libre.

L'attirance irrésistible des tambours poussa Rachel à s'approcher encore, de plus en plus près de la lumière. Elle se retrouva une parmi les autres, oscillant en cadence. Elle se mit à taper du pied, à fredonner sa propre chanson.

Une femme tendit le bras, les yeux blancs, écarquillés, avec au centre des cercles de feu. Elle attrapa Rachel par le poignet.

Elle entonna cet ordre d'une voix douce et basse :

« Danse ! »

Et Rachel fut happée par le tumulte. En un instant, elle perdit tout sens d'elle-même. Elle n'avait plus ni fin ni commencement, ni bords ni limites. Tout son corps se dissolvait dans le rythme. Comme sur l'eau, la danse formait des vaguelettes à travers la foule, et Rachel s'abandonna à la musique.

Toute douleur quitta son corps. Ses poumons se vidèrent d'une chanson qu'elle ignorait abriter en elle. Quelqu'un lui tenait la main ; elle en saisit une autre, qui en prit une autre. Les flammes montaient au ciel ; Rachel crut voir une chaîne de mains grimper vers les cieux, une file de gens s'étendant dans l'espace et le temps, unis par le seul bruit des tambours.

Quand les dernières braises du feu s'éteignirent, la danse cessa. L'aube commençait à poindre, une lumière grise gouttait entre les arbres, et le soleil levant mit un terme à l'enchantement qui les avait tous unis une nuit dans un même mouvement. Les gens prirent peu à peu le chemin du retour vers leurs plantations, la plupart vers l'ouest, le soleil dans le dos. Figée au bord de la clairière entre deux gros chênes, Rachel se demanda pendant un moment si elle ne devrait pas les imiter. Peut-être qu'on n'avait pas encore remarqué son absence à Providence. Mais elle réfléchit trop longtemps. Bientôt, il n'y eut plus personne, et elle se retrouva seule. Elle partit vers l'est, s'enfonçant de nouveau dans la forêt.

À force d'avoir couru et dansé, elle était fatiguée, elle avait mal partout. Elle dut ralentir. La terreur des premiers moments avait disparu, remplacée par une espèce d'abrutissement, et elle leva les yeux vers le ciel. L'obscurité facilitait les choses, une sorte de mystère se déployait, l'idée que la nuit contenait d'autres mondes aux frontières poreuses, et qu'on pouvait passer de l'un à l'autre. La lumière du soleil était là pour lui rappeler la course inexorable des jours, l'inéluctable passage du temps auquel elle avait toute sa vie été soumise.

Et la question la taraudait toujours :

Et maintenant ?

Il y avait dans cette interrogation une lassitude, un désespoir. Elle avait fui Providence par pur instinct de survie. À présent, elle errait sans but à travers la végétation dense ; il n'y avait pas de sentier et elle trébuchait sur les racines apparentes. Dans sa tête battait la soif, ses membres étaient lourds, mais son corps continuait de la porter vers l'avant, loin de Providence. En dehors du doux bruit de ses pas sur la terre nue, on n'entendait que les cris des quiscales merles qui volaient au-dessus d'elle.

Elle gravit le doux versant d'une colline. En arrivant au sommet, soudain, elle vit la mer. Devant ce spectacle, elle s'arrêta. Elle avait atteint la limite de l'île.

À l'horizon, le soleil levant dardait ses rayons dans l'eau. À côté du ciel pâle, la mer était d'un bleu choquant, diapré d'or. Cette explosion de couleurs fit disparaître la peur qui nouait sa gorge depuis la nuit précédente. Comme si elle avait plongé dans les douces vagues qui déferlaient en contrebas, elle se sentait en paix.

De toute sa vie, rien ne lui avait jamais appartenu, pas même les enfants qui étaient sortis de son ventre. Dans l'univers confiné entre les murs de la plantation et de son périmètre patrouillé par le fouet du contremaître, rien n'existait que l'homme blanc ne possédât. Pourtant, là était la mer. Vaste, tel un défi, n'appartenant à personne, car qui, même les Blancs, aurait osé prétendre une telle chose ? Ils avaient beau la saisir, l'eau leur filait entre les doigts pour retourner vers les profondeurs.

Sur la plantation, on avait toujours fait sentir à Rachel combien elle était insignifiante. En voyant ainsi la mer se déployer devant elle, elle se sentit également insignifiante mais d'une manière très différente : ce n'était pas qu'elle fût petite, seulement elle était une petite partie d'un tout qui l'enveloppait. Immergée dans la mer infinie. Il y avait une liberté dans cette nouvelle insignifiance, la sensation exaltante de faire partie du monde, et pas seulement de le traverser au rythme de l'homme blanc.

La question lui revint à l'esprit :

Et maintenant ?

Cette fois, elle avait un autre sens : elle était tournée vers l'avenir, les lointains, de l'autre côté de l'eau. Elle ne se préoccupait plus de savoir qui pouvait être à sa poursuite.

Ses poumons s'ouvrirent ; elle pouvait respirer à nouveau. Son regard quitta l'horizon pour descendre vers le flanc de la colline. Au premier abord elle avait l'air déserte. Pourtant…

Elle se pencha un peu, protégeant ses yeux du soleil. Niché entre les arbres, à mi-pente, elle crut voir le toit pentu d'une case.

Soudain des mains solides l'attrapèrent par-derrière, et on lui enfourna la tête dans un sac qui sentait la fumée et la terre mouillée.

2

À PROVIDENCE, un homme avait essayé de se faire marron, une fois. C'était le seul que Rachel avait jamais connu. Bien sûr, les gens parlaient de se sauver – c'étaient des murmures nocturnes, des chuchotements lorsqu'ils rentraient des champs en traînant les pieds – et toujours couraient les rumeurs de quelqu'un qui connaissait quelqu'un sur une autre plantation qui l'avait fait. Mais la Barbade était une petite île densément peuplée. Si l'on s'enfuyait, où pouvait-on se réfugier sans que les chiens vous rattrapent ?

Aussi, dans son enfance, Rachel avait-elle pensé que la chose n'était qu'un fantasme – une simple idée, trop abstraite pour être réalisée. Cela lui avait paru impossible, jusqu'à ce que, soudain, cela ne le soit plus. Un matin, elle s'était réveillée, et cet homme n'était plus là. Elle avait dix ans.

Il s'appelait Atlas. Du genre qui restait à l'écart – il ne disait plus rien depuis qu'il avait perdu sa femme, vendue alors qu'elle attendait leur enfant. Jamais Rachel ne l'avait entendu parler de marronner. Il l'avait fait, voilà tout.

Pendant une journée, l'atmosphère à la plantation avait été complètement différente. Les murs qui les enfermaient paraissaient moins solides, la canne à sucre ne semblait plus les dominer. Femmes et hommes se tenaient plus droits. Quelque chose brillait dans leurs yeux. Le contremaître et ses sbires l'avaient vu, et cela les effrayait, si bien qu'ils maniaient le fouet avec encore plus de brutalité que d'habitude. Les Blancs comme les Noirs avaient senti que le monde pouvait changer – jusqu'à ce qu'Atlas soit ramené au crépuscule, une blessure suppurante au mollet, là où un chien l'avait mordu. La rupture dans l'ordre des choses était seulement temporaire ; Rachel avait compris que les esclaves pouvaient fuir, mais qu'ils ne pouvaient se cacher. Leurs corps seraient toujours ramenés à Providence, morts ou vifs.

En guise de châtiment, Atlas avait eu le nez tranché. La plaie s'était infectée et il était mort, des flots de pus s'échappant des plaies béantes de son visage.

Ce souvenir – d'Atlas, de sa fuite, de sa capture, de son agonie – lui revint au moment où elle vomit, car l'étoffe grossière lui remplissait le nez et la bouche. Des mains calleuses lui tenaient fermement les poignets – à part tourner la tête et frotter ses pieds douloureux contre la terre, elle n'avait aucun moyen de lutter. Elle n'avait pas la moindre idée de l'endroit vers lequel ces mains la tiraient – en avant, en arrière, ou les deux en même temps, pour la déchirer. Elle voulut crier, mais elle n'avait plus de voix, et puis d'ailleurs qui l'entendrait ? Qui viendrait à son secours ? Comme Atlas, elle avait tenté l'impossible, et l'ordre devait être restauré.

Elle ne bougeait plus ; les mains la maintenaient toujours. Son souffle était saccadé, empreint de peur.

Quelque chose lui disait qu'elle se trouvait maintenant à l'intérieur – elle ne pouvait voir les murs, mais elle sentait qu'ils s'étaient refermés sur elle.

Silence. Une poigne de fer la maintenait. La peur continuait d'agiter ses membres en vain : malgré tous ses efforts, elle ne pouvait se libérer.

Par-delà le fracas de son cœur, Rachel entendit un bruit de pas légers.

Une voix de femme, profonde et proche : « Alors ? »

Un homme lui répondit : « On l'a trouvée près d'la forêt.

— Une marronne ? »

L'homme ne répondit pas.

Rachel ne se débattait plus. Elle ne voulait même plus respirer. Son avenir n'était plus entre ses mains. Elle attendit.

La femme dit : « Fais-y voir. »

Aussi vite qu'on le lui avait mis sur la tête, le sac fut enlevé, et Rachel cligna les yeux car à travers une porte ouverte un rayon de soleil l'aveuglait. Elle se trouvait dans une case, petite et anonyme comme toutes les cases du village des esclaves à Providence. Mais quelque chose ne collait pas. L'odeur en effet était différente : là-bas tout sentait la canne à sucre et le désespoir sans rémission. Ici, l'air marin arrivait depuis l'extérieur. Rachel tordit le cou, et elle vit que les mains qui la tenaient étaient sombres, pareilles aux siennes.

Devant elle se dressait une femme de haute taille au crâne rasé. Sa peau était lisse, sans rides, sans âge, mais quelque chose dans ses yeux laissait entrevoir qu'elle avait vécu bien des années.

La femme contempla Rachel. Son regard était vif, perçant. Rachel se sentait nue devant elle, réduite à la plus simple expression d'elle-même.

« Tu t'es fait marronne ? »

Rachel n'osa répondre.

L'autre l'examina, détaillant chaque partie de son corps. Puis elle hocha lentement la tête. « Lâchez-la. »

Et les mains s'exécutèrent. Rachel tomba à genoux. Elle regarda la grande femme au visage aussi impassible que la pierre.

Celle-ci prit son menton entre ses doigts. Elle avait les mains rugueuses et usées, et ses doigts étaient frais sur la peau de Rachel.

« Je sais pourquoi t'es là.

— Quoi ? fit Rachel d'une toute petite voix, à peine un murmure.

— J'le lis sur ton visage. Tes p'tits. Tu veux retrouver tes p'tits. »

La case se remplit soudain de fantômes. Tous les enfants perdus de Rachel, tapis dans l'ombre. Elle n'avait pas besoin de se retourner pour les voir. Elle savait que si elle essayait de les regarder directement, ils s'évanouiraient. Il y avait bien des années qu'ils lui tenaient compagnie, présents à la lisière de ses yeux ou du sommeil. Elle les compta un à un. Onze enfants.

Micah. Grand et fort. On le lui avait arraché avant même qu'il ait ses dix ans car ils savaient qu'il pouvait passer pour plus vieux sur le marché.

Mary Grace. Qui n'avait plus jamais parlé après qu'un soir le contremaître l'eut attaquée dans les champs. Vendue car pour eux son mutisme signifiait qu'elle était irrécupérable. Rien de bon ne pouvait venir d'une esclave muette incapable de dire « Oui, maît' », « Non, maît' », ou « Tout de suite, maît' ».

Mercy. Presque aussi grande que Micah et vendue jeune, également – dès qu'ils avaient vu en elle les prémices d'une « bonne reproductrice ».

Samuel. Mort des fièvres juste après son second anniversaire.

Kitty. Morte à cinq ans de la même maladie.

Cherry Jane. Envoyée travailler dans la demeure du maître à cause de sa peau de miel. Rachel avait dû se contenter de l'apercevoir – dans la charrette qui emmenait les esclaves de maison au marché, ou versant un seau d'eau par la porte de la cuisine. Un jour, même ces bribes de rencontres avaient cessé. Cherry Jane n'était plus là.

Thomas Augustus. Petit. Oublié. C'est lui qui était resté le plus longtemps à ses côtés, jusqu'à l'âge de quatorze ans, quand ils avaient enfin réalisé que c'était presque un homme. Ils l'avaient emmené en maugréant qu'il ne rapporterait pas grand-chose.

Et puis il y avait ceux qui n'avaient pas de nom. L'un né en siège avec le cordon autour du cou. Trois qui étaient morts dans son ventre ; des fausses couches qui s'étaient écoulées directement de sa matrice dans la terre.

Leurs yeux ronds aux aguets piquetaient la peau de Rachel.

C'est vrai ? leur demanda-t-elle. *C'est pour vous que je suis partie ?*

L'instinct qui l'avait fait fuir Providence était toujours terré en elle, telle une bête. Rachel ferma les yeux, essaya de rentrer en elle-même, de comprendre. La vision de ses enfants n'avait pas calmé la bête, elle l'avait excitée, lui hérissait le poil. Dans ses jambes, épuisées d'avoir tant couru et dansé, elle sentit ses muscles se raidir. Les visages de ses enfants peut-être encore vivants – Micah, Mary Grace, Mercy, Thomas Augustus et Cherry Jane – étaient gravés à l'intérieur de ses paupières.

Quand Rachel ouvrit les yeux, les fantômes étaient partis. La vieille femme était toujours là, devant elle. Elle fit signe à l'homme qui était toujours derrière.

« J' vais m'occuper d'elle, Gabriel. »

Rachel se retourna et vit un petit homme râblé baisser la tête.

La vieille femme lui tendit la main, ses doigts noueux comme des racines.

« Viens. »

« Mon nom, c'est Bathsheba, mais tout l'monde m'appelle Mama B. »

En sortant de la case, la vieille femme s'arrêta, laissant à Rachel le temps de se familiariser avec son environnement. Elles se trouvaient à flanc de colline, près de la mer. Il y avait bien là des bâtiments, ainsi que Rachel l'avait vu d'en haut. Une grande maison en bois se tenait au milieu de petites cases, toutes sur pilotis en raison de la pente. Autour d'elles, la terre était cultivée, mais pas à la manière rectiligne des plantations. Les sillons serpentaient, contournant les palmiers pour leur laisser de la place.

Rachel croisait les bras, serrés sur sa poitrine. Elle sentait posé sur elle le regard de Mama B, attendant ses questions. Quelques hommes et femmes désherbaient, allaient et venaient entre les cases ; mais aucun Blanc en vue.

« C'est quoi, cet endroit ?

— C'était une plantation d'tabac. Une petite. Le maître, y s'est attiré des problèmes. Il est parti, y a quelques années, pas d'nouvelles depuis. »

Rachel vit un jeune garçon âgé de guère plus de dix ou onze ans sortir en courant d'une case, et ainsi qu'il lui arrivait souvent en voyant des enfants de cet âge, elle sentit son cœur se serrer.

« C'est ta famille ? Tes petits ?

— Non. Moi, j'ai pas d'petits.

— Alors pourquoi que… » Rachel se tut. Elle avait senti le ton de Mama B se durcir, et elle ne voulait pas se montrer indiscrète.

La vieille femme regarda Rachel sans se tourner. « Alors pourquoi qu'on m'appelle Mama B ? » Et tout à coup elle sourit, des rides profondes se creusèrent sur son visage – les rides de quelqu'un qui souriait souvent. « J'suis la mère à personne, donc j'suis la mère à tout le monde. Ma mère à moi, Betsy, elle a eu vingt petits. On l'appelait Mama B avant moi, c'est comme si j'avais hérité le titre. Depuis que l'maître est parti, j'essaie de tenir cet endroit pour ceux qu'ont nulle part où aller. »

Mama B emmena Rachel jusqu'à la grande maison. Celle-ci la suivit lentement, avec prudence, l'oreille aux aguets, en quête du moindre signe montrant que tout ça n'était qu'un leurre, qu'à tout moment des hommes blancs allaient débouler des fourrés, fusils pointés, prêts à la ramener à Providence. Rachel n'accordait pas facilement sa confiance, mais avait-elle le choix ? Il n'y avait plus nulle part où fuir. La mer marquait la frontière extérieure de la Barbade – au-delà, il n'y avait rien, que les eaux profondes et le ciel.

La porte principale s'ouvrait sur une grande pièce, avec une table en bois entourée de chaises, tabourets et tonneaux retournés. Une femme assise dans un coin pilonnait des épices dans un mortier. Quelques nattes longeaient les murs, certaines encore occupées. Des portes situées sur la droite et sur la gauche montraient qu'il y avait d'autres pièces, et à travers l'une d'elles, Rachel entendit des voix qui murmuraient.

Mama B frappa dans ses mains. Aussitôt l'activité cessa, les têtes se soulevèrent des nattes, les yeux à demi-ouverts. Un homme entra par la porte de gauche, l'air curieux. Rachel, qui se tenait derrière Mama B, se sentit rougir sous les regards. Elle baissa les yeux.

« Voilà Rachel, dit Mama B. Elle cherche ses p'tits qu'elle a perdus y a longtemps. »

À voir les réactions de certains visages dans la pièce, Rachel comprit qu'elle n'était pas la seule à avoir perdu des membres de sa famille, ni peut-être à essayer de les retrouver.

Dans le coin, la femme avait posé son pilon. Elle se leva lentement – elle était jeune et frêle, et elle se tordait les mains.

« J'crois que… »

Rachel sentit son cœur faire un bond.

« Oui. » La femme s'approcha, ses yeux détaillant le visage de Rachel. Elle avait une voix douce et légère. « J'crois que… t'as une fille ? »

Rachel acquiesça.

« Oui. J'crois que j'l'ai vue. Y a quelques années à Bridgetown. Ta figure a la même forme. J'me la rappelle parce qu'elle parlait pas. »

Rachel ne bougeait plus. Elle se sentit faible, la tête lui tournait. Elle avait la bouche sèche et sa lèvre tremblait. L'image de Mary Grace lui apparut, plus forte et mieux définie que depuis des années, d'autant plus solide que Rachel savait qu'elle existait dans un endroit précis. Bridgetown. À l'autre bout de l'île. En cet instant, la distance lui parut insurmontable.

Mama B posa la main sur l'épaule de la petite femme, puis elle se tourna vers Rachel.

« J'ai l'intention d'aller à Bridgetown. J'peux t'emmener. On peut partir demain. »

Il y avait une dureté dans sa voix qui aussitôt étouffa dans l'œuf les protestations qui déjà s'élevaient en Rachel. Ce n'était pas une proposition, c'était un ordre. Les membres las, Rachel accepta.

3

Le lendemain matin, la pluie se mit à tomber. Rachel et Mama B n'étaient pas encore arrivées au sommet de la colline quand de grosses gouttes agressives commencèrent à pleuvoir, grêlant la terre. Bientôt, elles furent trempées, leurs pieds s'enfonçant dans le sol boueux, l'eau leur faisant comme une seconde peau. À l'horizon, mer et ciel se mêlaient en un gris furieux à l'approche de la tempête.

« Faut rentrer », dit Mama B.

La grande maison était pleine de monde mais paisible. Rachel se joignit à un groupe de femmes debout près d'une fenêtre, qui regardaient la mer. Elle trouvait un peu de réconfort à l'idée que, de l'autre côté de la Barbade, sa fille, Mary Grace, contemplait les mêmes vagues imposantes, effrayantes, et qu'elle entendait gémir le même vent qui soufflait en rafales sur l'île.

Le soir, la tempête était passée, mais la pluie perdura trois jours. Le martèlement de l'eau sur le bois donnait mal à la tête à Rachel. Pour essayer de se distraire en attendant de pouvoir repartir, elle étudia la grande maison de Mama B dans ses moindres recoins. Il y avait en tout trois pièces : la salle principale avec la grande table, flanquée d'une pièce de chaque côté, l'une accueillant des nattes, l'autre servant de garde-manger. C'est par là que Rachel démarra son inspection, en suivant le sens des aiguilles d'une montre, retraçant de ses doigts la moindre fissure, le moindre creux dans le bois. Elle découvrit les endroits où l'eau rentrait et s'accumulait sur le sol. Elle découvrit les parties où les planches étaient irrégulières, ou noircies par la fumée des bougies. Près de la porte d'entrée, elle remarqua une trace gravée dans le bois : cela ressemblait aux prémisses d'une image, s'enroulant à demi en forme de spirale, d'une taille équivalente à la paume de Rachel. La ligne était lisse et profonde, aussi foncée que le reste du bois. Une cicatrice ancienne, pas une entaille récente.

Les murs n'ayant plus de secrets pour elle, Rachel se tourna vers les gens. Beaucoup présentaient également une gravure inachevée, qu'elle apercevait lorsqu'ils se tournaient pendant la nuit dans leur sommeil, ou vers la fenêtre pour regarder la pluie. Les replis de peau marquaient la mémoire du fouet, tandis que les épaules et pans de dos vierges montraient l'endroit où la liberté avait mis fin au marquage plus profond de l'esclavage dans leur chair.

Mama B était au centre de cette petite communauté. Tout le monde semblait venir lui exposer ses questions et ses craintes. Rachel voyait souvent la vieille femme s'entretenir à voix basse avec un homme aux sourcils froncés, un enfant à l'air abandonné, quelqu'un qui avait bravé la pluie pour venir chercher conseil depuis sa case. En repartant, ils paraissaient un peu moins soucieux grâce aux paroles de Mama B.

Quand Rachel croisait son regard, Mama B hochait la tête. Une fois, elle vint vers Rachel, posa la main sur son épaule et lui demanda si tout allait bien. En dehors de cela, Rachel ne parlait à personne. Être ainsi confinée à l'intérieur la mettait mal à l'aise – cela lui rappelait tellement la vie à Providence qu'elle redevint telle qu'elle était auparavant, réservée et silencieuse. Les autres occupants de la maison ne faisaient guère attention à elle. Ils semblaient avoir l'habitude des inconnues timides allant et venant à la lisière de leur communauté. Rachel demeurait en dehors du passage, dans les recoins, attendant que la pluie cesse.

Le matin du quatrième jour, elle se réveilla dans le silence. L'averse s'était enfin arrêtée.

Mama B était déjà levée, assise à table, son dur profil d'obsidienne tourné vers la mer. Elle ne sembla pas voir Rachel se lever et venir prendre place à ses côtés, attendant de savoir si elles partiraient bientôt.

« Un des p'tits est malade », dit Mama B sans se tourner vers Rachel. La phrase roula toute seule hors de sa bouche, comme déjà formée. Ces mots ne lui étaient pas étrangers. « C'est la fièvre. C'est v'nu dans la nuit. On peut pas aller à Bridgetown aujourd'hui. »

Rachel acquiesça.

« J'dois aller dans la forêt. » Mama B se leva, prit un petit sac sur la table et le rentra sous la ceinture de sa jupe. « Y a des plantes qui peuvent le soigner. Tu peux v'nir, si tu veux. »

Après de longues journées passées à l'intérieur, Rachel n'avait qu'une envie, respirer l'air frais et se dégourdir les jambes, mais l'idée d'aller chercher des plantes l'arrêta. Elle-même ne possédait pas ce genre de connaissances, même si à Providence quelques personnes selon la rumeur étaient capables de fabriquer des remèdes et de jeter des sorts. Quand elle était enfant, il y avait un homme dont tout le monde disait que, dans son pays, il était sorcier. Il parlait très mal l'anglais et ses mots bizarres étaient peut-être davantage des invitations à la conversation que des injures, mais les gens l'évitaient car ils le craignaient. Rachel se rappelait encore ses yeux, le blanc jauni, injecté de sang, avec des iris tels des trous noirs. Certains enfants disaient que si on le regardait trop longtemps dans les yeux, on tombait raide mort. Rachel avait entendu raconter qu'un jour, un contremaître arrivait vers lui à cheval, brandissant son fouet, mais sa monture s'était cabrée, il était tombé en arrière et s'était rompu le cou.

Les yeux de Mama B ne semblaient pas détenir un pouvoir de vie et de mort, et le monde extérieur avait l'air accueillant à le voir par la fenêtre – des flaques d'eau de pluie éparses sur le sol détrempé scintillaient dans la lumière du matin. Cela suffit à calmer les craintes superstitieuses de Rachel et elle suivit la vieille femme.

Elles remontèrent la colline jusque dans la forêt. L'atmosphère du petit matin était moite et tout exhalait la fraîcheur. Sous la canopée, les feuilles teintaient la lumière d'un vert madré et Rachel devait prendre garde à ne pas trébucher sur les racines qui s'entrecroisaient sur leur chemin. Elle se cognait la tête contre les fruits des calebassiers et les fougères lui chatouillaient les mollets.

Mama B se dirigeait à l'aide de ses doigts, allant de tronc en tronc. Elle touchait constamment quelque chose : fleur, fruit, feuille, écorce. À l'unisson de la forêt. Rachel gardait les mains dans le dos, observant la vieille femme. Mama B connaissait un langage que

Rachel ignorait. Celle-ci était habituée au rythme de la canne à sucre, de l'igname et du manioc, des potagers des esclaves. En dehors des plantes cultivées, les arbres sauvages avaient des formes et des secrets qu'elle ne connaissait pas.

Elles arrivèrent près d'un gros arbre au tronc noueux qui s'était taillé un espace à lui tout seul au milieu des autres plantes ; rien ne poussait autour. Mama B le tapota, comme pour le saluer, et se tourna vers Rachel.

« Tiens, dit-elle en lui tendant le sac. Prends un bout d'écorce. »

Rachel ne bougea pas. « Tu veux que je l'fasse, moi ?

— Oui.

— Mais je sais rien sur les herbes, les arbres. Ni comment que ça guérit. »

Mama B partit d'un grand rire, qui résonna tout autour d'elle. « T'as pas besoin de savoir tout ça pour m'aider. »

La chaleur de ce rire prit Rachel au dépourvu et mit bas ses défenses. Et pourquoi pas ? Où était le mal ? Sa peur ancienne de l'obeah projetait encore une ombre sur elle, mais elle s'en détacha et décida de prendre le sac que lui tendait Mama B.

Dans l'ombre de la canopée, une constellation de gouttelettes scintillait sur le tronc. Rachel y appuya la main et sentit son âge – des centaines d'années d'existence avaient donné ce bois rugueux qui montait vers le ciel en spirale. Un sentiment de respect l'envahit à l'idée qu'elle était en présence d'un arbre si ancien. Il était plus vieux que ses ancêtres à elle, et serait encore là longtemps après sa mort. Elle chercha une fissure dans l'écorce et en détacha un petit ruban qu'elle fourra dans le sac. Ensuite, sans réfléchir, elle caressa de ses doigts la zone nue, jaune-vert, ainsi dévoilée. La blessure était propre ; pas une goutte de sève ne coulait. Elle souffla, satisfaite. L'arbre n'était pas blessé.

Mama B lui sourit. « Tu vois ? T'as pas besoin de savoir. Tu le sens.

— Quoi ?

— Le lien entre tout c'qui existe. On peut pas seulement prendre, on doit aussi donner. » Mama B à son tour toucha l'arbre là où Rachel avait prélevé de l'écorce. « C'est par là qu'on commence à guérir. »

Elles continuèrent leur cueillette à travers la forêt. Mama B était à présent plus attentionnée, elle s'accroupissait pour lui montrer les minuscules pousses qui sortaient de terre, ou cueillait des fruits et des fleurs qu'elle lui mettait entre les mains en lui disant de bien noter leur couleur, leur forme, leur taille. Ainsi remplirent-elles le sac de racines, de pétales et de feuilles jusqu'à ce que Mama B soit satisfaite.

« Faut rentrer. Le petit en a p'têt pus pour longtemps. »

De retour dans la maison, Rachel sentit l'odeur de la maladie dans l'atmosphère blafarde. On avait allongé l'enfant dans un coin sur une natte, il avait les yeux fermés et la peau luisante de sueur. Rachel le regarda, puis se détourna. Il avait le même air fiévreux que Samuel et Kitty quand la mort les lui avait pris, le même souffle court. Cet enfant lui rappelait tout ce qu'elle avait perdu.

Mama B prit le pilon et le mortier de bois et s'assit à table. À côté d'elle, Rachel vida le sac des plantes qu'elles avaient rapportées de la forêt. Un groupe de personnes s'approcha d'elles. Rachel reconnut la mère de l'enfant à son visage marbré de larmes, et aussitôt sa gorge se noua. C'était cette petite femme fragile qui avait reconnu en elle les traits de Mary Grace, et qui à présent allait à son tour perdre un enfant.

Mama B prit une fleur au cœur rouge vif dont les pétales viraient au rose tendre vers l'extrémité. Elle la pilonna dans le mortier. Bientôt son parfum capiteux se répandit en bouffées écœurantes, tapissant la gorge de Rachel. Mama B ajouta ensuite une poignée de plantes qu'elles avaient ramassées ensemble, dont les relents de terre, semblables au bois fraîchement coupé, vinrent atténuer la lourde fragrance de la fleur. Enfin, elle ajouta une poignée de baies qui éclatèrent sous le pilon, et dont le jus noir se mit à dessiner des veines à travers la mixture.

La vieille femme se pencha sur le mortier. Elle inspira profondément, les yeux clos, et ses narines se dilatèrent. Elle murmura quelques mots à mi-voix dans une langue que Rachel ne connaissait pas, mais qui sonnait à ses oreilles avec une chaleureuse familiarité, comme le visage d'une amie presque oubliée.

Par la fenêtre, la brise fraîche vint dissiper l'air ranci de la salle. Mama B se redressa sur son siège.

« C'est prêt. » Elle regarda Rachel. « Apporte l'écorce. »

Mama B s'agenouilla auprès de l'enfant dont les yeux s'ouvrirent à son approche. La vue du petit garçon déclencha chez Rachel un flot irrépressible de souvenirs. Elle voyait Micah dans ses sourcils, Mercy dans les ongles de ses petites mains et Samuel dans la façon dont sa poitrine se soulevait, dessinant ses côtes. Elle les voyait tous. Le temps s'était renversé, et soudain ça n'avait plus d'importance que l'enfant n'ait pas l'œil vitreux et le regard vide des mourants, ni que ses lèvres continuent à aspirer avec force l'air jusque dans ses poumons. Le cycle allait nécessairement se répéter, encore et encore. La maladie, puis la mort. Rachel en avait les larmes aux yeux. Seule la perte était certaine. Rien ne changerait.

Une main sur son bras arracha Rachel à ses souvenirs et la ramena à la réalité, dans la maison de Mama B. La mère de l'enfant s'était approchée pour lui donner le morceau d'écorce. L'étau du passé se desserra, et soudain le petit garçon ne ressemblait plus aux enfants de Rachel. C'était le fils d'une autre, et son destin n'était pas encore scellé.

Elle prit l'écorce et sourit furtivement à la jeune mère dont la lèvre tremblait, mais dont les yeux rayonnaient d'espoir – l'espoir que Mama B puisse guérir son fils, mais aussi que Rachel puisse l'aider. Encouragée par sa confiance, celle-ci s'agenouilla auprès de Mama B.

« Qu'est-ce que j'dois faire ? »

Mama B lui demanda d'appliquer l'écorce sur le front de l'enfant. Puis elle trempa le doigt de Rachel dans la potion et lui fit tracer une ligne allant de ses lèvres jusqu'au milieu de sa poitrine. Enfin, elle versa le reste de la mixture dans la bouche du petit. Celui-ci rechigna d'abord à l'avaler, mais finalement, y fut obligé. Mama B posa la main sur son épaule, affichant une expression si tendre et pleine d'amour que Rachel dut détourner les yeux – c'était trop intime pour qu'elle la regarde faire.

« Fais dodo », chuchota Mama B.

L'enfant ferma les yeux. Tout resta suspendu tandis que son souffle saccadé ralentissait. Mama B bougea seulement lorsqu'elle fut sûre qu'il s'était endormi. Elle toucha d'abord Rachel en guise de remerciement, puis se leva et prit la jeune mère dans ses bras. Ceux qui s'étaient rassemblés là se dispersèrent peu à peu, retournant dans les autres pièces poursuivre leurs besognes. Quelques-unes murmuraient des prières ; un homme se signa en regardant au plafond. Rachel à son tour leva les yeux et en silence souhaita que le petit garçon survive, bien qu'elle ait perdu confiance en la prière des années plus tôt. Ce qu'elle venait de vivre et l'innocence de cet enfant avaient ranimé une minuscule étincelle de foi en elle.

Pendant le reste de la journée, tout le monde bougea lentement et parla à voix basse. Le petit malade dormait. On attendait. Rachel prit une des baies bleu-noir que Mama B n'avait pas mise dans le mortier et la fit rouler entre ses doigts en prenant garde à ne pas la faire éclater.

4

L'enfant vécut. Au bout d'une journée de sommeil enfiévré, il se réveilla en souriant, et le reste de la mixture des plantes qui avait collé à ses lèvres se craquela. Chaque personne dans la maison s'accorda un instant de répit – en prenant la voisine dans ses bras, ou en levant les yeux de gratitude vers les cieux. La mère du petit garçon le serra contre elle et pleura doucement dans ses boucles noires. En le regardant ainsi, Rachel sentit un poids se détacher. Le cercle infernal était rompu. L'incessante succession des saisons où l'on plantait, puis récoltait, puis plantait – le cycle d'une vie de peine suivie d'une mort précoce : tout cela avait perdu son pouvoir. Il n'y avait aucune certitude que l'enfant survivrait, mais ce n'était pas non plus impossible. Le destin désormais n'était plus gravé dans le marbre.

Rachel et Mama B partirent pour Bridgetown. En quittant les terres de l'ancienne plantation de tabac, le sanctuaire de Mama B, Rachel se sentit mal à l'aise. La route de Bridgetown la ramenait vers Providence. Est-ce qu'ils la cherchaient ? Est-ce qu'ils avaient lancé des chiens sur ses traces ? Puis l'ombre fraîche de la forêt la submergea et elle se sentit, peut-être pas en sécurité, mais tout au moins dissimulée. Protégée de la chaleur écrasante et de la lumière du soleil qui l'exposait à tous les regards.

Le sentier de la forêt suivait les falaises. Rachel ne voyait pas la mer, mais elle entendait les vagues qui se brisaient doucement sur les rochers en contrebas. Mama B menait la marche à travers la végétation. Elles parlaient peu mais elles étaient à l'aise ensemble. La maladie de l'enfant les avait rapprochées. Rachel retrouvait en Mama B une infinie capacité d'aimer qu'elle avait elle-même ressentie autrefois. Mais Mama B montrait également une force peu commune, un calme imperturbable que Rachel admirait. Elle avait la cuirasse durcie des survivantes, et elle aidait aussi les autres à survivre. Aux yeux de Rachel, qui avait tenté d'apprendre à moins aimer, à moins aider les autres, à se refermer sur elle-même, cette généreuse capacité à permettre la survie d'autrui offrait un espoir : qu'il existe un chemin différent.

Elles prirent vers l'intérieur des terres, puis vers les collines, toujours protégées par la forêt. Le sentier s'élargissait ; les branches avaient été coupées pour permettre aux gens de passer plus facilement, et de chaque côté du chemin les arbres s'entrelaçaient pour former une barrière infranchissable depuis la route. Plus la végétation diminuait, plus la peur grandissait en Rachel. Elles marchaient à présent dans une large bande de soleil et Rachel ne cessait de remarquer des mouvements entre les arbres, ou d'entendre le murmure des feuilles.

L'espace d'un terrible instant, elle imagina son ancien maître qui surgissait de l'ombre. Elle respirait par petits souffles saccadés dans l'espoir de se calmer, de se débarrasser de la sensation qu'on l'observait. Mais les seuls yeux qui se posèrent sur elles étaient ceux d'un milan des marais solitaire, niché entre les branches en bordure de route, qui tourna la tête pour les regarder passer.

Rachel et Mama B atteignirent le sommet d'une colline et tout à coup les arbres disparurent. En contrebas, les champs de canne à sucre s'étendaient telle une maladie sur la plaine. Pas un pouce de terrain n'avait été épargné : toute la terre avait été asservie et devait produire. La canne était la manifestation de la soumission de l'île au pouvoir de l'homme blanc. La vue des plantations rendit Rachel malade de frayeur.

« Et si on nous voit ? murmura-t-elle.

— C'est possible. Mais c'est la route la plus rapide pour aller à Bridgetown. Si tu veux y aller, tu dois prend' le risque de suiv' cette route. »

Alors que Rachel contemplait les champs de canne, imaginant des hommes blancs qui se ruaient vers elle à cheval pour la ramener à Providence au bout d'une corde, un autre sentiment s'éleva en elle. Une espèce de nostalgie se mêla à la peur, qui lui étreignit le cœur et la ramena à son ancienne plantation. Retour aux choses familières, à la terre qui contenait les corps de Samuel, Kitty et de ses enfants mort-nés. Il y avait dans leurs ossements une certitude qui n'existait pas dans l'immensité inconnue qui l'attendait. Une douleur lasse s'installa en elle. À nouveau, elle se sentit minuscule – elle avait la sensation qu'elle n'était rien, ne possédait rien, à part les corps enterrés de ses défunts enfants. Tout le reste de ce qu'elle avait perdu l'était à jamais.

Rachel tourna la tête. Mama B la regardait, sans attente ni impatience. Elle ne lui donnait plus aucun ordre ; Rachel savait que si elle lui demandait de faire demi-tour, celle-ci ne protesterait pas. Et pourtant quelque chose dans le visage de Mama B, aussi imperturbable que la pierre, mais sculpté avec bonté, donna à Rachel la force dont elle avait besoin. Elle inspira et sentit sa poitrine se gonfler. Elle fit un pas, puis un autre, et c'est ainsi qu'elles se remirent en marche.

Elles descendirent le versant chauve et suivirent la route qui traversait les plantations. De chaque côté, de grandes maisons dominaient les esclaves dans les champs, tout en les surveillant. L'ombre était rare, et le soleil du matin féroce. Pareils lieux étaient conçus pour être surveillés et Rachel se sentait observée. Elle baissait la tête, les mains croisées sur sa poitrine, essayant de se faire toute petite.

Les esclaves qui n'en étaient plus sur le papier s'occupaient toujours de la canne à sucre. Rachel vit un homme avancer avec un seau sur la tête – il était assez proche pour que les relents d'excréments frais montent jusqu'à la route, ce qui lui donna la nausée. Elle connaissait cette odeur. Elle savait ce que c'était de traverser les champs avec de la crotte sur la tête.

Certains esclaves levaient la tête sur leur passage, les yeux lourds de fatigue. La plupart ne leur prêtaient pas attention. Les champs étaient si nombreux, il y avait tant de visages qu'ils finirent par se confondre tous. Le sursaut de terreur que Rachel éprouvait chaque fois que l'un d'entre eux levait la tête finit par n'être plus qu'une vague crainte. Elle était presque résignée à suivre son destin. Si on la reconnaissait – si quelqu'un criait qu'elle était marronne –, ainsi soit-il. Elle mourrait. En attendant, tout ce qu'elle pouvait faire, c'était avancer en regardant sans la voir la route qui s'étalait devant elle, laissant les paysages tous identiques défiler à la lisière de ses yeux.

Vers midi, alors que la chaleur ne diminuait pas, Mama B ralentit. Rachel avait la bouche sèche, les tempes battantes. L'île semblait vaste – une infinité de rangées de canne à sucre, et un mur de ciel sans nuages.

« Faut s'arrêter », dit Mama B.

Rachel regarda la route devant elle. Elle aussi semblait sans fin, coincée entre les champs et le ciel, diminuant jusqu'à n'être plus qu'un point à l'horizon. « C'est encore loin, Bridgetown ? »

Mama B plissa les yeux. « P'têt trois heures. Mais on ira plus vite si on s'repose un peu à l'ombre. »

Mama B quitta la route pour s'enfoncer dans le premier champ venu. Avec une absence totale de respect pour les limites de la plantation, elle se glissa sous la fine clôture. Rachel attendit que retentissent les cris d'un contremaître ou de ses auxiliaires, en vain. Les esclaves ne prêtèrent aucune attention à Mama B, qui continua à travers champ vers une construction en pierre située à l'autre bout. Il fallut qu'elle se retourne et fasse signe à Rachel de la suivre en hâte pour que celle-ci se mette en mouvement.

Lorsqu'elles arrivèrent près du bâtiment, Mama B s'assit et invita Rachel à faire de même. Le soleil était au zénith, et elles durent ramener les jambes contre leurs poitrines pour être entièrement à l'ombre. Malgré la chaleur qui irradiait des murs, elles étaient nettement plus au frais.

Mama B partagea quelques provisions – de la purée d'igname, du poisson séché, des bananes plantain – et elles mangèrent en silence. À l'idée d'être de retour sur une plantation, même aussi loin de Providence, Rachel était pétrifiée de peur. Ses épaules, son cou et sa mâchoire étaient crispés, et elle ne cessait de regarder de part et d'autre, à la recherche du moindre signe. Elle remarqua qu'un homme avait cessé de travailler et qu'il se reposait appuyé contre sa houe en regardant dans leur direction. Elle baissa les yeux aussitôt, de crainte de croiser son regard. Quand elle osa les relever, il venait vers elles.

Il avançait lentement. En l'observant furtivement, Rachel s'aperçut qu'il boitait. De loin, sa taille et ses larges épaules lui avaient laissé penser qu'il était jeune, mais à mesure qu'il s'approchait, elle s'aperçut qu'elle s'était trompée. Il avait au moins dix ans de plus qu'elle. Sa peau s'était desséchée sur son grand corps et faisait des plis, mais l'âge le rendait encore plus impressionnant, comme si sa force s'était incrustée dans ses os et n'avait plus besoin de muscles. Malgré sa cheville gonflée, il semblait puissant. Une longue cicatrice balayait le côté gauche de son visage, traversant son œil d'un blanc laiteux. Il s'arrêta à un mètre de Rachel et Mama B et son bon œil les regarda en détail.

« Bathsheba. »

Mama B leva les yeux de la nourriture. « Tamerlan. »

Le visage de l'homme se fendit d'un sourire, et sa cicatrice remonta vers son oreille. Mama B se leva en riant, et ils s'étreignirent.

Mama B lâcha l'homme et se retourna : « Rachel. Voilà Tamerlan. Mon frère. »

Malgré leur différence de peau – celle de Mama B si lisse ; celle de Tamerlan si ridée – une fois côte à côte, leur ressemblance n'échappa point à Rachel.

« Bonjour, Rachel, dit Tamerlan. Qu'est-ce tu viens faire par ici avec ma sœur ? »

Elle se força à se concentrer sur son œil droit, et pas le gauche, ravagé, qui vibrionnait dans son orbite. « On va à Bridgetown. »

Le silence suivit et Mama B n'ajouta aucun détail, quant à Tamerlan, il ne posa pas d'autre question. Rachel en fut soulagée. Elle était assise, les genoux ramenés contre sa poitrine comme pour se protéger. Elle n'avait rien contre cet homme mais l'idée d'exprimer à haute voix l'objet de sa quête, le véritable but de ce voyage, la glaçait. Elle craignait d'être capturée, d'échouer, voire même d'être jugée pour n'avoir pas eu le courage de partir plus tôt à leur recherche.

Mama B caressa tendrement le bras de Tamerlan. « Viens t'asseoir. »

Il les rejoignit dans la fine bande d'ombre. Par terre, Mama B et Tamerlan se touchaient presque. Malgré son estomac encore noué d'anxiété, Rachel était enchantée de les voir si proches. Elle étendit une jambe, sa cheville et son mollet se retrouvant au soleil, mais garda l'autre repliée, tel un bouclier.

« On a grandi ensemble », dit Mama B. Elle s'adressait à Rachel mais aussi au reste du monde. À croire qu'elle devait prononcer ces mots pour fixer cette vérité dans le temps, la défendre contre un Blanc susceptible de remonter le temps pour lui voler Tamerlan. « Sur une plantation à l'extérieur de Bridgetown. »

Son frère reprit alors le fil de l'histoire. « On était nombreux, dans le temps. Toute la plantation parlait de la force à not' mère, qu'elle avait donné si tellement de petits au maît' pour travailler aux champs. »

Rachel ne disait rien, mais elle se redressa légèrement, le dos bien droit, et se pencha pour mieux écouter, curieuse.

« On était heureux autant qu'on pouvait l'êt', reprit Mama B. Pis une année, les choses ont mal tourné.

— Oui, le maît', il avait des dettes.

— Il a décidé d'vendre deux d'nos frères. »

Leurs phrases s'enchaînaient l'une à la suite de l'autre, sur le même ton, à la même cadence, comme si elles sortaient d'une seule et même bouche.

« Perdre Ishmael et James, ça a tué not' mère, continua Mama B. Avant, jamais on n'avait perdu de frère ni d'sœur avec la maladie. Ces deux fils-là, y z'avaient vécu vingt ans avec elle – c'était trop pour elle.

— Elle est morte de chagrin. Et ça a continué pis que ça.

— Quelques mois après, le maît', il a fait traîner not' frère Samson dehors de la maison pour êt' battu. Il disait que Samson préparait une rébellion pour venger not' mère et nos frères.

— Y z'ont arrêté Samson et y l'ont exécuté pour ses crimes. »

Le rythme avait ralenti, prenant une tournure funèbre. Chaque syllabe retentissait à la manière des tambours. Ils narraient leur histoire avec une certaine maîtrise – ce n'était pas la première fois qu'ils la racontaient. Pourtant, Rachel entendait dans leurs voix le chagrin encore à vif qu'aucun récit ne pourrait apaiser.

« Après ça, l'maître, il a voulu tous nous vendre, dit Mama B. Y voulait pus qu'on lui cause des ennuis.

— Moi, on m'a amené tout de suite ici, déclara Tamerlan en décrivant l'espace autour de lui. J'suis là depuis toujours.

— Moi, j'ai commencé à Bridgetown. Quand le maît' est mort, on m'a vendue dans l'nord. Je croyais pus que j'reverrais un jour les miens. »

Ils tombèrent à nouveau dans le silence. Rachel, captivée par leur histoire, ne put s'empêcher de demander : « Et après ? Comment c'est que vous vous êtes retrouvés ? »

Le frère et la sœur échangèrent un sourire.

« C'était y a p'têt trois ans d'ça, reprit Tamerlan. Je travaillais aux champs et j'ai vu deux personnes qui s'en allaient sur la grand-route. J'avais l'soleil dans les mirettes, mais je savais que c'était Bathsheba à sa façon d'marcher. » Il se mit à rire. « Des fois, on l'appelait "maîtresse", si tellement qu'elle marchait en se tenant toute droite et fière. J'voulais courir vers elle, mais le contremaît', y me surveillait, alors j'ai point osé. Elle est passée, elle m'a pas vu, et j'étais sûr que j'la reverrais jamais. J'savais pas d'où c'est qu'elle sortait ni où c'est qu'elle allait. J'pensais que la voir comme ça, c'était tout c'que j'aurais droit : la voir une fois, après toutes ces années de prières.

— Tamerlan, y m'a vue avec le maît' m'en aller à Bridgetown, ajouta Mama B. Il avait des affaires en ville. On devait rester une semaine, mais voilà qu'il apprend qu'sa femme est malade. Il loue un cheval et me dit d'rentrer à pied.

— Cette fois, on a eu de la chance. Quand elle est r'passée, le contremaître, il était rentré, et le plus proche de ses hommes, il était à l'aut' bout du champ. J'surveillais la route tous les jours, même si j'essayais de pas trop espérer. Quand j'l'ai vue, j'ai couru vers elle en l'appelant. »

Tamerlan et Mama B fermèrent les yeux un moment, savourant le souvenir de leurs retrouvailles. Leur joie se lisait sur leurs visages, mêlée à l'idée douce-amère de toutes ces années perdues.

« Depuis c'jour-là, je viens ici dès que je peux », dit Mama B.

Tamerlan posa la main par-dessus celle de sa sœur. Entre eux, un lien plus brûlant que le soleil de midi, qu'aucun maître n'aurait pu briser.

Tamerlan se leva en s'appuyant sur l'épaule de Mama B pour épargner sa cheville. « J'dois retourner travailler. » Il regarda Rachel et hocha la tête : « Fais bien attention à toi, Rachel. » Puis, se tournant vers sa sœur : « J'surveillerai quand tu repasseras.

— Oui. On va s'revoir bientôt. » Et Mama B savoura la certitude de ces mots.

Tandis que Tamerlan s'en retournait au champ, Mama B regarda Rachel. En voyant l'éclat dans les yeux de la vieille femme, Rachel comprit que toute cette histoire ne lui avait pas été racontée par hasard. Cette chaleur qu'elle avait ressentie, ce sentiment que l'impossible pouvait devenir possible – que le mal commis un jour pouvait être réparé –, Mama B avait projeté tout cela. Et Rachel lui en était reconnaissante.

Lorsque les deux femmes se levèrent pour reprendre la route, Rachel baissa la tête. La peur coulait toujours sous sa peau. Peut-être qu'elles étaient suivies. Peut-être qu'on la retrouverait. Et pourtant, elle allongeait davantage le pas. La Barbade ne lui semblait plus infinie. À chaque enjambée, elle avait l'impression que Bridgetown était juste au-delà de l'horizon – et là-bas, se trouvait Mary Grace.

5

La route fourmillait de gens. Des femmes portant des paniers sur leurs têtes ou calés sur leurs hanches, des hommes menant des ânes et des cochons avec des bâtons. Des chevaux impérieux fendaient la foule, montés par des soldats aux éclatantes tuniques rouges. Dans la lumière de ce début de soirée, chaque personne projetait une ombre allongée. L'atmosphère était lourde des relents de sueur et de fumier, avec un doux parfum de fruits mûrs. Des bâtiments commençaient à s'élever. D'abord des cases, guère différentes de celles des plantations, puis de plus en plus vastes et majestueuses à mesure que les deux femmes avançaient.

« On est à Bridgetown », dit Mama B.

Rachel ne répondit rien. Elle avait toujours pensé que la plantation était la preuve du pouvoir de l'homme blanc sur la nature : sa capacité à clôturer la terre, à la forcer à produire ce qu'il voulait. Mais Bridgetown était un véritable monument élevé à la gloire des Blancs. Ici, rien ne poussait. En regardant autour d'elle, elle ne voyait que des gens, et les vastes maisons qu'ils s'étaient construites.

Contrairement aux plantations, la ville n'était pas dépourvue d'endroits où se cacher. Les gens entraient et sortaient de ruelles, s'accroupissaient sous les porches. Toutefois Rachel ne pouvait se défaire du sentiment d'être observée. Un Blanc à cheval la regarda juste un peu trop longtemps, et elle manqua s'évanouir, prise de vertige à l'idée qu'il avait deviné qu'elle n'était pas à sa place, qu'elle avait maronné, et qu'il s'apprêtait à sauter à bas de sa monture pour l'attraper par les poignets et la ramener de force à la plantation. Mais le cavalier détourna les yeux, et les deux femmes poursuivirent leur route.

« J'ai parlé à Artemis avant d'partir », dit Mama B. Artemis était la mère de l'enfant malade, celle qui avait vu Mary Grace plusieurs années auparavant. « Elle dit qu'elle a vu ta fille au marché. Toute seule, mais très bien habillée. Elle est sûrement esclave de maison. »

Rachel ne voyait plus l'image de sa fille. Elle n'avait plus la sensation qu'elle fût proche. Partout des rues avec quantité de maisons : Mary Grace pouvait se trouver dans n'importe laquelle, et la tâche lui semblait tellement insurmontable qu'elle en fut découragée.

Assommée, elle faillit rentrer dans une charrette qui s'était arrêtée devant elles. Mama B posa la main dans son dos pour la guider.

« Bridgetown, c'est pas si grand. Te fais pas d'bile. On va la trouver. »

Mama B la mena dans une petite rue. C'était plus calme et, une fois sortie de la presse, Rachel respira mieux. Elle essayait de ressusciter la sensation qui l'avait envahie après que Mama B et Tamerlan lui avaient raconté ensemble leur histoire. À force de volonté, elle réussit à empêcher ses derniers espoirs de s'évanouir.

Mama B considérait les portes devant lesquelles elles passaient en fronçant les sourcils. En fin de compte, l'une d'elles s'ouvrit et une personne en sortit. Rachel resta médusée en la voyant. Jamais elle n'avait rencontré une femme à la peau si foncée habillée avec un tel raffinement – robe de soie bleu pâle, avec à la taille une ceinture de ruban rouge.

« Excusez-moi, lui dit Mama B. Vous savez où qu'habite Hope ? »

Sur le visage de la jeune femme se peignit une expression hautaine, bien qu'elle dût lever la tête pour parler à Mama B.

« Qui la demande ?

— Bathsheba. J'ai connu Hope dans l'nord. »

La jeune femme en resta bouche bée. « Vous êtes Mama B ? Hope m'a parlé de vous. Elle habite là-bas », dit-elle en désignant une maison, en face.

La porte s'ouvrait sur un couloir étroit. Une Blanche râblée penchée sur un bureau se redressa quand elles entrèrent. Instinctivement, Rachel baissa les yeux, mais Mama B demeura droite.

« Je peux vous aider ? dit la Blanche d'une voix nasillarde en posant sur elles ses yeux d'un vert froid.

— On est v'nues voir Miss Hope.

— Elle est sortie.

— Elle va rev'nir bientôt ?

— Peut-être.

— Alors on va l'attendre. »

Les deux femmes échangèrent un regard. Au bout d'un moment, la Blanche haussa les épaules et appuya de nouveau sa poitrine contre le bureau, ouvrant un journal pour leur montrer qu'elles ne méritaient pas qu'elle s'intéresse davantage à elles. Mama B s'adossa au papier peint miteux, tandis que Rachel se réfugiait au milieu du couloir.

Elles patientèrent.

Il ne fallut pas longtemps avant que la porte se rouvre. Sur le seuil, une jeune femme se retourna et fit au revoir à quelqu'un. Rachel eut juste le temps d'entrapercevoir les boutons de cuivre étincelants de la tunique d'un soldat.

Puis elle arriva en froufroutant dans le couloir. Elle était d'une beauté étourdissante. Sa peau était d'un noir de nuit – si sombre qu'elle absorbait toute la lumière autour d'elle, ternissant l'éclat de toute chose. Les lignes de son corps étaient tout en douceur, depuis la courbure de ses narines jusqu'à la légère protubérance de sa clavicule à la base de son long cou gracieux. Elle portait une robe vert émeraude qui lui dégageait bien les épaules.

Mama B s'avança vers elle en souriant. « Hope. »

Celle-ci resta bouche bée en la reconnaissant, puis elles tombèrent dans les bras l'une de l'autre. Hope était nettement plus petite que Mama B, pourtant Rachel ne voyait qu'elle. Mama B était le cadre sur lequel son regard glissait, cherchant ardemment l'image de la jeune femme.

Derrière son bureau, la Blanche s'éclaircit la gorge. Hope lâcha Mama B et, fouillant dans son décolleté, en sortit deux pièces d'argent, qu'elle déposa dans la main tendue de l'autre qui, satisfaite, replongea dans son journal. Hope revint à Mama B.

« Que je suis heureuse de te voir ! » La jeune femme avait visiblement acquis un parler et un accent plus raffinés. On sentait encore poindre ses origines campagnardes, mais l'effet en était plus charmant que rebutant. « Et qui est donc ton amie ?

— C'est Rachel, dit Mama B. Elle est v'nue avec moi du nord.

— Enchantée, Rachel. »

Hope lui sourit ; sa chaleur était contagieuse et Rachel sentit ses épaules se décrisper.

« Venez ! Vous devez être fatiguées après ce voyage. Montons dans ma chambre. »

Là-haut, la pièce qu'occupait la jeune femme était petite et le mobilier sommaire. Quelques objets plus luxueux lui donnaient cependant du caractère : un couvre-lit de dentelle blanche, un tapis à motifs sur le plancher et une robe rouge accrochée sur le devant d'une armoire. Hope attrapa deux tabourets et les disposa près de son lit, créant un petit cercle convivial.

« Venez vous asseoir. »

Hope installa Mama B sur le lit et prit un tabouret. Rachel s'assit sur l'autre, si proche de la jeune femme que leurs jambes se touchaient.

Mama B semblait prête à prendre la parole, mais Hope se retourna aussitôt :

« Et donc, Rachel, Mama B t'a-t-elle expliqué comment on s'est rencontrées ? »

Rachel secoua la tête et Hope se pencha en avant. Rachel l'imita, et leurs têtes se touchèrent presque.

« Il y a deux ans, je me suis enfuie de la plantation. Je suis allée vers le nord, jusqu'à ce que j'atteigne la mer. Je n'avais rien à manger, pas d'argent, pas de but – à part l'idée vague que je pouvais toujours me noyer si je voulais ! » Hope éclata de rire en serrant ses mains, et Rachel se mit à sourire avant même d'avoir compris le sens dramatique de ce qu'elle venait de lui confier. « Heureusement, Mama B m'a trouvée. Elle m'a aidée à me cacher jusqu'à ce qu'elle puisse m'accompagner jusqu'à Bridgetown. Et me voilà ! » dit-elle en levant les bras.

Mama B posa sur Hope son regard perçant. « Paraît que t'as des ennuis. »

Plusieurs expressions défilèrent sur le visage de la jeune femme, trop vite pour que Rachel puisse les nommer, puis elle feignit une joyeuse surprise. Elle rit de nouveau. « Moi ? Des ennuis ? Mais non !

— On m'a dit que t'étais en prison. »

Hope regarda autour d'elle, cherchant une échappatoire. Elle affichait un sourire qui tenait plus de la grimace. « Ah, ça, c'est déjà ancien. Maintenant tout va bien.

— Hope. »

Elle se mit à jouer avec la manche de sa robe, lissant lentement le tissu entre ses doigts.

« Ce n'était rien, vraiment, reprit-elle sans les regarder. Il y a eu du grabuge avec un homme qui voulait me faire du mal, mais je ne me suis pas laissée faire. » Elle regarda Mama B. Son corps semblait être de granit. « C'était un Blanc, donc oui, j'ai fait de la prison pendant un moment. »

Les trois femmes gardèrent le silence. Hope se tenait droite, le menton relevé.

« Bon, dit Mama B. Au moins, tu vas bien. Je m'suis fait du mouron. »

Hope se mit à rire et toute sa dureté s'évanouit. « Il ne faut pas t'inquiéter pour moi, Mama. Je sais prendre soin de moi. Oh mais, Rachel ! » Elle se retourna, passant avec dextérité d'un sujet à l'autre. « Raconte-moi pourquoi tu as fait tout ce chemin jusqu'à Bridgetown. »

Plus que l'énergie sans limite de Hope, cette soudaine solidité vainquit les dernières réticences de Rachel. Elle venait de rencontrer une femme qui elle aussi avançait à travers ce monde en faisant du mieux qu'elle pouvait. Rachel sentit que, malgré son jeune âge, Hope comprendrait ce qu'elle cherchait.

« Je cherche ma fille.

— Elle est à Bridgetown ? Est-ce que je la connais ?

— Elle s'appelle Mary Grace. » Les mots sonnaient étrangement dans la bouche de Rachel. L'idée de sa fille tenait encore du rêve pour elle, mais en présence de Hope, il paraissait incongru de parler de rêve. Elle était trop réelle et trop belle.

Celle-ci fronça les sourcils. « Je ne connais personne du nom de Mary Grace.

— On va la chercher, dit Mama B. Aller voir au marché. D'mander aux gens. Tu crois qu'on peut rester ici un moment ?

— Bien sûr ! Je ferai tout ce que je peux pour vous aider. » Rachel voulut protester, mais Hope et Mama B la firent taire. « C'est le moins que je peux faire. »

Rachel baissa les yeux. Parler aux autres de ses enfants, partager ses précieux souvenirs était toujours difficile pour elle. Mais ce qu'elle éprouvait surtout, c'était du soulagement. Avec trois esprits à sa recherche, Mary Grace semblait plus proche. Mama B et Hope l'aideraient à donner davantage de relief aux choses jusqu'à ce que sa fille soit vraiment là.

À travers les interstices du plancher, une voix pénétra dans la chambre : « Hope ! »

Elle soupira : « Je dois y aller. » Elle se leva et lissa sa robe. « Surtout faites comme chez vous, je serai bientôt de retour. »

Elle alla jusqu'à la porte, se retourna et regarda Rachel. Ses yeux irradiaient une telle intensité que Rachel sentit la chaleur lui monter au visage. « Mary Grace, dit lentement Hope. Je vais ouvrir l'œil. On ne sait jamais. » Après avoir mémorisé les traits de Rachel, elle s'en alla.

Rachel s'approcha de la fenêtre. Un Blanc en costume sombre se tenait au milieu de la chaussée. Elle vit Hope sortir, l'embrasser sur la joue et glisser son bras sous le sien. Ensemble, ils s'éloignèrent, et Rachel les suivit des yeux jusqu'à ce qu'ils disparaissent.

6

Rachel et Mama B dormirent par terre avec – sur l'insistance de Hope – une robe en guise d'oreiller.

« Oh, cette vieillerie ! De toute façon, je ne la porte plus. »

(Rachel crut voir des taches de sang au niveau du col, mais il était difficile d'être sûre car le tissu était d'un bleu très sombre.)

Le lendemain, Mama B essaya d'apprendre à Rachel à se déplacer dans le vertigineux dédale des ruelles. Elle lui montra les clochers jumeaux de St Michael et St Mary qui s'élançaient à l'assaut du ciel et faisaient office de point de repère où qu'on se trouve à Bridgetown. Rachel fit de son mieux pour inscrire dans sa mémoire le plan de la ville, mais elle se sentait aussi perdue que lorsqu'elle s'était retrouvée dans la jungle, douloureusement consciente du fait qu'elle était dans un environnement totalement étranger.

Elles se rendirent au voisinage de riches demeures dans l'ouest de la ville, où elles attendirent devant la porte de service que des femmes de chambre et valets que Mama B connaissait sortent faire une commission. Tout le monde était content de la voir, tout le monde portait sur Rachel un regard sympathique, mais nul n'avait vu ni entendu parler d'une jeune femme nommée Mary Grace.

Ensuite, elles se séparèrent pour pouvoir couvrir davantage de terrain. Au début, Rachel était trop timide pour parler aux gens, mais au bout de quelques jours sans résultats, son cœur devint si lourd de peur à l'idée qu'elles s'étaient trompées et que Mary Grace n'était pas à Bridgetown qu'elle en perdit sa timidité. Dans la rue, elle attrapait les gens par le bras et leur demandait : « Est-ce que tu connais ma fille ? Mary Grace ? Elle est muette », songeant que le désespoir dans sa voix les pousserait à se creuser les méninges pour lui répondre.

Sa vie prenait de plus en plus l'allure d'un rêve éveillé. Elle avait l'impression que le monde n'était plus solide, que Bridgetown ne cessait de se transformer. Sans Mama B, elle se perdait souvent : la rue par laquelle elle comptait rentrer chez Hope n'existait pas, ou bien elle était certaine de partir dans la direction des quais mais se retrouvait exactement à l'opposé. Et sa quête prenait cet aspect répétitif, comme dans un rêve, comme si rien de ce qu'elle pouvait entreprendre ne parvenait à la rapprocher de son but.

Un jour, elle rentra épuisée et trouva Hope seule devant sa coiffeuse, vêtue d'une chemise de nuit toute simple. Pendant un moment, la jeune femme lui parut à bout de forces, puis elle sourit et son visage s'illumina de chaleur à nouveau.

« Alors, as-tu des nouvelles ? »

Rachel secoua la tête.

« Tu la retrouveras bientôt. » Hope était si sûre d'elle qu'il était impossible de ne pas la croire.

Rachel la vit ouvrir un petit pot argenté et étaler une sorte de pâte sur ses cheveux, qu'elle se mit à lisser lentement avec un peigne d'ivoire à larges dents. Elle pensa à Cherry Jane – quand elle était enfant, les autres femmes de Providence admiraient ses boucles lâches et déclaraient qu'elle avait « de beaux cheveux ». Certes, Cherry Jane était belle, aucun doute là-dessus, mais l'idée que les boucles serrées de Hope, qui encadraient l'ovale parfait de son visage, soient moins belles était absurde.

Leurs regards se rencontrèrent dans le miroir. Hope se mit à rire. « Mes cheveux, quelle corvée !

— Ils sont très beaux.

— Ils sont pénibles ! J'ai presque envie de les couper, comme toi. » Elle se retourna et lui tendit le peigne. « Tiens. Aide-moi un peu, si tu veux. »

Les mains de Rachel se rappelaient encore les mouvements, même si cela faisait des années qu'elle n'avait pas passé le peigne dans les cheveux d'une de ses enfants. Les boucles épaisses de Hope montaient et descendaient telles des vagues, et Rachel sentit son cœur se serrer. Elle se força à respirer malgré sa douleur, malgré l'écho de toutes ces années qu'on lui avait arrachées et qu'elle aurait pu passer auprès de ses enfants. La pâte sentait la rose.

Hope observait Rachel dans le miroir. Pour la première fois, celle-ci remarqua de petites imperfections sur la peau d'ébène de la jeune femme. Une minuscule cicatrice nichée dans son sourcil droit, l'esquisse d'une ride, fantôme de sourcils froncés.

« Je peux te poser une question ? » fit Hope d'une toute petite voix.

Rachel acquiesça.

« Tu crois que Mama B est fâchée ?

— Fâchée pour quoi ? »

Hope désigna la pièce d'un geste vague. « Ça. Ce que je suis. »

Quand elle ne riait pas, Hope paraissait fragile. Si jeune. Rachel se demanda quel âge elle avait vraiment – sans doute guère plus de vingt ans.

« Non », répondit-elle d'un ton assuré. Et elle le pensait réellement. Lorsqu'elles arpentaient ensemble les rues, Mama B parlait souvent de Hope. De celle qu'elle était à l'époque où elle l'avait rencontrée : une boule d'énergie brute, douloureuse, au sang chaud. Mama B savait qu'on ne pouvait l'apprivoiser, mais elle avait fait de son mieux pour détourner cette détermination farouche de son but, qui était alors l'autodestruction. Mama B disait avec bonheur à Rachel combien il était bon de voir que Hope était redevenue elle-même. Bien sûr, elle s'inquiétait toujours pour elle. Cependant la jeune femme semblait plus heureuse. Certes, elle se battait, mais à présent, c'était pour se défendre. Naguère, elle n'aurait pas résisté à son agresseur. Elle l'aurait même aidé à lui faire du mal, à la détruire.

Hope baissa la tête. « Je n'aime pas ce que je fais, tu sais. C'est pourtant le cas de certaines filles. Le fait que quelqu'un veuille payer pour les avoir leur donne un sentiment de puissance. » Un pauvre sourire s'afficha sur ses lèvres. « Celles qui disent ça en général sont nées libres. » Elle regarda Rachel dans le miroir. « Il y a tant d'hommes blancs qui ont payé pour avoir un si grand nombre d'entre nous. Pour nous avoir tout entières – tout ce qu'on est, et tout ce qu'on fait. Je ne pense pas que l'argent dise quoi que ce soit du désir. Ça ne signifie pas que je déteste faire ce que je fais. Mais une chose est certaine, ça ne me plaît pas. C'est juste mon métier. Et je suis douée pour ça. Je gagne de l'argent et ça veut dire que je n'ai pas besoin de m'abandonner complètement. Les hommes payent pour me posséder pendant un moment, mais le reste du temps, je n'appartiens à personne. » Elle se retourna pour regarder directement Rachel. « Tu comprends ce que je veux dire ? »

Rachel acquiesça. Le feu s'était ranimé dans les yeux de Hope, et Rachel savait que cette jeune femme insoumise l'était assez pour se tailler un espace à elle en ce monde. Elle essaya d'imaginer qu'un homme se glisse en elle et réussisse à lui prendre quelque chose, mais non, c'était impossible.

Hope se retourna vers le miroir. Rachel regarda leurs reflets, côte à côte. Comparé à la jeune femme, son visage à elle paraissait dur, anguleux. Des années de rudes travaux et de douleur silencieuse se lisaient dans les rides de sa peau. Hope était solide, l'œil brillant ; le reflet de Rachel était faible en comparaison.

« T'es sûre de toi, c'est bien. »

Hope éclata de rire, et aussitôt sa fatigue s'envola. « Merci ! Il m'a fallu du temps, mais maintenant je sais ce que je vaux – et je ne mesure pas ma valeur à ce que les hommes sont prêts à payer pour moi. »

Rachel se remit à la peigner. Elle regardait ses doigts se glisser lentement dans les cheveux de la jeune femme, à croire que les frontières de son corps étaient perméables. Hope brûlait de la certitude de la jeunesse, ce moment à la lisière de l'âge adulte, où l'on sait exactement quel chemin emprunter et où l'on est certaine que le monde s'adaptera. Rachel avait vécu assez longtemps pour voir ses certitudes s'évanouir. Il y avait encore en elle des parties inabouties, semblables aux paroles d'une prière adressée à ces divinités de l'autre côté de l'océan dont elle se souvenait à demi. D'autres qui étaient mortes et enterrées dans la plantation et qu'elle avait laissées derrière elle. Elle était éparse, fragmentée, déchirée.

Mais ça allait. Elle admirait l'assurance de Hope, de la même manière qu'elle admirait les belles demeures du centre de Bridgetown. Impressionnantes mais étrangères, voire un peu effrayantes. Cela ne gênait pas Rachel de ne pas posséder la force de Hope, ni de savoir clairement qui elle était. Elle avait décidé de survivre ainsi : en laissant de petits morceaux d'elle choir derrière elle sans résistance. C'était nécessaire, sans quoi le chagrin l'aurait tuée.

« Moi aussi je t'admire, Rachel. De chercher ta fille comme ça. C'est très courageux. » La lumière dans ses yeux vacilla mais ne diminua pas. « J'ai eu une fille, mais elle est morte. Elle n'avait même pas un an. C'était juste avant que je me sauve. » Elle sourit pour dissimuler son trouble.

Rachel pensa à ce que Mama B lui avait dit au sujet de Hope, la désespérée, qui voulait mourir en se jetant dans les vagues.

Elle se regarda de nouveau dans la glace. Des yeux calmes, aux aguets, lui renvoyèrent son regard. Aucune flamme n'y brillait mais il en émanait une force souple et douce.

7

LE CIEL ÉTAIT GRIS ARDOISE et l'air alourdi d'humidité. Les rues de Bridgetown, bondées comme toujours, paraissaient apathiques. Rachel errait lentement, pas tout à fait perdue, mais sans vraiment savoir d'où elle venait ni où elle allait. De temps à autre, un visage sortait du lot : cela ne pouvait être que sa fille ! Rachel se précipitait vers elle à travers la foule, mais alors ce visage se décomposait pour redevenir celui d'une inconnue.

Elle avançait vers l'ouest, le long du fleuve Constitution, en direction de la cathédrale St Michael. Elle s'arrêta dans quelques échoppes en chemin pour décrire sa fille, mais ne récolta que des regards indifférents. C'était une ville où l'on venait se perdre – c'était pour cette raison que Mama B amenait ici les fugitives. Il était facile d'y conserver l'anonymat. Mary Grace pouvait être n'importe où.

Dans les ruelles plus étroites qui environnaient la cathédrale, il y avait moins de monde. Les bruits de pas et de voix se réverbéraient sur les murs de pierre des bâtiments tassés les uns contre les autres. Rachel avançait lentement ; c'était la fin de l'après-midi et elle était épuisée après une longue journée passée à chercher. Elle laissa son regard grimper jusqu'aux nuages brumeux qui pesaient sur la flèche de St Michael, l'esprit aussi vide qu'une noix de coco sans chair.

Quand ses yeux revinrent sur la rue, elle vit un homme tourner à l'angle devant elle. Ses cheveux orange attirèrent son regard à mesure qu'il avançait à travers un groupe de femmes qui échangeaient des raconteries. Il en bouscula deux avec brusquerie, laissant voir à Rachel son visage brûlé de soleil et ses épais sourcils. Et soudain, comme un coup de fouet sur sa peau, elle le reconnut.

C'était un des hommes du contremaître à Providence. Un Blanc de sa vie d'avant.

Il s'arrêta, prit tout son temps pour examiner les visages des femmes qu'il avait bousculées, échangeant quelques paroles injurieuses avec elles – il avait beau être trop loin pour que Rachel l'entende, elle savait avec une terrible certitude que sa quête à lui était l'opposée cruelle de la sienne, son double maléfique, reflet tordu et craquelé dans un miroir brisé.

Il la cherchait, elle.

À sa droite, entre deux maisons, une minuscule ruelle qui semblait ne mener nulle part, où s'entassait du bois pourri et d'autres détritus – des choses que les gens avaient remisées et oubliées. Rachel s'y précipita, se faufilant entre les objets abandonnés, cherchant à disparaître. Elle réussit à se glisser derrière deux planches qui la dissimulaient depuis la rue, mais elle se sentait toujours terriblement exposée, à croire que le bois et les murs autour d'elle étaient de verre et qu'elle était piégée, parfaitement visible aux yeux de cet homme, sans plus pouvoir fuir nulle part.

Elle approcha l'œil d'une fissure dans le bois, et distingua un pan de rue étroit.

Elle essaya de mesurer le temps en comptant les battements de son cœur, mais il était trop affolé pour lui indiquer depuis combien de temps elle était debout, là, à épier.

Des silhouettes passaient. Elles apparaissaient dans sa ligne de mire trop brièvement pour qu'elle puisse les identifier – homme, femme, vieux, jeune, Noir, Blanc, tout n'était plus qu'un entrelacs de membres en mouvement. Son corps demeurait tendu, prêt à fuir, mais il n'y avait pas d'autre issue que celle par laquelle elle était entrée.

Pas le moindre éclair roux signalant le passage du sbire du contremaître. Rachel tendit l'oreille, mais elle ne décela pas sa voix odieuse, qu'elle avait entendue pour la dernière fois cracher son venin sur une femme du premier atelier, à Providence, après qu'elle s'était évanouie sous la chaleur du soleil de midi. Rachel essaya de se représenter la rue d'où elle était venue : y avait-il d'autres venelles qu'il aurait pu emprunter ? Était-il possible qu'il soit déjà passé et qu'elle ne l'ait pas remarqué ?

À force de serrer les dents, elle en avait mal à la mâchoire. Elle serra les bras autant que possible le long de son corps pour se faire encore plus petite.

Et elle attendit.

Le souvenir d'Atlas lui revint, sans crier gare – cet homme qui avait tenté de marronner et qui l'avait payé en se faisant trancher le nez avant de rendre l'âme. Elle se força à ne pas y penser.

Non.

L'idée de sa fille, quelque part dans les rues tortueuses de Bridgetown, lui redonna courage. Son corps commença petit à petit à se dénouer.

Le ciel gris s'obscurcissait peu à peu à mesure que l'après-midi s'achevait. Un groupe d'hommes arriva en vue et Rachel vit là une chance de s'en tirer. Elle sortit de sa cachette et se glissa parmi eux en tapinois.

Tête baissée, elle adopta leur pas fatigué – elle n'était qu'une parmi tant d'autres, s'en retournant après sa journée de labeur. Au milieu de ces gens, elle atteignit le bout de la rue. Elle risqua un coup d'œil derrière elle. C'était désert. Le Blanc de Providence n'était nulle part.

À l'angle de la rue, le groupe passa devant un mendiant assis dans la poussière qui n'avait plus qu'un œil et qu'une jambe, et dont la bouche édentée, légèrement de travers, en appelait à la charité des passants, main tendue. Les gens passaient devant lui en hâte, affichant leur dégoût – tous, sauf Rachel. Malgré le danger d'être ainsi repérée, elle se pencha. Elle échangea un regard avec le mendiant.

« Est-ce qu'un Blanc est passé par là ? demanda-t-elle, d'une voix si basse qu'elle dut répéter.

— Quel genre d'Blanc ?

— Avec des ch'veux roux. »

Il souffla : « Ah ouais. Il est passé par là. Y demandait à propos d'une marronne. »

Rachel avait du mal à respirer.

« Y l'a suivie jusqu'ici ? »

Le mendiant haussa les épaules.

« J'pense pas. Y sait juste que la plupart, y z'arrivent ici, final de compte. »

Il plissa son œil, et Rachel fut soudain glacée à l'idée que ce pauvre homme avait beau avoir la même couleur de peau qu'elle, cela ne pèserait pas lourd face à une grosse récompense pour sa capture. Mais alors, il retira la fine couverture grise autour de ses épaules et la tendit à Rachel.

« Tiens, dit-il.

— Quoi ?

— Prends ça. »

Elle secoua la tête. Elle ne pouvait pas accepter. Pas de la part de quelqu'un qui possédait si peu. Mais il se pencha pour la lui remettre entre les mains.

« M'est avis qu'tu vas en avoir besoin. Prends-la. »

Un bruit de pas derrière elle fit s'emballer le cœur de Rachel. Elle se retourna – ce n'était qu'une Blanche qui s'en revenait chez elle en hâte et qui ne lui accorda pas un regard. Rachel enroula le tissu autour de sa tête, se dissimulant du mieux qu'elle pouvait. Le mendiant opina du chef, elle fit de même. Et elle reprit sa route.

Il se mit à pleuvoir. Toutes les rues se ressemblaient sous la pluie. Les nerfs à vif, Rachel croyait apercevoir des hommes roux à chaque coin de rue. La couverture sur sa tête était trempée, et ses vêtements lui collaient à la peau. Pour se calmer et être un peu au sec, il lui fallait se mettre à l'abri.

Elle entra dans une petite boutique très joliment arrangée. De part et d'autre de la porte, deux mannequins présentaient des robes ornées de dentelles – pas aussi ébouriffantes que celles de certaines élégantes que Rachel avait aperçues dans Bridgetown, mais d'une égale beauté, et plus discrète. Derrière le comptoir, des soieries et cotonnades de toutes les couleurs attiraient l'attention. Un homme servait des clientes – un groupe de femmes, noires et métissées. Il sortait des rouleaux de tissu avec de grands gestes, et Rachel entendit quelques bribes de paroles alors qu'il montrait à ses clientes un tissu dans la lumière en leur décrivant la robe élégante qu'elles pourraient en tirer. Il avait la peau foncée mais il était habillé tel un Blanc, avec une chaîne de montre gousset en or qui scintillait sur sa poitrine.

« Puis-je vous aider ? »

Rachel sursauta. Concentrée sur l'homme derrière le comptoir, elle n'avait pas remarqué une femme debout derrière l'un des mannequins, ses mains cuivrées jointes devant elle. Elle affichait une espèce d'amabilité, considérant Rachel avec le désintérêt poli d'une femme qui chaque jour passe des heures à s'occuper d'inconnues.

Gênée, Rachel détourna les yeux. « Pardon, je... j'suis entrée à cause de la pluie. »

La femme lui sourit poliment. « Je vous comprends. » Elle regarda dehors, où l'averse s'abattait tel un lourd rideau gris, atténuant les couleurs de la rue. « J'ai envoyé notre servante faire une commission il y a plus d'une heure, elle sera complètement trempée en rentrant. »

La femme contemplait la pluie, pensive. Elle ne semblait pas pressée de laisser Rachel pour aller s'occuper d'autres clientes. Celle-ci finit par se sentir obligée de dire quelque chose – ne serait-ce que pour saluer la tentative courtoise de cette femme capable de faire la conversation à une personne qui avait visiblement passé sa vie à trimer dans les champs et n'était pas vêtue de soie.

« C'est à vous, la boutique ?

— Oui. » Les yeux brun clair de la femme se posèrent de nouveau sur Rachel. « C'est mon mari que vous voyez là. Je couds les robes moi-même. Il y a dix ans que nous avons ouvert ce magasin et nous nous sommes bien débrouillés. Beaucoup des Mulâtresses les plus en vue à Bridgetown viennent acheter chez nous, et même quelques… » Elle s'interrompit soudain, distraite par quelque chose, dehors. « Ah, la voilà enfin. »

Rachel se retourna.

Une jeune femme entra en serrant contre elle un sac de courses. Des mèches de cheveux collaient à son front. Ses yeux se posèrent sur la couturière, puis sur Rachel. Une bouche aux lèvres fines à force de ne pas servir frémit sous le choc.

Le sac de courses tomba à terre.

Rachel et Mary Grace s'élancèrent à travers les années qui les séparaient et elles s'étreignirent, la jeune femme pareille à de l'eau s'infiltrant dans toutes les fissures de sa mère pour la remplir, étancher sa soif. Leurs membres enlacés, Mary Grace posa la joue sur l'épaule de Rachel. Larmes et gouttes de pluie coulaient à présent sur les joues de cette dernière. Elle la serrait si fort. Ses genoux tremblaient, mais ils ne cédèrent pas. Elle sentait sa fille respirer contre elle, un souffle lent et régulier. Il n'existait plus rien au monde que ces deux respirations, et le battement de ces deux cœurs.

8

DERRIÈRE SON COMPTOIR, le commerçant demeura impassible tandis que Rachel expliquait tout le chemin qu'elle avait parcouru pour retrouver Mary Grace. Les clientes étaient assez nombreuses, dit-il d'un ton égal laissant entendre qu'il avait hâte de retourner s'occuper d'elles. Peut-être Rachel pourrait-elle revenir après la fermeture pour voir sa fille ?

Son épouse se montra plus compréhensive. Elle se présenta, Elvira Armstrong, et son mari, Joseph. Elle déclara qu'elle était contente de faire la connaissance de Rachel, et elle paraissait sincère. Elle proposa aussi que les deux femmes aillent s'asseoir dans la pièce de derrière, son cabinet de travail, pour ne pas être dans les jambes de la clientèle.

« Vous avez beaucoup de temps à rattraper.

— Même si Eliza ne parle pas, dit le mari. Mais peut-être que vous le savez déjà.

— Qui ça ? » dit Rachel, en regardant alternativement l'homme et sa fille.

Mrs Armstrong fronça les sourcils : « Eliza. C'est ainsi que nous l'avons toujours appelée. »

Mary Grace baissa la tête. Rachel lui remonta le menton : « Mary Grace, dit-elle assez fort pour qu'un groupe de clientes devant la porte se retournent. Elle s'appelle Mary Grace. »

Le visage de Mr Armstrong ne trahit pas la moindre émotion, mais son épouse répéta ce nom en souriant, laissant les riches syllabes lui emplir la bouche. La lèvre de Mary Grace tremblait et les larmes menaçaient une fois de plus de déborder. Rachel se demanda depuis combien d'années sa fille n'avait pas entendu prononcer son nom.

Le salon de couture de Mrs Armstrong était petit, éclairé par une fenêtre haute. L'atmosphère en était chaleureuse, c'était une pièce qui respirait la vie et la compagnie. Sur la table de travail, une longueur de tissu lilas marqué de repères, dans lequel étaient piquées des aiguilles : une robe en devenir.

Mary Grace souriait, mais ses lèvres ne s'étiraient pas très loin. Ses épaules tombantes la faisaient paraître plus petite qu'elle n'était. Rachel nota combien sa fille avait changé avec l'âge. Enfant, elle était maigre, les os saillants, les membres mal proportionnés. À présent, les différentes parties de son corps s'accordaient entre elles et elle s'était remplumée au niveau des hanches. Cela fit plaisir à Rachel, mais en même temps cela la gêna. Ce corps était celui d'une femme, pas de l'enfant qu'on lui avait arrachée à Providence, bien des années auparavant. C'était l'incarnation charnelle de ces années de la vie de Mary Grace que Rachel avait manquées.

Elle attendit. Une partie d'elle espérait que Mary Grace se mette à parler. Après toutes ces années, elle avait forcément des choses à dire. Mais la jeune femme se taisait, et Rachel ne trouvait pas les mots. Comment aurait-elle pu décrire ces plaies dans son cœur, qu'elle avait cru ne jamais voir cicatriser ? Et comment la vue de Mary Grace, son odeur, sa peau réparaient ce qui avait pourtant été brisé sans rémission ?

Enfin, elle prit les mains de sa fille entre les siennes et lui dit : « J't'ai retrouvée. » C'était la seule manière pour elle d'exprimer ce qu'elle ressentait. L'opposé de la perte ; une joie et un soulagement aussi profonds que la douleur initiale de la séparation. Dans le silence qui suivit ces mots, les yeux de Mary Grace se remplirent à nouveau de larmes, et Rachel sut que sa fille comprenait.

Mrs Armstrong entra dans la pièce, suivie de son mari. Elle souriait.

« Quel plaisir ce doit être d'être enfin réunie avec votre fille. Depuis combien de temps vous ne vous étiez pas vues ?

— Douze ans, murmura Rachel, sentant passer chacune de ces journées d'absence.

— Mon Dieu. »

Mrs Armstrong avait un visage changeant, qui un instant se montrait chaleureux, puis curieux, puis soucieux. À côté d'elle, son mari paraissait impénétrable.

« Et que comptez-vous faire à présent ? » demanda celui-ci.

Rachel ne sut quoi répondre. Cette question impliquait qu'elle ait de sa propre volonté décidé de l'ordonnancement des événements. La quête de ses enfants était moins un projet qu'un désir. Un sentiment insistant mais sans forme, aux détails vagues.

« J'sais pas. »

Mrs Armstrong regardait les mains de Rachel, qui serraient toujours celles de Mary Grace. « Pensez-vous rester à Bridgetown ? »

À cet instant, en regardant sa fille dans les yeux, Rachel ne put imaginer être ailleurs.

« Oui.

— Avez-vous un emploi ?

— Non. »

Une pensée sombre flotta un instant sur les traits de Mrs Armstrong avant qu'elle retrouve le contrôle d'elle-même – quelque chose qui ressemblait à du chagrin. « Aimeriez-vous travailler ici ?

— Elvira, dit Mr Armstrong en prenant sa femme par le poignet.

— Joseph, c'est tout à fait sensé, dit-elle en retirant sa main. Nous pensions qu'Eliza… » Elle s'interrompit et regarda Rachel. « Que Mary Grace pourrait m'assister dans mes travaux de couture. Dans ce cas, j'aurai besoin d'une nouvelle personne pour effectuer les autres commissions. »

Mr Armstrong ne dit rien, même si Rachel nota qu'une ride se creusait entre les sourcils dans son visage parfaitement immobile.

« Donc c'est réglé », dit Mrs Armstrong. À son ton et à la manière dont elle joignit les mains, il était facile de comprendre qu'elle réglait souvent les choses. « Rachel, vous allez venir travailler pour nous. »

Un projet. Un avenir complet tombé du ciel, qui gravitait autour de Mary Grace. Comment aurait-elle pu refuser ?

Rachel accepta de rester une nuit de plus chez Hope tandis que Mrs Armstrong procédait aux arrangements nécessaires pour l'accueillir dans leur maison de

Cheapside Street. Après avoir pris sa fille une dernière fois dans ses bras, la serrant fort pour en garder le souvenir jusqu'au lendemain matin, elle s'en repartit.

La pluie s'était arrêtée et les nuages s'étaient dissipés. Le soleil se couchait, ses rayons caressant les toits des bâtiments serrés les uns contre les autres le long des rues. L'église St Mary se détachait sur le ciel rouge, aussi belle qu'intimidante. Même à cette heure de la soirée, les rues de Bridgetown fourmillaient de travailleurs, d'amants, d'ivrognes qui s'affrontaient. Pour la première fois, Rachel ne se sentit pas incommodée par la foule et les odeurs de sueur. La couverture du mendiant toujours sur la tête, elle se sentait moins exposée et moins vulnérable en avançant à travers les artères animées. Elle était toujours sur ses gardes, cherchant des yeux le rouquin – elle n'avait pas les moyens d'oublier, pas même une seconde, qu'à tout moment le bras armé de Providence pouvait la rattraper et la ramener à sa vie antérieure. Mais dans la douce lumière du soir, Rachel ne pouvait s'empêcher d'éprouver un frémissement de calme : la peur qui l'avait tout l'après-midi durant tenue dans son étau se relâchait lentement. Comment la ville qui venait de lui rendre Mary Grace aurait-elle pu la trahir à présent ? Les ombres du soir la protégeaient et la masse des corps était son bouclier.

Rachel trouva Mama B seule dans la chambre de Hope. Dès que son amie la vit, un grand sourire fleurit sur son visage. Elle se leva et ouvrit grand les bras.

« Tu l'as trouvée. »

En voyant Mama B partager sa joie ainsi qu'elle avait partagé toute son aventure, Rachel se sentit submergée en se rappelant tout ce qu'elle avait fait pour elle. Elle pensa à Hope et elle se demanda combien de temps il lui aurait fallu à elle, après avoir fui Providence, pour songer à la mort et finir à la mer. Elle ne se serait pas jetée violemment dans les flots comme la jeune femme, mais elle y aurait terminé ses jours, c'était sûr – elle serait entrée calmement dans les vagues et se serait laissée glisser entre les lames, trouvant là une forme de liberté. Mais au lieu de cela, elle avait rencontré Mama B, et celle-ci l'avait menée jusqu'à Mary Grace.

Rachel essaya de lui témoigner sa gratitude en posant les mains sur les épaules de la vieille femme. Elles demeurèrent longuement ainsi, puis Hope rentra. Elle accueillit la nouvelle avec un petit cri suivi de rires et de larmes, et le calme que Rachel et Mama B partageaient fut rompu.

Le lendemain matin, Mama B se leva de bonne heure pour reprendre le chemin du nord. Elle fit ses adieux à Hope, mais Rachel lui proposa de l'accompagner un peu, mentant en lui disant que la maison des Armstrong se trouvait dans la même direction alors qu'elle était à l'opposé.

Rachel espérait pouvoir lui exprimer sa reconnaissance mieux qu'elle ne l'avait fait la veille. Mais dès qu'elle commença : « Mama B… », la vieille femme la coupa : « C'est rien. »

Et Rachel se sentit obligée d'accepter ce mensonge.

Arrivée aux confins de la ville, elle ne put continuer à faire semblant de suivre la même direction que Mama B. Elles s'arrêtèrent et se regardèrent.

« Tu sais, dit la vieille femme, depuis que j'suis p'tiote, j'ai un don. En r'gardant quelqu'un, je sens sa douleur, mais j'sens aussi l'espoir. J'vois les choses qu'y désire le plus. Même derrière les yeux les plus morts, les plus tristes, j'vois toujours une p'tite flamme qui brille. C'est comme ça que j'l'ai vue en toi. Ta p'tite.

— Merci », acquiesça Rachel.

Le mot était trop petit, trop commun, impropre à la situation, mais c'était tout ce qu'elle possédait.

Mama B posa sur elle ses yeux toujours calmes et aux aguets.

« On a tous des dons – des choses qu'on voit, que les aut' peuvent pas voir. Ce qui faut, c'est les utiliser quand c'est le bon moment. »

Mama B sourit, et son sourire semblait déborder de son visage, se répandre sur le monde. Cette femme qui donnait tant déjà était prête à poursuivre.

« Fais bien attention à toi, Rachel.

— Adieu, Mama B. »

À Providence, les adieux avaient quelque chose de funeste – c'était une vie qui se terminait car on savait qu'on ne reverrait sans doute plus jamais l'autre. Mais Rachel avait beau ignorer si elle croiserait de nouveau le chemin de Mama B, lui dire au revoir n'était pas douloureux. Le souvenir de la vieille femme demeurerait toujours en elle ; pas un fantôme de souvenir, mais quelque chose de vivant, comme une branche greffée sur elle qui continuerait de pousser après leur séparation.

En regardant Mama B s'éloigner, Rachel entendit dans sa tête l'écho de ses paroles.

Le lien entre tout ce qui existe.

Rachel tenait la couverture grise du mendiant – en marchant aux côtés de Mama B, elle avait eu assez de courage pour avancer tête nue. Mais elle s'enveloppa la tête de nouveau : les rues se remplissaient de gens et le danger pouvait se tenir en embuscade à chaque coin de rue. En faisant de son mieux pour passer inaperçue, aux aguets, Rachel prit la direction de la maison des Armstrong et de Mary Grace.

9

Les Armstrong vivaient dans une petite maison en bois de plain-pied, qu'un étroit couloir parcourait en son milieu telle une artère. Un petit salon, une salle à manger et une chambre, voilà où Elvira et Joseph Armstrong passaient la plupart de leur temps. À l'arrière de la maison, Rachel et Mary Grace avaient la cuisine et une petite chambre presque pour elles seules – même si Mrs Armstrong n'était pas étrangère aux fourneaux et, lorsque le couple recevait, elle venait souvent superviser la préparation du repas.

Mrs Armstrong était fière de sa maison et son attention aux détails montrait qu'à une époque, elle non plus ne possédait rien ; Mr Armstrong, lui, s'installait dans son fauteuil avec l'aisance d'un homme qui a toujours espéré jouir d'un foyer confortable, qu'une épouse tiendrait pour lui. Voilà quelles furent les premières impressions de Rachel, et au cours des semaines qui suivirent, celles-ci se virent confirmées : Mr Armstrong était né libre, mais pas Mrs Armstrong.

À la boutique, Mr Armstrong avait son bureau, où il faisait les comptes, et où nulle femme n'entrait jamais. Mrs Armstrong avait son salon de couture. De tous les lieux qui faisaient désormais partie de la vie de Rachel, c'était son endroit préféré. Quand celle-ci n'avait rien à faire, Mrs Armstrong l'encourageait à venir s'asseoir sur un petit tabouret dans le coin pour voir peu à peu les robes prendre forme. Rachel aimait observer la minuscule aiguille et le fil relier les pièces ensemble pour donner forme aux vêtements.

Elle savait ce que c'était de travailler dur, mais le seul labeur qu'elle connaissait était le cycle sans fin de la canne à sucre : planter, désherber, récolter, broyer. Cela demandait certes des compétences, principalement de savoir forcer ses muscles fatigués à reproduire encore et encore et encore les mêmes gestes jusqu'à n'en plus pouvoir. La couture de Mrs Armstrong était d'une tout autre nature. Aucune robe n'était semblable aux autres. Les clientes demandaient telle ou telle broderie sur le corset, telle dentelle particulière au bout des manches. Pendant des heures, tout ce qui bougeait, c'étaient les doigts agiles de Mrs Armstrong, qui faisaient exister la robe exacte que sa cliente avait imaginée. Sa compétence consistait à exécuter de minuscules gestes précis et constamment différents. Ce spectacle avait un caractère hypnotique.

Tout en travaillant, Mrs Armstrong parlait de manière intermittente, quand la tâche ne requérait pas une attention accrue. Elle expliquait à Mary Grace les différentes manières de coudre, que chaque tissu possédait ses propres qualités et défauts, qui nécessitaient de la patience. Parfois, sans y avoir été invitée, elle parlait de son passé à Rachel. Elle commençait par un souvenir particulièrement vif – l'odeur de la mousseline, ou la vue du sang sourdant de la piqûre d'une aiguille – et son esprit s'éloignait du présent. Il y avait des trous dans ses récits, qui d'un jour sur l'autre n'avaient rien de linéaire. Mais peu à peu, Rachel réussit à rassembler les pièces du puzzle.

Elvira était née sur une plantation du sud-ouest de l'île. Sa mère était esclave, son père le fils cadet du maître. Elle n'avait aucun souvenir de lui car on l'avait envoyé faire ses études en Angleterre peu après sa naissance. En revanche elle se rappelait sa mère. Africaine de naissance, ce qui déjà à l'époque était rare, elle avait les épaules larges et campait une figure impressionnante. Le contremaître la traitait durement, et ses sbires se moquaient de son piètre niveau d'anglais, mais aux champs, elle inspirait le respect car elle travaillait côte à côte avec les hommes les plus forts du premier atelier. Certains esclaves pensaient que dans son pays natal elle avait été reine. Ce n'était pas vrai, mais elle n'avait jamais pris la peine de rectifier leur erreur.

Quand Elvira eut cinq ans, on l'enleva à sa mère pour la donner à une esclave de maison. Il était habituel que les esclaves à peau claire soient retirées des champs ; elle n'était pas la première à naître des relations ancillaires des fils du maître et ne serait pas la dernière.

On la confia à une dénommée Peggy, issue d'une longue lignée d'esclaves de maison. Peu de temps auparavant, sa fille à elle était morte des fièvres, et peut-être la maîtresse avait-elle pensé que cela lui ferait du bien de s'occuper d'une autre enfant. Après tout, quelle différence y avait-il entre une petite esclave et une autre ? Si son projet était de faire adopter Elvira par Peggy pour qu'elle la traite comme sa propre fille, ce fut un échec. Peggy n'était pas une femme cruelle mais elle était froide. Tout ce qu'il y avait de maternel en elle était mort avec son enfant, et souvent la nuit elle sortait pour aller retrouver un esclave de houe qui savait comment ne pas mettre une femme enceinte.

Un jour, Peggy surprit Elvira alors qu'elle tentait d'aller rendre visite à sa mère. Elle la souffleta.

« Ta place, c'est ici, main'nant. À l'intérieur. C'te espèce de sauvage à la peau noire va te farcir la tête avec toutes ses bêtises. »

Jusqu'à ses dix ans, Elvira avait travaillé avec Peggy à la cuisine. Sa tâche consistait à nettoyer, et autres corvées que les autres esclaves de maison considéraient indignes d'elles. En grandissant, elle acquit la réputation d'avoir la main sûre et rapide, aussi le jour où une fille de cuisine se trancha un doigt, on confia à Elvira la tâche de peler et couper les légumes.

Son habileté attira également l'attention d'une autre esclave de maison, la vieille Molly Rose, qui de tout temps avait été la femme de chambre de la maîtresse. La vieille Molly Rose était chargée de transformer les robes de sa maîtresse quand les cordons de la bourse étaient trop serrés pour faire venir les derniers modèles à la mode directement de Londres, hélas ses yeux perdaient en acuité, et ses doigts tremblaient de plus en plus en maniant l'aiguille. Elle cherchait donc une assistante. Se désintéressant complètement d'Elvira, Peggy la laissa sans difficulté quitter les cuisines pour occuper ce nouveau poste. Grâce à Molly Rose, Elvira apprit l'art de la couture, et lorsque la vieille esclave rendit l'âme, elle devint à sa place la couturière de la famille.

À la mort du vieux maître, son fils aîné hérita de la plantation. À la consternation de sa mère, il prit ouvertement une esclave pour maîtresse et commença à placer ses propres enfants aux postes les plus importants dans la maison. Un jour, il fit venir Elvira et quelques autres esclaves. En attendant qu'il prenne la parole, elle réalisa qu'elle était entourée des filles et des fils de ses frères.

« Vous serez tous vendus, fit-il sèchement. Je ne supporte pas d'héberger sous mon toit les bâtards de mes frères. »

Et il en fut ainsi. À dix-sept ans, elle fut déracinée. Bien qu'Elvira n'éprouvât guère d'amour pour la plantation, en partant, elle pleura. La marche jusqu'à Bridgetown fut longue et éprouvante sous la chaleur, et on ne les laissa s'arrêter ni pour manger ni pour boire.

Ce fut en tant qu'esclave qu'Elvira rencontra Joseph Armstrong à Bridgetown. À une époque il avait en effet été assistant chez un fabricant de tissu. Mrs Armstrong demeurait peu diserte sur les débuts de leurs amours. Chaque fois que le sujet émergeait au cours d'un de ses récits, le timbre de sa voix diminuait puis elle se taisait, alors elle levait les yeux de son ouvrage et regardait au plafond, à croire que les souvenirs de ces jours y étaient gravés. Certaines choses se diluaient quand on les partageait, et Rachel devina que Mrs Armstrong voulait garder pour elle les sentiments qu'elle avait éprouvés en tombant amoureuse.

Mr Armstrong travaillait dur, il avait mis de côté tout ce qu'il pouvait depuis qu'il était jeune. Il rêvait d'ouvrir sa propre boutique un jour. Au lieu de cela, il avait porté toutes ses économies au maître d'Elvira pour racheter sa liberté. Le maître avait marchandé avec lui et fini par accepter. Elle était libre.

Ils s'étaient mariés. Il avait continué de travailler pour le vendeur de tissu et elle avait tenté de gagner sa vie comme couturière. Lorsqu'ils avaient à nouveau économisé assez d'argent, ils avaient acheté la boutique où ils travaillaient depuis.

Voilà le récit que Rachel réussit à construire à force d'après-midi passés dans le salon de couture de Mrs Armstrong. Elle ne sut jamais pourquoi cette dernière éprouvait le besoin de partager son histoire avec une autre. Peut-être qu'elle aimait parler à Rachel car elles avaient toutes les deux vécu sur une plantation, ce qui n'était pas le cas de son mari. Cela signifiait qu'elle n'était pas obligée de raconter certaines choses – et les détails restaient en suspens dans l'air humide de la pièce.

« Je me rappelle que ma mère a été battue, dit-elle un jour. C'est l'un de mes plus anciens souvenirs... » Elle se tut.

Les narines de Rachel s'emplirent de l'odeur écœurante du sang qui coulait des blessures ouvertes. Elle hocha la tête. Elle comprenait.

Mrs Armstrong soupira, tenant la robe qu'elle cousait dans la lumière, ses ciseaux à la main.

« Tu vois, Mary Grace, dit-elle en découpant l'étoffe délicate avec soin. Comme ça, la couture reste plate. Mais il faut faire attention de ne pas couper les points. »

Rachel songeait que Mrs Armstrong ne devait pas partager ce genre d'histoires avec son mari. Comment l'aurait-elle pu ? Il n'aurait pu comprendre les non-dits. Des fragments de son passé seraient perdus à jamais. Ces souvenirs seraient mieux préservés dans la mémoire de Rachel.

Mary Grace était au service des Armstrong depuis cinq ans. Sentant le désir de Rachel d'en savoir plus sur la vie de sa fille après son départ de Providence, Mrs Armstrong fit de son mieux pour décrire le Blanc à qui ils avaient acheté Mary Grace. Elle posa même son travail et leva les yeux vers le plafond, pour mieux se remémorer les choses.

« Il habitait à Bridgetown. Je ne me rappelle pas son nom. Il était assez… » Mrs Armstrong regarda Mary Grace, mais aussitôt détourna les yeux. « … déterminé. À propos de la vente, je veux dire. Il avait besoin d'argent pour payer ses dettes. Peut-être parce qu'il jouait. Ou qu'il buvait. Il semblait avoir ce genre d'inclinations. »

Mary Grace baissait la tête. Une espèce de honte se lisait sur son visage, à croire qu'être la propriété d'un tel homme donnait la mesure de ce qu'elle était, elle, la forçant à porter le poids de ses péchés à lui parce qu'elle lui appartenait.

Le soir, dans leur petite chambre, Rachel et Mary Grace demeuraient allongées dans le silence. Rachel attendait que sa fille lui dise quelque chose – n'importe quoi.

Au bout d'une semaine, puisque Mary Grace ne parlait toujours pas, Rachel tenta une autre approche. Elle se mit à lui raconter sa propre vie, d'un ton hésitant. Elle lui rapporta la vente de Mercy, de Cherry Jane, de Thomas Augustus. La solitude dévastatrice de la plantation après que tous ses enfants avaient été enterrés ou vendus. Elle lui parla des fausses promesses de liberté le jour de l'émancipation, et de son soudain besoin de fuir. Elle lui décrivit Mama B et toute sa sagesse. Ses journées passées à arpenter Bridgetown, et ses nuits à dormir par terre dans la chambre de Hope.

Il lui fallut trois nuits pour achever son récit.

La quatrième, aucune d'elles ne parla.

La cinquième, Rachel dit : « Si tu veux m' dire quèque chose, j't'écouterai. Tu sais ça ? »

Mary Grace ne répondit pas.

En soupirant, Rachel se mit sur le côté. Elle avait l'esprit rempli de souvenirs de Mary Grace quand c'était encore une enfant aux yeux sérieux et au grand sourire, avant que la parole lui fût ravie par la cruauté innommable d'un homme par une nuit sombre. Rachel essayait de se rappeler le son de la voix de sa fille. Mary Grace s'exprimait lentement, prenant son temps pour choisir ses mots, sa voix remontant dans les aigus à la fin de chaque phrase comme si c'était une question – non parce qu'elle n'était pas sûre d'elle, mais parce que chaque fois, elle invitait l'autre à lui répondre. Elle voulait qu'on continue de lui parler le plus longtemps possible.

Rachel se rappelait la nuit où on lui avait pris Micah. La première de tant de pertes à venir. Sa case lui avait paru vide ce soir-là, bien qu'elle fût encore remplie de monde ; il y avait là un trou béant qui la plongeait dans le néant et d'où elle croyait ne jamais pouvoir réchapper. Rachel était allongée, aussi immobile et silencieuse qu'un cadavre, sans plus de larmes à verser, attendant la libération du sommeil ou de la mort. C'était Mary Grace qui était la plus proche d'elle, et qui savait que, même si sa mère ne pleurait plus, le pire restait encore à venir. Elle avait glissé sa menotte dans la main de sa mère et l'y avait laissée à mesure que la nuit avançait lentement, jusqu'à ce que l'aube enfin arrive, alors Rachel avait su qu'elle devait se lever pour vivre cette journée. C'était cette petite main dans la sienne qui lui avait permis de rester ancrée dans ce monde. Et ce matin-là, quand Mary Grace lui avait murmuré : « Tu vas y arriver, maman, au bout d'la journée », pour une fois on n'entendait pas l'interrogation dans sa voix.

Voilà les souvenirs qui tenaient compagnie à Rachel dans la maison des Armstrong tandis qu'elle attendait le sommeil avec une légère douleur dans la poitrine, juste au creux de la clavicule.

Rachel rêva de Mary Grace. Sa fille était plus jeune qu'aujourd'hui, mais plus vieille qu'à l'époque où on l'avait emmenée. C'était la Mary Grace des années perdues. Tête baissée. Des lambeaux de vêtements gris et déchirés couvrant à peine son corps. Une goutte de sang coulant de l'intérieur de ses cuisses.

Rachel tendit la main, mais c'était inutile. Elle n'avait pas les bras assez longs. Elle ne pouvait la toucher.

Mary Grace leva la tête. Ses lèvres craquelées, en sang, lui dirent : « Y a tant d'choses que je veux oublier. »

Rachel se réveilla en sursaut. Le visage de Mary Grace était à quelques centimètres du sien, les yeux grands ouverts, débordant de la même douleur que dans le rêve.

Rachel lui toucha la joue.

« Je comprends », murmura-t-elle.

Mieux valait taire certaines choses.

10

RACHEL GARDA LA FINE COUVERTURE donnée par le mendiant. Dès qu'elle sortait, elle s'en couvrait la tête. Elle se protégeait du mieux qu'elle le pouvait du monde extérieur. Chaque fois qu'elle croisait un Blanc, ses mains se mettaient à trembler. C'était ça le vrai pouvoir de l'esclavage, l'ombre qu'il projetait alors même qu'il avait pris fin officiellement : malgré toute la distance qui la séparait de Providence, Rachel vivait encore dans la peur.

Peu à peu, ses autres enfants se mirent à revenir dans sa vie. Elle avait l'habitude de les voir tapis dans l'obscurité, ou debout autour d'elle lorsqu'elle était entre veille et sommeil. Voilà comment ils lui apparaissaient à Providence. À présent, à Bridgetown, ils s'enhardissaient. Derrière un étal, au marché, où s'empilaient des poulets morts aux yeux vitreux, elle vit Cherry Jane qui la dévisageait d'un air lugubre. En traversant un pont qui enjambait le fleuve Constitution, elle vit Micah et

Mercy se donner la main pour sauter dans l'eau avant d'être engloutis par les vagues en contrebas.

Et puis il y avait les cauchemars. Il s'agissait plus de sensations que de visions – la sensation d'être battue de l'intérieur, de mains s'enroulant autour de sa gorge pour étrangler ses cris. La culpabilité de jour en jour grandissait en elle, naissant au plus profond de ses entrailles, se répandant à travers ses veines. Elle avait conscience de ce qui manquait, de ce vide que Mary Grace à elle seule ne pouvait combler. Une question la taraudait :

Comment retrouver les autres ?

Le dimanche matin, Mr et Mrs Armstrong allaient à l'église avec Mary Grace. Mr Armstrong l'y avait toujours emmenée, question de principe.

« Le Seigneur ne connaît ni liberté ni esclavage », expliqua-t-il à Rachel.

Celle-ci préféra ne pas lui répondre que, puisqu'elle n'était plus esclave, le Tout-Puissant ne pouvait la juger ainsi. Elle déclina poliment la proposition de se joindre à eux, et dit à Mr Armstrong qu'elle vénérait Dieu à sa manière.

Rachel utilisait ces tranches de liberté du dimanche matin pour arpenter les rues. C'était risqué – peut-être même dangereux – de quitter la sécurité de la maison des Armstrong alors qu'elle n'y était pas obligée, mais une force plus puissante que la peur l'habitait. La nécessité de retrouver ses autres enfants se faisait de plus en plus pressante. Elle était prête à courir le risque d'être capturée pour eux. Protégée par sa couverture, elle les cherchait. Bridgetown lui paraissait encore très grande, cette ville semblait tout contenir, pourtant elle n'y décelait aucune trace de Micah, de Mercy, de Thomas Augustus ou de Cherry Jane.

Souvent, après ces marches dominicales infructueuses, elle se rendait au port. La mer avait une odeur rance, de sueur fermentée, et par jours de grand vent les embruns lui brûlaient les narines. À l'époque où Rachel habitait chez elle, Hope lui avait dit que le port était l'un de ses endroits préférés – à présent, elle comprenait pourquoi. Les lieux en imposaient. Les digues donnaient l'impression d'être l'extrémité de l'île, comme si la Barbade s'affûtait jusqu'à ce point qui tranchait dans la mer. C'était également le lieu du commencement. Tout ce qui arrivait dans l'île transitait par ce port. Elle aimait voir les navires y jeter l'ancre et déverser des hordes d'hommes crasseux sur le rivage, hommes qui ensuite s'égaillaient dans le labyrinthe des ruelles avoisinantes. Ces jours-là, Bridgetown semblait jouir d'une capacité d'absorption sans limite.

Les bateaux apportaient, puis ils remportaient. Certains jours, des files de gens s'alignaient sur le port – des hommes pour l'essentiel, en haillons, n'ayant plus que la peau sur leurs os protubérants, les yeux si enfoncés dans leurs crânes que les orbites paraissaient vides. Rachel les regardait se traîner lentement dans le ventre des navires. La première fois, elle avait été traversée par cette idée folle que l'histoire se repliait sur elle-même. Là se trouvaient les survivants de l'esclavage, ceux que la vie aux Caraïbes avait épargnés, et ils montaient à présent à bord du vaisseau qui les ramenait en Afrique. Mais en s'approchant, elle entendit un homme se tourner vers un autre et lui demander : « C'est l'bateau pour la Jamaïque ? »

L'autre secoua la tête : « Trinidad.

— Ah. J'croyais qu'c'était çui pour la Jamaïque. »

L'autre haussa les épaules. « Paraît qu'y a aussi du travail à Trinidad. »

Le premier soupira mais continua d'attendre. Donc, pas d'Afrique pour lui – juste une autre île et une autre vie passée à travailler la terre d'un autre propriétaire.

Un matin, en rentrant de chez le marchand de tissu avec dix mètres de dentelle, Rachel aperçut Hope dans l'encadrement de la porte du magasin à côté de Mary Grace.

« Rachel ! » Hope frappa dans ses mains en la voyant. « Ça doit être ta fille ! Elle est belle. »

Mary Grace n'était pas belle – elle avait un visage sans intérêt, et ses traits étaient un peu trop écartés. Mais comme toujours, les mots de Hope redistribuaient les cartes et, pendant un instant, Mary Grace fut belle. Ses yeux se mirent à briller, reflétant la lumière du sourire de Hope.

« Ces robes sont divines. » Hope souleva la manche d'une robe crème posée sur un mannequin. « Je n'arrive pas à croire que je ne suis jamais venue ici auparavant. »

Mr Armstrong sortit de derrière son comptoir. « Puis-je vous aider ? » dit-il d'une voix suave. Impossible de savoir s'il connaissait Hope, ni s'il savait ce qu'elle faisait pour vivre. Cet homme restait un mystère pour Rachel, mais sa philosophie en tant que professionnel ne lui avait pas échappé. Il était fier de son travail sans être orgueilleux. Il considérait que personne ne lui était inférieur. Sa clientèle allait des Mulâtresses les plus élégantes et hautaines jusqu'aux femmes récemment émancipées qui avaient économisé pendant de longs mois avant de pouvoir s'acheter une unique robe. Il traitait chacune avec un égal respect.

« Vous devez être Mr Armstrong, dit Hope d'un ton enjoué. Je m'appelle Hope. Je suis une amie de Rachel, et désormais une de vos fidèles clientes. »

Mr Armstrong ne put retenir un sourire, seule concession au charme de la jeune femme.

« Vous êtes trop aimable, dit-il en portant sur elle un regard flegmatique. Avez-vous un modèle particulier de robe en tête ? Ou puis-je vous suggérer quelque chose ? Nous venons juste de recevoir de nouveaux tissus en provenance d'Amérique. »

Mr Armstrong emmena Hope au fond de la boutique et Rachel se rapprocha de Mary Grace.

« Alors, t'as rencontré Hope. »

...

« Elle est belle, hein. »

...

« Dans le temps, elle a eu des problèmes, j'crois. Mais main'nant, ça va mieux. »

...

Elles discutaient souvent ainsi, Rachel laissant un silence suivre ses mots, là où Mary Grace aurait pu lui répondre.

« Tu l'aimes bien ? »

Mary Grace hocha la tête en souriant timidement.

Elles regardèrent Hope s'extasier devant chaque étoffe que Mr Armstrong lui présentait. Elle aimait tout particulièrement une cotonnade bleue aux impressions de cerise rouge, mais elle adorait aussi une soie crème ornée de petites fleurs jaunes. Attirée par les éclats de rire de Hope qui discutait avec Mr Armstrong des mérites respectifs des étoffes, Mrs Armstrong sortit de son salon de couture.

« Bonjour, dit-elle. J'ai pensé qu'il serait bon que je vienne me présenter.

— Voici mon épouse, dit Mr Armstrong. C'est grâce à son talent que votre robe prendra forme. »

Hope bondit vers Mrs Armstrong et saisit sa main tendue. « Enchantée. »

C'est seulement en la voyant près de Hope que Rachel s'aperçut combien Mrs Armstrong était belle. Ce n'était pas le même genre de beauté – brutale, évidente. Celle de Mrs Armstrong sautait beaucoup moins aux yeux. Toutefois, Rachel sentait que son regard était attiré encore et encore vers le visage symétrique de Mrs Armstrong, comme on se glisse dans une rivière fraîche sans la chaleur du soleil de midi.

Sur la douce insistance de Mrs Armstrong, Hope finit par lui commander une robe de chaque tissu à un prix très favorable.

« Vous êtes trop généreuse, dit Hope.

— Mais pas du tout, répondit Mrs Armstrong en souriant. Contentez-vous de dire à toutes les personnes qui vous poseront la question où vous les avez fait faire. Sur vous, je suis sûre que ces robes seront magnifiquement mises en valeur. »

Rachel préparait le dîner ce soir-là quand Mr Armstrong arriva dans la cuisine. Elle baissa les yeux vers le ragoût qui mijotait pour cacher sa surprise. Elle ne l'avait jamais vu s'aventurer à l'arrière de la maison, univers des femmes et des domestiques.

« Bonsoir Rachel. » Il regarda tranquillement autour de lui.

« Bonsoir, Mr Armstrong.

— Que cuisinez-vous ?

— Un ragoût d'bœuf, m'sieur.

— Bien. »

Il avait une manière particulière de maintenir avec elle une distance respectueuse chaque fois qu'ils se parlaient. Au bout d'un mois, elle le connaissait à peine.

« Mary Grace vous aide, ce soir ?

— Elle met la table.

— Je vois. Vous êtes-vous bien adaptée ?

— Oui, m'sieur, merci.

— Ce doit être bien d'être à nouveau avec votre fille. »

Rachel tourna et retourna le mot « bien » dans son esprit. Voilà un homme qui connaissait des douzaines de termes pour décrire ce qui aux yeux de Rachel étaient des nuances identiques de bleu, qui grâce à son vocabulaire pouvait dépeindre des robes ornées de dentelle, avec une ceinture de rubans aux contrastes osés, et qui lui demandait si retrouver sa fille, c'était « bien » ?

« Oui, finit-elle par dire. C'est bien. »

Il acquiesça.

Elle continua de remuer le ragoût.

« Et votre amie, Miss Hope, qui est venue aujourd'hui au magasin. Comment avez-vous fait sa connaissance ? »

Le ton était le même que d'habitude, toutefois Rachel – les yeux fixés sur sa casserole – fronça légèrement les sourcils. C'était une question apparemment innocente, mais elle ne put s'empêcher de noter que c'était une manière d'approfondir le sujet. Ils ne s'entretenaient plus désormais de détails de la vie quotidienne, ou de sa vie et de son travail dans la maison. Mr Armstrong essayait de découvrir quelque chose sur son passé.

« J'l'ai rencontrée à Bridgetown.

— Je vois. » Chaque fois qu'elle levait les yeux de son ragoût, elle croisait le regard immobile de Mr Armstrong. « Et où l'avez-vous donc rencontrée ?

— Chez elle. »

Le silence se fit. Rachel continuait à remuer le ragoût.

Mr Armstrong soupira très légèrement. « Rachel. Puis-je me montrer direct avec vous ?

— Oui, m'sieur.

— Ce que fait votre amie Hope pour vivre la regarde. » Il abordait un sujet délicat, elle s'en rendait compte, et prononçait chaque syllabe en articulant bien. « J'ai toutes sortes de clientes. Mais en ce qui concerne ma maison, je souhaite qu'elle demeure aussi respectable que possible. J'avais un peu peur que vous ayez rencontré Hope… » Il chercha le mot approprié : « … professionnellement. »

Rachel appuya la cuillère en bois contre le rebord de la casserole et se redressa. Elle était un peu plus grande que lui. « J'travaillais aux champs, m'sieur, dit-elle en résumant toute son histoire en deux mots. J'ai jamais rien fait d'aut'.

— Je ne voulais pas vous offenser.

— Non, m'sieur. »

Elle soutint son regard encore quelques secondes. Ses prunelles, de même que les siennes, étaient marron foncé, avec quelques paillettes dorées.

Je connais l'odeur du sang, songea-t-elle, lui assenant ces mots dans l'échange de regards. *J'ai vu la peau arrachée à la chair.*

Comme ta femme.

Des hommes m'ont prise de la même manière qu'ils ont pris Hope, sauf que là, c'est moi qui en ai payé le prix.

Tu ne vaux pas mieux que n'importe laquelle d'entre nous.

Ses lèvres se relevèrent lentement pour former un sourire, et elle se pencha à nouveau sur son ragoût. Mr Armstrong s'attarda un moment, puis il quitta la cuisine.

Le lendemain, dans le salon de couture, Mrs Armstrong en eut visiblement assez de ses souvenirs.

« Et toi, Rachel ? À quoi ressemblait ta vie d'avant ? »

Rachel se trémoussa sur son tabouret, se tordant les mains. Après tout ce que Mrs Armstrong avait partagé avec elles, le salon de couture paraissait doué d'une espèce de magie ; entre ces quatre murs, les femmes étaient prises dans quelque chose de plus grand qu'elles-mêmes. Elles tissaient quelque chose de précieux à partir de leurs souvenirs. S'il avait jamais existé un lieu où Rachel puisse se dévoiler, c'était bien dans cette pièce – mais elle ne parvenait pas à trouver les mots. Elle ne dit rien. Mrs Armstrong fixait des yeux son ouvrage. Sa question suivante fut murmurée à voix basse, et plus profonde – comme si elle faisait des détours pour tenter de savoir ce que Rachel était prête à révéler.

« Tu as d'autres enfants ? »

Elle alla droit au but. Pas le temps d'échanger des histoires de fouet, ou se rappeler les nuits passées au cachot ; Mrs Armstrong voulait entendre la partie la plus précieuse de l'histoire de Rachel.

Celle-ci regarda par terre. Mrs Armstrong tenait l'ourlet qu'elle cousait tout près de son visage. Elle travaillait en silence, dans l'attente.

Enfin, Rachel répondit.

« Oui. »

Mrs Armstrong se taisait toujours. Rachel regarda l'aiguille transpercer le tissu en comptant les points – jusqu'à dix. Alors elle trouva le courage de parler.

« Micah, c'est l'aîné. » Son nom resta en travers de sa gorge. Depuis combien de temps ne l'avait-elle pas prononcé ? Elle l'avait chuchoté à Mary Grace dans le noir en ces premières semaines de retrouvailles, mais le reste du temps, elle le gardait jalousement dans son cœur, depuis toutes ces années. Elle n'avait même pas dit à Mama B le nom de ses autres enfants.

« Micah », répéta Mrs Armstrong.

Entendre ce nom dans la bouche d'une autre personne ne blessa pas Rachel ainsi qu'elle l'avait craint. Mrs Armstrong le prononça doucement, à la manière d'une prière ou d'une bénédiction.

« Il était tout mioche quand ils l'ont emm'né. Mais j'm'en souviens… » Le souffle lui manqua. « Je m'rappelle comment qu'y riait. Pareil qu'un âne. » À présent, elle riait également, l'écho du rire de Micah résonnant à ses oreilles. « Dès qu'y riait, tous ceux qui l'entendaient, y riaient aussi.

« Et Mercy. Elle était gentille… si gentille. Un jour, elle a trouvé un p'tit oiseau tombé du nid. Elle s'est occupée de lui. Elle s'levait tôt l'matin pour aller lui chercher des vers, pour lui donner à manger. L'oiseau est mort, elle l'a enterré pis elle a pleuré.

« Cherry Jane. » Les noms sortaient avec facilité maintenant. C'était comme si un barrage avait cédé et que le passé se déverse. Rachel comprit alors pourquoi Mrs Armstrong lui avait raconté tant de choses. Ce sentiment de soulagement était enivrant. « L'était toute petiote quand y l'ont emm'née dans la grande maison. J'me souviens comment qu'è charmait tous ceux qu'è rencontrait. Ses frères et sœurs, y l'adoraient. Elle parlait, elle souriait, et tout l'monde l'aimait.

« Thomas Augustus. Y posait tout l'temps des questions. Il a point parlé avant ses trois ans, pis ses premiers mots, ça a été : “Où qu'est Mary Grace ?” Pis y d'mandait tout l'temps : “Où qu'y va, l'soleil, la nuit ?” “Pourquoi qu'on coupe la canne si c'est qu'elle va r'pousser ?” J'l'ai gardé un peu plus longtemps qu'les aut'. J'crois… » Elle marqua une pause. « Pis y l'ont pris aussi…

« Y en a eu d'aut'. Des qui sont morts. Des qui sont même pas nés. »

Mrs Armstrong hochait la tête, sans perdre son ouvrage des yeux. Elle comprenait.

Rachel soupira. Micah, Mercy, Cherry Jane, Thomas Augustus. À présent ils vivaient tous dans le cœur d'une autre femme. Elle n'avait plus à porter seule ce poids.

« Mrs Armstrong ? dit lentement Rachel. Est-ce que vous avez… ? » Elle vit l'expression de la couturière changer avant même d'avoir fini sa question. Elle ravala les derniers mots et attendit.

Mrs Armstrong noua son fil et étendit la robe sur ses genoux. « Mon mari et moi, nous avons essayé mais… » Elle releva le visage, les yeux fermés, en direction de la haute fenêtre d'où la lumière se déversait dans la pièce. « Je crois que je ne peux pas. » Sa peau luisait et il était difficile de dire où s'arrêtait le soleil et où commençait sa peau. « À la plantation, une des femmes préparait des herbes pour celles qui… » Elle soupira. « Ça a marché. Et ça marche toujours depuis toutes ces années. »

Silence chaud, stérile. Rompu seulement par le bruit de la voix de Mr Armstrong flottant depuis la pièce voisine, tandis qu'il décrivait comment une simple pièce de tissu pourrait se transformer en robe rose pâle ornée de dentelle blonde et de petits nœuds rouges sur les manches.

À la fin de la journée, alors que la lumière déclinait, elles entendirent Mr Armstrong se retirer dans son bureau pour faire la comptabilité du jour, signe que la boutique fermait. Mary Grace aida Mrs Armstrong à ranger le matériel de couture et à replier les robes inachevées. Rachel était encore assise dans l'ombre, pensant toujours à ses enfants et à ceux que Mrs Armstrong n'aurait jamais…

Bruit de bottes et de doigts qui cognent contre le comptoir. Mrs Armstrong leva la tête. À travers la porte entrouverte, elles virent toutes les trois une silhouette à contre-jour, guère identifiable.

Mrs Armstrong alla voir, laissant Rachel et Mary Grace achever de ranger.

« Bonsoir monsieur. Hélas, nous allons fermer.

— Ce sera pas long. »

Rachel enroulait une longue bande de dentelle. Elle ne se figea pas mais ses mains ralentirent et s'arrêtèrent. La peur l'envahit peu à peu.

Cette voix.

Était-ce possible ?

« Que puis-je faire pour vous ? demanda Mrs Armstrong.

— Je cherche quelqu'un. »

Rachel se recroquevilla dans l'ombre du salon de couture. Elle se plaqua contre le mur du fond – comme si en appuyant suffisamment elle pouvait s'y fondre et s'enfuir.

« Une apprentisse. Une fugitive, continua l'homme.

— Je vois. »

Leurs voix paraissaient très lointaines. Tout ce que Rachel parvenait à entendre, c'était le bruit de sa propre respiration, qui semblait assourdissant. Il l'entendrait, c'était certain. Il saurait.

Elle sentit qu'on lui touchait le bras. Rachel avait oublié que Mary Grace était présente. Sa fille tenait une paire de ciseaux à découper, et sur le bras, une longueur de tissu replié, piqueté d'épingles. Elle regarda sa mère. Ce n'était ni un regard d'espoir, ni de réconfort. C'était le regard d'une femme qui avait beaucoup subi et qui s'était résignée à subir encore.

Rachel dut retenir ses larmes. Elle ne pouvait faire le moindre bruit. Mère et fille demeurèrent au fond de la pièce, dans l'attente.

Dans la boutique, l'homme de Providence décrivait Rachel. Son âge, sa constitution. La marque sur son épaule.

Mrs Armstrong l'interrompit : « Et a-t-elle un nom ?

— Rachel. »

Long silence. Rachel se sentait exposée, écorchée vive, bête blessée prise au piège. Elle était certaine qu'au même instant l'homme regardait par la porte, droit vers elle. Qu'elle ne pouvait plus se cacher. Qu'il ne lui restait plus que quelques instants avec sa fille avant que des mains ne l'agrippent dans les ténèbres. Elle serra le bras de Mary Grace de toutes ses forces.

Puis Mrs Armstrong répondit d'un ton froid : « Désolée, je ne peux pas vous aider. »

Rachel entendit l'homme soupirer de frustration.

« Je retourne dans le nord. On a besoin de moi pour la récolte. Si jamais vous voyez quelque chose, si vous entendez un mot. MacLean. Plantation Providence.

— Bien sûr. Bonne soirée, monsieur. »

À nouveau, un bruit de pas – les talons de ses bottes sur le plancher. La porte de la boutique s'ouvrit puis se referma. Et puis le silence. Le calme. Rachel sentit qu'elle s'effondrait peu à peu sur le sol à mesure que les muscles de son corps cédaient. Elle tremblait. Son souffle sortait par saccades.

Mrs Armstrong apparut. Son visage était plongé dans l'ombre. Rachel ne pouvait lire son expression, mais il y avait quelque chose dans sa façon de se tenir… Rachel sentit qu'elle pouvait de nouveau respirer. Les deux femmes avaient échangé tant de choses dans ce salon de couture. Ces quatre murs contenaient tant de secrets.

Mrs Armstrong hocha la tête. Elle comprit.

Une voix d'homme retentit : « Ah, Rachel, vous êtes là. »

Aussitôt, celle-ci se releva. Mr Armstrong se tenait derrière sa femme.

« J'espérais que vous pourriez courir chez le tanneur avant qu'il ferme boutique.

— Oui, m'sieur. »

Rachel ne put contenir le tremblement dans sa voix.

Mr Armstrong lui sourit.

« Très bien. »

Une onde de peur parcourut Rachel. Mrs Armstrong avait montré qu'elle était de son côté. Des choses les liaient l'une à l'autre. Mais Mr Armstrong ?

Avait-il écouté ce que disait l'homme de Providence, depuis son bureau ? Et qu'avait-il réellement entendu ?

Comme toujours, son visage ne trahissait rien.

11

Quelques semaines plus tôt, dans les premiers jours où elle était chez les Armstrong, Rachel avait servi le dîner à table un soir où ils avaient une invitée, une Mulâtresse, cliente régulière devenue leur amie. Elle était vêtue de manière à accentuer la clarté de sa peau, afin de creuser la différence entre elle et les autres membres de sa race qui étaient dans les fers.

Alors que Rachel servait la soupe, cette femme avait parlé de ses amis planteurs dans le sud de l'île, et des difficultés qu'ils rencontraient auprès de leur main-d'œuvre.

« Honnêtement, Joseph, les Nègres désertent leur tâche à une vitesse alarmante. » Elle se pencha, très animée : « Cela ne peut pas continuer comme ça. »

Les mains de Rachel tremblaient, la louche cliquetait contre la porcelaine – même si nul ne semblait y prêter attention.

« J'ai entendu dire que le gouverneur a introduit de lourdes peines. Des châtiments à l'encontre de ces fugitifs. Des amendes pour ceux qui les hébergent. Tout pour faire respecter la loi. Le sucre est et sera toujours le sang qui irrigue cette île, et les intérêts de la culture sucrière doivent passer avant tout. »

Rachel se remémora souvent ce souvenir dans les jours qui suivirent la visite de l'homme de Providence à la boutique : elle attendait que le couperet tombe et vienne briser sa fragile nouvelle vie en compagnie de sa fille. En vérité, ce soir-là, Mr Armstrong n'avait même pas regardé Rachel, et elle s'était éclipsée de la salle à manger en tapinois pour se réfugier à la cuisine et laisser son cœur qui battait à tout rompre se calmer. Mais plus ce souvenir la hantait, plus il se transformait, jusqu'à ce que, dans son imagination, Mr Armstrong ne la quitte plus des yeux, épiant ses moindres mouvements, qu'il affiche une grimace de déplaisir et que le poids de son regard devienne insupportable à Rachel.

Le dimanche, comme tous les autres dimanches, sa promenade la mena au port. Il n'y avait pas de navire ce jour-là, et elle s'assit sur une caisse retournée pour contempler la mer qui ondulait, telle une créature vivante, toujours en mouvement, et qui respirait, jamais immobile.

« Jolie vue, n'est-ce pas. »

Sans que Rachel l'ait senti, Mr Armstrong s'était approché d'elle. Se protégeant les yeux de sa main en visière, il regardait lui aussi la mer.

Elle ne dit rien.

« Vous venez souvent ici ? »

Elle savait qu'elle ne pouvait ignorer une question directe, mais elle laissa le silence se prolonger un peu avant de répondre : « Oui. Le dimanche. J'aime regarder les bateaux.

— Ah, oui. Il y a toujours une foule de choses à voir sur la digue. »

Rachel scrutait toujours les flots, mais elle sentait la chaleur lui monter au visage ; elle savait que Mr Armstrong la regardait.

« J'ai lu quelque chose d'intéressant dans le journal, dit-il de son ton neutre habituel. C'était il y a plusieurs semaines, mais je m'en souviens encore. Parfois, ils publient des annonces venant des plantations – à propos des fugitifs, des apprentis qui veulent échapper à leurs maîtres. »

Une vague glacée submergea Rachel. Son corps s'était raidi, prêt à fuir – voire à se jeter à l'eau. S'il ne lui restait plus aucun autre refuge. Mais elle se força à ne pas bouger. Elle imagina le visage de Mr Armstrong pareil au sien, parfaitement immobile, sans le moindre tremblement qui puisse trahir ses pensées profondes.

« Il y a eu une annonce à propos d'une femme du nord, continua Mr Armstrong. Ils ne donnaient pas de nom mais mentionnaient qu'elle avait environ quarante ans. Et qu'elle était grande. Et forte. Une esclave de houe. »

Rachel ne pouvait le regarder. Elle n'osait pas. Le pouvoir qu'il détenait sur elle en cet instant était trop énorme ; de même que le soleil, elle craignait, en l'affrontant directement, d'être aveuglée. Tout ce qu'elle pouvait faire, c'était contempler le mouvement des flots, les vagues qui, comme au ralenti, se gonflaient et éclataient.

Elle eut envie de lui demander :

Qu'est-ce que vous attendez de moi ?

Mais elle mettait toute son énergie à ne pas pleurer, hurler, ou détaler. Aussi resta-t-elle assise en silence.

Quand Mr Armstrong se remit à parler, sa voix était différente. Plus dure. Avec une trace de douleur.

« Vous savez, je me rappelle l'époque où les navires négriers débarquaient ici. »

La surprise fut telle qu'elle arracha Rachel à sa terreur. Enfin, elle se sentit capable de le regarder. Il fixait la digue, à l'endroit où la terre rencontrait la mer. Les commissures de ses lèvres frémirent, donnant à ses traits une expression plus intense qu'elle n'en avait jamais vu chez lui.

« J'étais encore un jeune garçon lorsqu'ils ont cessé de faire venir de nouveaux esclaves d'Afrique. » Le rythme de ses paroles, d'habitude d'une régularité de métronome, adopta la forme de ses souvenirs. « Mais je m'en souviens encore. Mon père m'amenait ici de temps en temps, pour assister à leur arrivée. Je n'oublierai jamais la vision des esclaves qu'on faisait sortir des navires. Certains essayaient de fuir. Je me souviens d'un homme qui avait sauté de la passerelle, emportant tous ceux qui étaient attachés avec lui. Les Blancs avaient bien tenté de les repêcher, mais c'était trop tard. Les fers les avaient tirés par le fond. »

Rachel suivait à présent son regard. Elle voyait comme lui les bateaux en bois, pourrissant à l'intérieur après leur long voyage, et qui déchargeaient leur cargaison de fantômes sur la jetée.

« Quand j'essayais de me détourner, mon père disait : "Tu dois regarder. Ce sont les tiens. Voilà les bateaux qui ont amené ton arrière-grand-père sur cette île, il y a si longtemps. Nous sommes certes libres, mais nous n'oublierons jamais d'où nous venons." »

Rachel acquiesça. Elle ne connaissait pas son histoire à la manière dont elle connaissait celle de Mrs Armstrong, avec les dos lacérés et les potions qui rendaient une matrice stérile. Mais elle comprit.

« Je sais que ma femme apprécie votre compagnie, Rachel. Je suis content qu'elle ait quelqu'un à qui parler... » Il marqua un temps d'arrêt. « Elle a évoqué vos enfants. Est-ce à cause d'eux que vous vous êtes enfuie ? »

Rachel avait entraperçu désormais ce qui se cachait sous son apparence froide, les souvenirs brûlants qu'il gardait en lui. Cela suffit à lui faire baisser la garde.

« Oui.

— Et avez-vous une idée d'où ils se trouvent ?

— Non.

— Avez-vous cherché ? Demandé ?

— J'ai d'mandé. Mais personne sait. »

Le silence retomba. Tous deux se concentraient sur les flots. Dans la vision périphérique de Rachel, la vie de Bridgetown semblait tourner au ralenti, adoptant le rythme de la marée descendante.

Enfin, Mr Armstrong reprit. « Ma femme vous a-t-elle parlé de sa mère ?

— Un peu.

— Vous a-t-elle dit que nous étions retournés la chercher ?

— Non. »

Mr Armstrong soupira. « C'était après notre mariage. Nous économisions le plus possible pour acheter la boutique. Un jour, elle est venue me voir et m'a demandé si je pouvais attendre un peu plus longtemps pour ouvrir le magasin. Elle m'a dit qu'elle voulait utiliser notre argent pour racheter la liberté de sa mère, ainsi que je l'avais fait pour elle. «Ma mère est née libre. Je ne savais pas ce que ça voulait dire avant de l'être moi-même. Je ne veux pas qu'elle meure esclave.» Donc nous sommes retournés à l'ancienne plantation d'Elvira. Mais en arrivant, nous avons découvert que sa mère était morte depuis bien des années. »

Rachel sentit dans sa voix l'écho de la douleur de sa femme, et son cœur se serra en songeant à elle.

« Je sais, Rachel, que quand Elvira pense à vous et à vos enfants, elle pense aussi à sa mère. Nous sommes arrivés trop tard, mais ça ne sera pas nécessairement le cas pour vous. »

Il la regarda, mais pas à sa manière habituelle, pas comme si elle était transparente : cette fois, il la voyait vraiment.

« Je voudrais vous aider. »

Rachel était à court de mots. Elle serra plus fort ses bras sur sa poitrine. Soutint son regard, prudente, osant à peine espérer.

« Qu'est-ce que vous pouvez faire ? demanda-t-elle.

— Avez-vous consulté les registres des esclaves ? »

Elle secoua la tête.

« À l'époque où les navires ont cessé d'arriver d'Afrique, le gouvernement a obligé tous les propriétaires à déclarer leurs esclaves. Ils voulaient mettre fin à la traite clandestine. Régulièrement, ils devaient déclarer quels esclaves ils possédaient, les employés vérifiaient les noms d'après la liste de ceux qu'ils avaient déjà déclarés. S'ils étaient plus ou moins nombreux que la fois précédente, on vérifiait que les changements étaient bien légaux. »

Rachel essaya d'imaginer la chose. Dans sa tête, elle se représenta un énorme livre, aussi épais que large. Chacune des pages était une petite tranche de la vie de l'île ; ses habitants, figés dans un équilibre artificiel, réduits à une liste de noms griffonnés sur une page jaunissante. Tourner les pages de pareil livre reviendrait à regarder la Barbade depuis les cieux, à la manière de Dieu, observant les gens qu'on faisait passer de plantation en plantation jusqu'à la tombe. Comme si la seule question qui valût la peine d'être posée était : qui est ton propriétaire ? Elle songea à son propre nom, écrit encore et encore à la même place, sous celui du maître. Si elle mourait demain, serait-ce là tout ce qui resterait d'elle ? Juste un nom dans ce registre que les Blancs tenaient pour ne pas oublier ce qu'ils possédaient ?

« Savez-vous quand vos enfants ont été vendus ? demanda Mr Armstrong.

— Oui.

— Vous connaissez le nom de leur maître ?

— Oui. Carrington.

— Bien. Je pense qu'on pourrait consulter les registres afin de savoir dans quelles circonstances ils ont été vendus. »

Rachel n'en croyait pas ses oreilles. Ce répugnant registre, qui dans sa tête était plus lourd que tout ce qu'elle avait jamais porté, susceptible de la réduire à rien en l'écrasant sous le poids immense de ses milliers de noms sur ses milliers de pages, pouvait-il être la solution qui la mènerait à ses enfants ?

Elle regarda Mr Armstrong. Son visage était toujours aussi impassible. Pouvait-elle lui faire confiance ?

« Vous allez r'garder dans l'registre ?

— Moi, je ne peux pas, mais je connais un homme qui a travaillé dans ces bureaux. Il devrait pouvoir nous aider.

— Mais, dit-elle lentement, vous savez que j'vais vouloir… »

Mr Armstrong sourit. Ce n'était pas son sourire de commerçant – lèvres lisses, étirées au-dessus de ses dents régulières. C'était un sourire du cœur.

« Je sais. Vous voudrez partir. Et j'imagine que vous voudrez emmener Mary Grace avec vous. »

Elle acquiesça.

« Je ne vous retiendrai pas. Il y a beaucoup de gens dans cette ville qui cherchent du travail. Elvira et moi, on se débrouillera. »

Il parlait comme toujours avec autorité et confiance. Il décrivait son avenir à la manière dont il évoquait le plissé d'une robe devant une cliente. Il n'y avait ni trous ni incertitudes dans les vêtements qu'il vendait. Que de la beauté – quelque chose d'élégant, de bien fait, destiné à durer.

Cet après-midi-là, Rachel s'assit avec Mrs Armstrong dans le salon de couture.

« Ma mère… » commença Mrs Armstrong. Mais elle n'alla pas plus loin.

Elles se regardèrent longuement. Elles n'en dirent pas plus. Ce n'était pas nécessaire.

Mrs Armstrong noua son fil très serré, en tirant fort pour qu'il ne s'effiloche pas, puis elle dissimula la couture derrière la bordure de dentelle finement travaillée, afin que personne ne la voie.

12

À LA BOUTIQUE, Mr Armstrong fit venir Rachel dans son bureau. Depuis le temps qu'elle travaillait pour lui, elle n'était jamais entrée dans cette pièce. Plus petite que le salon de couture, sans fenêtre, il y régnait un désordre qui la surprit. Elle avait toujours imaginé que c'était une pièce bien rangée, austère, peu meublée. À la place, elle découvrit des piles branlantes de papiers posées partout, des livres ouverts par terre, se chevauchant les uns les autres. On avait Dieu sait comment réussi à faire entrer un grand bureau et trois chaises au milieu de ce capharnaüm, ce qui laissait peu d'espace pour s'y mouvoir.

Elle s'en trouva mieux disposée à l'égard de Mr Armstrong. Depuis leur conversation au port, ils se parlaient d'un ton beaucoup plus familier à la maison, mais à la boutique il demeurait distant, pareil à un automate, reprenant avec une parfaite constance l'attitude polie qu'il adoptait avec chaque cliente. Il ne redevenait humain qu'en rentrant chez lui, lorsqu'il touchait le bras de sa femme, ou sombrait dans son fauteuil avec un soupir de contentement. En voyant le bureau encombré, petite touche d'imperfection, Rachel réussit à réconcilier les deux facettes de cet homme : le commerçant au travail, et l'homme qu'il était chez lui.

« Asseyez-vous, je vous en prie. » Il sourit, les petites rides autour de ses yeux telles des fissures dans une façade parfaitement lisse. « J'ai du nouveau. »

Rachel avait imaginé ce moment encore et encore depuis leur conversation au port. Elle s'était entraînée à retenir ses larmes de joie ou de tristesse. Toutefois, son cœur ne s'emballa pas. Ses yeux demeurèrent secs. Tranquille, l'esprit clair, elle l'écouta.

« Mon ami a pu consulter les registres. Il a trouvé des mentions de tous vos enfants. Micah et Thomas Augustus ont été vendus loin d'ici, dans la colonie de Démérara. Votre fille Mercy a vécu sur une autre plantation de la Barbade pendant un temps, avant qu'elle soit vendue à son tour dans une autre colonie : à Trinidad. »

Toujours pas de larmes, pourtant les noms de ces colonies lointaines transperçaient Rachel comme des tessons de verre. C'était pire que ce qu'elle redoutait. Elle pouvait traverser la Barbade à pied en quelques jours. Mais Trinidad ? Démérara ? Cela aurait aussi bien pu être l'Afrique ou l'Angleterre. Elle ne pouvait se rendre en ces lieux.

« Et Cherry Jane ? »

Mr Armstrong fronça les sourcils. « Elle a d'abord été vendue à un homme de Bridgetown. Nous avons remonté le fil de son parcours jusqu'en 1829, mais plus trace d'elle dans le registre suivant. »

L'atmosphère était parfaitement immobile, seulement perturbée par le souffle de Rachel.

« Morte ? »

Mr Armstrong secoua la tête. « Elle n'est pas sur la liste des morts, ni sur celle des esclaves vendues ou cédées à un autre propriétaire. Elle appartenait à un homme d'affaires blanc assez connu – il s'appelle Lancing. Si ce n'était pas un notable de Bridgetown, cette disparition des registres aurait donné lieu à une enquête, mais il a réussi à y échapper. Sa trace s'arrête là. Peut-être l'a-t-il vendue et omis de le préciser. Ou peut-être l'a-t-il affranchie. »

Rachel ferma les yeux. Elle essayait de se représenter ses enfants – ses fils à Démérara, Mercy à Trinidad, Cherry Jane Dieu sait où – hélas, c'était impossible. Elle ne voyait que des ombres informes.

« Je suis désolé, entendit-elle ajouter Mr Armstrong. J'aimerais pouvoir vous donner plus de renseignements. »

Ils avaient atteint les limites de ce que les registres pouvaient leur apprendre, toutefois il existait des formes de connaissance qui n'étaient pas inscrites dans les livres.

Cette nuit-là, après avoir entendu les Armstrong se retirer dans leur chambre, Rachel sortit en cachette de la maison. L'après-midi, elle avait fait une course chez le boucher et l'homme derrière le comptoir lui avait appris comment se rendre chez Mr Lancing. Il était tard et les rues étaient presque vides – on apercevait encore des groupes d'hommes à la fenêtre des tavernes éclairées par un feu, et de pauvres bougres désespérés, recroquevillés sous les porches des boutiques pour dormir. Au clair de lune, la ville paraissait plus douce. Les bruits et les odeurs du dur labeur du jour se dissipaient ; même les bâtiments les plus délabrés possédaient un charme subtil.

Après tout ce temps, Rachel conservait toujours la couverture du mendiant sur sa tête. Le contremaître était peut-être rentré dans le Nord, mais elle commençait seulement à comprendre que Bridgetown – toute la Barbade – pourrait bien ne jamais être sûre pour elle. Que jamais elle ne cesserait de regarder par-dessus son épaule, de bondir devant les ombres, de rêver qu'on l'arrachait à son lit.

Chaque fois qu'on la regardait un peu trop longtemps, elle pensait : *Ça y est. Ils savent.*

La demeure de Lancing était en pierre grise, imposante. Les volets des hautes fenêtres étaient fermés ; à l'étage, de la lumière passait par des fentes, mais au rez-de-chaussée, il faisait noir. Le long de la maison, une allée menait à l'entrée des domestiques. Rachel frappa, sans réponse. À l'intérieur, elle entendait des bruits de casseroles et de poêles. Elle frappa plus fort, cognant contre le bois à un rythme désespéré.

La femme qui vint finalement lui ouvrir avait le visage pincé, émacié, et les commissures de ses lèvres retombaient vers le bas. Elle regarda Rachel des pieds à la tête d'un air peu avenant.

De l'intérieur, une autre femme cria : « Leah ! C'est qui, à la porte ? »

Leah soupira et répondit : « Tais-toi et laisse-moi voir ça. » Elle lança un regard noir à Rachel. « Qu'est-ce tu veux ? »

Celle-ci essaya de répondre d'une voix calme et pleine de respect. « Je cherche quelqu'un qui a travaillé ici dans le temps. Cherry Jane. »

Leah plissa les yeux. « Pourquoi donc ?

— C'est ma fille. »

L'autre fronça les sourcils : « J'te crois pas. T'es trop noire.

— Donc tu la connais ?

— P'têt ben. »

Rien ne transparaissait à travers l'expression revêche de Leah.

« J't'en prie. Tu sais où c'est qu'elle est ? »

Leah resta muette, lèvres serrées. Elle croisa les bras sur sa poitrine, d'un air définitif. Derrière elle, l'autre femme l'interpella de nouveau :

« Ces casseroles vont pas s'laver toutes seules. »

Le désespoir s'empara de Rachel.

« Leah, t'as des petits ? »

Son interlocutrice ne s'attendait pas à ça. Son visage était toujours aussi peu amical, mais ses bras retombèrent le long de ses flancs.

« Ouais.

— Y sont encore avec toi ?

— Non. Y sont pus là.

— Y te manquent ? »

La bouche de Leah se crispa, avant de retrouver son calme. Elle ne répondit pas.

Rachel essaya encore une fois. « J't'en prie. J'veux juste savoir qu'est-ce qu'est arrivé à ma fille. »

Une espèce de douceur passa dans les yeux de Leah. Elle brilla un instant, puis son visage se durcit à nouveau.

« J'peux pas t'aider », dit-elle, et elle ferma la porte au nez de Rachel.

Un souvenir douloureux lui revint : le jour où Cherry Jane avait été emmenée dans la grande maison. C'était un an après que Micah eut été vendu. Deux esclaves de maison s'étaient rendues de bon matin à la case de Rachel, et dès qu'elle les avait vues, elle avait su pourquoi elles étaient là.

Elle avait songé à les défier, à attraper Cherry Jane dans ses bras et leur dire qu'elles ne pouvaient lui prendre sa fille. Mais les deux femmes s'étaient emparées de l'enfant, et Rachel était restée dans un coin de sa case sans bouger. Sans rien dire. Elle avait pensé à Micah, à ce grand vide qu'était devenu son cœur, et elle les avait laissé emmener sa fille sans broncher. La petite avait si peur. Mais à ce moment-là, dans l'ombre de la perte de Micah, dans l'anticipation de toutes les autres pertes à venir, Rachel était devenue une de ces mères qu'elle croyait ne jamais devenir : de celles qui ne peuvent regarder leurs enfants dans les yeux.

Tout en avançant lentement dans les rues sombres de Bridgetown, Rachel sentit sa gorge se nouer au souvenir de ce jour. Tout son corps était perclus de regrets. Après que Cherry Jane avait commencé à travailler dans la grande maison, Rachel l'avait rarement vue – ou alors seulement de loin, un instant, sans que sa fille sache que sa mère la regardait. En réalité, leurs regards ne s'étaient croisés qu'une seule fois avant qu'on emmène Cherry Jane loin de Providence, le jour où Rachel s'était glissée le long de la grande maison pour regarder par la fenêtre de la cuisine dans l'espoir d'apercevoir l'enfant radieuse à la peau claire qu'elle ne s'était pas battue pour garder. Cherry Jane était à l'intérieur, elle souriait tandis que deux filles de cuisine s'amusaient avec elle, puis elle avait tourné la tête vers la fenêtre et vu sa mère. Trois mois plus tard, elle n'était plus là.

Rachel gagna le port. Elle ne pouvait envisager d'aller ailleurs. Elle s'assit et s'autorisa à se laisser aller à sa tristesse – elle avait perdu Cherry Jane non pas une fois, non pas deux fois, mais trois fois en tout.

Elle observa le mouvement des vagues. Le clair de lune se réverbérait sur l'eau comme sur de l'acier. La digue s'étendait vers l'inconnu, lui rappelant que là-bas, de l'autre côté des mers, se trouvaient Micah, Thomas Augustus et Mercy. Le chemin devant elle se divisait en deux : une branche suivait le registre des esclaves vers des destinations lointaines, l'autre, tâtonnante, s'en allait lentement, à l'aveuglette, à la recherche de la trace désormais froide de Cherry Jane.

Rachel soupesa les deux possibilités. Pouvait-elle partir ? Cette île représentait tout son univers ; sa vie entière était contenue entre ses rives. La nuit était tiède et humide, mais Rachel frissonna de froid. La mer avait beau être calme, elle était effrayante. Quels mystères se cachaient sous sa surface argentée ?

Elle se rappela l'histoire de Mr Armstrong qui venait observer l'arrivée des navires négriers. La nuit, les fantômes du passé paraissaient plus proches ; la membrane qui séparait le monde des vivants du monde des morts était plus fine. Il y avait des squelettes dans le port qui portaient encore leurs chaînes. Rachel essaya de s'imaginer monter à bord d'un bateau pour Trinidad ou Démérara, mais elle ne pouvait oublier les ossements sous les vagues.

Elle tourna le dos à la mer, regardant l'ombre de Bridgetown. Cherry Jane était peut-être encore quelque part à la Barbade. Alors valait-il mieux rester pour la chercher d'abord ? Elle retourna cette idée dans sa tête, mais elle sentait que c'était là une fausse promesse, qui menaçait de se désagréger comme une volute de fumée si elle y touchait. Les fugitifs venaient à Bridgetown pour se cacher parmi la foule. Si Cherry Jane avait voulu fuir Bridgetown, dans quelle partie de l'île se serait-elle réfugiée ? À travers toute la Barbade, les plantations n'offraient guère d'abri.

Et puis il y avait Providence. Rachel pensa au contremaître. À la chasse sans fin. Peur sur l'île ; peur sur la mer.

« Rachel ? »

Une voix interrompit ses pensées. À la chaleur qui se répandit en elle, elle sut aussitôt que c'était Hope.

« Que c'est drôle d'être tombée sur toi ! s'exclama-t-elle lorsqu'elles se serrèrent dans les bras l'une de l'autre. Tu sais comment j'aime cet endroit.

— Oui. Moi aussi, je l'aime. »

Elles se tournèrent toutes les deux vers la mer. Rachel se demanda si Hope pensait à sa vie d'avant – à son désir impétueux de se jeter dans les flots. Il lui parut soudain étrange que ce lieu lui plaise tant, et puis elle songea que certaines personnes préféraient garder leurs souvenirs douloureux à proximité.

« Et que fais-tu là si tard ?

— J'ai rendu visite à quelqu'un.

— Eh bien moi, je rentre chez moi. Mais je peux rester un moment avec toi si tu veux ? »

Derrière le sourire qui découvrait ses dents parfaites, Hope était aux aguets. Rachel accepta sa compagnie, et elles s'assirent toutes les deux par terre, en tailleur.

« Comment va Mary Grace ? demanda Hope.

— Ça va.

— C'est fantastique que vous vous soyez retrouvées.

— Oui. »

Le souvenir de leur réunion submergea Rachel. Le soulagement. Un trou dans son cœur s'était comblé, redonnant au monde ses couleurs. Et puis elle éprouva un sentiment doux-amer. Un océan s'étendait entre elle et l'espoir d'éprouver à nouveau cette sensation.

« Tu as d'autres enfants, Rachel ? »

À entendre le ton de Hope, c'était une question, mais à voir son expression, ça ne l'était pas.

« Oui. »

Pour une fois, la jeune femme resta immobile. Elle ne tapa pas dans ses mains, n'inclina pas la tête, n'éclata pas de rire. Le vent murmurait sur les vagues. Autour de sa gorge, les froufrous de sa robe dansaient sous la brise. Elle baissa les yeux.

Quand elle reprit la parole, on aurait dit que toute joie avait disparu de sa voix, laissant derrière elle quelque chose de brut, d'animal. « Si ma fille avait survécu, j'aurais fait n'importe quoi pour la retrouver. »

Elles étaient tellement différentes. Hope était un ouragan ; Rachel, le calme après la tempête. Mais les paroles de Hope et sa façon de les prononcer montraient quelque chose de plus profond. Que Rachel portait aussi en elle.

Elle irait à leur recherche. Oui, bien sûr qu'elle partirait. Quelque part en elle, elle l'avait toujours su, c'est pourquoi elle revenait sans cesse vers le port. Ce n'était pas une fin mais un commencement. La distance ne comptait pas. Rien d'autre n'avait d'importance. Il y avait en elle de même qu'en Hope une volonté de fer, intraitable, que l'esclavage avait fait ployer mais n'avait pas brisée. Elle préférait affronter une peur qu'elle ne connaissait pas, et elle mettrait un océan entre elle et l'ancien maître de la plantation de Providence.

Hope sourit, comme si de rien n'était. Toute sa douceur et sa jovialité revinrent. Elle se leva.

« Il est tard. Je dois rentrer. » Elle prit la main de Rachel. « Je suis contente de t'avoir vue ce soir. » À la façon dont Hope garda sa main dans la sienne, Rachel sut qu'elles ne se reverraient pas. Hope savait que Rachel ne pouvait rester à Bridgetown.

« Fais attention à toi, Hope. »

Elle regarda la jeune femme s'éloigner. Elle n'avait plus froid à présent. Les morts la contemplaient toujours depuis le fond de l'océan, mais ils ne lui faisaient plus peur. Ils avaient péri parce qu'ils avaient osé se dresser contre le destin qu'on avait choisi pour eux, qui menait de la passerelle du bateau droit à la plantation. Cette pensée électrisa Rachel. Il y avait d'autres chemins. Les choses pouvaient changer. Cette île qui l'avait fait vivre sous la contrainte ne l'emprisonnerait pas toujours.

En dépit de l'heure tardive, Mrs Armstrong l'attendait dans toute sa beauté tranquille, encadrée par l'étroit couloir. Elle regarda Rachel, qui lui renvoya son regard. Alors celle-ci comprit que Mrs Armstrong savait.

« Vous allez partir ?

— Oui. »

Mrs Armstrong prit Rachel par les épaules, et à travers ce geste lui transmit toute la tristesse qu'elle avait ressentie à l'égard de sa propre mère, et son espoir que Rachel connaisse une fin différente. « Tu dois faire ce que je n'ai pas pu. » Elle la lâcha et essuya les larmes qui coulaient sur ses joues. « Je vais demander à mon mari de se renseigner au sujet des bateaux en partance pour Démérara ou Trinidad. On va vous trouver des places sur le prochain qui appareille. Et nous paierons votre passage. »

Rachel ouvrit la bouche pour protester, mais Mrs Armstrong la fit taire d'un geste de la main.

« J'insiste. *Nous* insistons. » Ses yeux luisaient, ses cils étaient encore ruisselants. Sa voix tremblait. « J'espère que tu les trouveras, Rachel. J'espère que tu retrouveras tous tes enfants. »

13

SON CORPS REJETAIT VISCÉRALEMENT LE NAVIRE. Elles étaient montées à bord en début d'après-midi dans le port de Bridgetown mais, dès qu'elles avaient pris la mer, Rachel avait senti ses jambes se dérober sous elle et elle avait été prise de violents vomissements. Mary Grace et un membre de l'équipage l'avaient aidée à descendre dans la cale, et elle était demeurée allongée dans l'obscurité, tremblante, fiévreuse, le roulis irrégulier faisant jaillir la bile de son estomac. Cette nuit-là, elle ne dormit pas mais, les yeux ouverts, elle fit un cauchemar sans images où le désespoir grinçant le disputait à la puanteur de la mort. L'air noir et putride appuyait sur sa gorge comme les membres d'un cadavre encore chaud.

Après un temps infini perdu dans les ténèbres épaisses et suffocantes, elle se traîna sur le pont au moment où poignait l'aube. Ses jambes refusant toujours de la porter, elle s'assit face au bastingage. Elle ferma les yeux et tenta de bloquer tout ce qui n'était pas le bruit familier des vagues et le goût de sel sur sa langue.

« C'est la première fois que tu montes sur un bateau ? »

Entrouvrant un œil, elle vit un homme au-dessus d'elle ; il avait la couleur du bois humide du pont. Les commissures de ses paupières tombaient un peu, rejoignant la courbure de son sourire, ce qui lui donnait une expression à mi-chemin entre gentillesse et mélancolie.

Rachel acquiesça. Elle n'osait pas ouvrir la bouche de crainte que ses entrailles ne se déversent sur les bottes du marin.

« Ça peut être dur, la première fois. » Il avait une voix solennelle et s'exprimait dans une langue policée, pareille à celle des Blancs.

Il plongea la main dans la poche de son pantalon gris au bas effiloché. « Tiens. » Il lui tendit un petit morceau d'une substance grise et ridée. « C'est du gingembre. Mâche-le, ça te fera du bien. »

Rachel entrouvrit la bouche juste assez pour y glisser le gingembre. Il était vieux et durci, mais à force de le mastiquer, les sucs commencèrent à en sortir et elle se força à les avaler.

Le marin attendit patiemment devant Rachel, prostrée, la tête entre les genoux. Bientôt, elle sentit quelque chose irradier depuis le creux de son estomac jusque dans ses jambes tremblantes. Au début, ce fut comme une crispation, un raffermissement de tous ses muscles – et puis soudain, elle se détendit. Souple et apaisé, son corps devint capable d'absorber le mouvement du bateau sans se plaindre.

Le sourire du marin grandit.

« Ça va mieux ? »

Rachel acquiesça de nouveau et réussit même à grommeler un « oui ».

Il désigna l'espace à côté d'elle de sa grosse main calleuse et lui demanda : « Je peux m'asseoir ?

— Si tu veux. »

Il prit place à côté d'elle, si près qu'elle sentait la chaleur émanant de son corps.

« Et donc, demanda-t-il. Qui es-tu ? »

Il y avait dans ses yeux une profondeur qu'elle n'avait jamais vue. Ses pupilles étaient des cavernes qui s'ouvraient sur deux cercles noirs. Elle s'aperçut qu'elle ne pouvait y plonger trop longtemps sans éprouver une sensation de vertige.

« Rachel. J'voyage avec ma fille.

— Enchanté, Rachel. Je m'appelle Personne. »

Elle le regarda des pieds à la tête. Il était beaucoup plus solide qu'on aurait pu l'attendre de quelqu'un qui portait un nom pareil. Ses manches retroussées laissaient voir des bras aux muscles saillants comme des lianes.

« Peut-être que tu te demandes comment on a pu me donner un nom aussi inhabituel. » Un peu gênée, Rachel détourna les yeux, mais cela ne sembla pas embarrasser son interlocuteur.

« Eh bien, je vais te le raconter. Sur la plantation de mon ancien maître à Antigue, une femme avait été accusée de sorcellerie. On racontait qu'elle enterrait des objets aux coins des champs afin de jeter des sorts – un cœur de chèvre, des baies vénéneuses, et le placenta d'une esclave, encore humide de sang. Au lieu de nier ces accusations, elle en tira de la fierté. Elle déclara au maître qu'elle avait maudit cette terre et ajouta : "Personne naîtra sur cette plantation désormais !"

La femme du maître attendait un enfant à cette époque. Une semaine plus tard, l'enfant naquit, beaucoup trop tôt, mort-né et contrefait. Pendant des années, la malédiction sembla frapper la plantation : les esclaves faisaient plus d'enfants, et la femme du maître mit au monde deux enfants mort-nés. Mais un jour, je vins au monde. Alors, le maître dit à ma mère de m'appeler Personne. Ainsi, il était vrai que Personne était né sur cette plantation. »

Il s'exprimait avec aisance, comme un homme qui a l'habitude de raconter des histoires. Ses paroles suivaient le rythme des vagues. Pendant tout ce temps, il contempla les flots de son regard profond.

« Comment ça se fait que tu vas à Démérara ? demanda Rachel.

— Je fais partie de l'équipage. Je suis marin depuis des années. »

Rachel essaya d'imaginer à quoi une telle vie pouvait ressembler. Elle prit une grande inspiration, laissant l'air salé emplir ses poumons. « Et t'aimes ça ? Naviguer ?

— Je dois ma liberté à la mer, dit-il au bout d'un moment. Donc, je la respecte pour cette raison. Mais ce n'est pas toujours facile d'être marin.

— Ta liberté ?

— Oui. Quand j'étais enfant, à peine dix ans, un soir ma mère m'a dit qu'elle avait un plan. Mais je devais faire exactement ce qu'elle disait. Elle m'a ordonné de rester allongé sur ma natte et de ne plus bouger un muscle. Dans l'obscurité, elle est allée puiser dans les latrines. Puis elle a pris un couteau, s'est taillé la cuisse, et elle a mélangé les excréments avec du sang et de l'eau. Au matin, elle a versé la mixture sanglante entre mes jambes et détalé. Elle pleurait très fort, et au bout d'un moment, le contremaître est arrivé. Elle lui a dit que j'étais mourant : que la malédiction s'était finalement abattue sur moi.

« J'ai entendu le contremaître s'approcher pour mieux m'examiner. Je gardais les yeux fermés, le souffle court. La case puait, et il est pas resté longtemps. La nuit suivante, ma mère m'a murmuré : "Fuis." »

Personne ferma les yeux un moment, ému. Rachel sentit son corps se crisper à côté d'elle, le simple souvenir de cet ordre suffisamment fort pour qu'il se prépare de nouveau à détaler.

« Et donc j'ai fui. Je suis arrivé à une route, et je l'ai suivie jusqu'à une ville où il y avait plus de gens que j'en avais jamais vu – c'était Saint John's. J'ai passé trois jours à arpenter les rues parce que je n'osais pas rester sans bouger. La troisième nuit, un homme est sorti en titubant d'une taverne et il m'a vu, recroquevillé sous un porche. Il m'a dit que je pourrais trouver un abri et à manger si je l'accompagnais sur son navire qui quittait Antigue pour Londres le lendemain. C'était le premier de mes nombreux voyages, et me voilà à présent. Je n'ai jamais remis les pieds à Antigue. »

Le visage de Personne n'exprimait rien – en dehors d'une brève manifestation de douleur, il aurait aussi bien pu lui réciter un conte ou un mythe. Mais gravé dans ses traits apparaissait le fantôme d'un garçonnet apeuré. Rachel imagina la douleur de sa mère en l'envoyant ainsi vers la liberté, sachant que jamais elle ne le reverrait.

« Londres ? T'as été là-bas ?

— J'y suis pas resté longtemps. Mais je me souviens qu'il faisait froid – si froid que ça faisait tomber les nuages du ciel, ils enveloppaient tout et on n'y voyait plus rien.

— Où est-ce que t'as été d'aut' ?

— Surtout en Europe et dans les Caraïbes. En Afrique, une fois, au port de Petit-Popo. » Il baissa les yeux vers le bois usé du pont. « J'étais marin à bord d'un bateau espagnol qui emmenait des esclaves à Cuba. »

Ces mots glacèrent Rachel, mais elle ne ressentit aucune colère contre lui. Et disparut l'image qu'elle se représentait d'une vie d'aventures en mer, à explorer les quatre coins du monde. À la place, elle vit à nouveau un jeune garçon, ballotté sur les océans lors de voyages sur lesquels il n'avait aucun contrôle. La liberté avait un prix.

« Et qu'est-ce qui t'amène à Démérara, Rachel ? » demanda Personne.

Rachel s'inclina en arrière et sur son visage se posèrent les rayons du soleil qui commençaient à darder, vaporisant la brume de l'aube qui s'attardait encore autour du bateau. La chaleur naissante et l'histoire de Personne, séparé si jeune de sa mère, l'adoucirent. Il y avait encore quelque chose de secret dans sa quête, pourtant elle décida de s'en ouvrir à lui.

« Mes fils. Y z'ont été vendus là-bas dans l'temps. »

Ils furent interrompus par un garçon blanc, d'environ douze ans, qui émergea du pont inférieur. Son fin visage était marqué par la crasse et la sueur.

« On a besoin de toi en bas. »

Personne se releva. « À plus tard, peut-être », dit-il comme s'il avait envie de poursuivre cette conversation mais ne possédait aucun contrôle sur les événements. En fin de compte, tout le monde était à la merci de l'océan.

Rachel n'avait plus le mal de mer, mais elle éprouvait toujours de la difficulté à rester longtemps dans la cale. Des douleurs ancestrales sédimentées en elle continuaient à lui tordre les entrailles dès qu'elle perdait de vue le soleil, et l'odeur fantôme des chairs pourrissantes la hantait. Mary Grace et elle passaient le plus de temps possible à l'extérieur. Rachel présenta sa fille à Personne lorsqu'elle le croisa de nouveau sur le pont. Mary Grace soutint son regard, sans peur de se perdre dans ces prunelles profondes.

Ils avaient la chance de faire une bonne traversée, et ces conditions favorables semblaient parties pour durer – enfin, voilà ce que Personne leur apprit. La proue du vaisseau fendait l'eau avec à peine un murmure. Il leur parla des violentes tempêtes qu'il avait traversées, quand la pluie vous martelait la peau, que les vagues furieuses, plus hautes que le bateau, menaçaient à chaque assaut de casser la coque en deux.

Chaque fois qu'elles le voyaient, il leur racontait un épisode de ses nombreux voyages. Si un autre membre d'équipage passait à côté de lui en lui ordonnant de se remettre au travail, le récit était court – la fois où il avait vu une baleine bondir hors de l'eau à quelques mètres du navire, le jour où un coup de vent avait arraché la vigie en haut du mât, et qu'elle s'était abattue sur le pont, le craquement de ses os audible malgré un vent très fort. Dès qu'il pouvait leur consacrer plus de temps, il leur racontait comment ils avaient été harcelés par des pirates le long de la côte cubaine, ou encore la tentative de mutinerie qu'il avait aidé le capitaine à mater lors d'un voyage au Brésil. Chaque fois qu'il ouvrait la bouche, Mary Grace était suspendue à ses lèvres, et il semblait apprécier l'attention qu'elle lui témoignait. En découvrant les regards qu'ils s'échangeaient, Rachel ressentit un pincement en tant que mère, une nostalgie pour la petite fille que Mary Grace avait été naguère. Mais elle s'en réjouit aussi. Durant tout le temps qu'elles avaient passé à Bridgetown, Rachel n'avait jamais vu sa fille écouter quelqu'un sans baisser les yeux. À présent, elle ne pouvait détacher son regard de Personne. Face à lui, le mutisme de la jeune femme ne ressemblait plus à de la timidité, mais à de l'émerveillement.

Pendant encore trois jours, ils ne virent que la mer et le ciel. Rachel aimait aller à la proue du navire et voir l'océan s'étendre de tous côtés jusqu'à l'horizon. À la Barbade, elle ne s'était jamais trouvée à plus de quelques heures de marche du rivage, montrant que la terre n'était pas infinie. Mais sur le bateau, il était facile de croire que l'océan n'avait pas de fin. Elle se demandait comment les gens avaient pu survivre aux longs voyages depuis l'Afrique ou l'Europe. Elle n'avait navigué que quelques jours, mais déjà l'idée de la terre – ferme et solide sous ses pieds – n'était plus qu'un souvenir lointain dans sa mémoire.

Elle demanda à Personne ce que cela faisait de passer des semaines entouré de rien dans toutes les directions – dessus, dessous, partout.

« La vie en mer, c'est pas pour tout le monde. Ça peut te donner l'impression d'être tout petit. Parfois, ça te rend fou. Un jour, j'ai vu un homme sauter par-dessus bord de désespoir parce qu'il était convaincu que la mer avait englouti le reste du monde et qu'il ne restait plus que nous… »

Il s'arrêta. Le soleil était bas dans le ciel, caressant presque la surface, et ses feux mourants transformaient les vagues en miroir scintillant et changeant.

« J'ai toujours survécu. Ça me dérange pas de me sentir tout petit. Ça me dérange pas qu'on me rappelle que je suis Personne – comme on l'est tous. »

Le quatrième jour, ils aperçurent la terre. Les côtes de l'Amérique du Sud émergèrent des vagues, ourlant l'horizon. Rachel saisit la main de Mary Grace en découvrant ce spectacle. Aussitôt, elle sentit un ancrage, et il lui fut plus facile de retrouver les images de Micah et Thomas Augustus dans sa tête qu'avec seulement les flots devant les yeux.

Ils s'approchèrent suffisamment pour voir la ligne verte des arbres sur le rivage. Le bateau vira vers l'est et toute la matinée suivit la côte. Personne vint les chercher pour les emmener à l'avant du navire. Il leur montra l'horizon.

« Vous voyez là-bas ? Comment l'eau devient brune ? »

La main en visière, Rachel vit en effet une tache d'eau brune parmi les flots bleus environnants.

« C'est là qu'on sait qu'on approche, dit Personne. C'est l'embouchure du fleuve Essequibo. Dans pas longtemps, on sera à Georgetown. »

Dans les heures qui suivirent, la côte se mit à reculer, formant l'embouchure du cours d'eau. De petites îles pareilles à des dents émergeaient des eaux. Rachel et Mary Grace restèrent à la proue, transportées devant l'immensité du delta.

« La vue vous plaît ? »

Personne était de retour. Il s'était posté près de Mary Grace et Rachel remarqua que le dos de sa main touchait la hanche de sa fille.

« J'ai jamais vu une rivière si grande », dit Rachel. Toujours pas d'autre berge au loin.

« Les fleuves d'Amérique du Sud, c'est quelque chose. Un peu plus loin sur la côte, au Brésil, il y a l'Amazone. Il paraît que c'est un des plus grands fleuves du monde. Comme une grande blessure dans la côte. » Il eut un sourire de tristesse. « Plus encore que le temps passé en mer, c'est le genre de vision qui me rend humble. Toutes nos tentatives pour vivre sur terre sont vaines. À la fin, l'eau gagne toujours. »

Rachel contemplait en silence l'Essequibo. Elle aussi se sentait humble, mais ce sentiment n'avait rien de mélancolique pour elle, contrairement à Personne. Là où lui voyait une blessure, elle imaginait que la terre embrassait le fleuve de chaque côté, à mesure qu'il s'enfonçait dans l'intérieur du pays. L'eau douce et boueuse rencontrait l'eau salée de la mer, leurs couleurs se mêlant l'une l'autre à l'embouchure. Les îles du delta qui sortaient des profondeurs étaient vertes et fertiles, grouillantes de vie. La coexistence était possible. Il n'était pas besoin de perdre pour que l'eau gagne.

Personne dut retourner travailler, mais il leur dit de garder l'œil ouvert à l'affût du prochain fleuve : ce serait le Démérara, à l'embouchure duquel se trouvait Georgetown. Au fil de l'après-midi, l'ombre des mâts s'allongea. À tribord le rivage réapparut à mesure qu'ils laissaient derrière eux l'estuaire de l'Essequibo.

Enfin, Mary Grace aperçut quelque chose et montra l'horizon. En plissant les yeux, Rachel parvint à distinguer le Démérara qui déversait un épais flot d'eau brune dans la mer.

Le bateau vira, mettant le cap vers la terre. D'autres passagers curieux s'étaient aventurés à l'avant du navire pour contempler leur destination qui grandissait de plus en plus à l'horizon. Rachel remarqua une jeune femme. Celle-ci se distinguait des autres, et elle le savait, si bien que ses yeux se posaient souvent sur les gens autour d'elle, et dès que quelqu'un s'approchait trop, elle ajustait sa posture. Elle était d'une beauté ahurissante – grande, mince, la peau claire, ses boucles lâches lui tombant sur les épaules. Elle lui fit penser à Cherry Jane, même si cette femme ne lui ressemblait pas vraiment – elle avait le nez plus étroit, les yeux plus sombres et la peau plus claire. Quelque chose dans la manière dont elle se tenait, droite et gracieuse, montrait qu'elle avait conscience d'attirer l'attention et qu'elle faisait à tout instant l'objet des regards et de l'admiration.

Ce qui retint Rachel, toutefois, ce ne fut pas sa beauté, ni le fait qu'elle lui rappelait Cherry Jane, mais sa robe. Après des mois passés auprès de Mrs Armstrong, elle était en effet capable de reconnaître une belle pièce quand elle en voyait une, et cette robe en soie lilas, ornée de motifs de roses dans le bas, était magnifique. Les courtes manches bouffantes étaient recouvertes d'un tissu qui brillait au soleil, et le col était bordé de dentelle. C'était une robe qui se suffisait à elle-même, dont le but consistait à souligner le goût très sûr de celle qui la portait et ses moyens financiers considérables.

Et pourtant... Rachel l'observa plus en détail. Elle essaya de la voir avec les yeux de Mrs Armstrong. La couleur des empiècements du corset était passée. L'ourlet avait été repris, mais avec gaucherie. La forme des manches n'était plus à la mode depuis des années. En outre, la robe n'était pas ajustée au niveau de la taille ainsi que l'aurait fait une couturière experte sur sa cliente.

La jeune femme tourna la tête et son regard croisa un instant celui de Rachel, mais elle se détourna aussitôt et Rachel comprit qu'elle avait eu peur de ce qu'elle y avait vu – qu'aux yeux de Rachel, ses atours ne suffisaient pas, que malgré tous ses efforts pour passer pour une autre, une petite part de sa vraie nature continuerait toujours à briller.

Personne réapparut à côté de Mary Grace et Rachel s'arracha à la contemplation de la femme à la robe lilas.

« Combien d'temps ? demanda-t-elle.

— Environ une heure. »

Mary Grace regarda sa mère. Au cours des derniers jours, Rachel avait remarqué combien les épaules de sa fille s'étaient décrispées, qu'un sourire affleurait toujours sur ses lèvres – surtout quand Personne était là. Rachel s'aperçut soudain que l'espoir qui grandissait dans les yeux pleins d'éclat de Mary Grace vacillait, comme une flamme près de s'éteindre.

« Tu vas rester longtemps à Démérara ? »

Personne haussa les épaules : « J'ai assez d'argent pour tenir un mois ou deux. Ensuite je m'embarquerai sur un autre bateau.

— On a bien apprécié ta compagnie.

— Merci. »

L'embouchure du Démérara se rapprochait. Mary Grace baissa les yeux. Son sourire s'effaça et sa tête pencha. Rachel sut qu'il n'y avait pas de temps à perdre.

« P'têt que tu peux rester un peu avec nous. À Georgetown. On pourrait prend' une chambre tous les trois. »

Personne ne dit rien. Il contemplait la mer, et les vagues se reflétaient en miniature dans ses yeux.

Rachel lui prit la main. Il la regarda puis se retourna.

« Écoute, dit-elle. J'comprends qu'c'est dur de laisser c'que tu connais derrière toi. Mais c'est l'moment. » Elle serra sa main plus fort et il la regarda de nouveau. « Tu peux arrêter d'fuir. »

Son visage lisse se mit à trembler, il retenait les larmes qu'à l'âge de dix ans il n'avait pu verser. Rachel voyait la mère du marin dans ses prunelles – une vague silhouette, le souvenir lointain de ses traits effacés – et elle comprit qu'il la voyait aussi en elle. L'écho de ces deux visions lui suffisait. Elles le libéraient de cet ordre lancé des années auparavant.

« D'accord », dit-il. Le souvenir résonnait douloureusement dans sa voix. Mais il y avait également du soulagement. « J'irai avec vous. »

Mary Grace baissait toujours la tête. De la tristesse plein les yeux, Personne la regarda, et son visage s'apaisa. Les larmes qui menaçaient refluèrent. Et il s'autorisa, pendant un instant, à sourire.

GUYANE BRITANNIQUE
JANVIER 1835

14

LES RUES DE GEORGETOWN étaient étrangement alignées. À mesure qu'ils remontaient l'estuaire, les bâtiments construits sur les berges paraissaient au garde-à-vous. Les docks se trouvaient du côté de la ville qui longeait l'embouchure ; au-delà s'étendaient des champs en droite ligne les uns derrière les autres, s'éloignant progressivement de la côte. Après plusieurs jours en mer, il y avait quelque chose d'incompréhensible à se trouver face à un paysage si soigneusement ordonné et finement découpé.

Personne les précéda sur la passerelle. Un petit groupe de gens s'était rassemblé pour accueillir les nouveaux arrivants – surtout des Noirs, aussi maigres et décharnés que les gens qui avaient quitté la Barbade, mais aux vêtements plus neufs, et sans ces yeux caves aux regards sans espoir. Rachel vit la belle jeune femme à la robe lilas se frayer un chemin en contournant la foule. Elle se hâta vers la ruelle la plus proche et disparut dans l'ombre.

« Je connais un endroit, dit Personne. Une taverne qui loue des chambres. C'est pas cher, mais pas trop miteux. Peut-être qu'ils accepteront de nous loger. »

Ils s'éloignèrent du port, et les grands bâtiments aux façades de pierre laissèrent la place à des constructions plus modestes, plus petites, aux fenêtres dépourvues de vitres, béantes dans le crépuscule. Ils remontèrent une rue presque déserte, passèrent devant une Blanche qui discutait avec un homme sur le pas de sa porte, dans une langue que Rachel ne reconnut pas. Des mots rocailleux, débordants de sons durs, adoucis de temps à autre par leurs éclats de rire.

Rachel fronça les sourcils. « J'croyais que Georgetown était britannique ? » Elle ne parviendrait jamais à retrouver son fils dans une langue étrangère.

« C'est le cas. Mais autrefois, c'était une colonie hollandaise. Il y en a encore quelques-uns par ici. »

Peu de temps après, ils arrivèrent à une taverne, soulagés qu'elle soit encore ouverte. Environ cent mètres plus loin, la route droite comme une flèche s'arrêtait brusquement, remplacée par un champ désert et stérile.

« Si j'étais vous, j'irais pas par là. C'est un cimetière. Et les morts ne sont pas contents d'y être. »

La taverne était mal éclairée mais propre. Quelques hommes buvaient au bar, un autre groupe serré autour d'une table jouait aux cartes. À une autre, deux soldats, un à la peau claire, l'autre à la peau sombre. Des marins et des ouvriers agricoles, jugea Rachel – ils donnaient l'air de ne pas vraiment être là, et leurs regards ne restaient jamais posés bien longtemps au même endroit. Depuis qu'ils avaient tous les trois quitté le navire, elle avait remarqué que Personne dégageait également ce genre d'énergie nerveuse.

Il alla parler au tavernier. Après un bref échange, il se retourna pour désigner Rachel et Mary Grace.

« Tu vois ? fit-il sèchement. Deux femmes bonnes et respectables. »

L'homme était petit, massif et dégarni. Il était affligé d'une respiration sifflante. Il les examina toutes les deux des pieds à la tête de ses petits yeux sombres et larmoyants, enfoncés dans une figure couleur mélasse.

« Et comment qu'elles vont gagner leur vie ? demanda-t-il à Personne. Comment je peux savoir qu'è vont pas tomber dans la mauvaise vie, si è sont désespérées ? Ça serait point les premières. »

Personne s'apprêtait à répondre, mais Rachel le coupa.

« Ma fille sait coudre. Moi, j'étais servante à la Barbade, mais j'ai aussi été esclave de houe. J'sais travailler dur. »

Le tavernier continuait de la dévisager. Finalement, il dit : « Si tu veux travailler dur, tu peux travailler ici. On cherche quelqu'un pour servir et ranger les barriques quand est-ce qu'on les r'çoit. T'es costaude ?

— Oui, m'sieur.

— Bon, j'parlerai au propriétaire demain. Si y t'embauche, t'auras la chamb' comme paye. »

Rachel haussa les épaules. Le marché lui paraissait correct.

Le tavernier indiqua une porte dans un angle. « La chambre est là-haut. » Il se retourna vers Personne. « Faut payer pour c'soir. Pas d'chambre à l'œil tant qu'elle a pas commencé à gagner sa croûte ici. »

Personne prit son sac de marin, mais Rachel fut plus prompte. Elle compta ses pièces, reste de l'argent que Mrs Armstrong l'avait forcée à accepter. Elle prit la clef et les mena vers l'escalier.

La chambre était petite, carrée, parfaitement anonyme. Deux lits flanquaient la fenêtre de part et d'autre, en dehors de cela, elle était vide. Personne demeura sur le seuil. Il savait contrôler ses expressions, mais Rachel sentait bien que quelque chose n'allait pas. Sans doute était-il gêné qu'elle ait trouvé du travail et payé la chambre. Si son orgueil était blessé – ce qui n'aurait pas été surprenant –, tout à son honneur, il n'en montrait rien. Il avait l'habitude de ne compter sur nul autre que lui-même, pensa Rachel. Depuis l'enfance, il n'avait connu que les conflits de la vie en mer, où l'eau salée ne tolérait aucune faiblesse. Ses seules relations s'étaient avérées soit contractuelles, entre capitaine et équipage, soit temporaires, entre marins qui naviguaient ensemble pendant un court moment et ensuite allaient chacun leur chemin.

Rachel cherchait la manière de lui dire avec délicatesse qu'elle et sa fille n'avaient besoin ni de son argent, ni de son travail, ni de sa protection, seulement de sa compagnie, quand la main de Mary Grace vint se poser sur le poignet de Personne. Mouvement minuscule, avant qu'elle s'éloigne pour aller regarder par la fenêtre, mais les mains de Personne, incapables de rester tranquilles depuis qu'il avait quitté le navire, cessèrent soudain de papillonner. Enfin, il entra dans la chambre.

Après toutes ces soirées à éviter de dormir dans la cale, Rachel passa une bonne nuit. Personne insista pour coucher par terre.

« J'ai dormi dans des endroits bien pires », dit-il.

Au moment de s'assoupir, Rachel le surprit qui regardait Mary Grace. Sa fille fermait les yeux, et le clair de lune dardait ses rayons d'argent à travers ses cheveux noirs coupés court. Ainsi allongée, Mary Grace dégageait une douce beauté, et Rachel s'aperçut que Personne était fasciné.

Au matin, elle se leva de bonne heure. Personne dormait encore, recroquevillé par terre en chien de fusil. Mary Grace aussi était réveillée, et elle vit sa mère se diriger sur la pointe des pieds jusqu'à la fenêtre. En se penchant, Rachel aperçut le cimetière au bout de la rue. Elle inspira, laissant l'air humide de Georgetown emplir ses narines. L'odeur lui rappela Bridgetown – lourde et poussiéreuse – mais elle y détecta également quelque chose d'inédit, dur et acide, et elle comprit qu'elle était loin de la Barbade et de tout ce qu'elle connaissait.

Pour ne pas réveiller Personne, elle glissa à Mary Grace qu'elle revenait bientôt et sortit en catimini de la chambre. Elle traversa la forêt de tabourets posés à l'envers sur les tables de la taverne déserte et s'en alla dans la rue vide. Elle retourna sur leurs pas de la veille, en direction du fleuve, mais plus elle avançait, plus elle se sentait mal à l'aise. Elle voyait tant de choses qu'elle ne reconnaissait pas que, par moments, elle croyait s'être trompée de direction, alors même qu'elle allait tout droit. L'étrangeté des lieux lui rappelait qu'il lui faudrait du temps pour se familiariser avec cet endroit.

Elle passa devant un homme qui traînait un chariot rempli de fruits, et une femme émaciée, l'air hagard, portant un bébé sur le dos. Elle ne vit personne d'autre. Tout ce calme l'inquiétait. En approchant du port, elle arriva du côté des belles demeures, aux volets encore clos. Dans une seule maison, une fenêtre était ouverte au rez-de-chaussée, et Rachel y aperçut une vieille femme avec un bandana blanc qui étendait une nappe en lin impeccable sur la table du petit déjeuner.

À la lisière de son champ de vision, elle entrapercevait ses fils, ces ombres qui lui tenaient compagnie dans la rue tranquille, bien qu'ils ne lui apparaissaient jamais ensemble. Même dans sa propre imagination, il lui était impossible de réunir les deux garçons car ils ne se connaissaient pas – en tout cas, pas encore. Thomas Augustus était né après le départ de Micah et avait seulement entendu parler de son frère grâce aux histoires que sa mère lui racontait. Petit, il adorait les entendre ; Rachel pensait qu'il ne comprenait pas tout à fait que Micah était une vraie personne. Ce grand frère mystérieux faisait davantage figure de personnage de conte, parmi les nombreux autres qu'elle inventait pour l'endormir chaque soir. Mary Grace à l'époque avait déjà été vendue, mais Rachel était sûre que Thomas croyait qu'elle allait revenir. L'idée qu'un autre enfant soit lui aussi parti depuis fort longtemps, peut-être était-ce trop pour le petit garçon. Il était plus facile pour lui de penser que sa mère avait inventé Micah et que Mary Grace reviendrait bientôt, l'alternative étant cette dure vérité que les enfants de Rachel pouvaient lui être arrachés à tout moment et qu'elle ne pouvait rien y faire.

Il ne s'était pas passé longtemps avant que Samuel et Kitty ne rendent l'âme, et que Mercy leur soit à son tour enlevée, alors Thomas – pas encore sept ans – avait compris combien leur famille était fragile en réalité, comme on pouvait facilement la briser. Bientôt, il avait cessé de réclamer les histoires de Micah.

Quand Rachel atteignit les docks, une brise fraîche soufflant du fleuve dissipa les haleines fantomatiques du matin. Quelques hommes se trouvaient au bord de l'eau. Aucun bateau n'était encore en vue, pourtant ils paraissaient attendre. Deux d'entre eux s'étaient rapprochés et, tournant le dos à la mer, ils discutaient, la tête penchée. On aurait dit un père et son fils. Le jeune homme avait un visage rond et innocent. On retrouvait ses traits chez son père, mais l'âge semblait avoir gommé les rondeurs chez celui-ci ; sa mâchoire saillait de manière proéminente et ses tempes étaient profondément creusées.

Sachant qu'elle devait bien commencer à chercher quelque part, Rachel se dirigea vers eux. Le plus âgé se tut et la regarda d'un air soupçonneux.

« Ouais ? dit-il

— Pardon, je cherche mes fils.

— Ben c'est pas nous, répondit-il d'une voix tranquille et rocailleuse.

— Vous les avez p'têt vus, ou ben entendu parler d'eux.

— Y a pas longtemps qu'on est là, comment qu'y s'appellent ? demanda le jeune homme, un vague air de pitié dans les yeux.

— Micah et Thomas Augustus. Un grand et un p'tit. »

Le jeune homme secoua la tête. « Désolé. On connaît personne avec ces noms-là. »

Elle s'y attendait, pourtant un léger soupir lui échappa.

« Y a combien de temps qu'tu les cherches ? reprit-il, tandis que son père, revêche, se retournait vers la mer.

— Y sont partis d'puis des années. Mais j'suis juste arrivée hier à Démérara.

— Désolé, on peut pas t'aider. » Il regarda les flots. « Nous aussi, on cherche quelqu'un.

— On cherche pas, coupa son père. On attend. »

Le jeune homme ferma les yeux un instant, une expression douloureuse passa sur son visage. Rachel essaya de deviner son âge. Sans doute à peu près comme Thomas Augustus aujourd'hui.

« Qui c'est qu'vous attendez ?

— Ma maman. On est v'nus de Saint-Lucie y a un an pa'ce qu'on nous avait dit qu'y payent mieux ici. Ma maman a dit qu'elle viendrait quand est-ce qu'elle pourrait. » Il adressa à Rachel un sourire plein de tristesse.

« Et son bateau doit arriver aujourd'hui ?

— Oui, répondit le père.

— On sait pas », dit son fils. Gêné, il baissa les yeux. « On espère qu'elle va arriver aujourd'hui. On vient là tous les matins et on attend, pour voir. »

Rachel fit un pas vers le père. Il dut sentir sa proximité car il se retourna vers elle et la dévisagea.

« J'espère qu'aujourd'hui, ça s'ra l'bon jour, lui dit-elle doucement. J'espère que l'prochain bateau qui s'en vient, ça s'ra l'sien. »

Mais elle vit au fond de ses prunelles le même vide qui emplissait naguère les yeux de ses enfants mourants, Kitty et Samuel. Le même affreux néant inscrit sur le visage du bébé mort-né après qu'il fut sorti de son ventre. Cela lui brisa le cœur – la douleur qu'elle ressentit à cet instant pour cet homme et pour son fils était telle qu'elle faillit la plier en deux. Dans le fond, le vieil homme n'avait plus d'espoir. Son cœur était mort parce qu'il croyait que sa femme avait rendu l'âme à des centaines de kilomètres de là, loin de lui et de leur fils.

Il ne dit rien.

Le plus jeune répéta : « Désolé. » Et puis, alors que Rachel s'éloignait, il la rappela : « J'espère que tu vas trouver tes fils ! »

Rachel sentit son cœur battre plus fort en entendant ces mots, pulser plus vite pour maintenir en vie l'idée que ses enfants perdus étaient encore vivants. Elle reprit en hâte la direction de la taverne.

15

SUR LE CHEMIN DU RETOUR, elle vit davantage de volets ouverts et de cheminées fumantes – la ville commençait à revenir à la vie. Les rues n'étaient plus désertes ; Rachel croisa un groupe d'hommes silencieux, aux visages de pierre, portant chacun une pelle sur l'épaule, et un garçon avec des béquilles, dont le pied gauche semblait tourné bizarrement de côté, ses orteils partant dans toutes les directions.

De retour à la taverne, l'homme qui les avait accueillis la nuit précédente était à nouveau là, déposant les tabourets autour des tables, la respiration plus sifflante encore. Quand Rachel entra, il leva les yeux.

« C'est elle », dit-il en regardant dans l'angle.

Rachel se tourna et vit un Blanc assis à une table, un livre de comptes ouvert devant lui. Sa plume resta en suspens au-dessus de la page tandis qu'il la regardait par-dessus ses lunettes.

« Approche-toi. Laisse-moi te regarder mieux que ça. »

Il ne ressemblait pas du tout à l'image qu'elle s'était faite du propriétaire d'une taverne. Il avait un long nez crochu, qui semblait diriger l'attention vers une bouche aux lèvres si fines qu'elles disparaissaient presque. Son visage était encadré de favoris mous et grisonnants. Il avait l'air formaliste et sourcilleux. En vain, Rachel essaya de l'imaginer buvant un coup avec l'un des hommes qu'elle avait vus là la veille au soir.

Elle demeura debout devant lui, les mains dans le dos pour les maintenir immobiles, tandis qu'il l'examinait.

« Donc, dit-il enfin. Tu cherches un travail ?

— Oui, m'sieur. » Elle baissa les yeux. En un instant, il fallait décider si l'on regardait les Blancs dans les yeux ou pas. Certains étaient très irrités qu'on le fasse, d'autres jugeaient que le comble de l'insubordination était de ne pas le faire. Celui-là lui parut être du type qui préférait qu'elle garde les yeux baissés avec déférence.

« Et tu as été esclave, à ce qu'on m'a dit ?

— Oui, m'sieur. Esclave de houe à la Barbade. Et pis domestique à Bridgetown.

— Bien. » Il posa sa plume dans l'encrier, laissant à ses mains toute liberté de remuer. « J'ai toujours pris garde à employer ici d'anciens esclaves. Certains disent que je suis fou – qu'ils font de mauvais employés, insolents et rebelles. Pour moi, c'est le contraire, tant qu'on est prêt à montrer qu'on est attaché à l'ordre et la discipline. » Il découvrit ses dents avec un sourire de satisfaction lugubre. « Quand ils ont compris que vous êtes prêt à les faire arrêter s'ils ne respectent pas les règles, ils sont tout à fait obéissants. Nul ne connaît mieux la valeur de la liberté qu'un ancien esclave. »

Au bout d'un moment de silence, Rachel comprit qu'il attendait qu'elle réponde. « Oui, m'sieur.

— Bon. Tu peux commencer par travailler ici une semaine et on verra comment tu te débrouilles. Albert supervisera tout ça. » D'un geste de la tête, il désigna le tavernier qui avait terminé de remettre en place les tabourets et frottait le bar avec un chiffon humide.

« Merci, m'sieur. » Rachel hésita. « Et… pour la chambre ? »

Le propriétaire eut un geste de désintérêt. Ses veines étaient visibles sous la peau translucide de ses poignets. « Ah, oui, Albert m'a parlé de ça. Tu peux avoir la chambre en guise de salaire du moment que tes compagnons savent se tenir. »

Rachel baissa encore plus la tête. « Merci, m'sieur. »

L'homme reprit sa plume. Albert sortit de derrière le bar d'un pas lourd et lui mit le chiffon entre les mains. « Continue à bien tout frotter. »

Rachel s'exécuta. Le propriétaire ne fit plus attention à elle tandis qu'elle passait d'une table à l'autre, nettoyant chacune, même quand, trébuchant sur une dalle fendue, sa hanche cogna bruyamment contre un des tabourets. De temps en temps, elle jetait un regard à son visage pincé qui contemplait ses chiffres en fronçant les sourcils, et elle ne pouvait s'empêcher de penser à Mr et Mrs Armstrong. Leur bonté était soudain mise en relief par ce petit Blanc mesquin. Mais ce souvenir fut bref, elle le mit très vite de côté. Ce propriétaire n'était pas le premier patron désagréable qu'elle rencontrait, et elle n'était pas assez naïve pour croire qu'il serait le dernier.

Après avoir nettoyé, elle aida Albert à monter des tonneaux de bière de la cave. Soudain il relâcha son effort, laissant presque tout le poids de la barrique reposer entre les bras de Rachel, et celle-ci comprit qu'il la mettait à l'épreuve. La première fois, au pied des marches, elle n'était pas préparée, et faillit tomber en arrière. Mais elle ne perdit pas l'équilibre et par la suite demeura prête, arc-boutée contre le fût, mâchoire serrée, dos cambré, jambes écartées, bien plantées sur le sol. Quand ils eurent remonté le quatrième et dernier tonneau, qu'elle avait porté presque toute seule, la sueur lui dégoulinait sur le front, lui piquant les yeux. Ils le posèrent par terre et elle regarda Albert droit dans les yeux, chassant toute trace d'effort de son visage.

En milieu de matinée, Personne descendit l'escalier. Il adressa un signe de tête à Albert et au propriétaire – qui lui décocha un regard dédaigneux avant de retourner à ses comptes – et vint s'asseoir sur un tabouret tandis que Rachel nettoyait les traces collantes de bière sur les chopes.

« Mary Grace se change. Elle sera bientôt là. »

Rachel se retourna pour ranger une chope sur une étagère, et elle sourit pour elle-même.

« Vous avez discuté ? demanda-t-elle.

— Pas exactement. Ça me paraît pas juste de parler tout le temps alors qu'elle, elle se contente d'écouter. Donc ce matin, on est restés assis en silence un moment. » Il regardait ses mains tout en parlant. « C'était bien. »

Dans un bruit sourd, le propriétaire referma son livre de comptes et se mit à astiquer ses lunettes sur la manche de sa chemise, sans perdre des yeux Personne. Puis il prit la parole.

« Voici l'un de tes compagnons, je suppose ? Albert a dit qu'il y avait un homme et une femme avec toi.

— Oui, m'sieur. Mon fils et ma fille. » Le mensonge sortit tout seul, les liant tous les trois plus encore. Juste au cas où…

« Je vois. Il a un travail ?

— Je suis marin », répondit Personne d'une voix douce, constante et nullement menaçante. Lui aussi savait parler aux Blancs pour éviter les ennuis. « Les gains de mon dernier voyage me permettront de vivre quelque temps, ensuite, je chercherai peut-être du travail en ville. »

Le propriétaire hocha la tête. « Et la fille ? Qu'est-ce qu'elle va faire ?

— Elle sait coudre, m'sieur », répondit Rachel.

Le propriétaire remit ses lunettes sur son nez. Au travers, ses yeux verts paraissaient plus gros et globuleux.

« Je vais consulter mon épouse. Dieu sait que les tailleurs et les couturières de cette ville vous prennent des fortunes, alors peut-être qu'elle a des habits qui ont besoin d'être arrangés, ou remis à la mode pour la nouvelle saison. » Un instant, Rachel resta muette devant cette proposition d'assistance. Puis il continua : « Et puis l'oisiveté est la mère de tous les vices. »

Elle comprit qu'il y avait une interprétation moins charitable possible à ses paroles. Aux yeux de cet homme, le Nègre était un animal que seules les ruses de Blancs tel que lui pouvaient mater afin de le contrôler. Elle le remercia malgré tout et continua à nettoyer avec toute la vigueur possible, au cas où il l'observerait.

Le nom du propriétaire, Rachel l'apprit d'Albert, était Mr Tobias Beaumont. Celui-ci ne lui demanda pas son nom à elle, et Albert lui dit qu'il ne fallait pas s'y attendre.

« J'ai travaillé ici beaucoup d'années avant qu'y me l'demande. »

Après que Rachel eut transporté l'essentiel des tonneaux pour les monter et les descendre pendant quelques jours, Albert, à sa manière, commença à se montrer plus avenant. C'était un homme de peu de mots – souvent, il lui posait une question, ou faisait une remarque, mais après qu'elle eut répondu, ne disait plus rien. Il reprenait la conversation plus tard dans la journée, ou le lendemain matin. De cette manière, une discussion pouvait s'étendre sur une semaine.

Quand Rachel lui parlait d'elle, elle mêlait la vérité et la fiction. Pour des raisons de sécurité, mais aussi pour le simple plaisir d'inventer. Il y avait à présent un océan entre elle et sa vie passée, et tous ceux qui l'avaient connue. La liberté de se réinventer, même dans les détails les plus infimes, lui donnait le sentiment de n'avoir pas d'attaches, de flotter au-dessus du sol. Elle dit à Albert que son ancien maître s'appelait Williams et non pas Carrington. Qu'en dehors de Mary Grace et Personne, elle n'avait pas d'autre enfant. Un soir, après que le dernier client eut enfin quitté la taverne en titubant et qu'il n'y eut plus qu'eux deux, rangeant les tabourets sur les tables, elle lui dit à mi-voix que le père de Mary Grace et Personne avait été tué lors d'un incendie sur leur ancienne plantation, et sa voix se noua d'un chagrin imaginaire.

Malgré ce mensonge, Rachel n'avait pas oublié ses autres enfants. Mais Mr Beaumont était un patron désagréable et irascible, difficile à satisfaire et prompt à juger d'un œil critique tout ce qui passait à sa portée. Il ne laissait à Rachel aucune marge d'erreur, et une fois encore elle dut se plier aux exigences d'un nouveau maître. Elle avait beau être loin de Providence, et nettoyer des chopes et des tables avait beau ne ressembler en rien à la corvée de couper la canne à sucre, il y avait néanmoins un terrible sentiment de familiarité. Le travail l'anéantissait ; être au service de Mr Beaumont émoussait l'urgence exaltante qu'elle avait ressentie en montant sur le bateau pour quitter la Barbade. La peur également diminuait le désir désespéré qui animait sa quête – la peur de l'inconnu et de cette vaste terre étrangère sur laquelle elle se trouvait à présent. Il était facile de laisser les semaines s'écouler avec pour seule tâche d'éviter de mécontenter Mr Beaumont.

Quand Rachel réussissait à grappiller une heure loin de la taverne, elle errait par les rues. Elle arrêtait les passants pour leur décrire ses fils – ou plutôt leur en faire un portrait imaginaire après toutes ces années qui les avaient sûrement vus changer. Mais comme les longues heures de travail, sa quête lui apparaissait de plus en plus telle une répétition creuse, dépourvue de sens. Son corps n'était plus qu'un outil, et non une fin en soi.

Un jour, de bon matin, elle se retrouva à la lisière de la ville, là où les maisons cédaient la place aux plantations. Ce fut une vision glaçante. Les moulins, les sucreries, les rangées de canne – tout lui rappelait la Barbade. Soudain la distance entre les deux colonies ne lui parut plus si grande. Soudain, il ne lui sembla plus si impossible que son passé la rattrape. Partout s'étendait l'ombre de l'esclavage.

Dans l'atmosphère humide et collante du petit matin, Rachel frissonna.

Mais elle n'était pas venue jusqu'ici pour rien. Elle mit sa main en visière ; au loin, elle crut voir des coupeurs de canne. Quittant la route, elle pénétra sur les terres de la plantation. Elle regarda autour d'elle avec soin : pas trace d'un contremaître. Elle partit à travers champs.

C'était l'odeur qui l'angoissait le plus : la douceur du jus qui gouttait des cannes fraîchement coupées, et le fumier qui tapissait la terre. Elle ferma les yeux un moment, étourdie par la sensation d'être encore à Providence, à mille kilomètres de là, et que tout ce qui s'était passé ne soit qu'une illusion, jusqu'à l'émancipation. Peut-être était-elle encore là-bas, sans ses enfants, peut-être était-elle encore esclave.

Elle ouvrit les yeux pour chasser cette pensée : un homme blanc se tenait devant elle. Le visage rouge, il éructa.

« Eh toi ! »

Rachel fit un pas en arrière. Il tenait un fusil.

« Tu es qui ? » Sa bouche postillonnait. « Qu'est-ce que tu fous là ? »

Elle voulut lui répondre, mais une certitude glaciale la gagna. On ne pouvait raisonner un Blanc en colère armé d'un fusil.

Elle devait fuir.

Elle se retourna, s'emmêlant presque les jambes, et déguerpit. Derrière elle, elle entendit l'homme hurler :

« Une intruse ! Au voleur ! Arrête-toi ! »

Chaque mot la poussait de l'avant, la bile jaillissait dans sa gorge, ses mains tentaient avec frénésie d'écarter la canne devant elle, pour se frayer un chemin jusqu'à la route.

Un coup de feu.

Combien de temps lui fallut-il pour réaliser qu'elle n'était pas blessée ? Elle était si certaine d'être morte que sa vision commença à s'obscurcir. Ses genoux se dérobèrent sous elle. Elle se mit à ramper.

Et puis…

Elle sortit du champ, atteignit la route. Peu à peu, la vision lui revint. Elle osa se retourner et vit le Blanc au loin, fusil pointé vers le ciel. Un coup de semonce – une mise en garde. Car s'il l'avait tuée, qui l'aurait puni ? Que valait sa vie ici ?

Elle s'était montrée négligente – bien trop négligente. C'était une erreur qu'elle ne pouvait se permettre de répéter.

Elle se remit debout. Le soleil brillait à présent à l'horizon, la lumière était crue, aveuglante. Son travail allait bientôt reprendre à la taverne. Elle se remit en route vers Georgetown, tremblante.

Mr Beaumont attendait déjà, il faisait osciller sa montre gousset entre ses longs doigts maigres.

« Tu es en retard », dit-il.

Rachel baissa la tête.

« Pardon, m'sieur.

— Je ne te paie pas pour être en retard ! »

Il ne la payait pas du tout, en dehors de l'usage d'une chambre qu'il lui laissait gracieusement, mais elle se tut et garda la tête baissée. Elle entendit résonner sur les dalles les pas de Mr Beaumont qui venait vers elle.

« Regarde-moi quand je te parle. »

Il lui releva le menton pour la forcer à le regarder, puis retira sa main d'un coup sec, comme si la toucher le dégoûtait. Rachel, secouée, le fixa des yeux en silence, interdite. Elle avait tout faux. Son habileté à lire le visage des Blancs, affûtée à force d'années d'esclavage, s'était émoussée. Son instinct lui avait dit de baisser le regard, mais Mr Beaumont lui avait ordonné l'inverse.

« Où étais-tu ? insista-t-il. Tu es sortie toute la nuit ?

— Non, m'sieur. J'suis juste allée… faire un tour.

— Eh bien si jamais je te reprends à sortir à nouveau… » Sa voix se perdit et il afficha une grimace de déplaisir, à croire que tout en elle lui répugnait. Il usait de son pouvoir avec brutalité – le ton qu'il employait rendait les choses très claires –, mais il ne semblait pas y prendre de plaisir.

Rachel ne savait plus quoi dire. La plantation, le coup de feu… et maintenant ça. Elle avait l'impression d'avoir quitté la terre ferme pour s'enfoncer dans l'eau profonde.

La peur la submergeait – cette vieille peur, la même que naguère à la Barbade. Dans le rictus de Mr Beaumont, elle vit celui du contremaître de Providence.

« Je sais parfaitement ce que tu es, tu sais », dit-il à voix basse. Il était toujours près d'elle, leurs visages séparés par quelques centimètres. Ses yeux pâles et larmoyants étaient remplis de malice. « Je sais ce que tu as fait. »

Rachel se taisait toujours. Elle s'enfonçait de plus en plus – jusqu'à ce qu'il n'y ait plus de lumière, plus d'espoir.

« D'où est-ce que tu viens ? »

Rachel ouvrit la bouche, mais elle mit trop de temps à répondre.

« J'ai dit : d'où tu viens ?

— La Barbade, m'sieur. »

Il acquiesça lentement.

« Tu crois que je ne connais personne à la Barbade ? Tu crois que je ne peux pas leur écrire si je veux ? Pour qu'ils m'envoient les annonces des plantations où des esclaves se sont enfuies ? Tu crois que je ne pourrais pas empocher la récompense ? »

Tout ce que Rachel put faire, c'est le fixer sans dire un mot. Mais oui, elle savait. Elle avait toujours su qu'elle ne serait pas en sécurité. Comment avait-elle pu l'oublier ?

Le silence se prolongea. Puis Mr Beaumont recula et rangea sa montre, comme pour dire que l'incident était clos.

« Pardon, m'sieur, dit Rachel d'une voix brisée. J'sortirai plus. »

Par la suite, elle n'osa plus aller à la recherche de ses enfants.

Ils étaient à Georgetown depuis quelques semaines quand Mary Grace descendit s'asseoir au bar. C'était le milieu de la matinée et Rachel nettoyait les chopes ainsi qu'elle le faisait tous les matins depuis son arrivée dans la colonie de Déméraraa.

Sa fille lui adressa un long regard.

Posant la choppe, Rachel soupira. « Je sais. »

Mary Grace releva un sourcil. Depuis qu'elles étaient arrivées à Georgetown, son visage se faisait de plus en plus expressif. Des muscles dont elle n'usait plus se mettaient à frétiller sous sa peau, étirant sa bouche en de grands sourires tels que sa mère ne lui en avait jamais vus, si larges qu'ils donnaient au reste de son visage des proportions parfaites. À Bridgetown, Mary Grace réussissait à se faire comprendre grâce à son regard éloquent – deux orbes communicatifs au milieu d'un visage par ailleurs inexpressif. À présent, ses sentiments se diffusaient autour de ses yeux et s'étendaient à tout le reste de son corps ; elle utilisait davantage ses mains aussi, pour toucher Rachel au milieu d'une conversation ou lui désigner une fenêtre d'où l'on voyait un beau coucher de soleil. Sa mère mettait ce changement sur le compte de Personne. Soudain, Mary Grace avait besoin de nouvelles expressions car elle découvrait des émotions plus profondes en son cœur.

« Je fais c'que j'peux. Mais j'peux pas… chais pas où… »

Mary Grace lui caressa le poignet du bout des doigts. Le contact de sa fille sur sa peau fut pour Rachel telle une décharge électrique inondant son corps de chaleur. Ses mains s'immobilisèrent alors qu'elle s'apprêtait à attraper une autre choppe sans réfléchir, tant la tâche lui était devenue familière. Elle prit soudain conscience de la manière dont elle se tenait, épaules rentrées pour se faire plus petite qu'elle n'était. Elle se redressa. Cette maigre tentative pour reprendre sa place ne pouvait suffire à la libérer du poids des semaines passées à Georgetown, ni des années à la Barbade, sous le joug d'une charge écrasante. Mais cela lui donna un nouvel espoir. Elle sentit une douleur qui d'habitude ne venait que la nuit, et elle en fut satisfaite. Son corps tremblait, et elle en revendiquait la propriété. Ses mains, ses bras, ses jambes adoptèrent un nouvel usage : ils étaient les instruments de sa liberté.

Avant que Rachel ait eu le temps de répondre à sa fille, Albert remonta de la cave en se traînant. Comme elle ne voulait jamais qu'il la surprenne dans un moment d'inactivité, elle se remit au travail. Elle sentait le regard de Mary Grace posé sur elle tandis qu'elle fixait des yeux le chiffon mouillé, frottant les résidus collants incrustés sur les parois de la chope. En demeurant bien droite, elle tenta de montrer à Mary Grace qu'elle comprenait ce qu'elle avait voulu lui dire et qu'elle lui en était reconnaissante.

Au bout d'un moment, elle entendit sa fille se lever de son tabouret et remonter l'escalier. Elle termina seule sa besogne matinale.

16

« C'EST CALME, ce soir », dit Albert. Dehors tout était obscur, il était presque minuit. Dans un coin, un vieux Blanc à qui il manquait trois doigts à la main gauche, recroquevillé sur sa chope. Dans un autre, deux jeunes hommes assis dans un silence morose, n'ouvrant la bouche que pour commander la tournée suivante. À part ça, la taverne était vide.

Rachel et Albert contemplèrent un moment les tables inoccupées, puis il dit : « Tu peux y aller. J'peux faire la fermeture tout seul, c'soir. »

Elle scruta son visage pour savoir s'il s'agissait d'une mise à l'épreuve, redoutant que si jamais elle acceptait, Mr Beaumont déboule de l'étage en déclarant qu'il avait toujours su qu'elle était paresseuse. Mais accoudé au bar, un chiffon pendouillant au creux du coude, Albert avait l'air de s'ennuyer ferme et dénué de toute mauvaise intention.

« T'es sûr ?

— Ouais. Tu f'ras pareil pour moi la prochaine fois. »

Rachel regarda l'escalier qui montait vers sa chambre, toutefois en sortant de derrière le bar, elle prit la direction de la rue.

« Tu vas où ? » lui demanda Albert. Sans se retourner, elle devina qu'il fronçait les sourcils.

« J'rent' bientôt. »

Il y avait longtemps qu'elle n'avait pas osé sortir. Dans la rue, l'air nocturne s'engouffra dans ses poumons. Curieusement, elle avait l'esprit vide, en paix, débarrassé de toute autre pensée que celle qui lui faisait mettre un pied devant l'autre. Elle sentit se dessiner vaguement l'envie d'aller vers le port, mais à peine s'était-elle cristallisée que Rachel tourna vers la gauche, quittant la rue qui menait au fleuve pour emprunter une venelle étroite. Une fine tranche de clair de lune tombait entre les bâtiments, fil d'argent la menant dans une direction inconnue. Elle était tel un écheveau de contradictions – volonté pure, spontanéité débridée, débordant de possibilités, mais en même temps, sans forme, sans but, menant une vie dont elle n'avait pas le contrôle.

Elle arriva au croisement d'une ruelle déserte encore plus petite, et le clair de lune se divisa en trois. Elle s'arrêta pour regarder de chaque côté. À droite, elle repartait vers le fleuve. À gauche, vers le cimetière. Dans cette direction, debout hors du champ illuminé, une ombre recroquevillée.

Elle sut aussitôt que c'était un gamin. Elle scruta l'obscurité et, bien qu'elle ne pût voir les yeux du petit, elle était sûre qu'il la regardait.

L'enfant d'ombre détala. Il courait avec maladresse, oscillant d'un côté de la venelle, puis de l'autre, sa silhouette à demi éclairée. Et Rachel se mit à courir à son tour à une vitesse qui l'effraya, son corps la portant de l'avant comme à Providence lorsqu'elle s'était sauvée. Le bruit de leurs pas se réverbérait sur les murs des maisons. Bras écartés, poitrine en feu, elle faisait un effort pour garder le rythme. Elle ne pouvait laisser cet enfant s'enfuir. Pas cette fois-ci.

Elle essaya de deviner lequel de ses petits elle pourchassait dans cette poursuite irréelle. L'enfant d'ombre était mince et petit – était-ce Thomas Augustus ? Ou peut-être Cherry Jane, car ils étaient presque aussi grands l'une que l'autre.

Ils arrivaient au bout de la route. Plus loin se trouvait le cimetière. Inondé de lune, il apparaissait d'un gris terne et maladif. Ils étaient si proches que Rachel vit le vent coucher les hautes herbes frémissantes.

La panique se mit à bouillonner au creux de son estomac – une peur épaisse, gluante, qui lui noua la gorge de terreur. Elle savait qu'elle ne devait pas laisser le gamin s'approcher de la terre consacrée aux morts. Elle ne pouvait laisser les défunts prendre ce qui était à elle.

L'adrénaline déferla en elle, débordante. Pure énergie, elle fusa dans la ruelle, fonçant vers l'enfant, de plus en plus proche.

« Non ! » s'entendit-elle crier, et sa main saisit le petit. Ses doigts se refermèrent sur quelque chose de ferme et solide – elle n'était plus d'énergie pure, et le gamin n'était plus une ombre : en chair et en os, il se tenait, pantelant, à la frontière du cimetière. Il se débattait.

« Lâche-moi ! »

Une voix de garçon, à l'accent inconnu. Rachel retira sa main comme si elle s'était brûlée. Ce n'était pas Cherry Jane, ni Thomas Augustus, ni aucun des petits fantômes qui si souvent la hantaient. Cet enfant-là n'était pas le sien.

« Pardon », dit-elle en reculant.

Le gamin se retira en lui-même, tel un ressort sur le point de lâcher, mais il ne s'enfuit pas.

« T'as couru après moi. »

Le visage du garçon était encadré de cheveux noirs et lisses, coupés de manière irrégulière dans le cou. Il n'était ni noir ni blanc, mais complètement différent : une peau de Mulâtre maculée de crasse, un nez fin et des yeux effrayés, beaucoup trop grands pour son visage émacié.

« Pardon », répéta-t-elle d'une voix douce et gentille, à croire qu'elle s'adressait à un animal effarouché. « J'croyais qu't'étais… »

Elle ne termina pas. L'enfant ne dit rien.

« Pourquoi t'es dehors si tard ? » demanda-t-elle.

Il paraissait avoir onze ou douze ans et se taisait. Rachel éprouva de la pitié. Finalement, elle voyait bien un peu de ses petits en lui en dépit de son visage étrange, mangé par les ombres.

« T'as un endroit où passer la nuit ? »

Lentement, le gamin secoua la tête.

« T'as mangé ? »

Il fit non, de nouveau.

Rachel lui tendit la main : « Viens avec moi. »

Il ne bougea pas.

« J'vais pas t'faire de mal. Mais j'peux te donner à manger, et pis un endroit où dormir. »

Il regardait sa main. Rachel attendit, se tenant la plus immobile possible. De l'autre côté, elle sentait la présence frémissante des morts. Elle n'avait plus peur d'eux – ils ne lui prendraient pas l'enfant – mais leurs murmures la mettaient mal à l'aise. Les vivants ne devaient pas s'attarder trop longtemps si près des fantômes.

Pourtant le garçon ne montrait aucune envie d'accepter son aide. Avisant de nouveau son regard effrayé, elle choisit d'adopter une autre tactique. Elle repartit lentement par la ruelle.

« Bon, dit-elle à voix haute sans se retourner. Tu peux v'nir si tu veux. »

La nuit était assez silencieuse pour qu'en tendant l'oreille elle entende le bruit léger de ses pas derrière elle.

À la taverne, les deux jeunes hommes étaient partis. Le vieux Blanc s'était écroulé contre le mur, les yeux fermés, la bouche ouverte, sa chope de bière à moitié vide en équilibre précaire sur ses genoux. Albert lui adressa un signe de tête lorsqu'elle entra, mais ses traits se durcirent en voyant le gamin derrière elle.

Elle lui dit aussitôt : « Tout va bien. C'est moi qui l'ai am'né. »

Albert se redressa de toute sa hauteur et fit la moue pour mieux impressionner le garçon.

« On a quèque chose à manger ? » demanda Rachel.

En dehors de la bière, la taverne ne proposait pas grand-chose en matière de nourriture. Mr Beaumont disait qu'il ne pouvait tolérer tous les péchés sous son toit, et il n'était pas là pour encourager la gloutonnerie. Du pain rassis, des tranches de bœuf si fines qu'on voyait à travers, de la soupe claire avec une pellicule luisante à la surface, voilà le mieux que les clients pouvaient espérer.

« Il a d'l'argent ? demanda Albert.

– C'est moi qui paye. »

Avec un grognement de mécontentement, il sortit un pain informe de derrière le bar, qu'il déposa sans soin sur le comptoir, faisant craquer la croûte. Rachel le prit et s'assit à l'une des tables inoccupées. L'enfant était resté à la porte, les bras croisés sur sa poitrine. Dans la lumière des chandelles, elle voyait tous les os de son visage sous sa peau couleur rouille.

Elle fit glisser la miche sur la table, en face d'elle, devant un tabouret vide. « Assois-toi, dit-elle. S'il te plaît. »

Lentement, le gamin s'approcha. Il se mouvait avec raideur, ce qui mettait en relief les angles aigus de ses membres grêles, et un léger boitement. Il s'installa sur le tabouret, immobile, puis il fondit sur le pain qu'il mit en pièces. Rachel l'observa, qui dévorait la miche.

« Comment qu'tu t'appelles ? »

L'enfant ne perdait pas des yeux le pain qu'il mastiquait mécaniquement. Il ne répondit pas.

« Moi, c'est Rachel, dit-elle doucement. J'viens d'une île, c'est très loin, ça s'appelle la Barbade. »

Le gamin lui jeta un regard puis revint vers le pain.

« Toi aussi, tu viens d'loin ? »

Il avait presque tout mangé. Il ralentit et, considérant le dernier morceau dans sa main, il répondit : « Oui.

— D'où c'est qu'tu viens ? »

Il se mit à découper le dernier morceau en plus petites bouchées, qu'il mangea en les savourant. Entre deux, il répondit : « Un village, en remontant l'fleuve. Mais les gens sont tombés malades, et y sont morts. Ma maman est morte. C'était dur. C'est mon papa qui m'a amené ici. On a travaillé, on prenait n'importe quel travail qu'on nous donnait… » Il s'arrêta, prit un autre morceau. « Mais mon papa, il est mort. Et y a pas d'travail pour un enfant. Pas d'argent pour la chambre. Alors je dors dans la rue. »

Il s'exprimait d'une voix tranquille et monotone – aux oreilles de Rachel, cela sonnait comme les prières qu'elle avait entendu les Armstrong murmurer le soir avant de se coucher. Elle eut envie de repousser les cheveux qui tombaient dans les yeux du gamin mais se força à ne pas bouger.

« J'suis désolée pour toi », dit-elle.

Elle le regarda finir le pain, puis croiser les bras sur sa poitrine. Il la contemplait de ses prunelles sombres et sérieuses, et elle fut intimidée par la force de son regard.

« C'est qui, les tiens ? Là-bas, sur les bords du fleuve. T'as d'aut' famille ? Des frères et sœurs ? Tu peux y r'tourner. »

Le garçon secoua la tête. « J'ai pu d'famille. Tout l'monde est parti. Y en a qui sont venus dans l'nord, pareil que nous, pour faire le travail de l'homme blanc. D'aut' qui sont allés chercher des endroits meilleurs, plus loin dans la forêt en r'montant l'fleuve. J'suis un Akawaio – un Indien. Cette terre, elle était à nous, avant. »

Rachel hocha la tête. Elle avait entendu raconter des histoires à la Barbade au sujet de ces habitants qui étaient là avant les Blancs, et qui avaient disparu. À Providence, il y avait un homme convaincu qu'il existait un endroit de la forêt, dans les collines du nord, où les anciens habitants de l'île vivaient encore. Il était persuadé qu'on pouvait se faire marron et aller les retrouver pour vivre en sécurité dans ce dernier endroit de la Barbade encore libre. Il avait succombé, non parce qu'il s'était enfui – il n'avait jamais essayé –, mais d'une mort lente, à force de trop travailler et de n'être pas assez nourri, une fin courante sur les plantations. Le rêve enfiévré de trouver la liberté parmi les derniers Kalinagos n'avait pas réussi à le sauver.

Rachel regarda derrière elle. Albert soutint son regard assez longtemps pour qu'elle sache qu'il les observait, puis il baissa les yeux et entreprit de remettre le couvercle sur un tonneau de bière.

« Tu peux dormir ici cette nuit, dit-elle au gamin. Avec nous. Si tu veux. »

Le garçon croisa les bras un peu plus serrés contre lui. Il jeta un coup d'œil à la porte et se raidit à nouveau, comme s'il s'apprêtait à fuir. Mais il hocha la tête.

Rachel le fit monter. Elle savait qu'Albert les suivait des yeux, l'air réprobateur, mais elle n'y prêta pas attention. Dans sa tête, elle imaginait déjà ce qu'elle pourrait dire le lendemain afin de tenter de le persuader de laisser l'enfant rester plus longtemps.

En haut de l'escalier, le gamin s'arrêta soudain : « Pourquoi tu veux m'aider ? » Le ton était parfaitement neutre, sans la moindre trace de soupçon. S'il avait déjà été abusé par les fausses promesses d'inconnus, cela ne se voyait pas.

Rachel pensa à Mama B, à mille kilomètres de là. « Parce qu'on m'a aidée quand j'en avais b'soin. Et faut jamais accepter l'aide des aut' si on est pas prêt à aider à son tour le jour où c'est nécessaire. »

Elle ouvrit la porte de la chambre. Cette explication sembla suffire au garçon qui entra.

Mary Grace dormait déjà, tournée vers le mur, le touchant presque. Personne était allongé par terre, mais il se redressa quand Rachel entra. Il les regarda. Elle s'attendait à ce qu'il lui pose des questions, mais non. Personne salua le gamin d'un signe de tête, puis il se rallongea par terre et ferma les yeux. L'enfant perdu en avait reconnu un autre, malgré toutes les années qui les séparaient.

Rachel lui montra le lit où elle dormait d'habitude, mais le garçon secoua fermement la tête et désigna le pied du lit. Elle voulut lui donner ses couvertures pour en faire une sorte de matelas, mais il les lui rendit. Il releva le menton et, en dépit de son petit corps fragile, elle sentit qu'il ne ferait pas ce qu'elle voulait. Elle le regarda s'allonger par terre sur le plancher nu, et se coucha à son tour.

En attendant le sommeil, elle écouta le rythme de leurs respirations qui se chevauchaient comme la marée changeante de quatre océans différents. Elle entendit le souffle du gamin – ferme et tranquille – se stabiliser jusqu'à ne plus être qu'une douce et lente berceuse.

À l'orée du rêve, alors que la solidité des murs autour d'elle commençait à se dissiper, elle entendit un murmure.

« Nuno. J'm'appelle Nuno. »

Au matin, quand ils s'éveillèrent tous les trois, le garçon était parti.

En arrivant, Albert lui lança un regard accusateur mais ne dit rien. Ils accomplirent la besogne du matin en silence. Après avoir rangé le dernier tonneau derrière le bar, Rachel dit : « Albert, j't'ai pas dit la vérité. J'ai d'aut' petits – deux fils et deux filles. J'crois qu'mes fils sont à Démérara. C'est pour ça qu'on est v'nus ici : pour les r'trouver. »

Albert contempla la rue poussiéreuse à travers la porte ouverte. « J'espère que tu les r'trouveras. »

Puis ils revinrent à leur routine quotidienne, des fragments de conversations s'étirant au fil des heures nombreuses.

17

DANS LE MEILLEUR DES CAS, Rachel jugeait la présence de Mr Beaumont à la taverne incongrue, mais jamais autant que les rares fois où il venait y passer la soirée, moment le plus animé de la journée. Il se tenait au bout du bar, droit et raide, et si jamais un homme s'approchait en titubant pour commander un verre, il le dirigeait d'un air dégoûté vers Rachel ou Albert. À mesure que la nuit avançait et que les clients devenaient plus bruyants et turbulents, ses narines se gonflaient et régulièrement il levait les yeux au ciel comme s'il en appelait à Dieu pour qu'il lui donne la force de tolérer l'atmosphère sombre et étouffante de cette taverne pleine de fracas. Plus il y avait de monde (et donc plus il gagnait d'argent), plus il en paraissait incommodé.

Rachel demanda à Albert pourquoi un homme si mal à l'aise dans une taverne en avait acheté une – mystère accru par le fait que Mr Beaumont était blanc et plutôt bien nanti, alors que ses clients étaient pour l'essentiel des Noirs, des Mulâtres et quelques Blancs misérables. La première fois où elle lui posa la question, il était encore trop tôt pour qu'Albert lui fasse confiance : il avait répondu sans la regarder que la taverne rapportait bien, et il s'en était tenu là. Quelques semaines plus tard, sans qu'elle eût rien demandé, il se pencha vers elle et lui confia à mi-voix que Mr Beaumont avait auparavant été propriétaire d'une boutique à l'autre bout de la ville, mais que la rumeur avait couru qu'il n'était pas blanc.

Dans les jours qui suivirent, Albert lui narra toute l'histoire par bribes. L'arrière-arrière-grand-père de Mr Beaumont était noir – enfin, voilà ce qu'avait raconté un homme qui se trouvait être son rival en affaires. Mr Beaumont avait évidemment voulu prouver son innocence devant un tribunal, hélas, les dégâts étaient faits. La rumeur était lancée. N'y avait-il pas quelque chose du Nègre dans son regard nerveux ? Son crâne n'était-il pas trop étroit, dissimulant un cerveau de taille inférieure à la moyenne ? Mr Beaumont avait déménagé à l'autre bout de la ville, et acheté la taverne à son propriétaire, un Mulâtre pour lequel Albert avait précédemment travaillé. Mr Beaumont était un homme d'affaires avisé et il tirait de sérieux profits de cet endroit, mais il savait qu'il était impossible d'élever le niveau de la clientèle. La société blanche de Georgetown avait la mémoire longue, et la rumeur d'une goutte de sang noir avait à jamais flétri sa réputation.

Un soir où il se tenait ainsi au bout du bar, l'air mécontent, Personne entra avec un Blanc. Ils s'assirent tous les deux dans un angle, plongés dans leur conversation. Le Blanc avait une longue barbe broussailleuse qui commençait à grisonner. Elle frémit lorsqu'il éclata d'un rire retentissant, qui attira l'attention des clients aux tables voisines. À un moment Rachel vit Personne la montrer du doigt, et l'autre la dévisagea en fronçant les sourcils, puis il secoua la tête.

Elle eut envie de s'approcher pour entendre ce qu'ils disaient mais Mr Beaumont était derrière le bar et, trop occupée à avoir l'air de travailler dur, elle n'osa pas laisser croire qu'elle pouvait être distraite, ne serait-ce qu'un instant. Les deux hommes burent leur bière lentement, mais au bout d'un moment, tendant le cou, Rachel vit que leurs choppes étaient vides. Elle quitta le bar pour aller les ramasser. En s'approchant, elle entendit la voix rocailleuse du Blanc :

« ... pour sûr que ça va me revenir dans un instant. Attends donc voir. Je me rappelle exactement cette expression dédaigneuse sur son visage, jusqu'aux poils qui lui sortaient du nez, mais diantre comment s'appelait-il ?

— Rachel. » Personne lui toucha le bras. « Voici le capitaine Grafton. On a navigué ensemble il y a quelques années.

— Ah ! » Le capitaine éclata de rire, projetant un postillon sur la main de Rachel au moment où elle récupérait sa chope. « Naviguer ensemble ? C'est en deçà de la vérité. » Il posa sur elle ses yeux noisette. « Ce garçon m'a sauvé la vie.

— La mutinerie, dit Personne. Je t'en ai parlé. C'était sur le bateau du capitaine Grafton. »

Le capitaine adressa au jeune homme un immense sourire. « Et quand on pense qu'avant ce voyage-là, je disais toujours que personne se mutinait sur mon bateau. Et il s'est avéré que Personne est le seul qui a pas participé à cette damnée mutinerie ! » Il tapa sur la table pour accentuer la force de la plaisanterie.

Rachel se retourna. La taverne était bondée et des clients plus bruyants s'étaient attiré le regard réprobateur de Mr Beaumont. Elle pouvait s'attarder encore un peu.

« Le capitaine Grafton est souvent venu à Georgetown, dit Personne en se penchant vers Rachel. Et il a fait plusieurs fois le voyage depuis la Barbade. Dont une fois en 1817. »

Le corps de Rachel frémit tout entier, à croire que Personne avait prononcé le nom de son fils. Dans sa tête, l'année et le nom ne faisaient qu'un : Micah.

« Personne dit que tu cherches ton fils qui est arrivé à Démérara vers cette époque ? » Si le capitaine Grafton se sentait gêné de se retrouver face à une mère dont le fils avait été enlevé avec sa complicité, il n'en laissait rien paraître. Il la regardait sans ciller. « Je me souviens pas d'avoir vu quelqu'un qui te ressemblait. En général, je fais pas tellement attention à ceux que je transporte, sauf quand il y a du grabuge. Mais je me souviens qu'on a vendu presque tous les esclaves au même homme, un type hautain qui voulait montrer à tout le monde qu'il avait les moyens de tous les acheter – tu vois le genre. »

Entre les mains de Rachel, les choppes cessèrent de trembler. Elle éprouva de nouveau cette sensation de parfaite lucidité qu'elle avait ressentie dans le bureau de Mr Armstrong. Elle ne bougeait plus.

« Vous vous rapp'lez le nom à cet homme ? » À ses oreilles sa voix résonnait comme celle d'une étrangère. Elle avait l'impression d'être à l'extérieur d'elle-même et de se regarder attendre sa réponse face au capitaine Grafton.

Celui-ci fronça les sourcils, creusant de profondes rides sur son large front. « J'essaye. Je revois sa tête, mais son nom… » Il retomba dans le silence.

Rachel jeta un coup d'œil derrière elle et s'aperçut que Mr Beaumont les fixait tous les trois. Elle revint à la réalité ; son calme s'évapora et elle se remit à trembler. L'expression de Mr Beaumont montrait son venimeux mécontentement, pourtant Rachel lui tourna le dos. L'affaire était trop importante.

Le capitaine Grafton triturait les poils de sa barbe. Soudain, son poing s'abattit de nouveau sur la table :

« Braithwaite ! Voilà son nom ! »

Rachel souffla. Incapable de regarder ni le capitaine ni Personne dans les yeux, elle repartit en baissant la tête, légèrement courbée, évitant l'œil sévère de Mr Beaumont, et elle se glissa derrière le bar. Elle fut aussitôt sollicitée par un client qui se plaignait que le pain était si dur qu'il s'était cassé une dent dessus. Quand enfin elle eut réussi à le calmer et se retourna vers leur table, Personne et le capitaine Grafton étaient partis.

Lorsque Rachel monta se coucher ce soir-là, Personne et Mary Grace étaient encore éveillés. Ils étaient assis en tailleur sur le lit et leurs genoux se touchaient. Ce n'était pas la première fois qu'elle les voyait ainsi, les yeux dans les yeux, mais d'habitude elle n'avait pas le temps de les observer davantage car aussitôt Personne se levait d'un bond, l'air coupable, ou retirait la main qui touchait la joue de Mary Grace. Cette fois, il ne bougea pas.

« J'ai raconté à Mary Grace la bonne nouvelle. »

La jeune femme adressa à sa mère un sourire radieux, et celle-ci ne put s'empêcher de voir dans son visage un écho de celui de Micah. Ce n'était pas la première fois qu'elle apercevait l'ombre de son fils ce soir-là – depuis qu'elle avait entendu le nom de Braithwaite, elle le voyait même dans le visage d'inconnus. Il lui parut plus proche que jamais.

Rachel s'assit au bord du lit, près des jeunes gens. « Comment que tu… ? Où c'est que… » Les questions qu'elle brûlait de poser à Personne menaçaient de sortir toutes en même temps, mais elle réussit à en choisir une : « Tu savais déjà ? Pour le capitaine ?

— Je savais qu'il avait fait le voyage entre la Barbade et la Guyane britannique. Mais il y en a d'autres, des hommes que je connais ou dont j'ai entendu parler, qui ont peut-être fait le voyage cette année-là. J'ai posé la question autour de moi, j'ai cherché. »

Ses yeux irradiaient une énergie d'enfant. Rachel comprit à ce moment-là tout ce qu'avait signifié ce petit mensonge, lorsque des semaines plus tôt elle avait dit à Mr Beaumont que Personne était son fils. Elle se pencha et lui tapota la cuisse pour tenter de lui exprimer le sentiment maternel qu'elle éprouvait à son égard, pour donner vie au mensonge et le rapprocher de la vérité. Il était le bienvenu dans sa famille.

« Il faut découvrir où se trouve la plantation de ce Braithwaite, continua Personne.

— J'ai déjà d'mandé à Albert. Il a entendu dire que la plantation à Braithwaite, Bellevue, c'est à environ dix kilomètres de Georgetown.

— Alors il faut y aller. Dès demain. » C'était un dimanche.

Rachel regarda Personne puis Mary Grace, leurs visages pleins d'espoir et d'ardeur. La jeune femme n'avait pas vu son frère depuis qu'il avait été vendu, quand elle avait huit ans. Personne ne connaissait pas Micah, mais Rachel voyait combien il aimait sa fille et que cet amour était prêt à s'étendre à toute personne que Mary Grace aimait. Ils étaient impatients, prêts à partir, à trouver ce qui les avait amenées à Georgetown en premier lieu.

Pourtant, Rachel avait beau essayer de se le représenter – Micah apparaissant à l'horizon, courbé, trimant dans les champs, puis levant la tête, découvrant sa mère, courant vers elle – c'était inutile : elle ne voyait qu'elle et son fils. Elle partagerait cette joie avec eux en temps voulu, mais le moment où il devait revenir dans sa vie… elle savait qu'ils devaient le vivre à deux.

Dans sa vision, Micah la prenait dans ses bras, et en songeant à ce contact le souvenir de sa naissance lui revint. Chaque détail était encore frais dans sa mémoire. La façon dont Great Polly, qui d'habitude servait de sage-femme aux esclaves, l'avait regardée un après-midi, sentant ce qui se préparait. « C'est pour bientôt », avait-elle dit, et cette nuit-là elle avait dormi dans la case de Rachel, pour être là au moment fatidique.

Mais quand les premières douleurs de l'accouchement avaient réveillé Rachel, celle-ci avait été prise d'une terreur telle qu'elle lui avait fait perdre toute raison. Elle était sortie en trébuchant dans la nuit, avalant goulûment l'air frais dans ses poumons. Guère plus qu'une enfant, elle s'était frayé un chemin parmi la canne bruissante, et s'y était couchée tandis que la douleur montait en elle par vagues. Elle habitait le corps d'une étrangère. Déjà à l'époque où elle était enceinte, que son ventre grossissait et qu'elle sentait l'enfant lui donner des coups de pied, elle s'était sentie impuissante, sans plus aucun contrôle. Mais à mesure que les contractions s'intensifiaient, elle s'était crue possédée. Des mains de fer lui agrippaient le ventre pour forcer l'enfant à sortir, et elle ne pouvait rien y faire.

Enfin, il était né. Mouillé, cheveux collés sur son crâne, d'une fermeté surprenante lorsqu'elle l'avait pris dans ses bras. Tremblante, elle l'avait regardé respirer, puis il s'était mis à pleurer. Elle le tenait comme si elle craignait de le casser : il était encore attaché à elle par le cordon et elle avait éprouvé le désir vain qu'ils puissent demeurer ainsi à jamais.

Great Polly était arrivée, le souffle court. Rachel s'attendait à ce que la vieille femme la gronde, mais elle avait pris l'enfant dans ses mains ridées, l'avait inspecté avec soin, puis le lui avait rendu en hochant la tête.

« Il a des bons poumons », voilà tout ce qu'elle avait dit. Elle avait aidé Rachel à couper le cordon – ils ne pouvaient rester ainsi attachés pour toujours, même si la jeune mère le désirait.

Avec le recul, Rachel ne parvenait pas à comprendre comment elle avait pu courir de tels risques en refusant l'aide et la sagesse de Great Polly pour aller accoucher toute seule au milieu d'un champ. À la naissance de Mary Grace, Great Polly l'avait d'abord fait tourner, empêchant ainsi qu'elle naisse les pieds en avant. Rachel se doutait que si d'aventure elle avait fui Great Polly une seconde fois, Mary Grace n'eût pas survécu. Pourtant, elle ne regrettait rien, pas un instant. Être la première à toucher Micah, s'asseoir dans le champ de canne à sucre en imaginant qu'ils étaient seuls au monde – jamais elle n'avait oublié cette sensation.

Ce souvenir avait ancré les choses. Il était son premier né. Au moment où on le lui avait pris, Rachel avait eu le cœur brisé, pour la première fois. Elle était aujourd'hui très loin de la jeune fille qui avait accouché de Micah, mais elle éprouvait toujours le même désir d'être seule avec son fils, sans personne d'autre.

« J'dois y aller toute seule », dit-elle.

Mary Grace baissa les yeux. Personne s'apprêtait à dire quelque chose, mais il renonça. Ce souvenir était encore puissant en Rachel, et elle était sûre que les autres le sentaient. Cela dépassait la raison, ce désir impérieux d'une mère de vouloir être avec son enfant. Rachel avait traversé un océan pour cela.

« J'te remercie de qu'est-ce que t'as fait, dit-elle en souriant à Personne. Et j'suis sûre qu'on sera tous réunis bientôt. Mais j'dois y aller toute seule. Rien que moi. »

Son fils aîné, parti depuis si longtemps. Elle irait le chercher, elle le trouverait, et ils seraient unis à nouveau, comme si le cordon n'avait jamais été coupé.

18

RACHEL SE LEVA AVANT LE SOLEIL et partit vers l'est, en direction de la plantation Bellevue. La route depuis Georgetown suivait de loin la côte, protégée des étendues sauvages et vides de l'océan. Comme tout le reste dans la colonie de Démérara, elle était rectiligne et ordonnée, et Rachel eut envie de la quitter pour tenter sa chance en se frayant un chemin à travers les terres sauvages qui longeaient les falaises. Elle n'en fit rien, sachant que le chemin tout tracé était aussi le plus rapide.

Il était tôt mais déjà un flot régulier de gens se dirigeait dans la direction opposée, emportant leurs marchandises au marché du dimanche de Georgetown. Ils se répandaient depuis les chemins qui menaient aux plantations, débouchant sur la route ; certains parlaient, riaient, d'autres boitaient, muets. Rachel scrutait cette foule à la recherche de Micah, ou même de Thomas Augustus – son cœur faisait un bond chaque fois qu'elle apercevait un jeune homme de leur âge au loin, pour revenir à son rythme normal lorsqu'en se rapprochant elle découvrait qu'il s'agissait d'un inconnu.

La couronne du soleil commençait à émerger à l'horizon, projetant l'ombre des silhouettes qui venaient vers elle. La plupart d'entre elles ne lui prêtaient aucune attention, trop absorbées dans leurs conversations, ou concentrées sur les paniers qu'elles tenaient en équilibre sur leur tête, mais quelques personnes la regardèrent passer. Un homme qui marchait avec l'aide d'une canne en bois la héla : « Eh, l'marché, c'est par là ! » Elle lui sourit et continua sa route. Plus le matin avançait, plus la route était encombrée, pas assez large pour tout le monde. Les gens débordaient à présent dans l'herbe, sur le bas-côté, voire même dans les champs. La côte se rapprocha de la route, à tel point que Rachel sentit et entendit la mer.

À l'avancée du soleil, elle estima qu'elle avait dû marcher une heure, aussi commença-t-elle à demander aux gens si elle était encore loin de Bellevue.

« Oh non, lui dit une femme dont la fillette alla se cacher derrière elle. C'est pas loin, main'nant. Tu sauras qu't'es arrivée en voyant le café qui pousse près d'la route – les aut' champs, c'est rien que d'la canne. »

Rachel reprit son chemin. La chaleur du soleil commençait à s'incruster dans le sol et la terre sous ses pieds était tiède. La sueur perlait sur son front car, impatiente, elle refusait de ralentir. La foule diminuait – à présent tout le monde était arrivé au marché, à Georgetown, et il ne restait plus que les traînards.

Dans sa tête, elle se repassait sans cesse les retrouvailles avec Mary Grace. Cette sensation au contact de leurs peaux, après toutes ces années – elle l'éprouvait encore, comme si leur étreinte n'avait pas de fin. À croire que son corps répétait afin d'être prêt pour les retrouvailles avec Micah. Petit à petit, toutes les mises en garde qu'elle s'était imposées fondirent sous la chaleur qui se répandait en elle – le capitaine Grafton ne connaissait pas Micah, il ne pouvait être sûr d'où il était allé ensuite, enfin, Micah avait très bien pu être revendu sur une autre plantation, dans une autre colonie. Malgré la chaleur, la soif et le soleil aveuglant qui grimpait de plus en plus haut dans le ciel, elle marchait de plus en plus vite, impatiente de revivre l'euphorie des retrouvailles.

Elle avait beau ne pas quitter des yeux les plantations, elle ne voyait rien d'autre que la canne à sucre. Alors qu'elle se demandait si elle n'avait pas raté Bellevue, elle entendit qu'on sifflotait gaiement au loin. Un jeune homme arrivait tranquillement depuis la plantation la plus éloignée, et à son allure on pouvait déduire qu'il n'était pas pressé. Il avait ôté sa chemise qu'il portait sous le bras, et la lumière ondulait sur son torse.

« 'Jour, dit-il quand elle fut assez proche pour voir ses côtes saillantes et la cicatrice marbrée laissée par la marque de son propriétaire sur son épaule.

— Bonjour. Je cherche la plantation Bellevue.

— J'viens juste de Bellevue, c'est par là. » Il lui désigna la route derrière lui, puis il la regarda plus attentivement. « J'te connais pas. T'es v'nue voir quelqu'un ?

— Mon fils. Micah. »

L'allure de l'homme changea de manière subtile – son sourire demeura figé sur ses lèvres – mais Rachel s'en aperçut. Il s'écarta très légèrement et serra sa chemise contre lui tel un bouclier.

« Tu le connais ? demanda Rachel.

— Moi… » Rachel vit des douzaines de petits muscles s'agiter sur son visage. Il baissa les yeux. « Oui, m'dame. » Puis il ajouta aussitôt : « Faut qu'j'y aille. » Il s'éloigna d'un pas pressé mais il s'arrêta quelques mètres plus loin et se retourna vers elle. « Allez voir Orion. Y vous dira pour vot' fils. »

Un petit chemin serpentait le long de la plantation Bellevue, longeant le café, le coton et la canne. Un endroit aux multiples cultures – Rachel imagina les esclaves punis pour avoir mal traité les plantes qu'ils ne connaissaient pas après des mois passés à s'occuper d'une autre.

Elle ralentit le pas en traversant les champs déserts. Elle se montrait prudente – le coup de feu résonnait encore dans sa tête, et elle savait qu'elle ne pouvait baisser la garde. Mais aussi, elle voulait prolonger cet état d'incertitude, ce moment où elle pouvait encore croire que son fils l'attendait quelque part sur cette longue bande de terre. Il avait probablement été vendu – sans doute loin à en juger par l'expression de cet homme croisé sur la route. Mais tant qu'elle ne savait pas, elle pouvait encore espérer.

Le sol sous ses pieds devint dur et pierreux. Entre les rangées de cultures, s'étendait un ruban de terre encore plus âpre et stérile. Rachel vit que les esclaves y avaient aménagé leurs jardins personnels à une époque, grattant la terre pour lui arracher une maigre pitance. Certaines parcelles étaient à l'abandon, mais sur d'autres lopins, de vertes pousses s'élevaient encore malgré tout. Une femme déterrait des ignames et Rachel s'arrêta pour lui demander si elle connaissait Orion.

« Il est juste là-bas, y s'occupe de sa parcelle », répondit-elle en désignant de l'autre côté du champ un homme appuyé sur sa bêche, qui leur tournait le dos.

Rachel se dirigea vers lui en prenant garde à ne pas écraser les plantes, sachant quel travail il avait fallu fournir pour les faire croître sur ce sol ingrat.

« Orion ? »

Il se retourna. Il était environ du même âge qu'elle, peut-être un peu plus vieux, et sa peau ridée, tannée, montrait qu'il avait dû toute sa vie travailler dur. Sa tête était couverte d'un halo de cheveux noirs qu'il portait plus longs que la plupart des esclaves de houe. Ses prunelles étaient si sombres qu'elles se fondaient dans ses pupilles. Il la regarda, cherchant à savoir s'il la connaissait, mais non.

« Qui c'est qui d'mande ? »

Elle reprit sa respiration. « Je m'appelle Rachel. J'suis venue ici depuis la Barbade. Je cherche mon fils, Micah. »

Dès qu'elle eut prononcé ce nom, elle vit un chagrin atroce se peindre sur le visage d'Orion. Ses rides se creusèrent et ses yeux se fermèrent pour retenir ses larmes. Sa lèvre se mit à trembler. Ses mains s'accrochèrent au manche de la bêche si fort qu'elle crut que la peau allait se fendre.

Alors, Rachel sut. Elle sut que Micah n'était pas parti ailleurs.

Il n'était nulle part.

Il n'était plus.

Elle sentit le fantôme du cordon que Great Polly l'avait aidée à couper s'évaporer – ce lien qu'elle n'avait jamais totalement rompu, après toutes ces années –, et une aiguille de métal acérée remonta entre ses jambes jusqu'à fendre son cœur en deux.

Orion vit qu'elle avait compris. Il laissa choir sa bêche, et ils s'étreignirent – Rachel s'accrochait à lui désespérément, afin d'absorber le peu qui restait de son fils à travers cet homme qui l'avait connu pendant toutes ces années où elle n'était pas là. Leurs larmes se mêlèrent sur la terre. Pendant un long moment, seuls les bras d'Orion permirent à Rachel de ne pas s'effondrer. Sans lui, elle se serait dissoute dans l'épais brouillard de chagrin qui lui remplissait la bouche, les narines, prêt à la noyer. Pourtant, bien que son corps menaçât de se désintégrer, elle sentit sa résilience. Le battement sourd de son cœur. Ni fendu, ni brisé – toujours en un seul morceau, battant.

Elle trouva la force de se contenir en songeant aux autres. À Samuel. À Kitty. À ses enfants qui n'avaient pas de nom. La mort ne lui était pas étrangère.

Et puis Mary Grace – le visage de sa fille apparut avec éclat devant elle, ses yeux brillants de cet amour doux et puissant.

Enfin, elle songea à elle-même, et elle réussit à tenir debout toute seule, sans l'aide d'Orion. Elle s'accorda la permission de vivre, ainsi qu'elle l'avait déjà fait par le passé. Il y avait en elle un noyau indestructible que ni l'esclavage ni le chagrin ne pouvaient briser.

Rachel était une survivante. Et elle survivrait encore.

Ils se détachèrent l'une de l'autre et Orion essuya les commissures de ses paupières. « Je suis désolé, murmura-t-il, désolé. » Sur son visage, la douleur avait disparu, ne s'attardant qu'aux coins des lèvres. « Même après tout ce temps, ça fait mal. Il était pareil qu'un fils pour moi. »

Rachel n'avait plus de larmes à verser. Son corps avait repris consistance, mais il était dur, comme une coquille solide remplie d'un vide froid.

« Quand c'est qu'il est mort ? » Tout ce qui lui restait de Micah, c'étaient ses souvenirs, si peu de choses. Elle avait besoin de ramasser tous les morceaux manquants, jusqu'à sa mort. Elle voulait savoir.

« Y a douze ans », répondit Orion. Son visage était humide et luisant du mélange de ses larmes et de celles de Rachel. « L'insurrection. »

Rachel hocha la tête lentement. Elle se rappelait avoir entendu parler de ces troubles dans la colonie de Démérara, les Blancs effrayés en discutaient à voix basse entre eux lorsqu'ils se croyaient assez loin des esclaves pour ne pas être entendus. Les plaies laissées par l'insurrection à la Barbade n'étaient pas encore refermées, ni d'un côté ni de l'autre. Le simple fait de prononcer le nom de « Bussa » pouvait vous envoyer au cachot si les maîtres croyaient que les esclaves avaient le pouvoir de ressusciter ses ossements sur la plantation de Bayley. La révolte de la Barbade avait coûté de nombreuses vies, et certains esclaves de Providence avaient éprouvé un plaisir cruel en apprenant que celle de Démérara avait connu la même fin tragique. Sachant à présent que son fils faisait partie des victimes, le chagrin de Rachel s'amplifia à la pensée de tous ceux qui avaient hoché la tête avec une expression de lassitude et condamné ces insurgés insensés qui n'étaient pas de taille à lutter contre la milice blanche.

Orion l'observait. « Y a un arbre tombé au bord du champ. On s'en sert comme d'un banc. Tu peux v'nir t'asseoir avec moi – si tu veux. »

Ils traversèrent le champ irrégulier en silence. L'arbre en question était couché sur le côté, ses racines nues et desséchées exposées à l'air. L'écorce irrégulière de son tronc était devenue lisse à force que les gens s'y installent au fil des années, se reposant après leur dur labeur sur ce pauvre lopin de terre.

« J'arrive pas à croire que t'es venue, dit Orion en poussant un long soupir qui siffla entre ses dents. Y parlait toujours de toi. Un jour, quand est-ce qu'y serait libre, il irait te r'trouver. »

Rachel se forçait à garder la tête haute, essuyant vite les larmes qui sourdaient dans ses yeux. Elle avait résolu de ne pas s'effondrer de nouveau, quels que soient les détails de la vie de son fils qu'elle allait découvrir. Il y avait un temps pour pleurer, et un temps pour écouter.

« Raconte-moi tout. J'veux savoir. »

Et Orion lui raconta l'histoire de Micah.

19

« La première nuit qu'il passe à Bellevue, il pleure. Pas en silence comme nous aut' on pleure, des fois, mais des grosses larmes qu'on entend dans toutes les cases. Il est dans celle qu'est à côté d'la mienne, et moi, j'attends qu'on lui dise de s'taire. Mais ça continue, et ça continue, alors j'me lève et j'vais voir. Il est roulé en boule, ses g'noux cont' sa poitrine. J'y dis qu'y peut pas laisser les aut' l'entendre pleurer comme ça, surtout pas l'homme blanc. Y peut pas les laisser croire qu'y z'ont gagné.

Il arrête de pleurer. J'm'en vais pour retourner dans ma case, mais y a quèque chose qui m'arrête. J'crois que c'est la façon qu'il a d'êt' roulé en boule : il a l'air encore plus triste quand y dit rien que quand y pleure. Je m'assois à côté d'lui, et j'y demande son nom, et y répond. J'y demande s'il est loin d'chez lui. Y dit oui. J'y demande d'où c'est qu'y vient, et petit à petit, y m'raconte tout ce qui se souvient d'chez lui, même le fossé au bout de la plantation où c'est qu'les gamins jouent dans l'eau quand ça se remplit avec la pluie. Final de compte, y s'endort.

Le lendemain, y vient aux champs avec nous. Là, j'le vois au grand jour, ce qui m'frappe, c'est pas qu'il est grand – mon Dieu qu'est-ce qu'il était grand. Non, c'est son visage. Il est tellement jeune. J'sais qu'les Blancs, y voient pas ça – ni quand est-ce qu'ils l'ont emmené depuis la Barbade, ni quand ils l'ont vendu à Georgetown. Y voient que ses bras costauds et sa peau noire. Mais moi, j'vois la douceur dans ses yeux. L'innocence dans son visage. Il est pas encore cassé par la vie.

C'est l'moment de l'année où on récolte le coton. J'reste à côté de lui dans l'champ, et j'vois ses mains qui tremblent en travaillant. J'y demande s'il a déjà ramassé l'coton. Y dit non. J'y demande s'il a déjà travaillé dans l'premier atelier, y dit non. C'est qu'un gosse, j'le vois bien. Il a pas sa place dans l'premier atelier, même s'il est grand.

À cet âge-là, j'en sais déjà long sur ce que c'est d'aimer et de perd' ceux qu'on aime. J'me suis marié à dix-neuf ans, et un an plus tard, y z'ont vendu ma femme à l'aut' bout de la colonie. Chaque dimanche pendant un mois, j'ai essayé d'aller la voir, mais même si j'marchais jour et nuit, j'arrivais à faire qu'la moitié du chemin pour êt' de retour le lundi matin. J'peux te dire que ça fait mal. Après ça, j'voulais pus aimer, parce que j'voulais pus perd' ceux que j'aime.

Ça s'est pas passé d'un coup. J'regarde pas Micah dès le premier jour en m'disant qu'y va m'apprendre à aimer à nouveau. Mais je sens quèque chose. J'reste avec lui aux champs. Je l'protège des commandeurs, pour qu'y voyent pas qu'il est lent. J'y donne un peu du coton que j'ramasse, juste assez pour qu'y soye pas puni. À la fin d'la journée, j'm'assois avec lui pour manger. J'essaye de dire son nom l'plus souvent possible : oui, Micah, non, Micah, c'est comme ça par ici, Micah – pour qu'y se sente un peu plus chez lui.

Ça vient tout doucement. Y a les longues journées dans les champs, pis les longues marches jusqu'au marché, l'dimanche. Y prend un lopin à côté du mien, et j'y montre comment qu'on fait pousser les légumes. Et chaque fois, je l'regarde dans les yeux. Tout c'que j'veux, c'est garder la douceur dans ses yeux. Le protéger le mieux que j'peux.

Les années passent. Y perd son innocence, mais y a toujours la lumière dans ses yeux. Y parle de l'avenir – j'ai pas l'habitude. Moi, j'ai pas d'avenir jusqu'à ce que Micah, y m'embarque dans le sien. Quand on sera libres, y dit. Quand on sera libres, on va aller chercher ma famille. On va aller chercher ta femme. On aura not' terre à nous. On aura des p'tits, et nos p'tits, y z'auront leurs p'tits à eux, et plus personne ira travailler dans les champs.

Y m'demande de dire le nom d'ma femme. J'l'ai pas prononcé depuis que j'l'ai perdue. Susannah. C'est not' rituel du soir, en rentrant des champs. On dit tout bas les noms des gens qu'on aime, pareil qu'une chanson. Pour nous, ces noms, y z'ont l'goût de la liberté.

Micah grandit et il aime rencontrer les gens. Leur parler, et entendre à quoi c'est qu'y rêvent. Y a des nuits où y va rend' visite à des amis ailleurs, sans permission. Y a bien des gens ici qui ont des bonnes choses à dire sur Micah. Y faisait partie de la vie à plein de gens.

Après trois ans qu'il est arrivé, y commence à aller à l'église sur une plantation à quelques kilomètres. Il y va presque tous les dimanches. Il est pas trop sûr pour le dieu des Blancs, mais à l'église, on voit du monde. Les gens viennent de partout, et Micah, ça lui plaît d'faire des rencontres. J'me rappelle qu'un jour le pasteur a dit que, y a très longtemps, un homme avait fait s'écarter la mer pour qu'les esclaves la traversent. Micah se tourne vers moi et y me dit que même le dieu à l'homme blanc, y sait qu'est-ce qu'on sait, nous. Qu'un jour, on va traverser la mer pour gagner not' liberté.

Bientôt, Micah d'vient un homme grand et fort. Mais il est si jeune. Ça fait six ans que j'le vois grandir, avec la peur que l'fouet éteigne la flamme dans ses yeux. Mais non. Y a rien qui peut éteind' cette flamme.

Un jour, en rev'nant de l'église, il accourt vers moi. Y paraît qu'on va êt' libres. C'est l'Angleterre qu'a décidé. Y fait les cent pas dans la case, y pense déjà au prochain bateau pour la Barbade, mais moi, j'ai des doutes. C'est pas la première fois qu'j'entends ce genre de rumeurs. J'suis assez vieux pour m'rappeler quand les bateaux ont arrêté de v'nir d'Afrique. À l'époque, les gens disaient qu'c'était le début de la fin. L'Afrique, c'étaient les racines, et nous, on était la branche. Si on les coupe, nous, on meurt. Y disait que l'esclavage allait pas continuer. Et pis ça a continué. J'essaye de dire à Micah que j'ai des doutes, mais y veut pas m'écouter. C'est pas qu'une rumeur, y dit. Les hommes libres à l'église, y l'ont entendu dire par des hommes libres de Georgetown. Les femmes qui vont avec les commandeurs, et les contremaîtres, et les économes, et même les maîtres, elles l'ont entendu aussi. Tout l'monde l'a entendu. Les Blancs d'Angleterre, y veulent qu'on soit libres.

Les semaines passent. La liberté vient pas. Micah rent' de l'église, et cette fois il est en colère. Y dit que l'Angleterre veut arrêter l'esclavage, mais pas les planteurs à Démérara. Micah, il est pas bête, tu sais. Il a toujours pensé qu'on va êt' libres un jour, mais y croyait pas que les Blancs, y z'allaient juste poser leur fouet par terre. Y pensait pas que ça s'rait eux qui décideraient. Les Blancs qui sont nos maît', y sont pas libres non plus à cause de l'Angleterre. Et le pouvoir, il est en Angleterre. On sait que l'Angleterre, elle a arrêté les bateaux qui v'naient d'Afrique, mais que les planteurs à Démérara, y voulaient que ça continue. Donc quand Micah entend dire que l'Angleterre veut qu'on soye libres, il est sûr qu'ça va arriver. Mais les semaines passent, et y comprend que c'est p'têt pas l'Angleterre qui décide, final de compte. P'têt que les Blancs à Démérara, y z'ont plus de pouvoir qu'on croit. P'têt qu'y veulent pas la fin de l'esclavage.

Pas très longtemps après, Micah vient m'voir dans ma case en pleine nuit. Assis dans l'ombre, y m'raconte tout bas qu'y se prépare quèque chose. Il l'a appris par un des gars à l'église. Romeo, j'crois qu'y s'appelait. Et ce Romeo, il a r'marqué Micah. C'est dur de pas l'voir, parce qu'y fait une tête de plus que les aut' à des kilomètres à la ronde, mais Romeo, il a aussi entendu comment que Micah y chante les cantiques, la force dans ses mots, et Romeo, il a compris que Micah veut êt' libre.

Micah m'explique que comme les maîtres veulent pas nous donner not' liberté, va falloir qu'on la prenne nous-mêmes. Le plan, c'est qu'on pose tous nos outils par terre, et on refuse de travailler tant qu'on n'est pas libres. D'abord, j'suis pas convaincu. Mais Micah dit que ça va pas finir pareil que les aut' rébellions. On a l'Angleterre avec nous – parce qu'alors, on croit encore que l'Angleterre veut qu'on soye libres. Et on va pas s'battre. On va juste arrêter d'travailler. Les plantations, elles peuvent pas fonctionner sans nous. C'est ça, not' pouvoir.

Je dis d'accord à Micah, j'vais faire passer l'mot aux aut'. On est prudents, on parle qu'à ceux qu'on est sûrs à la plantation. Pis eux, y parlent aux aut' qu'y sont sûrs, qui font la même chose, et ainsi de suite. Bientôt, tout l'monde sait. Tout l'monde est prêt.

Quelques jours après qu'Micah m'a parlé du projet, on va à une réunion secrète. On quitte Bellevue la nuit, on va à un endroit de l'aut' côté d'la route, près d'la mer où c'est pas cultivé. Y a des hommes et des femmes de plein d'aut' plantations. En voyant tous ces gens-là, tout d'un coup, les choses deviennent réelles. Pendant toutes ces années, Micah m'a parlé de quand est-ce qu'on serait libres, mais j'y ai jamais cru, sauf que là, j'commence à espérer que l'esclavage va s'terminer.

On attend que quelqu'un se mette à parler. Final de compte, Romeo s'avance. Y répète le plan comme a dit Micah : la grève, et comment que ça va nous amener la liberté. La plupart des aut' sont d'accord, et y en a des qui demandent à parler. Un vieux avec une jambe qu'a dû s'casser un jour mais qui s'est pas bien remise. Chais pu son nom, mais j'me rappelle que les gens l'ont écouté. Y dit qu'on voit pas assez grand. On est plus nombreux qu'eux, y dit. Beaucoup plus nombreux. Si on veut, on peut leur prend' la terre. Regardez Haïti, y dit. Et on frissonne tous en entendant c'nom-là.

Mais les Blancs, y z'ont des armes, dit un aut'. On est plus nombreux, mais une seule balle des Blancs, ça peut tuer dix des nôtres. Y dit qu'il a vu ça de ses propres yeux.

Tout le monde s'met à causer en même temps. Y a tellement d'questions. Combien d'hommes blancs, combien d'fusils ? C'est-y qu'on est assez ? Combien qu'y peuvent tuer des nôtres ? Alors Micah parle. Y a aussi les marrons, y dit. Les hommes et les femmes dans la forêt. Y sont p'têt des centaines, des milliers. Y z'ont p'têt des armes.

Y en a plusieurs qui veulent qu'y s'taise. Les marrons, ça existe pas, y disent. Y s'font rattraper ou y meurent. Mais le vieux avec la jambe tordue, y dit que Micah a raison. Y a des hommes et des femmes qui vivent dans la jungle. Y connaît un homme qu'a marronné et qu'est rev'nu des années après pour chercher sa femme. Personne l'a vu, que moi, quand est-ce qu'y s'est enfui avec sa femme par une nuit sans lune, dit le vieux. C'est la preuve. Y a des marrons qui vivent librement au-delà des plantations. Si on les appelle, y viendront.

Après que le vieux a parlé, c'est clair que les gens sont d'accord. Le plan commence à changer. Au lieu de s'arrêter d'travailler le matin, on va se rassembler la nuit. On va surprend' les maîtres dans leur sommeil. On va leur prend' leurs armes et on s'ra prêts à se battre. Là, deux hommes libres disent qu'y vont aller dans la forêt pour ramener une armée de marrons.

Faut pas oublier que le but, c'est pas de tuer. Romeo insiste là-d'ssus. Le but du plan, c'est toujours le même : gagner not' liberté. Si on fait quèque chose que l'Angleterre aime pas, comme tuer les maîtres dans leurs lits, ça nous met en danger. C'est juste qu'au lieu de s'arrêter simplement de travailler, on veut leur faire peur. Leur montrer qu'y z'ont pas le choix.

J'me souviens encore de la nuit avant la révolte. Je rêve que des Blancs arrivent dans ma case et qu'y me traînent dehors parce qu'y z'ont découvert le complot. Aussi, quand je vois une ombre qui rent', j'ai très peur. C'est seulement une fois qu'il est tout près que je comprends que c'est Micah.

Y s'allonge à côté de moi. Ça fait six ans que je l'connais, et je l'aime comme un fils. Pisqu'il est couché à côté d'moi, j'ai envie de le serrer dans mes bras, mais on n'a jamais fait ça avant, alors j'ose pas. Je le regretterai toujours, de pas l'avoir pris dans mes bras tant que je pouvais encore.

Micah me d'mande qu'est-ce que je ferai dans quelques semaines quand on sera libres. J'y dis que j'irai voir Susannah. J'y demande à son tour, et je m'attends qu'y dise qu'y va rejoindre sa famille. Mais y répond qu'y sait pas. C'est ça, la beauté de la liberté, y dit. Tu sais pas qu'est-ce tu vas faire après.

La nuit suivante, tout se passe comme prévu. Ça commence dans quelques plantations et ça s'étend dans le bruit des cris et des coups de feu. Y a pas de mot pour décrire le son d'un cri de guerre porté par le vent. Le cri de la liberté. J'en tremble encore, rien qu'en y pensant.

On marche sur la grande maison, on est presque deux cents. Y en a qui portent des outils ou des bâtons pareils que des épées, mais la plupart, on a rien. On lève le poing en l'air, on dirait une forêt. J'peux juste imaginer qu'est-ce que ça fait, vu de la maison. Les Blancs ont le visage appuyé cont' la fenêtre, tout pâles, comme des fantômes.

J'ai jamais été dans la grande maison. La plupart des nôtres, y savent pas comment que vivent les Blancs, tous les objets qu'y possèdent. On court partout, on essaye d'attraper tout c'qu'on peut : des chandeliers, des couteaux de cuisine, des tisonniers. J'suis dans la salle à manger et je vois presque mon reflet sur la table tellement qu'elle est astiquée. J'entends du fracas et un coup d'feu dans la pièce à côté. Je cours et j'arrive juste pour voir Micah sauter sur l'homme qui tient l'fusil – un des fils au maître. Une de nos femmes est couchée par terre, elle serre son bras contre elle, mais elle est pas trop amochée. J'crois que les mains au Blanc, elles tremblent trop pour qu'y tire bien. Leurs pires cauchemars se réalisent.

On rassemble toutes les personnes de la maison et on les fait sortir. Y en avait encore qui faisaient attention, qu'y disaient d'êt' prudents, de pas leur faire de mal et tout ça. Mais j'ai senti passer quèque chose dans la foule. Un sentiment ancien, un sentiment sombre. Ça m'rappelle ces mythes que ma mère me racontait dans le temps, quand le jour devient la nuit, et la nuit devient l'jour. Les dieux descendent sur Terre en prenant la forme des hommes, les hommes règnent pareil que des dieux, et partout le chaos s'installe. Le monde est sens dessus dessous.

Quelqu'un attrape le maît'. Je m'souviens que sa femme pleurait. Et le maît' on le boucle au cachot. Derrière j'vois qu'on a mis l'feu aux champs. La canne brûle.

Personne dit rien. On reste là à r'garder la fumée qui monte en tourbillonnant au-dessus du cachot.

Le reste de la nuit passe comme dans un rêve. La question qu'est dans toutes les têtes, c'est "Qu'est-ce qu'on fait main'nant ?" L'excitation du premier moment est passée, et on se retrouve avec des Blancs effrayés, quelques armes, et le feu qui se meurt dans les champs de canne. À l'aube, on se rassemble à quelques-uns d'vant la grande maison pour discuter – ceux qui savaient avant les aut' pour le plan. Sans doute qu'on peut dire qu'on était les meneurs.

Azor prend la parole le premier. C'est un commandeur – au début Micah a pas voulu lui dire, pour la révolte. Tous ceux qu'ont tenu l'fouet, y vont êt' contre nous, y dit. Mais moi, j'connais Azor depuis longtemps. J'ai vu l'contremaître violer sa femme, pis l'affranchir et l'emm'ner avec lui quand elle était enceinte de son p'tit. Azor, y s'plaint jamais, y travaille toujours dur, mais après ça, y a d'la haine en lui, très profond. Et moi, j'sais qu'y va être avec nous.

Azor, y dit qu'y faut aller voir dans les aut' plantations, si y z'ont mis les maîtres aux fers pareil que nous. Et est-ce que les marrons sont descendus de la forêt ? Faut savoir combien qu'on est à se révolter – jusqu'où le feu s'est répandu. Après, Micah prend la parole. Il est d'accord avec Azor et y propose d'aller jeter un œil lui-même pour voir qu'est-ce qui s'est passé pendant la nuit. Y dit qu'on doit se partager les armes et bien garder les Blancs. Faut attendre. Que l'gouverneur y lâche et accepte qu'on est libres. Sinon – y le dit pas, mais on y pense tous – on attendra la milice en espérant que nos armes suffiront.

Les jours suivants, c'est un entre-deux. On fait tout c'que disent Micah et Azor. On sort le maître du cachot et on met tous les Blancs dans la même case. On se répartit les tours de garde. Micah revient un jour après avec des nouvelles des aut' plantations. Aussi loin qu'il est allé, les esclaves se sont révoltés. Y en a où ils ont fait comme nous, y z'ont capturé les maîtres et les armes. Dans d'aut' z'endroits, les Blancs se sont barricadés dans leurs maisons avec les fusils, et les esclaves ont rien qu'des bâtons pour se battre. Micah est pas allé jusqu'à Georgetown, donc y sait pas jusqu'où s'étend la rébellion. Et il a pas vu trace de l'armée des marrons.

Pour nous, c'est une bonne nouvelle de savoir qu'on est pas les seuls et que les plantations voisines ont fait pareil que nous. Mais on sait qu'c'est pas fini. Si c'est une révolution, la roue va tourner – on le sent tous. Alors on attend.

On les entend avant d'les voir. C'est la nuit – tout est tranquille. Et puis claque un coup de feu qui vient de la côte. On se rassemble à l'extérieur du village, devant la case où est le maître. Qui c'est qui tire ? Les marrons ? La milice ? Cette nuit, même les idées les plus folles semblent vraies. Une femme raconte que l'homme blanc a levé une armée de démons pour tous nous tuer.

Pis y a un p'tit gars qu'arrive de l'ouest en courant. Y doit pas avoir plus de treize ans. J'me souviens qu'il avait peur, même qu'y serrait un fusil cont' sa poitrine. Y nous dit qu'les coups d'feu, c'est la milice. Y vient nous prévenir depuis Bachelor's Adventure, à un peu plus d'un kilomètre et demi. Les soldats sont déjà passés dans les plantations près de Georgetown, et tout l'monde a déposé les armes sans combattre. Mais pour les hommes et les femmes de Bachelor's Adventure, pas question de se rendre. Ils ramènent tout le monde qu'ils peuvent, dit le p'tit gars. Venez nous aider, venez vous battre à nos côtés. Les marrons sont pas v'nus, mais on est plus nombreux qu'eux. On va gagner.

J'me rappelle comment ça sonne creux dans sa bouche – *on va gagner.* Avant, j'voyais comment que ça serait, de gagner. Un bateau anglais qui vient donner l'ordre au gouverneur de nous donner not' liberté. Ou les marrons qui chargent depuis la forêt, avec des fusils et des lances, et qui tuent tous les Blancs. Mais un par un, ces futurs-là s'évanouissent, et tout c'qui nous reste, c'est de marcher cont' la milice. Au mieux, on peut les tuer avant qu'ils nous tuent. Et après ?

En même temps, je sais bien qu'on n'a pas l'choix. Comment qu'on pourrait rev'nir en arrière après qu'on a aperçu l'avenir qui nous attendait – les maîtres au cachot et les champs d'canne qui brûlent ? Même si c'monde-là est pus possible, on est tous prêts à mourir s'y faut. Je r'garde Micah, et je sais qu'y pense pareil. Y a pus de douceur dans ses yeux. Ses prunelles, elles sont comme du charbon : noires et dures.

Alors on part pour Bachelor's Adventure. La route est pleine d'esclaves. On doit être au moins deux mille. Une armée. On n'a pas beaucoup de fusils, et on est usés par des années à avoir trop trimé. Y en a beaucoup qui ont le dos cassé, qui boitent, à qui y manque une patte ou un bras. Mais on est quand même une armée.

Le bruit des tirs se rapproche. On est sur la route, serrés les uns cont' les autres. Micah est appelé devant parce qu'il a un fusil. Moi, j'ai qu'un tisonnier, donc je reste derrière. On est tous silencieux parce que la peur, c'est not' meilleure arme. On sait que la milice, elle est allée d'une plantation à l'aut', qu'y z'ont vu des groupes de cinquante ou cent esclaves. Y doivent s'attendre à la même chose ici. Tant qu'on est à couvert, on veut qu'y continuent à croire ça. Pour que quand y nous voient, par milliers, y z'aient les foies.

J'suis compressé au milieu de la foule, je vois à peine la route devant, mais j'entends, et je ressens les choses. Je sais quand ceux du devant, y voient la milice. Tout le monde retient son souffle. J'entends les bruits des bottes, et puis le silence. Je pousse le gars devant moi, et j'aperçois les tuniques rouges des soldats. Y sont tassés ensemble à quelques centaines de mètres devant nous. J'vois pas leurs visages, mais je crois qu'y z'ont peur.

J'sais pas combien de temps on est restés comme ça. Ça m'a paru des heures. Je les entends pas, mais on dirait qu'y discutent de c'qu'y vont faire. Nous, on dit rien. À c'moment-là, on dirait que toute ma vie s'est concentrée en ce seul instant. Chaque fois que j'ferme les yeux, je vois Susannah. J'vois le sang sur le dos d'mes amis qu'on a fouettés. J'vois la canne, et j'sens l'odeur du café qui pousse. Et pourtant, y a des souvenirs étranges. Avec tous ces gens serrés contre moi. Par moments, j'ai l'impression d'entend' la voix d'un enfant que j'reconnais pas, ou j'vois le sourire d'une mère que j'me rappelle pas. C'est ça, le pouvoir de la foule. On se partage nos souvenirs.

Au moment où ça devient trop dur à supporter – le silence et les souvenirs –, une voix s'élève. Tout devant. Une voix d'homme, une voix jeune. J'pense pas qu'c'était Micah, mais je peux pas êt' sûr. La voix crie : TUEZ-LES – et là, la fusillade commence.

Quand une foule bouge, c'est pareil que de l'eau. On est emporté, mais nous aussi, on pousse et on emmène les aut' avec nous. On charge l'ennemi, en hurlant d'une seule voix. Pendant quelques secondes, avec les balles qui sifflent à mes oreilles, je le sens à nouveau. Ce sentiment profond et sincère qu'on va gagner not' liberté. Je l'ressens jusque dans la moelle de mes os.

Et puis la pression se relâche. Les corps se détachent. Certains tombent à terre en appuyant là où y se sont pris une balle. D'aut' s'enfuient. Y en a qui courent vers les champs, vers la mer, qui font d'mi-tour sur la route. Et donc, je cours. J'me sens comme un animal. J'ai honte en m'rappelant ça maintenant, comment j'ai couru par-dessus les corps des aut', sans me soucier si y z'allaient mourir, juste parce que j'voulais vivre.

Quand j'peux pus courir plus loin, j'm'écroule au bord de la route. J'm'aperçois que les tirs ont cessé. Tout c'que j'entends, c'est une femme qui pleure de l'aut' côté d'la route, et les gémissements d'un mourant, par où je suis arrivé. J'sais pas combien de temps j'suis resté assis là. J'sentais plus rien – plus de souvenirs du passé, plus d'espoir de liberté. J'étais vide.

Pis alors j'entends quelqu'un qui m'appelle. Je regarde et j'vois Micah qui arrive vers moi en boitant, avec le soleil qui se lève derrière lui. J'vois où qui s'est pris un tir à la jambe, mais c'est pas une mauvaise blessure

– déjà le sang commence à sécher. On s'fait un signe de tête pour montrer qu'on est contents d'être en vie tous les deux. J'y demande combien qu'y a eu de morts. Il hausse les épaules. Une centaine. Peut-être plus, y dit. Et on retourne à la plantation. À un moment, j'me rappelle, on est passés devant des perruches qui chantaient. L'aurore était magnifique, mais tout semblait terne. J'étais vide. Fatigué.

En arrivant à la plantation, on rent' dans nos cases et on va dormir. Après quelques heures, on s'réveille, et Micah et moi on fait un tour pour essayer d'comprendre qu'est-ce qui s'est passé la nuit précédente, et qu'est-ce qui va s'passer maintenant. Tout l'monde est pas venu avec nous à Bachelor's Adventure, et y en a qui veulent des nouvelles. On nous demande si on est rev'nus avec le mari à l'une, ou un fils, ou un frère. On secoue la tête.

Pendant tout l'bazar de la nuit précédente, le maître et sa famille, y se sont échappés de la case pour se réfugier dans la grande maison. Des fois, on voit une tête qui apparaît à la f'nêtre et qui regarde. Mais on fait pas attention. On n'a pus l'impression que l'monde est sens dessus dessous, avec les Noirs au-dessus, et les Blancs en dessous. On dirait que les Blancs existent pus. Que le monde, c'est nous. On n'a pas le sentiment d'avoir gagné, mais c'est pas non plus comme si on avait perdu. C'est pareil qu'après un ouragan, quand on remet les pieds dehors et qu'on voit les dégâts.

J'me rappelle la dernière fois où j'ai parlé à Micah. J'm'en souviendrai jusqu'à ma mort. On reste assis à regarder le soleil tourner pendant ce jour après la bataille. On est assez proches pour sentir la canne qu'a brûlé dans l'champ, y a un siècle de ça. Et déjà, en regardant le champ dévasté, je sais qu'c'est moi qui vais nettoyer. Tout l'avenir qu'on a rêvé pendant la révolte, il a disparu et y reste pu qu'une issue : retour aux champs.

J'demande à Micah si y croit que tout est fini. Y dit qu'y sait pas. J'y demande si y regrette quèque chose. Y dit non. Et pis il pousse un soupir, le genre de soupir qu'on pousse pas à cet âge-là. Il avait que seize ans. J'croyais que ça serait différent, y dit. Je sais, je réponds. J'le croyais aussi. Et voilà. Les derniers mots qu'on s'est échangés. On est restés assis en silence pendant que l'soleil continuait à grimper là-haut dans le ciel.

C'est l'après-midi que les soldats sont arrivés. On savait pas qu'ils étaient là, mais on a entendu du bruit près de la route – des gens qui crient, un p'tit qui pleure. On s'précipite pour voir, et toute la plantation accourt au bord des champs. Azor ! crie quelqu'un. Y z'ont pris Azor. On se ramène sur le devant, et on voit la milice, et deux soldats qui tiennent Azor par les bras. Autour de nous, les gens hurlent, supplient, alors un soldat lève son arme et tire en l'air. Tout l'monde se tait. Le soldat fait un pas en avant – j'crois que c'était l'capitaine. Il a la voix douce, mais elle porte au-dessus de la foule quand y lit la liste des charges retenues. Il accuse Azor d'être le chef de la rébellion, et d'avoir conspiré pour tuer tous les Blancs d'la colonie.

Tant que le capitaine parle, on dit rien. On sait comment que ça se passe. On a vu les maîtres et contremaîtres lancer des accusations et emmener des esclaves pour les j'ter en prison. La roue a tourné et nous a ram'nés dans l'ancien monde qu'on connaît déjà. Qu'est-ce qu'on peut dire pour le sauver ? On attend tous qu'ils l'emmènent.

Quand il a fini sa liste, le capitaine s'arrête. Pis y dit qu'Azor est coupable. Et il ordonne aux soldats de le tuer.

C'est comme si le temps s'était arrêté. J'me souviens que les choses bougent lentement, je vois les yeux d'Azor qui s'agrandissent, et comment y se débat contre les hommes qui le tiennent. Et pis soudain, pareil qu'un ressort qui part, le temps fait un bond en avant. Le sang jaillit quand la balle transperce le cou d'Azor. Une femme s'élance en hurlant, mais un soldat l'arrête d'un coup de pied. Le capitaine se retourne et pointe le doigt vers moi.

Les deux soldats qui tiennent Azor laissent son corps s'écrouler par terre et se précipitent vers moi, sauf que c'est pas moi qu'y z'attrapent. C'est Micah. Ils le ramènent devant le capitaine. À côté d'Azor. Le capitaine reprend la parole.

J'entends une p'tite voix dans ma tête qui dit : c'est vrai, tout ça ? Est-ce que c'est réellement en train d'arriver ? Avant que j'aie pu répondre, le capitaine se met à répéter mot pour mot les accusations qu'il a lancées contre Azor. Micah, y bouge pas. Il cligne juste des yeux. Il regarde ses bras, il voit les mains des soldats qui le tiennent. Et pis il me regarde.

Alors enfin, je reprends vie et je me mets à parler. Je cours devant, et je prends un coup de crosse. Je tombe par terre, j'essaie de ramper vers lui, et les soldats me frappent, encore et encore. Je les supplie qu'y le laissent vivre. J'leur dis qu'y se sont trompés, que c'est moi qu'y veulent, que c'est moi qu'ils doivent tuer. C'est moi le coupable, pas lui. Lui, c'est rien qu'un mioche. Rien qu'un mioche. Cette fois, le capitaine me regarde. Il s'arrête, regarde Micah, et ses yeux disent : cette *chose,* c'est pas un mioche, c'est un assassin.

Tout ce temps-là, Micah garde le silence. Il me regarde toujours. Le capitaine arrive à la fin des accusations, pis y dit que Micah est coupable. Il se retourne et leur dit de… il leur dit de…

J'les ai suppliés, Rachel. Faut que tu comprennes. J'voulais qu'y me prennent moi, à sa place à lui. Mais j'ai échoué. Ils… »

De nouveau, les larmes d'Orion coulaient comme des rivières. Elles suivaient un chemin déjà tracé, menaçant de creuser leur lit dans ses joues, car il avait déjà pleuré ainsi, et il le ferait encore et encore, jusqu'à la fin de sa vie.

« Ils l'ont tué sous mes yeux.

— C'était qu'un mioche.

— Je suis désolé. »

20

ORION INSISTA pour raccompagner Rachel à Georgetown. Il semblait désarçonné par le fait qu'elle l'ait écouté raconter son histoire sans montrer aucune émotion, sans même qu'un frémissement de douleur apparaisse sur son visage. Il avait vite essuyé ses larmes, comme s'il avait honte de montrer davantage de chagrin qu'elle.

Aux oreilles de Rachel cette histoire était celle d'un parfait étranger, sans lien avec elle. Ou peut-être, puisque le nom de Micah lui perçait le cœur chaque fois, avait-elle l'impression qu'il s'agissait d'un conte, d'un mythe inconnu mettant en scène un dieu ou une créature familière. C'est dans cet état second, ainsi détachée, qu'elle avait écouté les détails de la vie et de la mort de son fils, se sentant de plus en plus froide et distante à mesure qu'Orion lui narrait les derniers moments de son enfant.

Parfois, à Providence, Rachel imaginait ce que ce serait de vivre autrement, de sentir les choses différemment.

De ne pas toujours être petite et effacée. En général, ça lui venait après un rêve. Cela pouvait prendre n'importe quelle forme, mais ça se terminait toujours dans les larmes. Ce genre de sanglots qui étranglaient son souffle, la courbaient en deux, déformaient son visage et arrachaient un cri au plus profond de sa poitrine, qui semblaient ne jamais vouloir finir. À son réveil, elle se sentait toujours désorientée par ce soudain changement, passant d'un corps battant de chagrin à un corps gisant immobile et silencieux sur sa natte. C'était dans ces moments-là, tandis que s'attardait l'écho du rêve, qu'elle imaginait un jour pouvoir vraiment laisser s'ouvrir les vannes. Un jour son corps s'abandonnerait, et l'émotion la déchirerait.

En écoutant le récit d'Orion, elle se rappela ces rêves. Leur écho résonnait toujours en elle, la gorge légèrement nouée, un battement derrière ses paupières. Ces réverbérations en elle étaient ce qui se rapprochait le plus du deuil.

En chemin vers Georgetown, Rachel leva les yeux vers le ciel, désireuse que la chaleur du matin pénètre sous sa peau. Elle sentait qu'Orion la regardait, attendant de déceler chez elle le moindre signe de douleur.

« Ta femme, dit-elle en rompant le silence. Qu'est-ce qui lui est arrivé ? »

L'émotion qu'il avait ressentie en racontant l'histoire de Micah se lisait encore sur son visage, mais il réussit à esquisser un sourire. « Elle vit avec moi, main'nant. On travaille tous les deux à Bellevue. Quand j'ai appris qu'on allait enfin êt' libres, j'suis allé voir le maître et j'y ai demandé si je pouvais aller la chercher. Au début, il a pas voulu, mais j'y ai dit que j'la ramènerais avec moi, et des bras en plus, ça lui allait. J'l'ai fait pour… » Sa voix flancha, mais il se reprit et continua : « … pour Micah.

Parce qu'il avait raison. Après qu'il est mort, j'ai arrêté d'y croire, et pis c'est arrivé : on est libres. »

Rachel ne sourit pas, son visage demeurait incapable d'exprimer la moindre émotion, mais elle était heureuse pour lui.

Ils continuèrent à marcher, reprenant en sens inverse le chemin que la milice avait suivi, douze ans plus tôt, leurs pas foulant les empreintes fantômes des soldats. Puis Orion lui demanda : « Qu'est-ce qui est arrivé aux aut' ?

— Aux aut' ?

— Tes p'tits. Mercy, Mary Grace, Cherry Jane. » Il prononça ces noms sans y penser, d'une voix douce, les syllabes glissant dans sa bouche. Puis il se reprit. « Pardon, mais j'me souviens toujours d'eux après toutes ces années, on a tellement parlé d'eux. »

Rachel regarda la terre craquelée de la route. « Mary Grace est avec moi, main'nant. Les aut', je les cherche encore. »

Elle fut surprise qu'Orion lui prenne la main. « Micah savait. Qu'un jour, vous serez tous réunis ensemble. »

Rachel voulut lui répondre qu'ils ne pouvaient être tous réunis ensemble puisque Micah était mort, mais elle se tut. Il la regardait avec une telle gravité qu'elle se sentit obligée de dire : « Oui, j'espère. » Puis elle répéta leurs noms, telle une prière. « Mercy, Mary Grace, Cherry Jane, Thomas Augustus. »

Orion la dévisagea. Ses yeux encore rouges d'avoir pleuré s'écarquillèrent. « T'as bien dit Thomas Augustus ? »

Les nuages noirs du chagrin s'accumulèrent de nouveau et, un instant, Rachel crut qu'Orion allait lui apprendre qu'il avait également vu Thomas Augustus mourir devant lui, des années plus tôt. Mais elle ne vit rien de la douleur qu'elle avait lue en lui lorsqu'elle avait pour la première fois prononcé le nom de Micah, donc elle se força à inspirer lentement et les nuages se dispersèrent.

« Oui. Il est né juste après qu'ils ont vendu Micah, donc il l'a pas connu. Mais il a été amené à Démérara lui aussi, final de compte. »

Orion cligna les yeux et les rouvrit. « Thomas Augustus est ton fils ? »

De nouveau, Rachel scruta son visage à la recherche d'une autre mauvaise nouvelle – une autre histoire de deuil pour son autre fils. Mais cette fois, il avait l'air très animé.

« C'est pas possible… marmonna-t-il, davantage pour lui-même. Mais alors… » Avisant l'angoisse grandissante de Rachel, il revint vers elle. « Y avait un Thomas Augustus à Felicity, une plantation à l'est de Bellevue. J'sais pas quand est-ce qu'il est arrivé, j'l'ai jamais rencontré. Mais il est connu dans les parages.

— Qu'est-ce qui lui est arrivé ? Il est toujours là-bas ? »

Orion secoua la tête : « Il s'est fait marron. C'est pour ça qu'on l'connaît tous. Y en a pas beaucoup qu'ont réussi. Après la rébellion, on a cessé de croire à l'existence des marrons dans la forêt. Le maître à Thomas Augustus, il l'a cherché partout, il a parlé à tous les esclaves des plantations sur la côte, mais il l'a jamais trouvé. »

Le cœur de Rachel cognait à nouveau. Ce n'était pas la mort. En tout cas, pas une mort certaine. Et mieux valait un fils disparu qu'un fils mort.

Agité, Orion oscillait d'un pied sur l'autre. « J'aimerais pouvoir t'en dire plus. » Après lui avoir appris le décès de son aîné, il avait bel et bien envie de lui donner plus qu'un vague espoir que l'autre ait survécu, pour se rattraper. « Mais c'est tout c'que j'sais. »

Ils reprirent leur marche vers Georgetown en silence. Orion ne cessait de regarder la mer, où le nuage brun de l'eau fangeuse du Démérara ourlait la côte.

« Le fleuve », dit-il à mi-voix.

Rachel se taisait mais elle lui jeta un regard curieux.

« J'pensais juste… comment qu'il est parti ? En suivant la route, y a rien d'aut' que les plantations, et personne l'avait vu. Y a l'canal, mais y va pas très loin dans les terres. J'crois qu'il a remonté l'fleuve – à moins que l'courant soye trop fort ? » Orion plongea de nouveau dans le silence. Et puis : « N'empêche. Un jour, j'ai rencontré un homme au marché. Un Indien, un de ces gens qui étaient ici des milliers d'années avant les Blancs. J'me souviens… » Il ferma les yeux très fort pour essayer de faire remonter les choses à sa mémoire. « Ouais, j'me souviens qu'on a parlé du fleuve. J'y ai dit pour ma femme. Et pis pour la distance : c'était le fait de devoir traverser l'Démérara qui m'avait empêché d'aller la voir jadis. Une fois, j'ai essayé de remonter son cours vers le sud pendant des kilomètres, en m'disant que p'têt' que je trouverais la source, où un gué pour traverser. Quand j'y ai raconté mon histoire, il a ri en me répondant que le Démérara, y va beaucoup plus loin que je pourrai jamais marcher. » Orion parlait plus vite à mesure que le souvenir lui revenait. « Oui. Pis il m'a dit que les gens de sa tribu, ils descendaient et remontaient le fleuve dans des pirogues, j'en suis sûr. Si tu vas assez loin, sans doute que le courant ralentit assez pour pagayer. »

Il lança à Rachel un regard plein de certitude. « Le fleuve. Si Thomas Augustus a réussi à se faire marron, c'est parce qu'il a r'monté l'fleuve. »

Peut-être était-ce le chagrin qui projetait encore son ombre sur son jugement. Ou était-ce la chaleur, ou ses jambes douloureuses – elle avait marché tant de kilomètres ce jour-là. À moins que ce soient la faim et la soif, nichées au creux de son estomac, ou la douleur dans sa tête. Elle savait bien qu'il ne s'agissait là que des conjectures d'un quasi-inconnu, plusieurs années après que son fils eut disparu. Et pourtant, elle savait qu'elle irait. Sa décision était prise, et elle la sentit s'ancrer en elle, lui visser la mâchoire et lui serrer les poings. Elle remonterait le cours du Démérara et elle trouverait son fils.

Rachel et Orion se firent des adieux muets aux abords de Georgetown. Rachel voulait le remercier d'avoir veillé sur Micah pendant toutes ces années et maintenu en vie le souvenir de son fils, mais elle n'y parvint pas. Elle lui dit merci de l'avoir raccompagnée jusqu'à la ville, espérant qu'il puisse sentir sa gratitude profonde en l'absence de mots. Orion semblait lui aussi avoir plus à lui dire qu'un simple « bonne chance ». Il ne ferma pas la bouche, et Rachel s'attarda auprès de lui pour lui en laisser la possibilité. Mais il se contenta de lui adresser un signe de tête et se retourna pour reprendre la longue route de Bellevue.

En le regardant s'éloigner, Rachel éprouva l'idée violente qu'il était l'une des dernières personnes à avoir vu son fils vivant, et qu'en partant il emportait avec lui tous les souvenirs de ce jeune homme plein d'espoir que Rachel ne connaîtrait jamais. Mais ce cri, « Attends ! », resta coincé dans sa gorge et, dans un frisson, elle ferma les yeux et laissa la vague de douleur la traverser. Quel bien cela lui ferait-il de s'asseoir à nouveau en compagnie d'Orion et de lui faire revivre tous ces moments passés avec Micah ? De le presser de lui raconter le moindre sourire, le moindre soupir, le moindre mot ?

Les souvenirs ne faisaient pas revenir les morts. Orion lui en avait assez dit pour qu'elle sache quel homme Micah était devenu après qu'il l'eut quittée, et c'était tout ce qui comptait. Elle devait laisser en paix Orion et l'ombre de Micah qui continuait de vivre dans sa tête.

Lorsqu'elle arriva à la taverne, Personne et Mary Grace l'attendaient au-dehors. Elle ignorait depuis combien de temps ils étaient plantés là dans la chaleur – peut-être depuis qu'elle était partie –, mais dès qu'elle les vit, deux minuscules silhouettes au loin, ses jambes faillirent se dérober sous elle.

Le monde de Rachel avait été si profondément ébranlé en apprenant la mort de Micah qu'à présent sa vie était coupée en deux : il y avait un *avant* et un *après*. C'était une nouvelle si cruelle, si bouleversante que Rachel n'avait pas réellement réfléchi au fait qu'il lui faudrait la partager ensuite. Quand Orion l'avait serrée dans ses bras à Bellevue, elle avait eu la sensation d'être la dernière personne au monde à l'apprendre.

Mais non. Personne et Mary Grace ne savaient pas, et il faudrait le leur dire. À Personne, qui pensait avoir gagné sa place au sein de leur famille en l'aidant à retrouver Micah. À sa fille, qui avait à peine deux ans de moins que Micah. Elle qui avait pleuré chaque soir pendant une semaine après qu'on l'eut emmené, perdant l'appétit, devenant de plus en plus maigre et réservée. Tout en marchant lentement vers les deux silhouettes qui l'attendaient, Rachel sentit que son cœur menaçait de se briser à nouveau. Elle désirait tant les protéger tous les deux du chagrin qu'elle ressentait.

Son allure était sans doute trop éloquente – tête baissée, traînant les pieds dans la poussière. Mary Grace s'avança vers elle, sourcils froncés, bouche ouverte – mais la question n'avait pas besoin d'être formulée.

« Tu l'as trouvé ? » Personne, qui était moins habile à déchiffrer le langage corporel de Rachel, regarda tour à tour les deux femmes, en quête d'une réponse.

Rachel resta muette. Elle s'arrêta à quelques mètres d'eux, incapable de prononcer un mot. Son visage se déchira.

« Il n'était pas là ? » fit Personne d'une voix de plus en plus anxieuse, redoutant peut-être que l'information qu'il s'était démené pour trouver soit fausse.

Rachel ne disait toujours rien. Elle regardait Mary Grace, voyait le minuscule tremblement de sa lèvre. Celle-ci scruta le visage de sa mère, jusqu'aux lacérations que la douleur lui avait infligées à l'intérieur. Au bout de quelques instants, elle comprit. Alors, de la même manière que Rachel, Mary Grace s'effondra. Elle tomba à genoux et se mit à pleurer – de lourds sanglots accompagnés d'un son rauque, presque animal, loin de toute parole humaine. À croire qu'après tant d'années de silence, elle avait oublié comment former les mots et ne pouvait que pousser des hurlements de douleur. Rachel, silencieuse, ferma les yeux pour tenter d'imaginer que la violente détresse de sa fille était la sienne. Depuis que cette chape de plomb et de vide s'était abattue sur elle, elle regrettait presque ce moment où elle avait pleuré dans les bras d'Orion, croyant que la mort de Micah la briserait. Désormais, elle n'avait plus de larmes à verser, et elle laissa sa poitrine vibrer et sa gorge se nouer comme si c'était elle qui pleurait à la place de Mary Grace.

Cette nuit-là, Rachel se préparait à voir Micah dans ses songes, mais il ne vint pas. Après un sommeil sans rêves, elle s'éveilla aux petites heures du jour pour découvrir auprès d'elle les ombres de Mercy, de Cherry Jane et de

Thomas Augustus à ses côtés, tandis que Personne et Mary Grace, étendus côte à côte, partageaient le même lit pour la première fois.

Que Micah ait aussi déserté ses nuits, c'en était trop pour elle. Enfin, les larmes coulèrent. Elle resta assise dans l'ombre, étouffant ses sanglots pour ne pas réveiller les autres, sous le regard grave de ses enfants perdus et peut-être défunts.

21

Ce fut seulement le lendemain matin que Rachel apprit à Mary Grace et Personne ce qu'Orion lui avait dit à propos de Thomas Augustus. Elle leur raconta tout, espérant qu'ils ne remarquent pas ses yeux rouges et sa voix éraillée à force de sanglots étouffés.

« Faut qu'on parte à sa r'cherche », dit Rachel en regardant sa fille. Elle savait qu'elle était d'accord.

Personne se leva.

« Ce sera pas facile », dit-il sur un ton qui n'était pas une mise en garde. Il savourait ces mots. Il se mit à faire les cent pas dans leur petite chambre, tournant et retournant sans cesse. Dans ses yeux, Rachel lut une expression qu'elle connaissait : celle qu'il avait chaque fois qu'il leur racontait ses périlleuses aventures en mer. Son corps irradiait une énergie féroce que les quatre murs avaient peine à contenir.

Rachel se leva à son tour, comme si elle était prête à partir. Personne, sentant son impatience désespérée, se radoucit. Dans ses yeux, le feu s'éteignit.

« Ça va prendre du temps, dit-il. Il faut vraiment se préparer. La peur n'a jamais empêché les hommes de s'embarquer, même sur les mers les plus grosses, mais chaque bateau doit prévoir sa course à l'avance, et chaque membre de l'équipage doit connaître son rôle pour éviter le désastre. »

Après l'engourdissement d'une routine assommante à la taverne, Rachel fut envahie par un sentiment d'urgence qui se propagea dans son sang et accéléra sa respiration. Seule l'idée de trouver rapidement Thomas Augustus pouvait l'empêcher de sombrer dans le chagrin. Mais Personne avait raison. Elle se rassit sur le lit et laissa la main de Mary Grace se poser sur son épaule. Il fallait se préparer.

« On aura besoin de provisions, poursuivit Personne. Pour plusieurs semaines. Et d'une pirogue. » Il s'arrêta pour réfléchir, ses doigts pianotaient sans répit. « En remontant le fleuve, on va entrer dans des territoires sauvages, inconnus. Ici, ce n'est pas comme à la Barbade ou dans les autres îles que les Blancs ont domestiquées. Et il y a peut-être des Indiens qui vivent encore dans les profondeurs de la jungle, ils risquent de ne pas apprécier de nous voir débarquer ainsi. »

En l'entendant mentionner les Indiens, Rachel repensa à l'enfant. Nuno.

« Et si on nous aide ? dit-elle. Le garçon qui a dormi ici y a quelques jours ? Y m'a dit qu'les siens vivaient en amont du Démérara.

— Ça serait pas mal d'être avec quelqu'un qui connaît le chemin. »

Le cœur de Rachel commença à se calmer. Elle désirait toujours aussi ardemment retrouver son fils, mais avoir des objectifs immédiats lui permettait de canaliser son sentiment d'urgence : trouver de la nourriture, une pirogue et le garçon. Ils devaient d'abord s'occuper de tout cela. Ensuite, ils remonteraient le fleuve.

Au cours de la semaine suivante, la vie continua comme de coutume. Sentant que quelque chose avait changé mais ne sachant comment s'y prendre pour tenter d'en savoir davantage, Albert se montra encore plus taciturne, si bien que Rachel et lui cessèrent presque de se parler et travaillèrent en silence. Elle exécutait toujours exactement les mêmes gestes pour nettoyer la taverne, servir les clients, tout en évitant de croiser les yeux chassieux de Mr Beaumont. Cette routine ne l'aidait guère à calmer son impatience et contribuait même à augmenter ses craintes. Dans les moments les plus sombres, après de longues heures debout, elle perdait presque tout espoir que Thomas Augustus ait pu survivre parmi les mythiques marrons de la jungle.

Néanmoins, elle luttait pour ne pas renoncer à y croire et refusait de succomber au vide de son existence. Tous ensemble, Personne, Mary Grace et Rachel se mirent à stocker des vivres – de la viande enveloppée d'une épaisse couche de sel pour ne pas qu'elle se gâte, des céréales et des haricots secs, tout ce qui pouvait supporter un long voyage sans durée définie. Personne alla voir tous les charpentiers qu'il trouvait, discutant pour essayer d'obtenir au meilleur prix un petit bateau dans lequel ils puissent remonter le fleuve. Chaque fois qu'elle pouvait s'absenter un moment de la taverne sans se soucier des préparatifs de départ, Rachel partait à la recherche de Nuno.

Les gens de Georgetown commençaient à la connaître. Au marché, dans les boutiques, ou sur le port, parmi ceux qui attendaient en espérant trouver un emploi sur un bateau, tous la saluaient chaleureusement et lui demandaient comment ça se passait avec le vieux Mr Beaumont. Elle commença par demander à ceux-là s'ils avaient vu un jeune garçon indigène dégingandé, aux cheveux broussailleux et aux grands yeux sombres. Chaque fois, ils secouaient la tête, surpris, mais promettaient de garder l'œil ouvert.

Au bout de quelques semaines, ils eurent leur pirogue et suffisamment de vivres : ils étaient prêts à partir. Grâce à son réseau de marins à Georgetown, Personne avait même obtenu de vagues informations sur le fleuve Démérara. Un ou deux d'entre eux prétendaient avoir navigué avec un homme qui avait navigué avec un capitaine qui avait remonté le fleuve environ cinquante ans plus tôt, à la recherche d'une cité d'or. À l'époque, la plupart des gens pensaient qu'ils trouveraient la ville fabuleuse le long de l'Essequibo, qui était plus large et semblait plus susceptible d'accueillir une cité d'une telle importance. Seulement ce capitaine, déterminé à leur prouver qu'ils se trompaient, avait rassemblé un petit équipage pour explorer le Démérara jusqu'à la source. Il n'avait pas trouvé la cité de ses rêves, mais il était revenu chargé d'histoires de méandres, de centaines d'affluents farouchement défendus par les tribus indigènes et même de crocodiles aussi longs et épais que le bateau sur lequel ils naviguaient. Ces histoires firent frissonner Rachel de peur. Mais elle sentait s'éveiller en elle un autre sentiment, rouillé à force d'avoir été étouffé par ces longues années de vie minuscule et soumise : le désir d'aventure.

Quand elle était jeune, avant d'avoir des enfants, elle adorait entendre les femmes plus âgées raconter des histoires. Mythes, contes, qui souvent étaient un mélange de noms africains et de thèmes bibliques, ou l'inverse. Émerveillée, elle s'imaginait en audacieuse actrice de son propre mythe, de sa propre vie. Le temps avait émoussé cet émerveillement, qu'elle croyait éteint. Jusqu'à ce moment. Avait-elle peur de pagayer sur un fleuve étranger, d'affronter des monstres et toutes sortes de dangers ? Oui. Mais au-delà de la crainte, elle était tout excitée à l'idée de s'aventurer dans la jungle.

Pendant le temps des préparatifs, Rachel ne rêva qu'une seule fois de Micah, une image fugitive avant qu'elle se réveille en sursaut, et puis il avait disparu. Elle avait vu son fils adulte, le visage plein de détermination, brandissant un fusil, à la tête d'une armée noire.

Peut-être pouvaient-ils inventer leur propre histoire, après tout.

Alors que Rachel et Personne étaient de plus en plus impatients de partir, une mince silhouette apparut à la porte de la taverne. C'était le matin, Rachel frottait les tables et elle ne le remarqua pas tout de suite.

« Les gens, y disent que tu veux m'voir. »

Elle se retourna et découvrit Nuno. Il paraissait toujours aussi prudent et sur ses gardes : il avait beau se tenir droit, il semblait prêt à détaler à la moindre alerte.

« Tu as l'air bien », dit Rachel au bout d'un instant. C'était vrai – il était moins maigre, mais son visage était noirci par ce qui paraissait être de la suie, et ses cheveux étaient toujours très emmêlés.

« J'ai trouvé du travail. Chez un forgeron. J'm'occupe du soufflet. C'est dur et y fait chaud, mais on me donne à manger. Et des fois, j'dors à la forge. »

Ils se regardaient tous les deux, ne sachant pas comment procéder.

« Les gens, y disent que tu veux m'voir, répéta-t-il.

— J'vais partir à la recherche de mon fils. J'ai pensé qu'tu pourrais v'nir. »

Rien dans l'attitude de Nuno ne laissait deviner ce qu'il pensait.

« Pourquoi ?

— On va r'monter l'fleuve. Mon fils, y s'est fait marron. On pense qu'y vit quèque part dans la forêt. »

Nuno hocha lentement la tête. « Mon village, il est pas très loin. Mais on sait qu'est-ce qu'y a après. Quand les gens étaient malades et qu'y mouraient, y en avait qui disaient qu'on devrait remonter encore plus loin. Aller retrouver d'autres Akawaio. Ma mère, elle voulait faire ça, elle y croyait. Mais mon père, il y croyait pas, et après qu'elle est morte, il a pas voulu essayer. Toutes les terres, l'homme blanc va les prendre, y disait. Alors on a descendu le fleuve.

— Et toi, tu crois que c'est possible ? Qu'ils existent, ces gens dans la forêt ? »

Les prunelles sombres de Nuno qui furetaient partout à travers la salle se posèrent sur elle un moment. « J'pense qu'y a des endroits sans Blancs. Où vivent les miens. Ça sera pas pour toujours, mais ça existe. »

Cet enfant sans foyer réveillait les sentiments maternels de Rachel. « Viens avec nous. S'il te plaît. On cherchera ensemble. Moi, mon fils, toi, ton peuple. »

Nuno inclina la tête, réfléchissant à sa proposition.

Elle ajouta : « On a besoin de toi. Pour nous montrer comment qu'on peut remonter l'fleuve – si tu sais ? »

Nuno lui adressa un grand sourire, l'éclat de ses dents blanches tranchant dans son visage couvert de suie. Un instant, il refléta le même enthousiasme teinté de crainte qu'elle avait éprouvé à l'idée de ce voyage.

« Je connais le fleuve. Alors d'accord. J'viens avec vous. »

Rachel envoya Nuno à l'étage chercher Mary Grace et Personne. Leurs bagages étaient presque terminés – il y avait des jours qu'ils étaient prêts à partir – et à présent que Nuno était là, il n'y avait plus un moment à perdre. Plus ils partiraient tôt, plus ils auraient de chances d'atteindre l'ombre de la forêt avant que le soleil de midi ne cogne trop fort.

Le chiffon de Rachel gisait sur une des tables ; elle l'avait posé d'une manière définitive qui la soulageait. Cet endroit ne lui manquerait pas, pas plus que ce travail. Elle laissa son esprit se perdre dans la vision de Thomas Augustus, vivant en liberté quelque part dans la jungle. Elle avait conscience du long voyage qui l'attendait, mais elle s'accrochait à l'idée qu'elle avait une chance de retrouver son plus jeune fils, et qu'il en serait heureux. Il lui fallait garder ce cap, sinon ses pensées risquaient de revenir à l'armée des marrons, aux exécutions et à la canne en feu. Elle n'avait pas la force de réfléchir à tout ça – pas encore.

Tout en attendant les autres, Rachel tournait le dos à la porte, aussi elle ne sut pas que Mr Beaumont était entré jusqu'à ce qu'il s'adresse à elle.

« Est-il vraiment possible que tu aies épuisé toutes les tâches à effectuer aujourd'hui, ou bien crois-tu simplement que ton travail consiste à rester debout sans rien faire ? »

D'instinct, Rachel voulut attraper son chiffon, prête à bredouiller une réponse, puis elle se reprit et finalement ne bougea pas.

« Alors ? » lança-t-il.

Rachel affronta son regard accusateur.

« On s'en va, dit-elle en faisant un immense effort pour que sa voix ne tremble pas.

— Comment ?

— On s'en va tous. On quitte Georgetown. Aujourd'hui. »

Mr Beaumont avait été pris au dépourvu ; il n'arrivait visiblement pas à comprendre ce que Rachel lui disait. Elle avait toujours su qu'il était sensible aux rebuffades de la part de ceux qu'il considérait comme ses inférieurs, tant il désirait prendre ses distances avec la race qui d'après la rumeur était la sienne. À présent, il avait les yeux exorbités, et son expression de déplaisir habituelle tendait vers quelque chose de plus sombre – il était vraiment hors de lui.

« Quelle audace ! Tu t'imagines que tu peux jouer la fille de l'air ainsi, après tout ce que j'ai fait pour toi, après tout le travail bâclé que j'ai toléré de ta part ? » À chaque mot, sa fureur grandissait. Il s'approchait de plus en plus d'elle, mû par la puissance de sa colère.

Elle recula mais il ne fallut pas longtemps avant qu'elle se retrouve coincée contre le bar, sans plus pouvoir bouger.

Mr Beaumont pointa le doigt sur elle : « Je ne le permettrai pas. Tu restes là. »

Pendant des années, sa triste expérience avait enseigné à Rachel qu'il fallait se méfier de la colère d'hommes tels que Mr Beaumont. Ils avaient le pouvoir de la faire souffrir. Bien que le propriétaire préférât en général garder ses distances, Rachel ne douta pas un instant qu'il fût capable de la frapper, surtout en voyant battre cette petite veine sur sa tempe. Il inventerait une histoire par pure méchanceté et demanderait à la police de Georgetown de l'arrêter et de la jeter en prison. Il écrirait à la Barbade pour retrouver ses anciens maîtres. Sa cruauté n'avait pas de limite. Et pourtant, alors que son cœur battait à tout rompre, Rachel demeura droite. Les mains agrippées au bar derrière elle, elle refusait de baisser les yeux.

« Non », dit-elle.

Mr Beaumont ne s'attendait pas à ça. Ils étaient si proches qu'ils se touchaient presque – il respirait fort ; Rachel, à peine. Il ouvrit la bouche, mais rien n'en sortit. À la lisière de sa vision, Rachel vit les murs de la taverne se déformer, comme si une grande rupture s'accomplissait dans l'ordre naturel des choses. Elle avait le vertige, mais elle ne perdit pas connaissance et réussit à garder la tête haute. Toutes ces semaines de travail chez Mr Beaumont – cette routine abrutissante qui une fois de plus lui avait donné le sentiment de n'être bonne à rien, qu'à servir les autres – tombèrent ainsi qu'une vieille peau, et elle vit les choses avec clarté.

Elle n'était pas son esclave.

« On s'en va, répéta-t-elle d'une voix ferme mais calme. Vous pouvez pas nous en empêcher.

— Rachel ? »

Les autres apparurent dans l'escalier. Personne était devant, il regarda Rachel puis le propriétaire.

« Il y a un problème ? »

Rachel fixait Mr Beaumont, encore tout rouge et visiblement à court de mots.

« Non, répondit-elle avant de leur faire signe. Venez. »

Elle s'extraya de là où le propriétaire l'avait coincée, et sortit la première de la taverne, avançant d'un bon pas sans se retourner – mais une fois à quelque distance de la taverne, elle se courba en deux et vomit par terre, toute la terreur qu'elle avait réussi à surmonter jaillissant soudain de son ventre, et ses jambes faillirent se dérober sous elle.

22

Ils prirent la route qui longeait le Démérara, laissant derrière eux les rues bien tracées de Georgetown. À leur droite, ils apercevaient les flots bruns mouvants à travers les arbres qui bordaient la berge. À leur gauche, les terres plates des plantations s'étendaient jusqu'à l'horizon – de vastes champs de canne à sucre impérieux, très ordonnés, bataillon vert au garde à vous. Éparses dans le lointain, les sucreries, crachant des colonnes de fumée dans le soleil du matin.

Nuno et Personne marchaient devant, chacun portant une extrémité de la pirogue. En la voyant, l'enfant avec fait la grimace et leur avait dit qu'il aurait pu en construire une de meilleure qualité, toutefois il insista pour la porter. Toutes les dix minutes, Rachel lui proposait de prendre sa place, inquiète de voir ses petits bras tendus sous le poids de l'embarcation, mais il n'avait pas encore accepté. Il semblait s'être rapproché de Personne beaucoup plus vite que de Rachel, surtout lorsque celui-ci avait commencé à leur raconter d'autres épisodes de ses voyages fantastiques en marchant.

Rachel et Mary Grace suivaient derrière, écoutant en souriant le jeune homme décrire une tempête pendant laquelle la foudre avait fendu en deux le mât du navire. Nuno, stupéfait, ne cessait de poser des questions : « Et après, qu'est-ce qui s'est passé ? » « Donc, le docteur l'a coupé ? » « Mais comment vous avez trouvé assez à manger ? » et ainsi de suite. Au bout d'un moment, l'attention de Rachel se détacha, elle se laissa bercer par le rythme de leurs échanges, la voix aiguë et rapide de Nuno et celle plus grave et changeante de Personne, dont le rythme accélérait et ralentissait au gré des méandres de ses histoires.

Ils n'étaient pas arrivés très loin mais Rachel sentait déjà peser la fatigue. Cette lueur d'espoir à l'idée de retrouver Thomas Augustus lui donnait l'énergie de continuer, mais elle était encore tout alourdie de chagrin, douleur sourde qui la minait jusque dans ses os. Pas seulement parce qu'elle avait perdu Micah, mais aussi tous les autres – enfants, amies, amants. Elle ne cessait de penser à Samuel et Kitty, et elle se demandait si la tristesse qu'elle éprouvait maintenant était plus forte qu'à l'époque, et ce que cela révélait de l'amour qu'elle avait conçu pour chacun de ses petits au fil des années. Elle songea à ceux qui n'avaient jamais reçu de nom et qu'elle n'avait jamais pu aimer. C'était un chagrin différent, semblable à une ombre plutôt qu'à un couteau qui s'enfonçait dans ses entrailles. Était-il juste que parce qu'ils n'avaient jamais respiré ni pris vraiment forme, leur disparition soit moins douloureuse ?

Rachel sentit la main de Mary Grace contre la sienne. Celle-ci la regardait avec gravité – ce n'était pas la première fois depuis que Rachel était revenue de Bellevue.

Le soleil du matin éclairant le visage de sa fille calma Rachel et l'arracha aux deuils passés. Mary Grace se tenait là, devant elle. Belle à sa manière – un peu ordinaire au premier regard, mais sa gentillesse parait ses traits d'une telle douceur que cela retenait l'attention et modifiait l'impression première.

Les nuages sombres de la mémoire se déchirèrent, et à la place surgit une pointe de regret pour ces années perdues, pour tout ce qui aurait pu être. Elle songea à Micah, essayant d'arracher sa liberté de ses mains. Il avait fait ce qu'elle n'avait jamais osé. Peut-être aurait-elle dû commencer à chercher ses enfants plus tôt, avec davantage de détermination. Pendant toutes ces années, Mary Grace était à la Barbade. À moins d'une journée de marche.

Mais le soleil tapait de plus en plus fort et un long chemin les attendait, alors Rachel se dit que ce n'était pas le moment de revenir sur de telles choses. Elle secoua la tête pour dissiper larmes et remords et sourit à sa fille.

« J'aurais aimé te r'trouver plus tôt. J'espère que tu l'sais. »

Mary Grace acquiesça. Ce n'était pas assez, mais Rachel n'avait pas les mots susceptibles d'exprimer le tourbillon des sentiments confus qui l'assaillaient. Pour l'instant, elle ne pouvait en dire davantage.

Ils continuaient à marcher. Au bout d'un moment, le bruit des plantations diminua – le bruissement de la canne, le sifflement des faux fendant l'air, les grognements, les soupirs et les chants des esclaves. Le paysage autour d'eux se faisait plus sauvage. Le changement fut lent au début : les arbres le long du fleuve étaient plus épais, les gazouillis des martinets, des pluviers et des perruches un peu plus bruyants au-dessus de leurs têtes. Et puis tout à coup, la dernière plantation disparut, et ils se retrouvèrent sur une terre qui n'avait plus de britannique que le nom. Au lieu de la canne s'élevaient des arbres aux troncs épais, noueux, dont jaillissaient des centaines de branches que les Blancs n'avaient pas encore décidé de décimer. Les herbes folles, que nul n'éradiquait, avaient envahi la route, qui se limitait à présent à un sentier battu, s'allongeant à travers les fourrés.

Ils ralentirent. Rachel et Mary Grace prirent la pirogue pour soulager Personne et Nuno. Le jeune homme sortit un coutelas de son sac de marin et passa devant elles afin de couper les branches trop épaisses pour laisser passer leur embarcation. Nuno marchait derrière Rachel, qui portait la partie arrière. Il tournait la tête dans tous les sens, examinant arbres, buissons et lianes.

« Ma mère, elle connaissait tous les arbres, dit-il. Mais moi, j'ai oublié. »

Songeant à Mama B, Rachel répondit : « Moi aussi, j'aimerais bien les connaître. »

Le silence retomba. Ils avaient encore du mal l'une avec l'autre. Ils étaient prudents, hésitants. Nuno était un enfant sans mère, et même si Rachel n'était pas une mère sans enfant, son cœur était semé de trous là où auraient dû se trouver ces derniers. Pourtant, ils ne pouvaient nouer une relation mère-fils car ce qu'ils avaient perdu était trop précieux, trop brut. Donc ils gardaient leurs distances, par respect pour les morts. Finalement, Nuno se rapprocha de Personne pour lui poser des questions sur sa vie de marin et, de loin, Rachel sentit monter en elle une tendresse maternelle envers les deux garçons.

Tant que la route bordait les plantations, elle était droite, ignorant les méandres du Démérara, comme s'il s'agissait d'un simple accident du paysage et que ladite route devait tracer son propre circuit. À présent, le sentier longeait le fleuve, épousant chacun de ses tours et détours. Ils ne traversaient plus une terre marquée de l'empreinte des hommes. Ils laissaient le Démérara les guider.

En fin d'après-midi, Nuno leur montra quelque chose : « Regardez ! »

Rachel ne vit rien avant d'être arrivée sur place : c'était une clairière. La soudaine absence des arbres n'était nullement comparable à ce qu'ils avaient ressenti en traversant les espaces cultivés. Cette clairière était de main humaine, c'était évident, mais elle avait été créée avec le plus grand respect. Là où les plantations couvraient des hectares, la clairière atteignait exactement les proportions souhaitables, ni plus ni moins. Elle avait été creusée avec amour dans la jungle afin que les humains et la nature puissent cohabiter côte à côte dans la paix.

« Le village était là, dit Nuno. Y sont tous partis, maintenant. Y en a qui sont morts, d'aut' ont remonté l'fleuve. »

Il n'y avait aucune trace d'émotion dans sa voix, mais à la manière dont il serrait les bras contre sa poitrine, Rachel voyait combien il souffrait de ce déracinement, qui hélas lui était si familier.

Mary Grace posa la main sur l'épaule de Nuno. Trop absorbé par les fantômes du passé, il se crispa, mais peu à peu se détendit sous ses caresses légères.

« Et si on s'arrêtait ici pour la nuit ? » proposa Personne.

Nuno hocha la tête. « Bientôt, on pourra mett' la pirogue à l'eau, je pense. Un peu plus loin. Vaut mieux partir d'main matin. »

Personne fit du feu tandis que Rachel et Mary Grace sortaient les provisions. S'agitant à la lisière de la clairière, Nuno en rapporta une abondance de fruits, qui adoucirent leur repas. Ils s'installèrent et mangèrent en silence, la fatigue du jour pesant en profondeur dans leurs os. Quand ils eurent terminé, le soleil s'était couché et les criquets bourdonnaient autour d'eux. Mary Grace s'appuya contre Personne, ses paupières se fermaient. Rachel se mit à frotter ses pieds douloureux en chantonnant pour elle-même. Genoux serrés contre sa poitrine, Nuno regardait en direction du fleuve, dont la berge était visible dans la lumière du feu.

« Ça vous dirait, une histoire avant de dormir ? proposa Personne. Mais j'imagine que vous êtes fatigués d'entendre les miennes. Rachel ? Tu dois avoir des quantités d'histoires à raconter. »

Là-dessus, Mary Grace rouvrit les yeux. Dans la lueur vacillante, sa mère comprit ce qu'elle voulait.

« Oui, j'ai une histoire. Mais elle est pas drôle. J'vais vous raconter l'histoire à Micah. Tout c'que j'en sais. »

Elle commença par le début, avec ce petit garçon qui riait en brayant comme un âne. C'étaient ses mots à elle, et c'était douloureux. Par moments, elle bredouillait, mais elle s'obligeait à continuer. En évoquant le jour où elle était rentrée des champs et avait découvert les enfants du troisième atelier devant sa porte, leurs petits visages graves, venus lui dire que Micah était parti, elle en eut les larmes aux yeux. Mais lorsqu'elle se mit à leur répéter tout ce qu'Orion lui avait appris de la vie et de la mort de son fils à Démérara, ce fut plus facile. La douleur s'atténua. Ces mots n'étaient pas les siens, pas vraiment. Elle se contentait de transmettre les souvenirs d'Orion, qui lui-même avait transmis les souvenirs de Micah. Et maintenant, Mary Grace, Personne et Nuno les porteraient en eux à leur tour. Ainsi, même dans la mort, Micah continuait de vivre.

À la fin de l'histoire, le feu avait diminué au point que Rachel distinguait à peine les autres. Elle vit pourtant Personne s'essuyer les yeux, et elle entendit Mary Grace pousser un long soupir tremblant.

Le jeune homme ne dit rien – qu'auraient-ils pu dire ? Chacun resta plongé dans ses pensées, fabriquant sa propre vision de Micah dans sa tête. Quand le feu fut complètement éteint, et que la seule lumière demeura celle de la lune, ils s'étendirent par terre et s'endormirent.

Il faisait encore sombre lorsque Rachel s'éveilla. Elle resta étendue sur le dos pendant un moment, en admiration devant les étoiles éparses à travers le ciel. En s'asseyant, elle vit le fleuve, sa surface moirée de lune. Le mouvement de l'eau était encore visible, mais le courant moins violent que près de la côte. Ici, le Démérara flânait davantage. Elle se leva sans bruit pour ne pas déranger les autres, et alla s'asseoir sur la berge, respirant l'odeur humide et limoneuse. De l'autre côté, la rive était escarpée et boueuse, comme si la rivière avait creusé son lit en profondeur au fil du temps, mais de ce côté-là, la terre descendait doucement vers une plage de galets. Elle étendit les jambes, ses talons effleurèrent la surface et elle laissa les flots emporter les dernières douleurs de la marche de la veille.

Elle sentit plutôt qu'elle n'entendit quelqu'un venir derrière elle. Personne s'assit à ses côtés, visible dans le clair de lune. Lui aussi plongea les pieds dans l'eau. Longtemps ils demeurèrent ainsi, observant en silence les rides chatoyantes.

Rachel pensait à sa famille. Au fleuve qui coulait depuis sa source jusqu'à la mer. Elle songeait à la direction prise par sa vie, telle une flèche décrivant un arc qui semblait depuis toujours tracé. Un arc qui laissait mère et enfants à deux extrémités, qui n'apportait que le désespoir et la lente dégradation d'un corps qui se tuait au travail. Mais à présent, le cours de sa vie avait changé. Ou plutôt, il s'était brisé. Depuis qu'elle avait appris la mort de Micah, elle ne pensait plus que le temps lui apporterait le bonheur et la paix. Mais il n'était pas non plus inévitable que ses enfants soient à jamais perdus.

À la lisière de son regard, Rachel distinguait le profil de Personne. Une fois encore, elle se demanda quels secrets dissimulait ce visage – quels échos de ses ancêtres elle y voyait.

« Est-ce que t'y penses, des fois ? lui demanda-t-elle. À r'tourner à Antigue. Chercher ta mère. »

Personne prit son temps avant de répondre. « Non. Dans le temps, j'avais trop peur d'être repris si j'y retournais. Après l'émancipation, j'y ai pensé… mais non. » Il soupira. « Elle est morte. Je le sais. Je l'ai senti le jour où c'est arrivé. J'étais en Amérique, entre deux voyages. C'était l'hiver, il faisait très froid. Je logeais dans une pension miteuse un peu à l'écart de la ville. Un jour, je me suis réveillé plus tôt que d'habitude, avant l'aube. J'éprouvais un certain malaise. Il avait beau faire encore noir et geler à pierre fendre, j'ai décidé de sortir pour me calmer. Je marchais depuis une minute lorsque j'ai su. Ça m'a terrassé avec une telle force que je suis tombé à genoux. J'en ai entendu d'autres parler de ces moments, dans la vie, où la vérité t'apparaît soudain. Beaucoup parlent de vision, mais pour moi, ce n'était pas comme ça. Je n'ai rien vu d'autre que la rue obscure devant moi, mais la vérité s'est faite dans mon esprit : ma mère était morte. » Sa voix faiblit à ces derniers mots. Il s'interrompit, reprit sa respiration et continua. « Donc non, après ça, je n'ai jamais pensé à retourner là-bas. Je sentais que plus personne ne m'attendait. »

Rachel ferma les yeux. « J'crois pas que j'savais. Pour Micah. J'avais rien senti. » Elle rouvrit les paupières et le regarda. « J'sais pas ce que ça veut dire. » En contemplant le fleuve, elle parvint à retrouver un souvenir trouble, depuis longtemps enfoui. « Ma mère… j'ai été vendue quand j'étais bébé, aussi j'l'ai jamais connue. Mais j'crois que je l'ai senti le jour où elle est morte, pareil que t'as dit. »

Elle se tut à nouveau et ils demeurèrent là, à tourner et retourner ces souvenirs dans leur tête, chacun revivant ces instants de certitude et de douleur. Rejetant la tête en arrière, Rachel regarda la voûte céleste où les astres prenaient une forme, puis une autre, si étranges à ses yeux. Comment était-il possible, se demanda-t-elle, qu'elle ait pu ressentir la mort de sa mère mais pas celle de son fils ?

D'autres souvenirs lui revinrent. Great Polly, qui l'avait aidée à couper le cordon de Micah la nuit de sa naissance, avait deux filles à Providence : Hannah et Queen Ann. Rachel ne les connaissait pas car la première travaillait à la sucrerie, et l'autre faisait partie du deuxième atelier tandis que Rachel était dans le premier. Mais elle avait entendu raconter que le jour où Great Polly était morte, les deux femmes, à des kilomètres de là, s'étaient soudain redressées, des larmes plein les yeux, en murmurant : « Elle est partie. »

Et puis il y avait eu Samuel. Emmené dans la case des malades, putride et suppurante. Il était couché à côté du vieux Joe, père d'un autre esclave appelé George, et qui n'avait plus de dents. Ils étaient morts tous les deux la même nuit, mais Rachel avait dormi sans se réveiller alors que George avait été arraché au sommeil par une voix dans sa tête qui lui avait ordonné de se rendre à la case des malades. C'est lui qui avait trouvé les corps, et qui avait appris la nouvelle à Rachel.

La mort d'un parent signifiait quelque chose. C'était un poids cosmique qui se transférait d'une génération à la suivante. Un enfant pouvait quitter ce monde sans un soupir, mais la mort d'une mère retentissait en vous.

Cela aurait dû être le contraire, songea Rachel. Parce que perdre sa mère, c'était attendu, naturel. Et même si sur les plantations où tout le monde était affamé, et la maladie partout présente, où perdre un enfant était aussi banal que perdre un parent, cela ne paraissait jamais normal, comme une déchirure dans la tapisserie de la vie. Pareille rupture dans l'ordre naturel des choses n'aurait-elle pas dû résonner plus intensément que la mort inévitable d'une mère ou d'un père ?

Peut-être, songea-t-elle, qu'il s'agissait là d'une forme de miséricorde. Votre corps vous laissait dans l'illusion que votre enfant était encore en vie jusqu'à la dernière minute. Il était par nature gouverné par des cycles, en ayant faim ou soif au fil des heures, en allant se coucher fatigué et en s'éveillant avec l'aube. Il fonctionnait au gré d'une routine attendue. Mais il était des douleurs qu'il ne pouvait affronter d'un seul coup s'il pouvait l'éviter. Rachel pensait à cette nuit où elle avait dormi sans se réveiller, pendant que George se rendait à la case des malades. Elle songea à toutes ces années passées avant qu'Orion lui apprenne la mort de Micah. Ne pas savoir lui avait permis de vivre en paix. À Providence, elle s'était raccrochée à cette paix, celle-ci l'avait maintenue dans une espèce de torpeur. Elle pensait qu'elle souhaitait ne pas savoir. Elle préférait imaginer ses enfants en vie que les savoir morts.

Mais à présent qu'elle était assise sur la berge de ce fleuve, elle comprenait que cette paix n'était qu'une illusion. La douleur de la disparition de Micah était encore à vif, mais ce qu'elle avait connu auparavant tenait plus de l'hébétude – tel l'épais et lourd brouillard d'un sommeil sans rêve. Oui, découvrir la vérité l'avait blessée – la souffrance était cuisante, brûlante, rampante, elle passait par toutes les couleurs de l'arc-en-ciel. Mais si elle avait pu revenir en arrière et effacer l'histoire qu'Orion lui avait racontée pour continuer à vivre dans les ténèbres de l'ignorance, elle ne l'aurait pas fait.

Personne rompit ce long silence. « Ça va être bien de naviguer sur le fleuve », dit-il, détournant Rachel de ses pensées morbides pour la ramener à la réalité de la journée à venir. « On ira plus vite qu'à pied. »

Même dans l'ombre, elle vit cet éclat dans ses yeux. « Ça te manque ? D'êt' sur l'eau ? »

Sentant à quoi elle pensait, il se retourna pour contempler Mary Grace qui dormait toujours. « Des fois.

— T'as l'habitude de voyager, répondit Rachel en regardant elle aussi sa fille. Mais elle tient vraiment à toi. » Elle se tut pour choisir ses mots avec soin. « J'veux pas qu'elle se réveille un matin et qu'elle découvre que t'es reparti en mer. J'en ai connu des hommes qui vagabondaient, et j'sais c'que c'est quand y partent. »

Pendant un instant, Rachel pensa à ... mais elle repoussa très vite ce souvenir, le laissant retourner dans les profondeurs où il vivait et d'où il sortait rarement. Non. C'était trop vieux. Inutile de revenir là-dessus.

Un sourire fleurit lentement sur le visage de Personne. « Quoi ? fit Rachel en fronçant les sourcils.

— Ben, on est là à arpenter la jungle après que tu as fait le voyage de la Barbade à Georgetown. Et si je ne me trompe pas, après ça, on se rendra à Trinidad. » Il se mit à rire. « S'il y a quelqu'un ici qui voyage, Rachel, c'est toi ! »

Elle ne put réprimer un éclat de rire à son tour. « T'as p'têt' raison. »

Et sous les étoiles, depuis les rives du Démérara, dont l'eau fraîche baignait ses pieds, son ancienne vie lui sembla en effet très très loin.

23

Dès qu'ils furent sur l'eau, Rachel eut l'impression qu'ils avaient perdu le contrôle des choses. Elle en avait senti les prémices en quittant Georgetown et les plantations – cette sensation que les arbres, le fleuve, les buissons, les oiseaux, les insectes et même le ciel commençaient à reprendre le pouvoir. Mais lorsqu'ils se furent éloignés de la berge et commencèrent à dériver, à revenir en arrière, Rachel comprit qu'ils étaient à la merci de la nature. Bien sûr, Personne et elle prirent rapidement les pagaies pour remettre la pirogue dans la bonne direction et elle constata qu'ils n'étaient pas totalement impuissants. Mais à chaque coup de rame, elle sentait la résistance de l'eau et la force tranquille du fleuve. Leur embarcation était si petite, le Démérara, devant, derrière, si vaste et vide, que les constructions de Georgetown lui paraissaient plus lointaines que jamais.

Au début cela l'effraya. Elle était douloureusement consciente de la mince épaisseur de bois qui la séparait des flots bruns et boueux aux profondeurs indéfinies, et elle ne pouvait s'empêcher d'imaginer que soudain elles se déversaient par-dessus les bords de la pirogue. Mais petit à petit, la peur céda le pas à l'acceptation, et même à la paix. Elle comprit que le fleuve n'était ni bon ni mauvais : il existait, et c'était tout, ils ne pouvaient rien faire qui altère ou arrête son cours.

Pendant les premiers kilomètres, le courant était encore sensible, il les ralentissait même lorsqu'ils s'approchaient de la rive, et que leurs pagaies râpaient le fond. Rachel et Personne furent vite fatigués et ils laissèrent Mary Grace et Nuno ramer à leur tour. Toutefois, au moment où Rachel reprit sa place, c'était déjà plus facile. Ils pouvaient même, si un arbre ou un oiseau attirait leur attention, se reposer un moment et laisser l'embarcation continuer sa course sans qu'elle revienne en arrière.

Ils en étaient à leur deuxième jour sur le fleuve quand Nuno, assis à l'avant, retira d'un seul coup sa pagaie et fit signe à Rachel de l'imiter. Il leur montra quelque chose dans l'eau.

« Regarde. »

Rachel, Mary Grace et Personne scrutèrent les profondeurs mais ne distinguèrent rien.

« Quoi ? » demanda Rachel à mi-voix. Et là elle le vit : ça ressemblait à l'extrémité d'un tronc flottant, et puis un œil jaune s'ouvrit avec une fente noire au milieu.

Tous les quatre se figèrent.

« Un crocodile ? » murmura Personne. Le fleuve commençait à les remporter tout doucement en arrière, et la créature les suivait, sa longue queue oscillant languidement.

« On appelle ça des caïmans, dit Nuno.

— On est en sécurité ? » demanda Rachel. Elle ne pouvait détacher les yeux de l'animal. Il était l'incarnation exacte de ce qu'elle éprouvait à l'idée de se trouver ainsi en territoire sauvage et inconnu, et sa peau écailleuse figurait la puissance du fleuve.

« Faut pas bouger, répondit Nuno. Pas faire d'éclaboussures. »

Rachel sentait le moindre mouvement du bateau qui oscillait sur l'eau, se balançant d'un côté, puis de l'autre, versant périlleusement vers la surface.

Au bout de longues secondes, le crocodile s'avança vers eux – lentement, sans le moindre signe d'effort. C'était à croire que le courant l'emportait avec la pirogue, par pur hasard. Seul son regard immobile, qui ne semblait pas quitter Rachel, montrait que son approche était calculée. Elle distinguait jusqu'aux écailles de sa cuirasse brune, telle une mosaïque.

Elle avait déjà vu la mort en face, mais seulement par instants. Quand le contremaître levait le fouet de fureur, avant d'avoir décidé s'il allait tuer ou seulement châtier. Quand un esclave se jetait sur l'homme qui avait couché avec sa femme, avant que la foule les sépare. Lorsque Rachel lisait la mort dans les yeux d'un homme, celle-ci la saisissait dans ses griffes, qui se refermaient autour de sa gorge, puis tout s'évaporait dans les airs. Elle avait l'impression que la mort n'avait pas sa place dans ces moments où les hommes s'abandonnaient ainsi à la rage pure. Ils étaient pareils à des animaux, aurait-elle dit autrefois. Mais en découvrant l'œil du caïman posé sur elle, elle se rendit compte à quel point elle s'était trompée. Un homme en colère, prêt à tuer, n'était en rien semblable à une bête. Le regard du crocodile était paresseux, curieux, et pourtant c'était un vrai regard de mort.

Il n'y eut pas de sursaut de terreur – la peur envahit lentement Rachel, lui hérissant le poil. Son souffle ralentit tandis que son cœur battait à tout rompre. Chacun de ses muscles était tendu au maximum, maintenant son corps immobile, et tout autour d'elle le fleuve paraissait intensément vivant. L'animal en elle savait qu'il devait affûter tous ses sens pour mieux entendre, mieux voir, mieux flairer. Pour survivre.

Bouillonnement de l'eau, éclaboussures en tout sens. Le caïman fonça de l'avant. Nuno cria. La pirogue, que le reptile heurta au passage, menaça de chavirer. Les quatre humains s'accrochèrent les unes aux autres, se débattant pour rester à la surface, et Rachel éprouva avec une abjecte terreur la certitude glaçante qu'elle allait mourir. Au bord de la rupture, elle commença à voir du noir à la lisière de son champ de vision, son regard se concentrant sur la gueule grande ouverte du crocodile, ses dents acérées affamées de chair fraîche, et sa langue rose et humide à l'intérieur…

Mais l'embarcation ne se renversa pas. La mort ne vint pas les chercher. Le caïman fila vers la rive où s'abreuvait une bête râblée, sorte de mélange entre âne et cochon. Il referma ses mâchoires sur sa proie qui se mit à glapir, et il l'emporta dans les flots. Les deux créatures luttèrent et l'eau vira au rouge – en voyant cela, Rachel sentit la bile remonter de son estomac. Et puis soudain, tout redevint calme, hormis le sang qui nappait encore la surface. Sa queue oscillant paresseusement, le crocodile se mit à descendre le fleuve, la bête morte serrée dans sa gueule.

Les quatre humains le regardèrent disparaître. Nuno serrait si fort le bras de Rachel que ses ongles lui transpercèrent la peau, mais elle ne sentit rien – elle s'en rendit compte seulement lorsqu'il la lâcha et que de minuscules gouttes de sang perlèrent.

Ils se remirent tous les deux à pagayer, doucement au début pour éviter de créer trop de remous, puis plus vite, avec l'énergie du désespoir, regardant souvent derrière eux. Ce ne fut qu'au sortir d'un long méandre, désormais loin du caïman, que Rachel sentit sa mâchoire et ses épaules se décrisper et qu'elle put respirer de nouveau.

Quand Rachel et Nuno eurent confié les pagaies à Mary Grace et Personne, un peu plus tard, ils s'assirent tous les deux au milieu de la pirogue. Elle remarqua qu'il baissait la tête et se tordait les mains.

« Ça va ? »

Il la regarda en inclinant la tête, ses prunelles noires transperçant les siennes. Après une brève réflexion, il répondit : « Oui. » Puis sa bouche se mit à trembler, avant qu'il réussisse à revêtir à nouveau le masque de la neutralité. « Le caïman m'a fait peur, c'est tout. »

Rachel posa la main sur son épaule, avec sa douceur coutumière. Il l'observa, et accepta cette main consolatrice sans rien dire.

« J'en ai vu un, une fois, dit-il d'une voix frémissante. Ils venaient pas souvent près du village. Le courant est trop fort pour eux. » Puis il se pencha vers elle, s'exprimant à voix basse pour que les autres n'entendent pas. « J'voulais pas en parler pour pas vous faire peur. Mon père et les aut' du village qui passaient tout leur temps sur la rivière, y disaient que si tu bouges pas et que tu respectes le caïman, il te fera pas de mal, et moi, j'y ai toujours cru. » Il ferma les yeux très fort. « Seulement… il y en a un qui est arrivé jusqu'au village. Il y avait un bébé qui avançait à quatre pattes le long de la berge. Le caïman a bondi hors de l'eau et il l'a attrapé. Y a que moi qui l'a vu. »

Rachel serra l'épaule de Nuno sans qu'elle s'en rende compte, mais il ne la repoussa pas. Au bout de quelques instants, il rouvrit les yeux et secoua la tête, comme pour chasser ce souvenir.

« C'est pour ça que je l'sais. Des fois, les caïmans, y peuvent nous faire du mal. »

Il se détourna pour mettre fin à la conversation et regarda les arbres qui défilaient sur la rive. Rachel croisa les bras sur sa poitrine et ressentit une vague de terreur, moins forte qu'en plongeant les yeux dans les prunelles jaunes du crocodile, mais assez pour en trembler.

Cette nuit-là, ils tirèrent la pirogue hors de l'eau et bivouaquèrent sous un palmier. Rachel rêva encore et encore d'un petit enfant qu'on lui arrachait – parfois, c'étaient les mains des hommes blancs, d'autres fois, les mâchoires d'un caïman, ses dents luisant au clair de lune. L'enfant qu'on emportait la regardait avec les yeux de Micah, et Rachel savait qu'elle ne pouvait rien faire pour le sauver.

Alors qu'elle s'habituait à ce rythme, bercer l'enfant, le regarder se faire emporter, puis le retrouver de nouveau dans ses bras, celui-ci la fixa depuis l'intérieur de la gueule de l'animal, et elle vit qu'il s'agissait de Thomas Augustus. Elle se précipita en avant : *non, pas celui-là, vous pouvez pas me prendre celui-là.* Tout à coup elle s'éveilla, trempée de sueur. Les étoiles au-dessus d'elle avaient disparu, masquées pas des tourbillons de nuage, si bien qu'elle ne voyait plus que des ténèbres.

Le cours du fleuve ralentissait, il n'avait plus rien à voir avec l'estuaire tumultueux qui crachait ses eaux marron dans la mer. Rachel n'avait pas oublié la rencontre avec le crocodile, mais lorsqu'ils repartirent, le troisième matin, elle se sentait en paix.

Elle repensa à des choses que Personne leur avait racontées à Georgetown, l'histoire de ces hommes qui avaient remonté le Démérara à la recherche d'une cité d'or. Dans ce récit, transmis de marin en marin, les hommes étaient des explorateurs intrépides, seuls dans la jungle, qui devaient affronter les animaux et les sauvages. Même Personne, en le rapportant, succombait à cette espèce d'émerveillement. Ce sont des braves, disaient ses yeux étincelants tandis qu'il parlait. Des hommes qui avaient osé s'aventurer jusqu'au cœur des ténèbres de la Guyane britannique sans rien d'autre que leurs pagaies et leur intelligence.

Rachel se demanda s'ils s'étaient vraiment sentis aussi solitaires que l'histoire le suggérait. Elle ne se sentait pas du tout seule, même s'ils n'avaient vu âme qui vive depuis la dernière plantation, non loin de Georgetown. La nature autour d'eux fourmillait de vie. Elle le savait même avant d'avoir vu le reptile. Elle entendait les oiseaux, voyait les insectes voltiger au-dessus de la surface. Après le caïman, elle découvrit encore d'autres formes de vie : son regard était comme aimanté vers la surface, et elle s'aperçut que le Démérara grouillait de poissons. Certains minuscules et rapides : quand ils filaient vers la surface, le soleil se reflétait sur leurs écailles d'argent avant qu'ils replongent dans les profondeurs. D'autres, plus gros, restaient au fond et on ne distinguait qu'une ombre dans l'eau brune.

Rachel vit tout cela et plus encore lorsqu'elle s'habitua vraiment au fleuve ; non, elle ne se sentait pas seule. La présence de toute cette vie lui donnait un sentiment d'humilité. Elle lui rappelait qu'ils étaient loin de toute présence humaine, en terre étrangère, bien qu'ils demeurent encore dans des territoires dont les Britanniques revendiquaient la propriété. Mais la solitude que ces hommes autrefois avaient ressentie ? Mépriser toutes les formes de vie qui les entouraient, jusqu'au doux chuchotis de l'eau qui coulait, et de la terre fertile qui étaient leurs compagnes au fil du voyage ? Cela lui parut soudain le summum de l'arrogance.

La rencontre avec le crocodile les avait secoués, mais il était difficile de ne pas se réjouir dans un tel environnement – le monde étrange et magique du fleuve. Le bruit des vaguelettes qui léchaient les flancs de leur pirogue, les cris des oiseaux qui volaient si bas qu'ils frôlaient la surface : tout cela sonnait telle une chanson aux oreilles de Rachel. Tout en pagayant, elle ne pouvait s'empêcher de fredonner avec le Démérara, joignant sa voix à la mélodie de la nature tandis qu'ils s'enfonçaient plus profondément encore dans la jungle.

Un sentiment envahit peu à peu Rachel : on les observait – et pas seulement les animaux. Le regard des créatures qui peuplaient les arbres et les berges glissait sur eux. Mais cette fois, c'était différent. La sensation que des prunelles étaient posées sur elle, concentrées, lui piquetait la peau.

Rachel était à l'avant avec Personne, quand elle le sentit se raidir lui aussi. Au bruit d'une brindille cassée, tout près, sur la rive, ils tournèrent la tête. Personne cessa de ramer, immobile. Rachel suivait le rythme de son souffle à ses épaules qui montaient et descendaient. Mais à présent ils n'entendaient plus que la rumeur ordinaire de la jungle.

Ce n'était peut-être rien. Et puis, un sifflement. Rachel sursauta. Personne cria en serrant son bras, manquant tomber dans l'eau.

Plantée dans sa chair, une flèche, encore frémissante.

Rachel se retourna aussitôt, étouffant un cri, mais elle ne vit que des ombres.

Nouveau sifflement effrayant. Cette fois la flèche était trop courte et fendit l'eau.

Le sang coulait là où la première flèche l'avait frappé, et Personne essayait de pagayer d'un seul bras en disant : « Allez, allez ! »

Nuno se dressa d'un seul coup et la pirogue tangua. Il hurla quelque chose dans une langue que Rachel ne connaissait pas, mais elle comprit quand même.

Stop !

Après ce cri, le silence tomba. Puis un froissement de feuilles. Sur la berge, un homme sortit de la jungle, mince, les épaules étroites, pointant sur eux un arc et une flèche.

Nuno étendit les bras et dit d'une voix basse ce que Rachel imagina être : *N'ayez pas peur, nous venons en amis.*

Derrière l'homme, Rachel distinguait la silhouette presque aussi grande d'une femme avec un bébé calé sur sa hanche, à demi cachée dans les arbres.

L'enfant répéta ses paroles apaisantes. Lentement, l'homme baissa son arc.

Puis il demanda : *Qui êtes-vous ?* Nuno répondit brièvement en désignant Rachel, puis Mary Grace et Personne. La main sur la poitrine, il continua de leur parler. Rachel entendait les grandes lignes de son histoire dans cette langue étrange. Le village. La maladie. La mort. Le voyage à Georgetown. La mort, à nouveau.

L'homme ne répondit rien. Nuno se rassit dans la pirogue et prit une pagaie.

« Allez, dit-il, on va les voir. »

En approchant de la berge, il sauta hors de l'embarcation, de l'eau jusqu'aux genoux, et il alla jusqu'à la terre. Rachel vit que l'homme venait de constater combien Nuno était jeune. Sans doute lui demanda-t-il : *Quel âge as-tu ?*

Celui-ci répondit et l'homme secoua la tête avec tristesse. Nouvelle question. L'enfant jeta un coup d'œil à Rachel, puis désigna l'aval du fleuve et ensuite l'amont. Il devait leur raconter leur voyage : d'où ils venaient, qui ils cherchaient.

En entendant l'homme ensuite, le cœur de Rachel se gonfla. Elle était sûre qu'il voulait dire : *Je connais l'endroit dont tu parles.*

« Il sait où sont les marrons ? » demanda-t-elle à Nuno.

Il acquiesça. Puis il reprit la conversation dans sa langue, et l'homme lui indiqua ce qui semblait être une direction.

L'enfant se retourna vers ses compagnons. « On est pas loin. Une demi-journée en pagayant. On va rencontrer deux rivières qui se jettent dans le fleuve. Faut prendre celle qui est à l'ouest. Au coucher du soleil, on sera au village. »

Rachel relâcha sa respiration. Elle adressa un signe de tête à l'homme. « Merci. » Il s'inclina pour indiquer qu'il comprenait.

Nuno et l'homme parlèrent encore un peu. Rachel entendait de la lassitude dans la voix de ce dernier. La femme derrière lui s'était avancée dans la lumière et Rachel vit combien ils étaient maigres et hagards. Le bébé sur sa hanche était réveillé mais il ne faisait aucun bruit, il contemplait le fleuve de ses yeux caves.

Enfin, l'homme et l'enfant échangèrent ce qui paraissait être des paroles d'adieux. La femme ne dit rien, mais elle posa la main sur le bras de son compagnon. Puis, la plongeant dans une poche, elle en tira un morceau de tissu et le tendit à Nuno qui le rapporta à la pirogue.

« C'est pour toi, dit-il à Personne. Enlève la flèche, et enroule ça autour. »

Personne fit la grimace en retirant la flèche de ses mains gluantes de sang, mais lorsqu'il eut mis le bandage en tissu, sa respiration se calma. Aussitôt, le baume imbibé dans les fibres fit effet. Il se retourna vers la rive et s'efforça de sourire.

« Merci. »

Mary Grace prit sa pagaie et, avec l'aide de Nuno, ils repartirent.

« Ils vivent la vie que ma mère voulait. Dans la forêt, loin de l'homme blanc. Mais il dit que c'est dur. Beaucoup des miens sont venus de la côte, et des fois y z'amènent la maladie de l'homme blanc avec eux. Il a dit qu'avant y avait beaucoup de gens dans leur village, mais maintenant, y a plus que lui et sa femme et leur bébé. Il paraît que l'homme blanc se rapproche de jour en jour. Les gens disent qu'ils voient des bateaux sur le fleuve – pas si loin qu'ici, mais un jour, ça viendra. Lui et sa famille, ils vont continuer plus loin dans la forêt, il pense que ça s'ra pas sa dernière maison. »

Rachel se retourna pour jeter un dernier regard à cet homme et à sa famille, le cœur douloureux en songeant à tout ce qu'ils avaient perdu. Avant que le méandre du fleuve ne la dérobe à sa vue, elle croisa le regard de la femme sur la rive. Celle-ci fit bouger le bébé sur sa hanche sans cesser de regarder Rachel. Une compréhension mutuelle passa entre elles. Elles savaient toutes les deux ce que cela signifiait de chercher quelque chose – d'être épuisée, cassée en deux par le poids de la perte, et pourtant de continuer à avancer, en rampant s'il le fallait, tâtonnant dans le noir, pour essayer de retrouver les morceaux de ce qui avait été brisé.

Une famille.

Un foyer.

Au moment où la femme disparaissait au loin, Rachel vit un sourire éclairer son visage et elle sentit la chaleur de ces mots silencieux : *bonne chance.* La petite famille disparut et Rachel se retourna pour faire face au fleuve devant elle.

24

Ils croisèrent les deux rivières, exactement telles que l'indigène les leur avait décrites. Celle qui remontait vers l'ouest était trop étroite pour la pirogue, aussi ils la sortirent de l'eau et continuèrent à pied. Après toutes ces heures passées sur le fleuve, la sensation du sol, ferme et solide sous ses pieds, parut bien étrange à Rachel. Bientôt la canopée avala le ciel, formant un épais plafond vert au-dessus d'eux tandis qu'ils marchaient. Le ruisseau s'était taillé un lit sous les arbres, à peine un sentier – plusieurs fois, son courant fut coupé en deux par de minuscules îlots de fougères et de buissons.

Ils prirent conscience que la nuit tombait lentement : les tons de vert vif des feuilles qui filtraient le soleil s'assombrirent, et les chants des oiseaux diurnes furent remplacés par les cris de leurs congénères nocturnes. Ils demeuraient le plus près possible du cours d'eau, suivant son glouglou à l'oreille. Personne et Rachel portaient chacun une extrémité de leur embarcation.

Mary Grace avait posé la main dans le dos de sa mère, et Nuno, dans le dos de Mary Grace. Et c'est ainsi qu'ils avançaient tout doucement dans la forêt, en une chaîne ininterrompue.

Chaque fois qu'une brindille craquait ou qu'une feuille bruissait dans la pénombre, Rachel sursautait de peur. C'était comme si elle avait été avalée dans le ventre de la jungle, et dans sa tête elle passait en revue tous les dangers qui pouvaient être tapis hors de vue. Elle ne pouvait s'empêcher de penser au caïman. De temps en temps, elle croyait voir ses yeux lumineux et dorés, puis elle fermait les paupières très fort et s'apercevait qu'il n'y avait rien.

Personne fit halte. « Peut-être qu'on devrait s'arrêter ici. » Il parlait doucement, mais sa voix résonna malgré tout dans les ténèbres de la forêt. « Si on n'y voit rien, on n'arrivera pas à les trouver. »

Rachel allait lui répondre mais une voix grave la coupa : « Qui va là ? »

La pirogue trembla car Personne faillit la lâcher. Rachel sentit les ongles de Mary Grace s'enfoncer dans sa cuisse. Mais parmi tous les bruits de la jungle, cette voix n'effraya pas Rachel. Elle répondit avec un calme parfait : « J'm'appelle Rachel. Ça, c'est ma fille, Mary Grace. Ça, c'est Personne. On était des esclaves. Et ça, c'est Nuno, un p'tit Indien. Il a perdu toute sa famille. »

À côté d'elle, ce qu'elle avait pris pour un arbre se mit à bouger, et elle s'aperçut que ses branches étaient en réalité des bras tendus, se terminant par la courbure d'une lame.

« On a appris pour la fin de l'esclavage, dit l'homme dans l'ombre. Y a pus de marrons, depuis. Qu'est-ce que vous faites ici ?

— Je cherche mon fils, Thomas Augustus. »

L'homme baissa son arme. « Thomas Augustus dit qu'il est né à la Barbade.

— J'ai fait un long ch'min pour le retrouver. »

L'homme était si proche qu'elle sentit son souffle sur sa joue. Il tourna lentement autour d'elle, essayant de voir malgré l'absence de lumière.

« T'as son nez, dit-il enfin. Et son courage – il avait pas peur, lui non plus, quand je l'ai surpris comme ça, y a des années. » Rachel vit soudain qu'il souriait. « J'm'appelle Quamina. Heureux que vous soyez là. »

Il leur fit signe de le suivre. Laissant le ruisseau derrière eux, ils empruntèrent un étroit sentier à travers les arbres, et bientôt ils arrivèrent aux abords d'une clairière. Des tentes et des cases se détachaient dans la lumière des étoiles semées à travers le ciel.

« Tout va bien, s'écria Quamina en arrivant. C'est des amis. »

À ces mots, la clairière se remplit de gens qui sortirent de l'ombre et se glissèrent hors des habitations. Ils se rassemblèrent, si proches qu'il était impossible de dire combien ils étaient. Quinze ? Peut-être vingt ?

« Thomas Augustus, dit Quamina. Où qu'il est ?

— Ici. »

Une ombre sortit du groupe. Même dans le noir, même après quatre ans d'absence, Rachel le reconnut aussitôt.

Elle souffla son nom. « Thomas. » Le dernier parti, la douleur encore toute fraîche. Par deux fois seulement, elle avait laissé les Blancs la voir pleurer quand ils lui avaient pris ses enfants. Chaque fois, elle avait versé des larmes, mais par deux fois seulement elle n'avait pu les retenir avant d'être seule. La première fois, le jour où ils lui avaient pris Micah, parce qu'elle savait que ce n'était qu'un commencement, et puis la seconde, pour Thomas Augustus, parce qu'il ne lui restait plus personne à perdre. Lorsqu'il avait quitté la plantation, pour Rachel, cela avait été comme la fin, le vide ultime dans sa vie.

Mais enfin, il était là. Un nouveau commencement.

« Thomas, dit-elle de nouveau. C'est moi. » Elle ouvrit grand les bras pour l'accueillir.

Dans un sanglot de reconnaissance, il s'effondra contre elle. Elle soutint son poids tandis que leurs corps à nouveau ne faisaient plus qu'un. C'était à croire qu'il n'avait jamais quitté son sein. La foule se referma autour d'eux, et Rachel sentit les mains de la famille, des amis et des inconnus car tous partageaient leur joie d'être réunis. Le souffle de son fils lui réchauffait le cou, sa tête s'emboîtant parfaitement au creux de son épaule : c'était un moment intensément intime. Quelque chose de brisé était réparé, c'était si profond que personne ne l'avait jamais vu. Pourtant, ce n'était pas gênant qu'ils soient entourés de gens, montrant ainsi leur douleur et leur joie intérieures, leur perte et leurs retrouvailles à qui voulait les voir. Pour tous les marrons de la forêt, les familles brisées étaient une réalité aussi ordinaire que le travail dans les champs de coton et de canne à sucre, ou dans les cuisines des vastes demeures des plantations. Toutefois de temps en temps, certains fugitifs voyaient leur famille réunie. C'était rare, mais ça arrivait. Une femme sortait en boitant de sous les arbres, déclenchant un cri de reconnaissance chez son mari. Un homme revenait au village plein de cicatrices et de sang, portant sur son dos un enfant, bien grandi mais toujours sien.

Rachel n'avait pas été témoin de ces moments-là comme les autres marrons, seulement elle sentait leur familiarité dans la manière dont ils la touchaient, et elle espérait qu'en retour ils partageaient tous les souvenirs de cet enfant qu'elle avait connu jadis, et qu'elle pourrait connaître à nouveau désormais. Tremblante, elle comprit que le fil de sa vie et celui de son fils étaient enfin renoués. Leur histoire leur appartenait, il n'en existait pas d'autre semblable, ni dans le passé, ni dans l'avenir. Elle sentait également les milliers d'autres fils, le tissu collectif de toutes les vies rassemblées. La beauté du moment, c'était qu'ils n'étaient pas la première mère et le premier fils à se retrouver, ni, fallait-il espérer, les derniers.

Rachel était épuisée. Elle sentait encore chaque pas, chaque coup de rame dans son corps – mais elle savait qu'il n'était pas encore temps de se reposer. Quamina présida à la préparation d'un feu pour mieux voir les nouveaux arrivants. Lorsqu'il fut allumé, Rachel fut émue jusqu'aux larmes en découvrant chaque parcelle du visage de son fils, constatant combien le temps l'avait changé. Mary Grace, vendue quand Thomas Augustus n'était encore qu'un tout petit enfant, prit dans ses bras son frère qui était devenu un homme ; quant à lui, il put enfin mettre un visage sur cette sœur qu'il ne connaissait que de nom, présence chaleureuse dans sa plus tendre enfance. Rachel leur présenta Personne, qui s'était retourné pour essuyer ses larmes, dans l'espoir que nul ne le voie, et Thomas Augustus l'accueillit comme un vieil ami.

Rachel fit venir devant elle Nuno qui demeurait dans l'ombre, à l'écart du feu. Elle constata son hésitation, la manière dont ses yeux se posaient sur un visage, puis un autre. Elle comprit avec un pincement de culpabilité qu'elle avait trouvé ce qu'elle était venue chercher mais pas lui. Les gens du village étaient presque tous des esclaves fugitifs – ce n'était pas un sanctuaire pour les siens, ainsi qu'il l'espérait. La vie dans ce village ne remplacerait pas celle qu'il avait perdue.

Debout près de Rachel, Quamina se baissa pour être à sa hauteur. « Sois le bienvenu. »

Nuno ne dit rien et ses lèvres se serrèrent, formant une fine ligne.

Une femme sortit du groupe. Dès que Nuno la vit, la tension de son corps, prêt à fuir à tout moment, commença de diminuer. Enfin, ses membres se délièrent.

« C'est ma femme, dit Quamina. Elle s'appelle Tituba. »

Celle-ci sourit. La lumière du feu dansait dans ses cheveux noirs, tirés en une tresse épaisse qui lui tombait jusqu'à la taille. Elle s'adressa à Nuno dans la même langue que l'indigène qu'ils avaient rencontré plus bas sur la berge. En entendant sa langue maternelle dans la bouche de Tituba, la lèvre de Nuno se mit à trembler.

Tituba lui tendit les bras et lui parla de nouveau. Ses mots apaisants transcendaient le langage, ce que Rachel comprenait parfaitement. *Tu es en sécurité maintenant.* En quelques pas, Nuno fut près d'elle, il fondit en larmes et la laissa le prendre dans ses bras.

Tituba regarda Rachel au-dessus de l'enfant. « Comment il s'appelle ? murmura-t-elle en anglais.

— Nuno.

— Nuno », répéta-t-elle. Puis elle revint à sa langue indigène et tenta de le réconforter à voix basse, lissant ses cheveux emmêlés.

Quand Nuno eut versé toutes ses larmes, que Thomas Augustus, Rachel et Mary Grace se furent étreints, pris par la main, qu'ils eurent ri et pleuré autant qu'ils le désiraient, ils s'installèrent autour du feu avec les autres marrons.

« Raconte-nous ton histoire, dit Quamina. Comment vous êtes arrivés ici ? »

Rachel commença. Elle laissa tout se déverser. C'était plus facile à présent. Ça l'était chaque fois qu'elle racontait à nouveau, raccommodant ensemble toutes les parties de sa vie, d'abord pour Mama B, puis pour Mary Grace et les Armstrong, ensuite pour Personne et pour Nuno, et maintenant pour les fugitifs de la forêt. Lorsqu'elle en arriva à la partie sur Micah, Thomas Augustus lui prit le bras, le visage rongé d'angoisse.

« J'savais pas, murmura-t-il. J'étais si près de sa plantation, mais j'ai jamais su. »

Après avoir terminé son récit, Rachel se tourna vers Personne. Il reprit l'histoire là où elle l'avait laissée et revint au bateau, où ils s'étaient rencontrés. À partir de là, il leur parla de sa vie en mer, raconta certaines de ses plus grandes aventures, que Rachel connaissait mais qui ne laissaient de la ravir même au bout de la deuxième ou troisième fois. Leurs hôtes autour du feu étaient captivés, leurs yeux écarquillés reflétant les flammes tandis qu'il décrivait les tempêtes, les naufrages, les mutineries et les batailles contre les pirates. Enfin, d'une voix hésitante, il leur raconta l'histoire de la plantation. Au début, il se montra évasif, se contentant de décrire sa naissance, comment on lui avait attribué ce nom, et d'ajouter qu'il avait quitté la plantation enfant. Puis, Mary Grace posa la main sur son bras, et il revint en arrière pour détailler les choses. Les yeux mouillés de larmes, il leur dit comment sa mère avait échafaudé sa fuite.

Un long silence suivit. Aux visages des marrons, Rachel voyait qu'ils revivaient avec Personne, à l'aune de leurs propres souvenirs, ce jour où ils étaient partis, laissant derrière eux leur ancienne vie. Même si leurs vies d'esclaves leur avaient parues vides, Rachel savait qu'à chacun d'entre eux, il manquait quelqu'un : une mère, un frère, une épouse, un ami. La liberté avait un goût doux-amer.

Enfin, Rachel regarda Nuno. Assis entre elle et Tituba, à moitié allongé, jambes tendues vers le feu.

« Tu leur racontes ? » lui demanda Rachel.

Il regarda Tituba, qui sourit pour l'encourager. Quelques murmures parcoururent le cercle : « On veut entendre ton histoire, petit », « Dis-y, si t'es prêt », etc.

Nuno se pencha en avant. D'abord, il prit une grande inspiration, et raconta ce que Rachel savait déjà.

« J'vivais dans un village avec mes parents. Ma mère est morte. Mon père nous a emmenés à Georgetown, la ville de l'homme blanc, près de la mer. Et pis il est mort. Rachel m'a trouvé et elle m'a aidé. J'ai r'monté la rivière avec elle. Et main'nant, je suis là. »

Il se renfonça en arrière. Nul ne prit la parole. Nul même n'osa bouger, à part Tituba qui lui adressa un léger signe de tête. Un silence suspendu s'installa avec la bonne chaleur du feu. Ils attendaient.

Nuno regarda ses genoux maculés de boue.

« J'avais une p'tite sœur. Elle est morte aussi. Un caïman l'a prise sur la berge du fleuve quand elle était toute petite. Après, ma maman était pus pareille. La maladie l'a emportée, mais c'était déjà pus elle. Y avait quèque chose qu'était mort en elle avant. »

Il regarda Rachel. Elle lut le désespoir au fond de ses yeux. Derrière sa voix calme, son air prudent, sur ses gardes, il y avait la douleur – une douleur bien trop vaste pour son petit corps. Rachel était restée médusée en l'entendant révéler que le bébé mangé par le crocodile était sa petite sœur. Comment lui transmettre la force de ce qu'elle aurait souhaité – revenir en arrière dans le temps afin qu'il ne connaisse jamais de telles souffrances. Il soutint longuement son regard ; elle espéra qu'il comprenait ce qu'elle voulait lui dire.

Nuno continua son histoire ainsi : de longs silences ponctués par des détails de sa vie. De temps à autre, il se tournait vers Tituba et lui disait un mot dans sa langue maternelle pour qu'elle lui fournisse l'équivalent en anglais. Il évoqua longuement la mort de sa mère. La réunion des villageois survivants, et la discussion qui s'était prolongée dans la nuit : fallait-il aller au nord, vers les plantations, ou s'enfoncer dans la jungle, au sud. Le frère de son père l'avait supplié de les suivre vers le sud, mais celui-ci avait refusé, rongé par le chagrin et la peur du fleuve après ce que le caïman avait fait à sa fille. Nuno avait ensuite parlé de Georgetown, des maltraitances, des regards, de la douleur dans ses membres après une dure journée de labeur au port ou sur une plantation. De la manière dont son père avait peu à peu glissé dans la boisson, jusqu'à cette bagarre fatale dans un bar, à cause d'une pinte de blonde renversée.

Quand Nuno eut fini, pas un œil autour du feu n'était sec. Douleur, perte, déracinement, quête d'un foyer – chacun d'entre eux connaissait cela à sa manière. Ils demeurèrent assis, remplis de peine mais aussi d'émerveillement : ils avaient en effet tous réussi à s'en tirer.

Quamina se mit alors à chanter d'une voix riche et profonde, qui s'écoulait telle une mélodie hantée. Les mots avaient de douloureux accents familiers pour Rachel, même si elle ne les comprenait pas ni ne reconnaissait la chanson. C'était un souvenir plus ancien qui résidait dans son corps autant que dans son esprit, une mémoire ancestrale que la distance et le temps ne pouvaient effacer, même si tous les maîtres blancs du Nouveau Monde avaient essayé. Rachel sentait la musique vibrer dans sa gorge, les mots trébucher sur sa langue. Quamina sourit en entendant la voix de Rachel se joindre à la sienne. Bientôt, ils chantèrent tous ensemble.

Et c'est en chantant ainsi qu'elle le sentit. L'appel du sol, des racines, qui la ramenait chez elle. La clairière était un lieu anonyme – il existait des milliers de clairières semblables éparpillées à travers des milliers d'arpents de forêt. Aucune route n'y menait. Elles ne figuraient sur aucune carte. Nul n'avait tenté de les nommer à la manière des plantations, avec leurs dénominations grandiloquentes comme « Grâce de Dieu » ou « Fortitude ». Pourtant, Rachel sentait son pouvoir. Elle comprenait ce qui avait attiré là les marrons au fil des décennies. Ils s'étaient construit un foyer dans ce lieu sans nom, au milieu de nulle part. La clairière n'appartenait à personne et elle était à tous. Et à présent, elle s'offrait à Rachel. Toute personne égarée ou à la dérive pouvait y trouver un ancrage.

Rachel prit la main de Thomas Augustus. Elle posa l'autre sur la cuisse de Mary Grace. Puis elle ferma les yeux et laissa cette pensée l'envahir.

Après toutes ces années, un foyer ?

25

Le lendemain matin, Thomas emmena sa mère au fleuve. Ils suivirent un chemin si discret qu'on ne pouvait le qualifier de sentier. De jour, Rachel voyait ce qu'ils avaient raté la veille au soir : des douzaines de chemins similaires qui parcouraient la jungle tel un réseau capillaire. Les marrons n'avaient pas coupé plus qu'il ne fallait pour passer entre les arbres, et ainsi que le supposait Rachel, ils avaient pris soin d'éviter de tracer tout sentier menant directement au village, de crainte que l'homme blanc ne vienne les débusquer jusque-là.

Thomas la guidait, et Rachel s'émerveillait de sa capacité à voir un arbre aux fleurs blanches, ou une branche orientée de manière à lui indiquer la route. Il avançait avec l'aisance de l'habitude ; Rachel se rappela Mama B, dans la forêt au nord de la Barbade, il y avait une éternité, semblait-il. Thomas Augustus et les autres fugitifs vivaient vraiment selon le principe de la philosophie de Mama B : *le lien entre tout ce qui existe.*

Le Démérara surgit devant Rachel de manière inattendue. Dans sa tête, elle essayait de se représenter où ils étaient, croyant qu'elle avait une idée de la direction qu'ils avaient prise et quelle distance ils avaient parcourue quand soudain, il se trouva devant eux, beaucoup plus tôt qu'elle ne s'y attendait.

« Oh, dit-elle en songeant aux heures qu'ils avaient passées à suivre le ruisseau.

— Eh oui, dit Thomas en sortant son matériel de pêche d'un sac passé autour de sa taille. C'est plus rapide si on connaît l'chemin. »

Ils s'assirent côte à côte. Sur la berge opposée, les arbres étaient penchés, presque en prière, offrant leurs basses branches à la surface miroitante. Rachel prit une inspiration profonde, inhalant l'odeur fraîche de l'eau et la douceur des fruits tout proches. Elle regarda le courant paresseux et les libellules iridescentes qui dansaient à la surface.

Thomas lança sa ligne au milieu du courant, et ils attendirent.

« Des fois, on vient ici avec des lances pour pêcher. Mais c'est bien d'faire les choses lentement. Ça donne du temps pour penser. »

S'ensuivit une longue pause. De même qu'elle l'avait fait avec Mary Grace longtemps auparavant à Bridgetown, Rachel attendit que Thomas comble le silence. Mais de même que sa sœur avant lui, il n'en fit rien.

Finalement, Rachel prit la parole : « Hier soir, t'as entendu mon histoire. Mais moi, j'ai pas entendu la tienne.

— J'ai pas vraiment d'histoire », répondit Thomas, suivant des yeux la course d'un oiseau aux ailes vertes qui fondit vers l'eau pour s'abreuver. « Pas de grande bataille comme Micah. Pas d'aventures en mer comme ton ami Personne.

— Mais j'veux quand même l'entendre... »

Ils furent interrompus car la ligne se mit à tressauter dans la main de Thomas. D'un bond, il se redressa et la ramena vers lui, sortant de l'eau un poisson qui se débattait au bout de l'hameçon, ses écailles d'argent étincelantes dans le soleil. Thomas le déposa par terre et après lui avoir assené un coup rapide à la tête, celui-ci cessa de bouger. Un sang épais inonda ses ouïes, tachant le sol noir. Thomas lança de nouveau sa ligne.

« Bah, si tu veux savoir, de Providence, ils m'ont amené à Bridgetown. Là, un Blanc m'envoie dans une pension. Y me fait me laver et me donne des vêt'ments propres. Y me dit qu'on va monter sur un bateau, que je dois baisser la tête et fermer ma bouche. Si on m'demande, je dois dire que j'suis son esclave de maison. On arrive à Georgetown et, de là, à Felicity. J'étais pas assez costaud pour le premier atelier, donc on m'a envoyé à la sucrerie. Un jour, un homme a eu le bras écrasé par la meule. J'pensais déjà à me faire marron depuis un moment, mais c'est ça qui m'a décidé – après que j'y ai coupé le bras à la hache. »

Il se tut, comme s'il en avait fini.

« Comment que tu t'es enfui ? le relança Rachel.

— J'suis juste parti une nuit. J'ai eu de la chance, tous les Blancs dormaient, ils étaient soûls après un banquet. J'suis allé à Georgetown, j'ai pensé rester là ou m'embarquer sur un bateau, et pis j'ai décidé de r'monter le fleuve jusque dans la forêt. J'ai marché des jours sans m'arrêter. J'étais prêt à tout abandonner et à m'laisser mourir quand j'ai vu un village de l'aut' côté du Démérara. Un indigène est venu vers moi dans sa pirogue et m'a fait monter. Y m'a emmené chez lui, y m'a donné à manger, et y m'a laissé passer la nuit. Le lendemain matin, y m'a ramené jusqu'au fleuve, et y m'a dit de marcher jusqu'au ruisseau. Alors j'ai marché, et j'ai trouvé les marrons, et me v'là. »

Le silence retomba. À la manière dont Thomas lui avait raconté son histoire, on aurait dit qu'il la tenait de quelqu'un, qui la tenait de quelqu'un d'autre, et ainsi de suite, ne donnant que les grandes lignes, sans la chair ni le cœur. Sa voix était monocorde, sans les envolées et les retombées des conteurs expérimentés tel que Personne. Thomas ressemblait davantage à Nuno : les mots ne lui venaient pas facilement. Il gardait pour lui beaucoup de choses. Rachel ressentit soudain une nostalgie pour le petit garçon bavard qui posait sans cesse des questions ; il était devenu cet homme assis à ses côtés, visage impassible, gardant tout pour lui.

« Tu verras, y a deux catégories de gens, au village. Ceux qui vénèrent le passé. C'est tout ce qui leur reste. Y sont prêts à raconter et raconter encore. Y veulent transmettre, garder les choses vivantes. D'autres, c'est le contraire. Pour nous, ce qui compte, c'est maintenant. On a survécu. » Il prit la main de sa mère dans la sienne, entrecroisant ses doigts avec les siens. Dans l'autre, il tenait sa canne à pêche, dont la ligne flottait, languide, à la surface. « On est là, maintenant, et c'est tout c'qui compte. »

Sourcils froncés, mâchoire serrée, il parlait d'une manière péremptoire qui démentait son âge. Il y avait en lui une lassitude à laquelle Rachel ne s'attendait pas. Il s'était fait marron, pourtant il avait la voix sourde d'un homme qui aurait vécu quarante ans de servitude. À un moment, en gagnant sa liberté, il avait été meurtri. Il avait vieilli.

Rachel regarda leurs mains entrelacées.

« Tu pensais à nous, des fois ? À moi ? Aux autres ? Tu te d'mandais où qu'on était ?

— À toi, j'ai pensé, dit-il doucement. J'ai jamais cru que j'irais te r'trouver, mais j'pensais toujours à toi. »

Il soupira. Il n'avait pas vingt ans, mais c'était le soupir d'un vieil homme. À moins que… Rachel observa son visage. Elle avait entendu bien des anciens soupirer et grogner. Elle avait entendu les soupirs des mourants. Thomas affectait cet air d'être vieux, mais il ne l'était pas – quelque chose manquait. Non, ce n'était pas le soupir d'un vieil homme, mais plutôt ce qu'il imaginait l'être.

« Les aut', Micah, Mary Grace, et tout ça ? Moi… à la plantation, j'étais si seul. J'ai perdu espoir. Le travail et la solitude, ça m'a presque tué. Alors j'ai perdu espoir pour eux aussi. J'pensais qu'y z'étaient morts. » Il cligna plusieurs fois. Il semblait lui-même surpris. « J'ai jamais dit ça à personne avant. J'crois que j'le savais même pas, avant. Mais c'est comme ça que j'sens les choses. Qu'y sont morts – que la plantation les a écrasés, donc c'est pareil que si y z'étaient morts. »

Rachel frissonna. Elle laissa glisser la main qui tenait celle de Thomas, mais il ne sembla pas le remarquer.

« Toi, c'était différent. J'ai vu comment tu faisais pour survivre. Mais les aut'… j'vois pas comment y z'auraient pu s'en sortir. »

Rachel serra les bras autour de son torse. Les mots de Thomas pesaient sur son cœur et sa poitrine, mais il semblait égal à lui-même en contemplant la rivière. Ne ressentait-il rien ? Évoquer la mort de ses frères et sœurs ne l'émouvait-il pas ?

« Mary Grace, dit-elle.

— Quoi, Mary Grace ?

— Elle a survécu. »

Thomas fronça un peu les sourcils. « C'est vrai. » Et puis, à croire que c'était la réponse à l'énigme : « Sauf qu'elle était à Bridgetown.

— Ça rend les choses plus faciles ? »

À nouveau ils furent interrompus par la ligne tendue et Thomas sortit un autre poisson de l'eau. Il le posa sur le sol, hésita un moment, le regardant se débattre dans tous les sens. Puis, comme la première fois, il assena son poing dessus et les mouvements désordonnés cessèrent.

« C'est différent quand on quitte la Barbade. J'crois qu'au fond de nous, on a tous le souvenir de quand ils nous ont emmenés d'Afrique. Être emmené de nouveau ailleurs… c'est trop. Donc oui, Mary Grace, elle a survécu. Et moi aussi. Mais les autres ? » Il contemplait toujours le poisson mort, bouche grande ouverte, ses yeux noirs et froids brillant dans le soleil. « Chais pas. »

Rachel ne répondit pas. Elle sentait qu'il n'y avait plus rien à dire. Thomas ne se posait plus de questions ; il était devenu l'homme d'une seule réponse, et des rides prématurées s'inscrivaient sur son front.

Elle se retourna vers le fleuve. Lorsqu'elle concentrait son regard, sa vision devenait floue à la lisière, alors elle pouvait imaginer que c'était l'eau qui était immobile et elle qui dérivait lentement vers la mer.

« C'est pour ça que j'aime pas penser au passé, reprit Thomas d'un ton plus bas. Les souvenirs, ça fait mal. Tout c'que je veux, c'est vivre ma vie, parce que c'est un miracle d'êt' arrivé jusqu'ici. »

Il attendit que sa mère ajoute quelque chose. Rachel sentit revenir la fatigue profonde que le sommeil avait temporairement apaisée.

L'espoir est une chose douloureuse. Son fils avait réussi à formuler la vérité qui avait longtemps gouverné sa propre vie. Mantra qu'elle avait abandonné dès qu'elle avait fui Providence et commencé son odyssée. Elle avait si longtemps survécu en oblitérant tout espoir, pourtant, après s'être faite marronne, elle avait osé croire qu'elle pourrait retrouver ses enfants.

L'espoir ranimé l'avait poussée vers le sud, vers Mary Grace, puis il lui avait fait traverser la mer à la recherche de ses fils. L'espoir l'avait menée jusqu'à Thomas Augustus. Mais les souvenirs tristes l'emportaient sur les souvenirs heureux. Était-ce l'espoir qui avait tué Micah ? L'espoir vous poussait à former des rêves qui ne pouvaient advenir, comme d'arracher sa liberté de force aux mains de l'homme blanc, ou rassembler sa famille.

Rachel pensa à Mercy et Cherry Jane, mais l'image demeurait floue. De même qu'avec le fleuve, elle ne savait plus qui bougeait, d'elle ou de ses filles. L'espoir suffirait-il à la mener jusqu'à elles ? Ou les aurait-il déjà détruites avant qu'elle n'arrive, ainsi que Thomas l'avait prévu ?

Alors qu'elle était près de s'abîmer dans le chagrin en songeant à Micah et à ses filles perdues, les bruits de la jungle ramenèrent Rachel à la réalité. Derrière elle, dans les arbres, un oiseau se mit à chanter. C'était un gazouillis léger qui ne laissa aucune trace profonde dans le cœur de Rachel. Chaque fois qu'il s'arrêtait, elle en oubliait presque à quoi il ressemblait, jusqu'à ce qu'il reprenne. Il y avait aussi le bruit de l'eau qui soupirait sur les rives. Le bourdonnement des mouches et autres insectes volants. Des bruits doux et apaisants qui l'arrachèrent aux souvenirs et à la douleur. Elle y entendait l'écho de la supplique de Thomas : oublie le passé, vis ta vie.

Depuis qu'elle avait quitté la plantation, Rachel avait plus que jamais la sensation d'être constituée de souvenirs. C'était une richesse qu'elle avait pu échanger au fil de ses rencontres pendant tout son voyage : avec

Mama B, avec les Armstrong, avec Quamina et les autres marrons. Ses souvenirs l'avaient soutenue. Ils étaient l'essence de sa tentative pour remonter le temps, afin de retrouver ce qui avait été perdu, de reconstituer ce qui avait été brisé.

Mais parmi toutes ces ressouvenances, où était-elle, elle ?

Quelle était la vie qui l'attendait ? En quoi différait-elle de l'existence qu'elle avait laissée derrière elle ?

Son esprit ne lui fournissait aucune réponse. Il se contentait d'orienter ses oreilles vers les bruits de la forêt et ses yeux vers le courant sans cesse mouvant du fleuve.

26

JOUR APRÈS JOUR, Rachel apprit à vivre auprès des fugitifs. Ils n'étaient pas complètement coupés du monde extérieur – ils faisaient du troc avec des tribus voisines, qui elles-mêmes avaient des échanges avec d'autres tribus, qui à leur tour fréquentaient les Blancs installés aux avant-postes de la civilisation en Guyane britannique. Parfois, Rachel voyait apparaître les signes de cette porosité – tel qu'un bifteck grésillant dans une casserole –, alors elle se rappelait que même ici, on ne pouvait oublier les Blancs. Mais le soir, quand les villageois se rassemblaient autour du feu, il était facile de croire qu'il n'existait rien d'autre que les arbres au-delà de la clairière. Ce sentiment d'isolement avait fait naître une grande intimité entre les marrons, qui avaient accepté Nuno, Rachel, Mary Grace et Personne comme s'ils étaient des leurs, sans poser de questions.

Au début, les nouveaux arrivants dormirent dans une tente inutilisée, ils s'y trouvaient plutôt bien, mais Thomas Augustus leur proposa de construire une case.

Personne décida de l'aider, et ils se mirent à passer leur temps à couper du bois en silence. Parfois, Rachel les observait et elle remarquait combien ils s'entendaient pour travailler ensemble. Personne avait beau aimer raconter ses aventures en mer, il n'était pas si différent de Thomas. Il avait échappé au passé et il vivait sa vie.

Grâce à sa capacité à manier l'aiguille, Mary Grace devint en quelque sorte la couturière du village. Sa tâche principale consistait à rapiécer les vêtements usés des gens du village, mais le jour où un coupon de tissu teint en bleu arriva au milieu d'autres objets achetés à une tribu voisine, elle y découpa des bandes et proposa d'orner les pantalons et jupes en les ourlant de galons colorés. Ce soir-là, Quamina sortit de sa case un petit tambour et joua pour faire danser les autres, qui tournaient si vite qu'ils n'étaient plus que des tourbillons sombres avec un liseré bleu au niveau des chevilles.

Rachel n'avait pas de responsabilité particulière dans le village, et cela ne la gênait pas. Après la monotonie du travail des champs, de la sphère domestique, et de la taverne de Mr Beaumont, elle appréciait de pouvoir chaque jour s'atteler à une tâche différente. Parfois elle se joignait à Personne et Thomas, qui sciaient et plantaient des clous, donnant forme à la case. D'autres jours, elle allait à la pêche ou faire la cueillette, souvent avec Tituba et d'autres femmes. Elle partit même une fois avec Quamina pour une course lointaine en remontant le fleuve encore plus loin en amont afin d'échanger des bouteilles de rhum contre des haches neuves destinées à Thomas et Personne.

Nuno, lui, demeurait la plupart du temps avec Tituba ou Kamu, un autre indigène présent dans le village. Il paraissait heureux et tout le monde appréciait sa présence. Il adorait poser des questions et écouter des histoires, qu'il s'agisse de mythes évoquant des dieux et des monstres, ou du récit de la fuite d'un marron depuis sa plantation.

C'était le seul enfant du village. Il y avait pourtant des couples, et même un père avec son fils adulte, pourtant on aurait dit qu'une génération manquait à l'appel. Rachel n'avait pas voulu demander pourquoi, mais elle se posait la question. Elle se souvenait que, d'après Nuno, les lieux qui étaient encore hors de portée des Blancs ne le resteraient pas indéfiniment. Peut-être les fugitifs pensaient-ils que leur temps était compté.

Dans la tranquillité de la forêt, le village avait des airs de bout du monde. Ses habitants y étaient arrivés en boitant, en titubant, en rampant, mais une fois sur place ils avaient pu enfin respirer. Hélas, le travail qui consistait à s'abandonner pour repartir à zéro pouvait durer toute une vie. Voilà pourquoi il n'y avait pas de jeunes pousses au village. Aucun arbre n'avait été arraché pour planter quoi que ce soit – même se lancer dans la culture semblait une aventure trop audacieuse, menaçant de briser sous leurs yeux cette liberté fragile, si durement gagnée.

Un rêve récurrent : elle marchait à travers les vestiges d'une forêt incendiée, ne voyant que des souches consumées, calcinées, aux branches brûlées tendues vers le ciel.

Micah était avec elle. C'était la première fois qu'elle le voyait en rêve depuis Georgetown, et son cœur se gonfla. Mais sa joie fut de courte durée ; l'expression du visage de son fils était empreinte de tristesse en découvrant ce qui restait des arbres. Et ils marchaient. Chaque fois, au début, il était jeune, comme quand on l'avait arraché à sa mère. Mais plus ils avançaient, plus elle le voyait vieillir, dépassant même l'âge auquel il était mort, jusqu'à ce qu'il atteigne presque son âge à elle. La seule chose qui ne changeait pas, c'était son expression. Tandis qu'il regardait autour de lui en essayant de trouver une explication à ces destructions, les rides se creusaient sur son front, aux commissures de ses lèvres et de ses paupières.

Enfin, il prenait la parole.

« C'est pas ce que j'imaginais.

— De quoi tu parles ? » demandait Rachel.

Mais elle se réveillait toujours avant d'avoir eu la réponse.

Quamina dit : « J'ai remarqué comment ma chanson t'a bouleversée le premier soir. Tu appartiens au peuple akan ?

— Non, dit Rachel, j'suis née à la Barbade.

— Ta mère était akan ? Ton père ?

— J'les ai jamais connus. »

Quamina la regarda intensément. « Tu le sais peut-être pas, mais tu as la mémoire. Je le vois en toi. » Pendant un moment, son chaleureux sourire plein de sagesse s'effaça. « J'étais jeune quand j'suis arrivé ici. Mais j'ai gardé tous les souvenirs dans ma tête. Tous les soirs, avant d'dormir, je pensais à chez moi. À ma famille. Je me disais des choses en langue akan, pour rien oublier. » Son sourire revint. « J'peux t'apprendre, si tu veux ? »

Ainsi, presque chaque soir, il venait chercher Rachel et s'asseyait avec elle pour lui raconter l'histoire de son peuple et lui apprendre quelques mots de sa langue. Au début, elle se demandait si fréquenter un homme qui, contrairement à Thomas, se délectait de revisiter le passé lui donnerait un point de vue différent, faisant contrepoids à l'idée qu'il serait aussi facile de ne plus penser à Trinidad et à ses filles, vivantes ou mortes, que de s'endormir. Pourtant, plus Quamina parlait, plus Rachel constatait qu'il l'amenait à la même conclusion que Thomas. Si le village était la fin de l'histoire, un endroit où s'installer définitivement, il s'y trouvait aussi bien que les autres. La différence, c'était que, pour Quamina, la fin était dans le début, et qu'il pouvait la trouver en retraçant le temps jusqu'à ses dix premières années, avant qu'il soit dans les fers, emporté de force dans le ventre d'un navire à destination du Nouveau Monde.

En échange de ces détails sur la vie en Afrique, Rachel se mit à lui parler de Mercy et Cherry Jane. Elle n'essayait pas de décrire ce qu'elles étaient peut-être aujourd'hui, dans une autre partie des Caraïbes, mais celles qu'elles avaient été naguère. Dans l'enfance. Les deux sœurs allaient main dans la main à travers les parcelles des esclaves, à la recherche de fleurs sauvages. Quand elles en trouvaient, Mercy les tressait dans les cheveux de Cherry Jane d'une main habile et le petit visage de la fillette rayonnait de bonheur, plus heureuse que jamais sous sa couronne de pétales blancs, rouges, violets et bleus. Puis Rachel raconta à Quamina cette fameuse nuit – après que Cherry Jane eut été emmenée travailler à la grande maison – où elle s'était réveillée juste à temps pour voir Mercy sortir de la case. Elle s'était précipitée derrière elle, prête à la ramener à l'intérieur : les petites filles ne pouvaient pas se promener seules si tard à travers la plantation, c'était trop dangereux. Mais Mercy lui avait tendu un petit bouquet de fleurs.

« J'les ai ramassées aujourd'hui, avait-elle pépié. J'vais les laisser devant la porte de la grande maison pour que Cherry Jane les trouve. »

Rachel, heureuse que la nuit dissimule ses larmes, avait accompagné sa fille jusqu'à la porte de la cuisine pour les y déposer – elles n'avaient jamais su si Cherry Jane les avait trouvées.

Raconter à Quamina ces histoires calmait le cœur de Rachel qui ne connaissait pas la paix et se sentait toujours prête à repartir en quête de ses enfants. À mesure que les semaines se muaient en mois, elle commença à se demander si ces voyages du soir au pays des histoires pourraient la contenter.

Cette douleur dans sa poitrine, qui l'avait poussée à se sauver de la plantation deux ans plus tôt, ne l'avait jamais vraiment quittée. Quamina la ressentait aussi, elle le savait. Elle l'entendait dans les trémolos de sa voix lorsqu'il chantait. Mais à force de soirées passées ensemble, Rachel avait compris qu'ils pouvaient cohabiter avec cette douleur, vivre au creux de leurs vieilles blessures, compter leurs cicatrices. La peine ne disparaissait jamais, mais on pouvait faire la paix avec elle.

Un soir, elle lui demanda : « Tu penses à r'tourner là-bas, des fois ?

— J'y pense. Mais j'le ferai jamais. Non.

— Pourquoi ? »

Quamina soupira. « Parce que quand j'pense à chez moi, j'pense à un endroit qu'existe plus. À une famille qu'est sûrement morte ou partie. Mon père dit que not' terre est fertile. Elle nous a permis de vivre pendant des milliers d'années. Mais la terre peut pas t'protéger le jour où s'en viennent les chasseurs d'esclaves. »

Ils étaient assis près du feu mourant et regardaient les volutes de fumée monter des braises encore rougeoyantes.

« J'ai pas envie d'voir ça. Ce que c'est devenu là-bas. P'têt que j'suis rien qu'un lâche. Je reste assis là à raconter des histoires. J'ai peur qu'y reste rien, là-bas, c'est pour ça que j'y retournerai pas. Chez moi, c'est ici, maintenant. »

Rachel était fatiguée. Si fatiguée. Quand elle s'en allait faire la cueillette ou suivait le fleuve, elle avançait lentement. Elle sentait encore battre dans ses pieds tous les kilomètres qu'elle avait parcourus. Chaque nuit, lorsqu'elle s'allongeait pour dormir, les bruits de la forêt l'enveloppaient en lui murmurant : *Repose-toi.*

La case fut achevée. Elle n'était ni grandiose ni ornée. À l'intérieur, il y avait deux pièces, une pour Rachel, l'autre pour Mary Grace et Personne ; Nuno avait décidé de rester dans la tente.

Rachel passa la main sur le mur intérieur. Thomas et Personne n'étaient pas des menuisiers experts, mais en dehors de quelques planches inégales, l'ensemble était d'une beauté humble et fonctionnelle. Cette case n'avait pas la prétention d'être plus qu'elle n'était.

Debout dans sa pièce à elle, Rachel regarda à travers la porte Mary Grace et Personne qui installaient leurs nattes côte à côte. Personne chantonnait et Mary Grace prenait grand soin à ce que les nattes soient droites, et que la chaise en bois que Thomas leur avait offerte soit placée dans l'angle où elle se trouvait le plus à son avantage. Rachel réalisa que c'était la première fois qu'ils avaient un endroit vraiment à eux.

Cet après-midi-là, il plut, mais la case toute neuve demeura bien au sec. L'odeur du bois humide, le bruit des gouttes sur le toit, la sensation de l'air frais qui entrait par la fenêtre, toutes ces choses apaisèrent Rachel. Avec Mary Grace et Personne, elle dégusta un ragoût de poisson. Elle se sentait en sécurité.

Après avoir mangé, comme la nuit approchait, Personne brava la pluie pour aller voir comment allait

Nuno dans sa tente. Lorsqu'elles ne furent plus que toutes les deux, Rachel murmura à Mary Grace : « T'es heureuse ? »

Elle avait remarqué des changements chez sa fille. Aimée de Personne, aimée des villageois, elle s'ouvrait telle une fleur sur un arbre fruitier. Toutes ces parties d'elle-même qui s'étaient tant amenuisées se déployaient à présent tels des pétales – encore délicats, mais assez éclatants pour arracher un sourire à tous ceux qui la voyaient. Elle riait plus souvent, non pas de ce rire timide et étouffé qu'elle avait auparavant, mais d'un rire ample qui jaillissait de son ventre et qui résonnait dans la forêt. Et quand elle riait, tout le village riait avec elle.

Mais l'expression de Mary Grace ne révélait rien. Était-elle heureuse, triste, remplie de chagrin ou de joie, elle ne le montrait pas. Elle avait les yeux fixés sur le bol de bois qu'elle tenait encore entre ses mains.

Rachel se pencha vers elle.

« Tu crois qu'on peut rester ici ? »

Avant que sa fille ait eu le temps de répondre, Personne rentra, essuyant la pluie sur son front. Mary Grace le regarda, et Rachel vit un éclat dans ses yeux. L'amour. Les promesses d'une nouvelle vie.

L'espoir.

Personne caressa la nuque de Mary Grace d'un petit geste plein de tendresse. Celle-ci ferma les yeux un instant, et son visage parut serein, apaisé.

Rien ne prédestinait le village des marrons à devenir une fin en soi, pensa Rachel. Peut-être qu'avec tout ce qu'elle avait vécu, elle pouvait seulement voir les choses s'acheminer vers la fin, mais pas nécessairement. Et pas pour sa fille en tout cas. Mary Grace méritait d'espérer autre chose. Elle méritait de nouveaux départs.

Autour d'eux, les murs de la case étaient robustes. Sous leurs pieds, après avoir tant marché, le sol de la forêt était solide.

27

La saison des pluies se termina et les villageois se réjouirent car tout s'était passé sans problème. Quamina raconta à Rachel que certaines années des vents violents emportaient les cases et les tentes, ce qui les forçait à tout reconstruire. La nature possédait un pouvoir sombre et aveugle, mais cette année, ils avaient été épargnés.

Un matin, une semaine après la dernière pluie, en sortant de sa case, Rachel vit Tituba assise tout près de là, apprenant à Nuno comment tailler une flèche. Tituba l'aperçut et lui fit signe de venir.

« Je vais aller à la rivière ce matin. Tu viens avec moi ? J'y vais toujours après la dernière pluie, pour m'baigner tant que l'eau est fraîche. »

Rachel allait se laver et faire sa lessive dans le ruisseau, bien plus près du village. Mais l'idée de s'immerger dans l'eau était tentante. « D'accord, c'est une bonne idée. »

Elles prirent le raccourci jusqu'au fleuve, à travers la jungle. Rachel connaissait presque le chemin maintenant

– les arbres qui auparavant lui semblaient interchangeables lui paraissaient désormais aussi différents que des visages humains, et elle voyait à la courbure de leurs troncs ou à la mousse qui poussait sur leur pied si elle était sur le bon chemin.

En arrivant près du Démérara, Tituba détacha sa ceinture et retira la tunique simple qu'elle portait toujours. Elle entra dans l'eau jusqu'aux cuisses puis se retourna, attendant Rachel en souriant.

« L'eau est parfaite, comme toujours. »

Retirant ses propres habits, Rachel la suivit, et elle aima la sensation de légèreté qui l'enveloppa peu à peu. Elles s'enfoncèrent jusqu'à la taille et demeurèrent un moment ainsi, laissant l'eau les laver.

Tituba renversa la tête en arrière et se mit à flotter, les yeux fermés. Rachel ne put s'empêcher de comparer leurs corps, notant leurs différences et leurs ressemblances. La principale différence tenait à la couleur, l'une était d'un ton de bronze, l'autre brun foncé à la manière des grains de café ou du bois trempé par la pluie. Rachel voyait que Tituba était moins endurcie qu'elle dans la courbure de ses épaules, et ses seins qui affleuraient. Le corps de Rachel avait été aguerri par le travail dans les champs – ses muscles et ses tendons se dessinaient sous sa peau, et sa poitrine était presque plate.

En descendant, les yeux de Rachel tombèrent sur quelque chose qui la surprit. Elle distinguait la moitié inférieure du ventre de Tituba, puis ses hanches et ses jambes plongeaient dans le fleuve. Ce qui d'abord lui parut être un effet de la réverbération de la lumière à la surface ridée de l'eau étaient en fait de pâles lignes sur la peau de Tituba, descendant de son nombril vers ses cuisses. Rachel aussi avait des vergetures, souvenir effacé de l'époque où son ventre était gonflé par ses grossesses.

Pendant tous ces mois passés au village, elle n'avait pas appris grand-chose sur Tituba. Celle-ci lui avait pourtant beaucoup enseigné ; elles allaient souvent dans la jungle faire ensemble la cueillette, et Tituba lui montrait quels étaient les fruits les plus savoureux et les meilleures racines. Mais contrairement à son mari, elle ne montrait aucun désir de partager quoi que ce soit de sa vie passée. En voyant les marques sur le ventre de son amie, Rachel se sentit presque gênée, comme si le corps de Tituba lui avait révélé un secret qu'elle aurait voulu garder pour elle.

De crainte d'en découvrir d'autres, elle l'imita et s'allongea dans l'eau. Le courant était si lent qu'il suffisait de temps à autre de pousser un peu pour rester immobile. Les oreilles enfouies sous l'eau, elle n'entendait plus rien. Elle avait l'impression d'être toute petite, coupée de tout sauf d'elle-même, et en même temps infinie. Au-dessus d'elle, le ciel sans limite.

Elle sentit plutôt qu'elle n'entendit Tituba lui parler car un son distordu résonna à travers l'eau. Elle se redressa. « Pardon, t'as dit quoi ? »

Tituba était elle aussi debout. L'eau coulait de ses cheveux, sur sa poitrine, le long de ses vergetures, jusque dans le fleuve.

« J'ai dit que t'étais pas heureuse, ici. »

Rachel baissa les yeux, regardant l'eau qui se mouvait autour d'elle.

Tituba reprit : « On dirait que t'as quelque chose en tête qui te tourmente. »

Rachel réussit à regarder Tituba dans les yeux. Elle craignait qu'admettre son malaise ne soit pris pour une insulte après tout ce que les villageois avaient fait pour elle. Mais ainsi debout devant Tituba, elle se sentait plus nue que si elle avait seulement retiré ses vêtements. Elle ne pouvait lui mentir.

« Vous m'avez bien accueillie. Mais… J'peux pas rester ici. Y manque quèque chose. Je sais pas pourquoi. »

Tituba avait le regard perçant mais chaleureux et bienveillant. Ses yeux paraissaient liquides et leur flot se déversait sur Rachel, prenant la mesure de ce qu'elle était.

« Beaucoup des nôtres ont eu du mal au début. Ça prend du temps. »

Le regard de Rachel se dirigea malgré elle sur les vergetures qui se dessinaient sur les hanches de Tituba. Elle se demanda ce qui l'avait amenée, elle, au village, puis elle eut honte de s'être posé la question, comme si c'était déjà une intrusion dans la vie de cette femme.

Elles demeurèrent un moment sans rien dire, laissant l'eau caresser leur peau. De part et d'autre du fleuve, deux oiseaux bavardaient, échange bruyant qui montait et montait, de plus en plus effréné, jusqu'à ce que les deux chants n'en forment plus qu'un, d'une harmonie continue. Tituba plongea une main dans le fleuve et se mit à l'agiter doucement – pas assez pour créer une vaguelette, mais suffisamment pour qu'un petit tourbillon se forme autour de son poignet.

« Pour les anciens esclaves, c'est encore plus dur, dit-elle. Y a des choses que je peux comprendre. La perte de sa famille. La perte de son foyer. Mais la perte de la liberté, j'ai jamais connu ça. Ça laisse des traces profondes. »

Tituba regardait sa main dans l'eau. Rachel l'imita. Ce mouvement lent et délibéré, le soin qu'elle prenait à ne pas trop déranger la surface.

« J'ai vu des gens lutter pour survivre après s'êt' fait marron, continua-t-elle. Y désiraient être libres depuis si longtemps. Être libres, ça signifiait franchir les limites de la plantation. Mais après ? Ça peut êt' dur de vivre libre. » Elle leva les yeux et Rachel sentit de nouveau le choc de son regard sombre et puissant. « J'pense qu'on connaît tous ce gouffre qu'y a entre la réalité et ce qu'on s'imagine, pas vrai ?

— Oui. »

Tituba espérait-elle que Rachel lui en dise plus ? Elle n'en montra rien. Elle se rallongea dans l'eau et ses longs cheveux noirs se déployèrent autour d'elle. Puis elle ferma les yeux et se mit à fredonner les premières notes d'une chanson. Les deux oiseaux continuaient leur duo et la mélodie de Tituba se glissa au milieu. Tout en elle se mêlait si bien à la jungle – son corps dans le fleuve, son chant qui épousait celui des oiseaux. Elle paraissait en paix.

Rachel aussi flottait de nouveau, elle se sentait si légère. Le bleu uni du ciel là-haut était d'une beauté simple. Il était désert sans être vide. Les oreilles remplies d'eau, Rachel entendait battre son cœur.

Elle se demanda si Tituba avait raison. Peut-être que comme tant d'autres, elle luttait pour franchir le gouffre entre la vie libre qu'elle s'était imaginée et la réalité. La question qui la taraudait depuis le lendemain de l'émancipation refit surface :

Et maintenant ?

Elle se l'était posée, maintes et maintes fois. Avait-elle peur d'entendre la réponse ?

Et voilà. C'est rien d'autre que ça.

Mais dans la calme épaisseur des courants aquatiques, elle entendit un autre murmure. Le monde ne se limitait pas au village des marrons. Il existait d'autres manières d'être libre. Il y avait l'apprentissage – qui n'avait de liberté que le nom car c'était du travail forcé pour les maîtres blancs. Il y avait la vie en mer. Il y avait même la mort – Rachel en connaissait beaucoup qui avaient choisi cette forme de liberté.

L'eau fraîche sur sa peau la rendit lucide. Ce n'était pas l'explosion de lumière qu'elle cherchait, mais une clarté plus douce. À présent, elle savait. Sa question ne possédait pas une réponse unique. Elle en avait de nombreuses.

Une vaguelette lui apprit que Tituba s'était relevée, et Rachel fit de même. Tituba la regarda de nouveau, son visage, son corps, en quête de quelque chose. Rachel résista à l'envie de croiser les bras sur sa poitrine et elle accepta son regard franc. Elle se réjouit presque d'être ainsi vue.

Dis-moi ce que tu vois.

Montre-moi à moi-même.

« Y a combien de temps que tu sais que Micah est mort ? »

Bien sûr. C'était la question la plus évidente, la chose la plus manifeste qu'elle pouvait voir. La douleur était encore inscrite partout sur elle.

« Quatre mois. »

Tituba hocha la tête.

« Toute forme de chagrin a du pouvoir, mais le chagrin d'une mère pour son enfant est le plus puissant de tous. »

Rachel n'avait plus peur de regarder les vergetures de Tituba, fantômes de ses enfants. Celle-ci le remarqua, et quelque chose passa entre elles, sous l'eau, à travers les puits de souffrance des yeux de l'Indienne, avant que son visage ne retrouve son calme et cette expression presque régalienne. Elle ne dit rien, cela n'était pas nécessaire.

Rachel comprenait.

Cette nuit-là, elle fit le même rêve. Avec les arbres brûlés. Micah à ses côtés.

« C'est pas ce que j'imaginais, dit-il.

— De quoi tu parles ? » demanda Rachel.

Cette fois, il répondit :

« La liberté. »

Rachel regarda la forêt morte autour d'elle.

« Non. C'est pas ce que j'imaginais moi non plus. »

28

QUAND RACHEL APPRIT À MARY GRACE et Personne ce qu'elle avait décidé, la révélation qu'elle avait eue en flottant à la surface du fleuve, ils ne furent pas surpris. Ils avaient compris ce qui allait se passer, ils avaient dû sentir ce changement en Rachel, qui de son côté savait qu'ils seraient à ses côtés. Ils étaient prêts à partir.

Mais d'abord, dit Personne, il leur restait une chose à faire, une chose que lui et Mary Grace désiraient. La forêt était le bon endroit pour ça. Rachel le leur accorderait-elle ?

Le cœur de celle-ci débordait de joie ; pour une fois, plus trace en elle de douleur ni de deuil.

« Oui », répondit-elle.

Bien sûr qu'ils avaient son accord.

Le mariage eut lieu juste avant le coucher du soleil. Les arbres projetaient leurs ombres allongées à travers la clairière, telles des rayures, et à mesure que Mary

Grace avançait vers Personne, elle passait de l'ombre à la lumière, de l'ombre à la lumière.

Elle portait une robe que Rachel n'avait jamais vue, et qui était manifestement de la main de Mrs Armstrong. Mary Grace était bonne couturière, mais il était difficile de rivaliser avec la main délicate d'Elvira, dont l'art était visible dans chacun des points. La robe était bleu clair, simple, sans rubans ni dentelles. Mary Grace avait dû l'apporter avec elle depuis Bridgetown, emballée dans ses autres vêtements, elle n'y avait pas touché pendant tous ces mois passés à Georgetown et au village. Rachel imagina sa fille sortir sa robe en secret, la tenir devant elle, puis la ranger en hâte – non, pas encore. Trop belle, trop sophistiquée, trop élégante. Elle ne pouvait pas la porter, c'était encore trop tôt. Jusqu'à ce jour.

Les villageois formaient un cercle au centre de la clairière, vêtus de leurs plus beaux habits. Pour un œil peu accoutumé, il ne semblait pas y avoir beaucoup de différence avec les autres jours, mais Rachel remarqua les galons bleus qui ornaient leurs robes et leurs pantalons, que Mary Grace avait cousus pour eux, ainsi que les fleurs derrière leurs oreilles et tressées dans leurs cheveux.

Mary Grace entra dans le cercle où Personne l'attendait. Il pleurait et ses larmes coulaient jusqu'aux commissures de son sourire. Mary Grace lui prit la main. Il l'embrassa sur la tête. Tout autour d'eux, les oiseaux et les criquets chantaient leur bénédiction, quant au ciel marbré de nuages roses et orange, il faisait un décor parfait pour ce jeune couple amoureux.

Thomas Augustus dirigeait la cérémonie. Il avait entendu Rachel parler à Personne de l'église de Bridgetown, car elle se demandait si Mary Grace voudrait un mariage célébré au nom du Dieu qu'elle et les Armstrong adoraient tous les dimanches.

« Je peux m'en occuper, avait proposé Thomas. J'connais un peu la Bible. J'allais à l'église à la plantation. » Et Rachel avait réalisé avec une grande tristesse l'ampleur de ce qu'elle ignorait au sujet de son fils.

Thomas contemplait avec un sourire radieux sa sœur et l'homme qui allait devenir son mari. « Chais pas grand-chose, mais je sais que Dieu nous aime. Et on doit accueillir son amour et l'utiliser pour aimer les aut'. »

Mary Grace se serra contre Personne. Leurs corps semblaient se fondre ensemble, au point qu'il n'était plus possible de dire où commençait la peau de l'une et où finissait celle de l'autre.

Thomas reprit : « L'amour est au cœur de toute chose. Dieu nous a créés pour aimer, Il nous a envoyé Son Fils, pour qu'on apprenne à mieux s'aimer. »

Mary Grace leva les yeux vers le ciel, cherchant peut-être Dieu tout là-haut. Rachel l'imita, même si elle ne croyait pas à un dieu qui soit au-dessus de tout le reste. Elle pensait que s'il existait un dieu, ou des dieux, ils étaient partout et en toute chose sur Terre, ni bons ni mauvais, mais simplement là, reliant les choses ensemble, les vivants et les morts. Mais ce soir-là le ciel était magnifique et pendant un moment, tout le village le contempla, laissant les derniers feux du couchant les baigner de l'amour du Seigneur.

« Mary Grace, dit Thomas en les ramenant sur terre. Ma sœur. Tu aimes cet homme à côté de toi ? »

Elle hocha la tête.

« Et Personne. Toi qui es comme un frère pour moi. Tu aimes cette femme ici présente ?

— Oui, répondit-il d'une voix claire et ferme qui portait par-dessus les bruits des animaux dans le crépuscule.

— Alors vous pouvez être mari et femme avec la bénédiction de Dieu, et not' bénédiction à tous. »

Ils s'embrassèrent sous les acclamations et les rires – bref sursaut de bruit humain avant que tout le monde redevienne silencieux, laissant l'atmosphère du soir au battement des ailes des oiseaux, au bruissement des feuilles et au bourdonnement des moustiques. Quamina avait proposé de chanter à la fin de la cérémonie, mais lorsqu'il voulut s'avancer, Tituba l'arrêta.

« Laisse-moi faire. »

Sa voix était moins forte que celle de son mari, mais pas moins captivante. Sa chanson et ses paroles étaient totalement étrangères à Rachel – elles n'avaient pas la familiarité ancestrale des chants akan de Quamina –, et leur beauté résidait justement dans cette différence. Puisqu'elle n'y comprenait rien, Rachel pouvait inventer sa propre signification. Elle pouvait laisser la musique la transporter, loin des dépouilles inhumées et des souvenirs anciens. Chaque note résonnait de toutes sortes de possibles. Il n'y avait pas de chemin prédéfini. Les chansons de Quamina sonnaient à ses oreilles comme une transmission de connaissances, de sentiments de peine et de joie entre une génération et l'autre, pour garder certains souvenirs en vie. Rachel acceptait les offrandes du passé avec joie. Mais à présent, elle ressentait le frisson de cette musique qui créait une rupture, qui l'arrachait à elle-même au lieu de la conduire au plus profond de son être. Tandis que Tituba chantait, Rachel sentit le monde s'ouvrir à elle dans toutes ses merveilles. Pour la première fois depuis des mois – des années – elle eut le cœur léger.

Mary Grace et Personne dansèrent. Ils tanguaient lentement, enroulés l'une contre l'autre. Quand Tituba eut fini de chanter, Kamu, l'autre indigène présent au village, alla jusqu'à sa case chercher son tambour. Après la mélodie paisible, il se mit à jouer à un rythme endiablé et tout le village se mit à sauter, se déhancher, rire et frapper dans ses mains. C'était un langage que tous comprenaient, qui se passait de mots. Mary Grace, virevoltant dans les bras de Personne au centre du groupe, s'exprimait plus fort que tous les autres, laissant son corps dire ce que sa bouche ne pouvait. Rachel croisa son regard, et elles surent toutes les deux qu'il ne leur restait plus qu'une nuit. Une seule nuit dans ce lieu de rêve, au cœur de la forêt profonde, où les étoiles étaient plus brillantes, l'air plus doux, les arbres, les fleurs et les fruits plus vibrants que partout ailleurs sur terre.

Ce n'est pas pour toujours, disaient les hanches de Mary Grace en décrivant des cercles. *Rien ne dure toujours.* Elle leva les mains vers le ciel, glorifiant le rythme du tambour et son Dieu. Dans ce mouvement, elle disait : *Demain nous continuerons notre chemin, en avant, en avant, en avant – jusqu'à ce qu'il n'y ait plus nulle part où aller. Bien sûr que je viendrai avec toi. Comment en serait-il autrement ?*

La nuit tomba et ils continuèrent à danser dans le clair de lune. Rachel repéra Thomas au bord du cercle, dont les pieds formaient un ballet complexe sur le sol. Elle lui tapa sur l'épaule et désigna sa propre case.

« On peut parler ? Tu viens ? »

Il la suivit en s'essuyant le front. Tout son corps vibrait de la chaleur et de l'énergie des festivités du soir. Il avait l'air heureux. En paix avec lui-même.

Elle avait tant de choses à lui dire, mais elle se força à commencer par la fin.

« J'dois partir. Bientôt. Demain. »

Le sourire de Thomas s'effaça.

« Partir où ça ?

— Pour Trinidad. »

Il passa la main sur sa tête, frotta ses cheveux, perdu quelque part entre incrédulité et détresse.

« Tu peux v'nir », dit Rachel. Mais elle connaissait déjà la réponse.

« Non. C'est chez moi, ici. Ça peut êt' chez toi aussi.

— Tu sais qu'c'est pas possible, Thomas. »

C'était douloureux. Rachel était tombée d'un extrême dans l'autre – des retrouvailles faciles avec Mary Grace, suivies de l'absolue rupture avec la mort de Micah. Elle passait par toutes les couleurs de l'arc-en-ciel. Son fils était vivant et elle l'aimait. Mais elle ne pouvait rester, et il ne voulait pas partir.

« J'comprends pas. »

Rachel vit la jeunesse se peindre à nouveau sur le visage de Thomas, qui habituellement affichait bien plus que ses années. L'entêtement lui vissait la mâchoire, et il ouvrit grand les bras, cherchant autour de lui une réponse qui, Rachel avait vécu assez longtemps pour le savoir, n'existait pas.

« Je dois terminer ça, dit-elle. Dès que j'ai quitté la plantation, y avait pas moyen de faire autrement. J'dois retrouver tes sœurs. »

Blessé, Thomas explosa de colère. « Mais tu vois pas qu'y a plus d'espoir ? Tu les trouveras pas. L'homme blanc va te capturer et te forcer à travailler. Tu r'tourneras où que t'as commencé, à couper la canne jusqu'à ce que t'en crèves. Mais tu peux rester ici. Tu seras libre. »

Rachel laissa la rage de son fils s'exprimer, les larmes aux yeux. Depuis leur première conversation, en pêchant au bord du fleuve, elle avait compris qu'il s'était figé dans une posture rigide, persuadé qu'il y avait une seule manière de vivre sa vie. Il voulait qu'elle reste parce qu'il ne pouvait envisager qu'elle puisse vouloir s'en aller. L'aimer et pourtant repartir : à ses yeux les deux étaient incompatibles. Pour lui, tout ce qui appartenait à sa vie d'avant avait cessé d'exister.

« J'vois pas les choses comme ça, dit-elle doucement. La liberté, c'est aut' chose pour moi. La quête, c'est ça la liberté. »

Elle ne lut aucune approbation dans ses yeux, mais elle savait qu'elle devait encore essayer.

« Pas savoir, c'est ça qui me fait mal. C'est ça que l'esclavage m'a pris : j'savais rien. J'savais pas où mes petits étaient passés. Et si j'reste ici, j'saurai jamais. Pour moi, c'est pas ça la liberté. »

Thomas ne dit rien. Rachel voyait son entêtement et sa colère fondre peu à peu. Il lui paraissait toujours jeune, et aussi petit à présent. Indécis. Tel l'enfant qu'il était autrefois. Elle lisait des questions dans ses yeux.

« Savoir, ça peut faire mal, ajouta-t-elle. Quand j'ai su pour Micah… » Elle reprit sa respiration, recouvra ses esprits. « Mais j'suis contente de savoir quel homme est devenu Micah. J'préfère connaît' la vérité, même si ça fait mal. »

Thomas regarda ses pieds. « J'peux pas te perdre encore une fois. Toi, Mary Grace. La dernière fois, ça m'a presque tué. »

Rachel le prit dans ses bras. C'était un geste spontané, mais elle savait qu'elle avait atteint la limite de ce qu'elle pouvait dire avec des mots. Il la laissa l'étreindre, et elle sentit son cœur qui battait, son souffle irrégulier. Peu à peu, elle le sentit se décrisper.

« Je t'aime, murmura-t-elle parmi ses boucles coupées court. C'est pas que j'veux partir. C'est que j'peux pas rester. »

Thomas ne dit rien. Rachel s'écarta pour le regarder dans les yeux et reprit :

« Tu vas pas nous perdre. On s'est fait des nouveaux souvenirs, ici, bien mieux qu'à la plantation. Tu t'rappelleras comment qu'on s'est assis pour parler au bord du fleuve. Tu t'rappelleras Mary Grace le jour de son mariage. Tu t'rappelleras que t'as ri et souri. Et tu sauras qu'on est libres. »

Leur étreinte se desserra. Thomas n'avait plus l'air en colère, ni blessé, ni entêté, ni trop jeune ni trop vieux. Il avait juste l'air d'être lui-même.

« Donc, c'est pour demain ? demanda-t-il.

— Oui. »

Il acquiesça. Il semblait n'avoir plus rien à ajouter.

Ils retournèrent dehors, Rachel menant la marche, Thomas sur les talons. Dans l'atmosphère nocturne, humide, étouffante, montaient des relents de sueur. Quamina s'était mis à jouer du tambour et Kamu, Tituba et Nuno étaient tous les trois au centre. Chacun répétait des pas différents, qui se faisaient écho les uns aux autres. Rachel pensa aux pierres qui tombent dans l'eau, puis des vaguelettes s'éloignent, leurs ridules se déforment, mais elles ne perdent jamais complètement la forme originelle du plongeon qui les a créées. Le doux clair de lune sur leurs peaux luisantes et le balancement des longues tresses de Tituba formaient un spectacle si beau que Rachel s'arrêta pour mieux les regarder.

Thomas dut se pencher vers elle pour qu'elle l'entende par-dessus le bruit du tambour :

« J'suis content que tu sois venue ici.

— Moi aussi.

— J'ai jamais espéré… j'ai même jamais imaginé. Toi, ici. Ça paraît impossible. Alors… j'suis content. »

De tout ce qu'il lui avait dit depuis le moment de leurs retrouvailles, ces paroles – douces, fragmentaires, d'une voix qui se brisa à la fin – la touchèrent plus que tout. Parfois, il est impossible de percevoir une ombre avant qu'elle ne disparaisse, et Rachel comprit qu'elle avait eu peur. Peur que sa venue jusqu'ici ne fasse aucune différence. Ce monde si vert, coupé de tout, où la vie était si étrange – où les gens échouaient après s'être sauvés, et n'allaient pas plus loin, se retrouvant en quelque sorte piégés en eux-mêmes. Il fallait un courage héroïque pour atteindre ce village, Rachel le savait, et pourtant, les marrons y arrivaient diminués. Ils avaient gagné leur liberté, mais le prix était lourd à payer. L'esclavage avait rogné leur capacité à imaginer un autre avenir que celui-là – une vie dans les marges, une vie de proscrit, qui demeurait en suspens longtemps après qu'ils s'étaient installés.

Rachel avait imaginé le moment où elle annoncerait à Thomas qu'elle partait, et elle s'attendait à ce qu'il manifeste de la colère, de la douleur. Mais la crainte qui la rongeait, sans même qu'elle le sache, c'était que ces sentiments s'évanouissent en lui après son départ. Qu'elle retombe dans le néant de l'oubli – avec ce passé dont il faisait tant d'efforts pour s'affranchir.

Cette crainte n'avait plus lieu d'être. Elle s'était trompée. Elle ne disparaîtrait pas de sa mémoire. Elle l'avait lu dans ses yeux.

« J'oublierai jamais tout ça », dit-il. Il regarda les danseurs. Tituba, Kamu et Nuno apprenaient à présent leurs danses à Mary Grace et Personne, mêlant les pas de chacune de leur tribu en une seule expression qui voulait tout dire. Bonheur, tristesse, histoire, espoir : tout cela se trouvait dans la danse qui se déployait au milieu de ce village métis d'âmes perdues qui s'étaient trouvées les unes les autres.

« Oui, dit Rachel. Moi non plus, j'oublierai jamais tout ça. »

Mary Grace les vit, et elle vint vers eux. Elle s'arrêta pour observer leurs visages. Quand elle comprit tout ce qu'ils avaient échangé, elle les prit par la main et les attira au milieu des villageois. Le tambour battait en Rachel tel un cœur, et les autres se pressaient contre elle – Mary Grace, Thomas, Tituba, Personne. Elle ne connaissait pas les pas, mais ça n'avait pas d'importance – personne ne les connaissait. En combinant leurs danses, ils avaient créé quelque chose de nouveau, qu'on ne reverrait plus jamais. Certains muscles que Rachel n'avait pas utilisés depuis des années – à l'intérieur de ses cuisses, le long de sa cage thoracique, entre ses omoplates – se libérèrent de leur carcan et elle se mit à danser comme jamais elle n'avait dansé auparavant.

Demain, elle serait partie. Elle allait quitter la jungle pour retourner dans un monde de routes poussiéreuses, de plantations, de villes où des cases en ruine se pressaient dans l'ombre de grandes demeures et de clochers austères. Mais jamais elle n'oublierait ce village où elle avait ri, pleuré, porté le deuil, aimé, et vu son fils et sa fille grandir. Pas avec la rapidité des petits enfants, qui paraissent plus grands chaque jour et dont la vie est ponctuée de « premières fois » – premiers pas, premiers mots, premier jour de travail dans les champs de canne à sucre. Thomas Augustus et Mary Grace n'avaient guère changé. Quand le ruisseau de l'enfance s'élargit pour devenir fleuve, son cours ne se modifie pas facilement, toutefois le plus petit événement peut avoir des conséquences surprenantes.

Lire en Thomas cette lueur de compréhension – qu'il envisage des manières de voir le monde autres que les siennes – rendait son départ plus difficile. S'il avait refusé de l'entendre expliquer pourquoi elle agissait ainsi, elle aurait pu l'imaginer dix, vingt, quarante ans plus tard. Vivant toujours sa vie au jour le jour, se souciant peu de ce qu'il y avait eu avant, ou de ce qu'il y aurait après.

Perdre cette certitude était douloureux. Mais cette nuit-là, elle l'avait vue : la possibilité d'un changement. Que ferait-il de sa vie à présent ? Le fleuve de son destin changerait-il son cours ?

Dans les années futures, lorsqu'elle songerait à lui, elle n'éprouverait plus le réconfort de savoir exactement où il était et comment il vivait. Car rien n'était jamais définitif. Elle le savait, et lui aussi à présent. Alors que leurs routes prenaient des trajectoires divergentes, elle ne pouvait dire où ils iraient, l'une et l'autre. Elle était seulement heureuse du temps qu'ils avaient passé à cheminer côte à côte. D'une certaine manière, ils seraient toujours ensemble.

29

Le voyage de retour vers Georgetown fut rapide. Le courant du Démérara emportait la pirogue, n'exigeant de ses occupants que de pagayer légèrement, et ce qui avait pris cinq jours à l'aller pour remonter vers la forêt ne dura que deux jours dans l'autre sens.

L'embarcation était en outre plus légère, ce qui leur fit gagner en vitesse. Ils avaient laissé Nuno au village, car il ne voulait pas retourner en aval du fleuve, en ces lieux où il avait souffert. Le matin de leur départ, les villageois se rassemblèrent pour leur faire leurs adieux mais, en dehors de Thomas Augustus qu'elle prit le dernier dans ses bras, ce fut l'enfant que Rachel garda pour la fin. Les mains posées sur ses épaules, elle prit un moment pour mesurer combien ces quelques mois au village l'avaient transformé. Ses bras étaient toujours minces, mais plus squelettiques : grâce à une nourriture saine et de longues heures passées à transporter des paniers de fruits qu'il était allé cueillir ou à tailler des branches pour en faire un manche de hache ou des flèches, il s'était refait une santé.

Il soutint son regard et la laissa le toucher sans se raidir ni s'écarter, ce qui constituait là le plus grand de tous les changements. Il était devenu lui-même, et n'était plus cet enfant sauvage et perdu, prêt à se battre ou à fuir à tout instant, même si on lisait encore dans ses yeux un peu de cette lassitude d'autrefois. La jungle n'avait pas poli toutes ses aspérités – elle ne le pourrait pas, pensa Rachel. Il avait vécu trop jeune de terribles pertes, et certaines plaies ne guériraient jamais. Mais être aimé et accepté par Tituba, Kamu et le reste des habitants lui avait été très profitable.

« Fais bien attention à toi », lui dit Rachel. Même au bout de ces longs mois, elle ne savait jamais vraiment quoi lui dire. Leurs conversations étaient toujours empreintes d'une prudence souterraine – pas aussi vive que lors de leur première rencontre, mais suffisamment pour qu'elle se demande s'il avait vraiment compris tout ce qu'elle voulait lui dire. Ils se regardaient tels des animaux blessés appartenant à des espèces différentes, reconnaissant tout ce qu'ils avaient en commun – la quête d'un foyer après que leur famille eut été dispersée –, mais ils ne parvenaient pas à se comprendre pleinement à cause de tout ce qui les séparait.

« Bonne chance », lui dit Nuno avec un petit signe de tête.

Rien de plus. Rachel sentit son cœur se serrer, mais très vite elle fut tout entière absorbée par la nécessité de dire au revoir à son fils pour la dernière fois. Lorsqu'elle fut partie, en repensant à Nuno, elle comprit combien lui manqueraient ses yeux vifs et sa détermination tranquille à survivre. Presque autant que pour son fils, elle souhaitait le meilleur pour lui.

Après des mois passés dans la jungle, revenir à Georgetown fut un véritable calvaire sensoriel. Rachel avait oublié combien la ville était bruyante : charrette cliquetant sur les pavés, gens qui se penchaient à la fenêtre pour discuter avec quelqu'un dans la rue, et les beuglements des ivrognes, les querelles, les cris retentissants : « Au voleur ! » Terminé les arômes subtils de la terre, des fruits sauvages et de l'eau fraîche. Ses narines se remplirent de la puanteur de centaines de corps crasseux vivant dans une proximité forcée.

Malgré le bruit et les odeurs, Rachel était contente d'être de retour. Pas à Georgetown spécifiquement – elle n'éprouvait aucun attachement particulier pour cette ville et elle ne lui manquerait pas – mais de se retrouver de nouveau au milieu des gens, et de toutes les imperfections de la société humaine. Cela lui redonna de l'énergie, et son objectif n'en fut que plus clair et net. Le temps passé dans la forêt avait été une sorte de flottement, un entre-deux plutôt qu'un moment expérimenté dans toute sa richesse. Le village des marrons vivait en vase clos, et beaucoup des habitants étaient tournés vers eux-mêmes, ne voyant que leurs propres passés et avenirs. La vie désordonnée, rude et puante de Georgetown arracha Rachel à elle-même et la remit dans le tumulte du monde.

Dès leur arrivée, Personne prit le chemin du port et réussit à trouver du travail sur le premier bateau en partance pour Trinidad. En guise de cadeau d'adieu, Quamina leur avait donné des vêtements fabriqués par les Indiens, et leur vente, plus celle de la pirogue, leur rapporta assez d'argent pour payer le voyage de Mary Grace. Rachel, comme Personne, devait travailler à bord.

Le navire en question transportait du bétail à destination de Trinidad. Chèvres, cochons, poules et vaches s'entassaient dans la cale où, avant même le départ, leurs excréments empuantissaient déjà l'atmosphère. Rachel fut chargée de veiller sur les animaux. Le capitaine, dont la peau avait acquis la couleur et la consistance du cuir après des années de soleil et de sel, la jaugea d'un œil critique. La traversée durait deux jours, et il l'autorisait seulement à faire deux pauses de quelques heures. Le reste du temps, elle devrait rester en permanence auprès des bêtes et bien les surveiller.

« Et ne pense même pas à faire la sieste. La dernière fois, le gars s'est endormi, et une des vaches s'est détachée. Elle a écrasé presque tous les poulets. »

Quand Rachel descendit dans les entrailles du bateau, la simple idée d'être réveillée par les cris des animaux à l'agonie et l'odeur du sang, empuantissant encore davantage l'air déjà nauséabond, suffit à la maintenir aux aguets.

Malgré le gingembre qu'elle prenait à intervalles réguliers, la nausée qui nouait ses entrailles ne diminuait pas. Les bêtes n'aidaient pas – ce n'était pas seulement leur odeur, mais aussi leur peur. Elles grognaient et s'agitaient, et dans l'obscurité Rachel voyait le blanc de leurs yeux qui roulaient de terreur. Leur détresse était contagieuse ; chaque fois que le navire gîtait en grinçant, elle avait le cœur au bord des lèvres. Le capitaine lui avait demandé de faire un tour de temps à autre pour aller voir dans les recoins de la cale, mais bientôt, elle ne put se résoudre à s'éloigner de plus de quelques pas de la sortie et de la faible brise marine qui descendait jusque-là. Si elle s'aventurait trop loin à l'intérieur, l'idée d'être submergée, engloutie par la chaleur des corps apeurés, lui était insupportable.

En l'absence de lumière, il n'y avait aucun moyen de mesurer le temps qui passait, et elle essayait en vain de trouver d'autres indicateurs, comptant les souffles laborieux de la vache la plus proche ou le nombre de fois où le bateau tanguait dans les vagues. Elle ne pouvait se fier à ces rythmes : l'heure à laquelle elle espérait être relevée passa deux fois avant qu'elle entende enfin un bruit de pas descendant du pont. Un jeune garçon anguleux et émacié, à peine plus âgé que Nuno, prit sa place, et elle se sauva vers l'air frais.

C'était une nuit sans lune et, à l'exception des étoiles, petits points au firmament, il n'y avait pas plus de lumière sur le pont que dans la cale. Quelques membres de l'équipage étaient encore visibles, ombres à la poupe ou autour du mât. On ne voyait pas la mer, mais on l'entendait lécher les flancs du navire. Rachel éprouva la sensation d'une immensité déserte et aussitôt disparut l'impression de claustrophobie qu'elle avait partagée avec les animaux.

Elle se sentait à la fois fatiguée et agitée. Ces heures à guetter tout mouvement anormal l'avaient épuisée, mais son esprit, soudain libéré de la constante nécessité de ne pas céder à la panique, étaient rempli de pensées qui défilaient à une vitesse vertigineuse.

Elle décida de ne pas prendre de repos – elle ne pouvait supporter l'idée de redescendre pour se retrouver dans un hamac. Alors elle s'appuya au bastingage et regarda dans la direction où elle pouvait le mieux entendre, sentir, éprouver la présence de la mer.

Elle comprenait pourquoi Personne avait aimé cette vie. Il y avait là un certain anonymat ; chaque voyage était telle une renaissance. L'eau sur laquelle on naviguait n'était jamais la même, pourtant son doux bercement de métronome pouvait presque vous persuader du contraire. Sensation vertigineuse de familier et d'inconnu mêlés.

Rachel regarda ses mains et s'aperçut qu'elles représentaient la même chose : mélange de permanence et d'impermanence. Ces mains s'étaient agrippées au bastingage d'un bateau au départ de Bridgetown. Elles avaient essuyé des larmes de chagrin pour un fils, puis des pleurs de joie pour un autre. Dans les forêts de Guyane britannique, elles avaient creusé la terre pour en extraire des racines de manioc et avaient cueilli des baies sauvages. Elles avaient applaudi la célébration des noces de sa fille et étreint Thomas Augustus avant leur séparation. Elles étaient là, ses mains, aux dix doigts toujours intacts, avec une cicatrice reliant la base de son pouce à l'extrémité de sa paume. Et pourtant, elles avaient tant fait, tant porté, tant saisi. Sa vie à Providence, figée dans le crépuscule éternel du deuil, lui paraissait plus éloignée que jamais. Rachel grandissait à nouveau – et il restait encore beaucoup de choses à venir.

Un soleil faiblard commença à apparaître à l'horizon et elle redescendit dans la cale avec les animaux. Elle s'aperçut que les nausées l'assaillaient parce qu'elle était trop tendue. En s'abandonnant un peu, en laissant son corps suivre les mouvements du bateau, elle était davantage en harmonie. Cela ne rendait pas la tâche plus agréable, mais c'était plus facile à supporter. Elle cessa de compter les heures à venir avant la prochaine pause et se concentra sur la sensation de fluidité des vagues qui déterminaient le mouvement. Il y aurait bien assez de temps à Trinidad pour réfléchir aux choix difficiles de savoir où aller, puis les longues marches épuisantes à travers l'île. Elle appréciait de ne plus devoir se forcer à agir, répit temporaire tandis qu'elle laissait la mer prendre le contrôle.

TRINIDAD
AOÛT 1835

30

Port-d'Espagne était coincé entre les marécages, dans l'ombre des montagnes du Nord. La ville déplut tout de suite à Rachel. Elle était habituée à la chaleur torride et humide des Caraïbes, mais Port-d'Espagne était pire que tout ce qu'elle avait connu. Il y régnait une atmosphère fiévreuse, étouffante. Dans les rues, les gens luisaient, la peau constamment couverte de sueur.

Un alignement de canons sur le quai fixait la mer sans ciller – protégeant la ville de quoi, Rachel n'aurait su le dire. Elle allait apprendre, dans les différentes langues qu'elle entendait parler autour d'elle, que des vagues successives d'hommes blancs s'étaient approprié Trinidad, mais cette explication ne la satisfaisait pas. Cela posait une question plus profonde : qu'étaient-ils donc tous venus faire là ? Que voyaient-ils dans ces lieux marécageux qui les rendaient si prompts à s'entretuer pour en revendiquer la propriété ? Rachel n'avait jamais compris ce qui poussait les hommes blancs à s'aventurer si loin dans le simple but de posséder plus. Peut-être que leur cupidité ne connaissait pas de bornes – car même en plissant les yeux, Rachel ne discernait aucun quartier de Port-d'Espagne qui aurait pu la pousser à vouloir conquérir cet endroit, sans parler d'installer des canons pour le défendre.

Grâce à l'argent que Personne avait touché en travaillant sur le bateau, ils purent prendre une chambre dans une auberge. Ils choisirent la plus miteuse pour pouvoir y demeurer plus longtemps, mais Rachel savait bien qu'ils ne pourraient pas rester plus d'une semaine ou deux sans devoir à nouveau travailler – idée qui l'oppressait presque autant que la chaleur. Rachel ne voulait pas retomber dans ses anciennes habitudes. À Bridgetown puis Georgetown, son pragmatisme l'avait poussée à s'installer sur place. À présent, elle n'avait plus peur de mener la vie de nomade hasardeuse que tôt ou tard elle devrait reprendre pour tenter de retrouver ses filles. Mieux valait rester libre de toute attache, décida-t-elle. Ils chercheraient autant qu'ils pourraient, puis, quand ils n'auraient plus d'argent, ils partiraient tenter leur chance ailleurs.

Ils étaient arrivés un vendredi et Rachel attendait impatiemment que le long samedi humide laisse la place au dimanche, jour de marché. Très tôt le matin, elle sortit dans les rues. À peine l'aurore, et elle était déjà en sueur. Tout se ressemblait de manière irritante, et elle avançait sans vraiment savoir dans quelle partie de la ville elle se trouvait ni dans quelle direction elle devait tourner car tout lui paraissait identique. Les bâtiments – la plupart en bois, certains en pierre, tous en mauvais état – étaient très laids. Elle pressa le pas ; plus tôt elle quitterait cette ville, mieux ce serait.

Enfin elle arriva sur une place où le marché commençait à prendre forme. Quelques paysans intrépides de l'intérieur des terres étaient arrivés de bon matin, la plante de leurs pieds noircie par le trajet, pour être sûrs de donner à leurs fruits et légumes le meilleur emplacement possible – il y avait même un homme qui n'avait en tout et pour tout à vendre qu'une chèvre qu'il tenait au bout d'une courte corde.

Rachel ne perdit pas de temps. Elle passa méthodiquement la place au peigne fin en demandant si quelqu'un avait vu Mercy. Parfois on ne lui renvoyait qu'un regard désobligeant, ou un murmure dans une langue qu'elle ne comprenait pas. Certaines personnes se montraient plus polies en répondant qu'elles ne connaissaient personne de ce nom. Un homme qui louchait lui dit qu'il avait rencontré une Mercy quelque part, puis, au bout d'un long silence, il éclata de rire et dit qu'en fait elle s'appelait Martha. Rachel desserra les poings et continua plus loin.

En entendant que Rachel venait de la Barbade, une femme qui vendait une maigre récolte de mangues trop mûres et meurtries lui prit la main et commença à égrener avec une pointe de désespoir dans la voix la liste de tous les membres de la famille qu'elle avait laissés là-bas derrière elle, bien des années plus tôt. Cette inversion des rôles inspira à Rachel un sentiment de pitié insupportable. Elle repoussa doucement la main de la marchande et secoua la tête. Non, elle ne connaissait aucune de ces personnes. Mais oui, si jamais elle retournait à la Barbade et qu'elle les croise, elle leur dirait qu'elle l'avait vue. Elle leur transmettrait le message : que cette femme les aimait terriblement fort et qu'elles lui manquaient tous les jours.

Au fil de la matinée, le marché se déploya. Vendeurs et acheteurs gagnèrent les rues avoisinantes. Dans la foule de plus en plus dense, Rachel ralentit jusqu'à ce qu'elle puisse à peine avancer, s'adressant à toutes les personnes qui passaient à sa portée. La fatigue devait se ressentir dans sa voix car elle se fit moins éconduire et les gens se montrèrent plus aimables. Une vieille femme, courbée en deux sous le poids du panier qu'elle portait sur la tête, insista pour qu'elle lui fasse la description de Mercy et promit d'ouvrir l'œil. Elle suggéra à Rachel de se rendre au marché au poisson sur les quais – peut-être que là-bas quelqu'un connaissait sa fille.

La résignation menaçait de s'installer en son cœur, et Rachel lutta en se dirigeant vers la mer. Le soleil était presque au zénith, mais il restait encore de nombreuses heures de jour. Elle ne pouvait envisager la défaite – pas encore.

La chaleur montait de la terre en une buée qui distendait l'air. Malgré le tumulte du marché, la rue était vide. Là, les maisons étaient plus imposantes – deux étages, en pierre, avec des vitres qui réfléchissaient la lumière. À l'intérieur, Rachel eut un aperçu de la haute société de Port-d'Espagne, qui se divertissait en prenant le thé et en dégustant de somptueux plateaux de nourriture. Ces gens ressemblaient à des tableaux, figés derrière les fenêtres, bougeant à peine, à part pour prendre une petite bouchée de pâtisserie ou boire une gorgée dans une tasse, tandis que des bonnes à la peau sombre attendaient à la porte qu'on ait besoin d'elles.

Rachel avait franchi la moitié de la rue quand le mouvement derrière une fenêtre attira son attention. Des invités se préparaient à partir, les femmes lissant leurs jupes, les hommes échangeant de vigoureuses poignées de main. Son regard fut aimanté vers le centre de la pièce où une femme en rose riait, la tête renversée en arrière.

Celle-ci se retourna. Leurs regards se croisèrent à travers la vitre et la chaleur frémissante du dehors, et Rachel sut. C'était parfaitement impossible, pourtant la certitude l'arrêta net et elle manqua trébucher.

« Cherry Jane. » À peine un murmure. Puis, plus fort : « Cherry Jane ! »

On dut l'entendre à l'intérieur. Quelques personnes la regardèrent. Rachel s'approcha de la fenêtre au ralenti, ses membres lourds, comme si elle avançait sous l'eau.

Un homme se tenait près de la femme qui, Rachel en était certaine, était sa fille. Il avait la peau si claire qu'il avait l'air d'être blanc. Il fronça les sourcils et posa la main sur le bras de Cherry Jane, lui disant quelque chose que Rachel ne put entendre.

« Cherry Jane ! »

Rachel était à présent tout contre la vitre et elle vit sa fille se tourner vers l'homme à ses côtés, secouer la tête et s'éloigner. D'autres personnes dans la pièce faisaient des gestes à l'adresse de Rachel : leur message était clair. Une des domestiques s'avança pour lui faire les gros yeux.

« Va-t'en sinon j'appelle les gendarmes ! » dit-elle d'une voix assourdie par la vitre.

Cherry Jane, tournant toujours le dos à sa mère, disparut.

Rachel s'écarta de la fenêtre complètement sonnée. La rumeur polyglotte du marché montait par-dessus les toits environnants. Tout paraissait irréel. Elle frotta ses mains sur ses cuisses, essayant de recouvrer ses esprits en s'appuyant sur sa propre solidité.

Avait-elle tout imaginé ?

Elle douta d'elle-même. Comment diable Cherry Jane aurait-elle pu se trouver précisément là ? Entre tous les bâtiments de toutes les îles des Caraïbes ? Ici ? Et dans cette belle demeure, parmi tous ces gens élégants ? Rachel était en passe de devenir experte dans les voies impossibles que la vie pouvait emprunter – loin des plantations, par mers et par forêts. Mais cette vision de sa fille dans cette robe rose, c'en était trop. Cherry Jane ne pouvait se trouver là, à prendre le thé dans une salle de réception avec un homme presque blanc alors qu'à la Barbade elle était à peine esclave de maison.

Mais ces yeux. Rachel y avait plongé les siens lorsqu'ils s'étaient ouverts, presque vingt-deux ans plus tôt. Elle eût reconnu les yeux de sa fille entre mille.

Un léger courant d'air dans la touffeur retroussa l'ourlet de sa robe – taillée dans une étoffe laide et grossière, à mille lieues des jupons de la femme qu'elle avait vue par la fenêtre – et la porta jusqu'aux quais. Elle demanda et demanda aux gens s'ils connaissaient Mercy. De temps à autre, elle croyait voir l'éclat d'une robe rose, et elle se retournait d'un seul coup, scrutant la foule, perdant l'esprit. Mais la jeune femme et son compagnon au teint pâle n'étaient nulle part.

À la tombée de la nuit, seule la vivacité de ce souvenir l'empêchait de croire que cette femme n'était qu'un rêve. Chaque fois qu'elle fermait les yeux, elle voyait sa fille. Au lieu que son image se brouille, s'évanouisse, elle devenait de plus en plus nette, jusqu'à ce qu'en rentrant à l'auberge, dans les ombres allongées du crépuscule, elle fut aussi sûre d'elle que du battement de son propre cœur. C'était bien Cherry Jane. Elle était ici.

Le lendemain, dès qu'il y eut assez de lumière pour y voir, Rachel repartit. Elle n'avait rien dit de sa découverte, ni à Mary Grace ni à Personne : en parler aurait remis en cause cette vérité fragile et improbable. Elle garda son secret, se détournant pour échapper au regard interrogateur de Mary Grace afin de ne rien lui révéler.

Elle avançait lentement, guidée par la vue plus que par tout autre sens à travers la géographie de Port-d'Espagne. Grâce à des indices qu'elle reconnaissait – un bâtiment à la porte d'entrée pourrie, une enclume rouillée devant l'atelier d'un forgeron –, elle réussit à rejoindre la place du marché, à présent déserte à l'exception d'un homme recroquevillé dans un coin, qui dormait dans un sac. De là, elle prit la direction des quais.

Cherry Jane l'attendait, debout au loin, là où la rue débouchait sur les quais pavés. La brise matinale soulevait ses cheveux découverts et faisait froufrouter ses jupes – elle portait ce jour-là une robe jaune qui, sur sa peau, paraissait d'or pur. Derrière elle, la mer scintillait dans la lumière du soleil levant, offrant un cadre éclatant à sa beauté. Elle était si immobile qu'on aurait dit une statue, et à la manière dont elle gardait la tête inclinée et tenait ses mains serrées devant elle, on voyait bien qu'elle avait l'habitude d'être regardée.

Elle ne bougea pas à l'approche de Rachel. Seule une très légère moue trahit son émotion – douleur ou désagrément. Ses yeux, deux parfaites prunelles marron clair, laissaient croire à la présence de sentiments, mais c'était une illusion : ils ne trahissaient rien.

Rachel s'arrêta à environ un mètre de sa fille, comme s'il s'agissait là d'une frontière qu'elle ne pouvait franchir. Elle craignait qu'au moindre souffle celle-ci ne s'évanouisse telle une vision, et qu'alors il ne lui reste rien.

« Ainsi c'est vraiment toi. » Cherry Jane parla la première.

Chaque mot était d'une richesse et d'une précision qui allaient parfaitement avec sa posture et sa robe coûteuse. Mais il demeurait dans ces paroles suffisamment de l'enfant que Rachel avait connue pour qu'elle ne puisse se retenir. Oubliant la peur que sa fille ne disparaisse, elle se précipita pour la prendre dans ses bras.

Cherry Jane sentait le propre et le frais – la seule référence qui vint à l'esprit de Rachel, c'était le souvenir de l'odeur des draps de la grande demeure à Providence, quand on venait de les laver et que le vent emportait leur parfum jusqu'au village des esclaves. En étreignant sa fille, Rachel éprouva la dureté de son propre corps et elle se rendit compte combien leurs peaux étaient devenues étrangères.

Elles s'écartèrent. À côté d'elles, une porte s'ouvrit et Cherry Jane sursauta. Un Noir sortit en hâte, se rendant manifestement au travail, mais son regard s'attarda sur les deux femmes. Rachel songea qu'elles devaient en effet offrir un singulier tableau, et elle se demanda s'il avait pu deviner quelles relations elles entretenaient. Maîtresse et servante peut-être ? Ce qui n'aurait pas expliqué leurs postures rigides, ainsi face à face, tels des soldats négociant une trêve au nom de leurs peuples.

« Je ne peux pas rester, dit Cherry Jane dès que l'homme se fut éloigné. C'est trop risqué qu'on me voie ici.

— Pourquoi ? »

Les mains de Cherry Jane se détachèrent l'une de l'autre, puis se joignirent de nouveau. À travers ces petits gestes, Rachel mesura le malaise grandissant de sa fille, dont le visage était toujours aussi beau et impénétrable.

« Les gens d'ici croient certaines choses à propos de moi. D'où je viens. Qui je suis. »

Rachel pensa à l'homme élégant qu'elle avait aperçu par la fenêtre.

« Qu'est-ce tu leur as dit ? demanda-t-elle d'une voix où pointait la froideur.

— Que je suis la fille d'un éminent couple de Mulâtres libres de Bridgetown. »

Rachel dut dissimuler combien cela la blessait ; Cherry Jane était une jeune femme d'un tel raffinement qu'il était difficile de ne pas vouloir paraître à son tour digne et sans passion. Toute autre attitude aurait paru trop brutale et vulgaire. Mais une douleur aiguë étreignait Rachel. Sa vie était irrévocablement marquée par l'acharnement des Blancs à lui dénier toute ascendance et descendance. En quittant la plantation, en partant à la recherche de ses enfants, elle les avait défiés. Elle avait osé tenter de faire repousser les branches si fragiles de son arbre généalogique. À présent, Cherry Jane se tenait là devant elle, une allumette à la main, prête à incendier tout ce qui les unissait encore.

La jeune femme lissa les plis de sa robe. « Il me faut partir.

— Cherry Jane. »

Celle-ci fit la grimace. « S'il te plaît, n'emploie plus ce nom. Cherry Jane n'existe plus. » Elle se retourna.

Rachel se précipita en avant et lui attrapa le bras. « Attends. »

Elle s'attendait à ce que sa fille se débatte, mais elle ne bougea pas. Son regard solennel se posa sur la main de sa mère, là où ses doigts sombres et calleux rencontraient la peau de miel si douce.

Rachel choisit avec soin ses mots. Elle se refusait à la supplier. D'une certaine manière, sa fille avait blessé son orgueil en ne voulant pas être vue avec elle.

« J'ai fait un long voyage pour te r'trouver. »

Les lèvres de la jeune femme s'entrouvrirent. Minuscule mouvement, si imperceptible que Rachel faillit le rater. Un éclair de surprise, puis plus rien.

« C'est donc pour ça que tu es là ? À Port-d'Espagne ? Tu es venue pour moi ?

— Oui. » L'expression de Cherry Jane se durcit encore, et Rachel ajouta : « J'te veux aucun mal. Si t'as une nouvelle vie ici, c'est très bien. J'vais pas t'embêter. »

Cherry Jane ouvrit la bouche, mais se reprit. Rachel poursuivit, pour combler le silence.

« Mary Grace aussi est là. Elle va vouloir te voir. On est descendues dans une auberge, près d'la prison. Tu peux v'nir là-bas ? »

La jeune femme ferma un instant les yeux et soupira.

« Je viendrai. Demain. Avant l'aube. »

Rachel lâcha sa fille. Cherry Jane contemplait toujours son bras, là où la main de sa mère s'était posée.

« Tu sais que cela ne pourra se produire qu'une seule fois ? » reprit-elle. Une minuscule trace d'émotion traversa son visage – elle paraissait incertaine. « Je ne peux pas… c'est trop risqué…

— Je sais. On va bientôt quitter Port-d'Espagne. On t'laissera tranquille. »

Elles n'avaient plus rien à se dire.

En rentrant à l'auberge, Rachel commença à avoir mal dans la poitrine, comme cela lui était si souvent arrivé à cause de ses enfants. Cette fois, la douleur était tel un acide qui lui rongeait le cœur. Elle reprit quelques inspirations profondes et réussit à le chasser. Elle était allée trop loin et avait vécu trop de choses pour céder à pareille amertume.

Elle verrait Cherry Jane une fois encore – cette fille qui préférait s'inventer une nouvelle mère plutôt que d'être vue dans la rue avec la sienne –, ensuite elle partirait. Elle gravirait chaque montagne, franchirait chaque marécage de Trinidad s'il le fallait pour retrouver sa dernière fille.

Elle n'en avait pas encore fini.

31

Rachel attendait Cherry Jane dehors. Le soleil n'était pas encore levé mais à l'horizon poignaient les premières lueurs de l'aube. En face de l'auberge, la prison formait une masse maussade dans la pénombre – parfois, la nuit, Rachel était réveillée par de vagues grognements qui, elle en était sûre, étaient les derniers souffles des mourants à l'intérieur de leurs cellules. Elle avait rencontré un homme dans la rue quelques jours plus tôt qui lui avait dit qu'il y avait bien plus de gens à entrer dans la prison qu'à en sortir. Le voisin de cellule le plus commun était un défunt. Les geôliers attendaient que la chair se détache des os afin de s'en servir pour matraquer les prisonniers.

Cherry Jane apparut, vêtue d'une robe d'un bleu si foncé qu'elle se fondait dans l'ombre, la tête enveloppée dans un châle. Rachel la reconnut seulement à sa démarche, toujours lisse et fluide, pareille au mouvement de l'eau. Elle s'était toujours déplacée ainsi, même enfant. Rachel disait aux autres femmes de la plantation que sa fille ne marchait pas : elle voguait.

Elles s'étreignirent. Ce n'était plus tout à fait aussi raide que la veille, comme si chacune tentait de s'adapter au corps de l'autre. Rachel se souvenait dans sa chair de ce que cela avait été de porter Cherry Jane dans son ventre. Le souvenir était si puissant que sa fille devait le ressentir – et comprendre qu'il était impossible d'effacer cette empreinte corporelle. Il n'était pas de mensonge assez puissant qui pût détruire l'écho de l'époque où elles ne formaient qu'un seul corps, partageant le même sang, la même vie.

Là-haut, Mary Grace et Personne attendaient. En voyant Cherry Jane, ils s'inclinèrent, mais celle-ci ne bougea pas. Elle secoua la tête pour faire tomber le châle et libéra ses boucles ; on aurait dit que la pièce soupirait en découvrant sa beauté.

Rachel examina le visage de sa fille. Le plus triste, songea-t-elle, c'est que Cherry Jane était belle en dépit de sa peau claire, et non pas grâce à elle, seulement Rachel n'était pas sûre qu'elle le sache. Ses yeux, ses lèvres, la courbure de son menton, étaient les détails les plus remarquables. Sa peau venait après. Devant les traits parfaits de son enfant, Rachel songea à Hope, bien que Cherry Jane n'eût pas la vitalité de l'autre jeune femme. Elle était aussi belle, mais plus dure, plus froide – comme du marbre.

Cherry Jane examina la pièce autour d'elle. Sachant à quel point celle-ci était capable de masquer ses sentiments, Rachel fut extrêmement irritée de constater qu'elle ne dissimulait même pas son mépris. Une vague acide lui rongea le cœur. Elle avait supporté beaucoup de choses dans sa vie, mais voir sa propre fille la prendre de haut, c'était la limite de ce qu'elle pouvait supporter.

Mary Grace posa la main sur l'épaule de sa mère. C'était un geste minuscule, mais à travers lequel elle réaffirmait sa présence. Ainsi que leur valeur à tous les trois, refusant de se laisser diminuer par sa sœur. Rachel posa la main sur celle de Mary Grace, tentant de lutter contre son amertume. Malgré son élégance et ses grands airs, Cherry Jane était toujours sa fille. Elle s'obligea à se concentrer sur les détails qu'elle reconnaissait. La manière dont les boucles de Cherry Jane encadraient son visage. Ce grain de beauté dans son cou, à peine visible au-dessus du col de sa robe. Toutes les petites marques de l'enfant qu'elle avait été.

Celle-ci avait les mains croisées devant elle. Elle portait des gants blancs. Enfin, elle rompit le silence.

« Bonjour, Mary Grace. » Puis, se tournant vers sa mère. « Oh, mais est-ce qu'elle… ?

— Non, répondit Personne. Elle ne parle toujours pas.

— Je vois.

— Je suis son mari.

— Je vois. Félicitations.

— Merci. Je m'appelle Personne.

— Comme c'est inhabituel. »

Personne plissa légèrement les yeux. « Pas vraiment. Je m'appelle Personne depuis le premier jour de ma vie donc en fait, c'est tout à fait habituel. Pour moi en tout cas. »

Cherry Jane releva un sourcil. Une animosité mutuelle figea l'air entre eux. Rachel contemplait le sol en se demandant si elle n'avait pas eu tort de vouloir revoir une dernière fois sa fille alors que celle-ci souhaitait clairement ne rien avoir à faire avec eux.

Cherry Jane rajusta l'un de ses gants au niveau du poignet. « Tu as dit que vous alliez bientôt quitter Port-d'Espagne ?

— Oui, répondit Rachel.

— Où irez-vous ?

— On pense que Mercy est quèque part sur cette île. On va la chercher ici tant qu'on a d'l'argent pour payer la chambre, après on ira aut' part. »

Cherry Jane était immobile, dans cette posture dont elle semblait avoir l'habitude. Le nom de son autre sœur ne paraissait pas l'avoir affectée.

Mais elle reprit : « Et après ça, où irez-vous ? Partirez-vous à la recherche des autres ? »

Rachel avait été prise par surprise. Elle ne s'attendait pas à ce que sa fille se soucie de ses frères. Elle paraissait bien trop croire à son identité mensongère de Mulâtresse libre. Cette surprise fit naître en son cœur un sursaut d'espoir.

« Mercy est la dernière. Thomas Augustus vit en Guyane britannique. On l'a vu, là-bas. Micah est mort. »

L'armure de marbre se fendilla ; la lèvre de Cherry Jane se mit à trembler. Rachel se souvint alors avec une clarté parfaite de Micah portant sa petite sœur sur ses épaules, riant en lui disant qu'un jour elle serait aussi grande qu'elle l'était ainsi, juchée sur lui. Elle réussit à endiguer ses pleurs, pas Cherry Jane – une larme unique coula sur sa joue droite, rompant un instant la parfaite symétrie de son visage.

« Je suis désolée. Je ne savais pas. » La parole était de circonstance – comment l'aurait-elle su ? – mais le sentiment était sincère. L'espace d'un instant, tout artifice avait disparu, mettant à nu une jeune femme et ses émotions brutes, encore capable d'éprouver quelque chose.

Ils demeurèrent tous silencieux. Émue par le chagrin inattendu de sa fille, Rachel lui prit la main.

« J'suis contente de t'avoir retrouvée. » Elle insuffla à ses paroles toute la chaleur dont elle était capable.

Après une conversation formelle, de longs silences et un dédain à peine dissimulé, c'était le rameau d'olivier qu'elle lui tendait. En vouloir à sa fille eût été trop lourd à porter. Leurs chemins divergeaient, sans doute pour toujours, mais il était de son devoir de mère d'apprendre à Cherry Jane qu'on n'oublie pas sa famille.

Celle-ci jouait avec les franges de son châle. Elle se tut un long moment. Peut-être n'avait-elle pas les mots. Vivre dans un tel déni de son passé, de ses parents, était sans doute lourd à assumer sur le plan émotionnel. Cela limitait sa capacité d'expression. Elle ne parvenait même pas à dire qu'elle était contente, elle aussi, de voir sa mère, cette femme si différente de la mère imaginaire qu'elle prétendait avoir. Néanmoins, elle avait tiré de cette rencontre quelque chose – Rachel le lisait dans ses yeux. C'était peu, mais c'était déjà ça.

Cherry Jane qui depuis le début se tenait debout s'assit finalement sur le bord d'un des lits. La tension qui nouait les épaules de Rachel commença à s'apaiser – sa fille n'avait plus l'air de vouloir fuir la pièce d'un instant à l'autre.

Quand celle-ci reprit la parole, sa voix n'était guère plus qu'un filet.

« Qu'est-ce... qui lui est arrivé ?

— Le soulèvement de Démérara », répondit Rachel. Ces mots lui étaient désormais familiers – ce n'était pas la première fois qu'elle répétait l'histoire de Micah – mais elle trébucha sur les mots. Aujourd'hui, c'était différent. Un chagrin animal la déchirait à nouveau de ses griffes acérées, de même que le jour où Orion lui avait tout raconté. Elle dut s'accrocher au montant du lit pour ne pas vaciller. « Y s'est battu pour être libre et y l'ont tué pour ça. »

À travers la brume de larmes qui envahit ses yeux, Rachel vit Cherry Jane complètement changer. Le masque de la beauté parfaite et supérieure tomba, et elle lut une véritable colère dans ses yeux. Elle pensa à Hope une fois encore – il n'y avait plus beaucoup de différence entre elles, désormais. L'une avait la peau claire, l'autre sombre, mais toutes deux étaient des femmes endurcies, aguerries, avec un fort instinct de survie. Dans ses gants de dentelle, Cherry Jane serrait les poings.

Rachel s'approcha de sa fille et prit son visage dans ses mains. Elle ne réfléchit pas, son geste était aussi spontané que de respirer. Cherry Jane ne rechigna pas quand sa mère la toucha. La colère disparut de ses traits, mais les larmes demeurèrent dans ses yeux. Les deux femmes se regardèrent et éprouvèrent leur chaleur réciproque.

« Il a eu une bonne vie. Y a plein de gens qui se souviennent de lui, et c'est des bons souvenirs. »

Les lèvres tremblantes de sa fille réussirent à sourire.

« Et Thomas ? Il est heureux ?

— Oui. Il a trouvé sa liberté, et ça lui a apporté la paix.

— Tant mieux. » Le sourire de Cherry Jane disparut et elle baissa les yeux. Une ombre passa sur son visage – elle fronça les sourcils, signe d'un conflit interne.

« Qu'est-ce qu'y a ? » demanda sa mère.

La jeune femme prit son temps avant de parler. Ses paroles, lorsqu'elles sortirent, n'avaient plus rien de posé ni de lisse, elles étaient fragmentées, hésitantes. Le reste du temps, elle donnait l'impression de très bien savoir ce qu'elle faisait – Rachel imaginait qu'elle avait dû longuement s'entraîner, répéter ses postures, ses phrases afin de réussir à se faire passer pour la femme qu'elle tentait d'incarner. Cette fois, c'était différent.

Les mots tombaient de sa bouche à l'état brut, comme si elle n'avait jamais réussi à les prononcer auparavant, même pour elle-même.

« Mercy. Je... je l'ai vue une fois. Il y a quelques années. Je crois. Je n'en suis pas certaine. Je ne... pouvais pas... ça n'a duré qu'un instant. J'étais sortie à cheval aux abords de la ville. J'ai entendu une femme rire, on aurait dit son rire à elle, tel que je me le rappelais après toutes ces années. Je me suis retournée, mais la femme s'éloignait, elle accompagnait un homme. Ils étaient habillés à la manière des esclaves de houe – donc si vous la cherchez... les plantations. C'est là qu'il faut commencer.

— Et où l'as-tu vue exactement ? fit sèchement Personne. Dans quelle direction elle allait ? »

Cherry Jane secoua la tête. « C'est tout ce que je sais. »

Je suis désolée, parole non dite, flottait dans l'air. Rachel éprouvait l'envie de la remercier de leur avoir fourni ce détail confirmant que Mercy se trouvait à Trinidad, mais la colère qu'elle ressentait également la força à se taire. Elle ne pouvait envisager l'idée que sa fille ait été si proche de sa sœur et qu'elle n'ait rien dit, rien fait. Cette indifférence la terrifiait.

Au bout d'un long silence, Cherry Jane releva enfin la tête. Elle regarda sa mère, en quête de quelque chose – du pardon, réalisa cette dernière. De l'absolution. Cherry Jane l'avait bien caché, mais porter en elle le secret de cette rencontre avec Mercy l'avait fait souffrir. Elle avait fait son choix, qui n'était pas facile, et sa mère eut pitié d'elle. Aussi vite qu'elle était montée, la colère de Rachel s'effaça.

Ce fut Mary Grace qui rompit le charme. Elle s'approcha de Cherry Jane et lui caressa la joue. Celle-ci ferma les yeux et la laissa faire, puis elle les rouvrit. Les deux sœurs se dévisagèrent : le geste de Mary Grace était clair :

Merci.

Cherry Jane se releva.

« Il faut que je rentre. »

Rachel sentit quelque chose se déchirer en elle – elle l'avait déjà éprouvé en voyant Orion s'éloigner, de longs mois auparavant à Démérara, emportant avec lui la mémoire de Micah. Le désir de savoir la submergea. Elles n'avaient pas beaucoup de temps, et Cherry Jane avait revêtu son masque impénétrable, pourtant Rachel ne put s'empêcher de lui demander :

« L'homme que j'ai vu avec toi. C'est ton mari ? »

Elle parut surprise. Les mains jointes, doigts entrelacés, traçant un petit cercle du pouce, elle répondit :

« Non. Pas encore. Mais bientôt, j'espère…

— Et t'es heureuse ? »

La réponse de Cherry Jane était prête, les mots lisses sur le bout de sa langue. « Henry est très… »

Mais elle se tut. Elle regarda Mary Grace, puis sa mère, et soudain elle sourit – un vrai sourire venant du cœur, illuminant son visage, si radieux que le reste de la pièce en paraissait terne. Un sourire d'une beauté incomparable – et oui, c'était bien là le sourire de Micah, de Thomas Augustus, de Mary Grace et de Rachel elle-même. Ils étaient tous là, dans ce sourire.

« Oui. Je suis heureuse. J'ai trouvé ma liberté, moi aussi. Et cela m'apporte la paix. »

Rachel avait perdu Cherry Jane par deux fois – une fois quand on l'avait emmenée dans la grande maison, puis de nouveau lorsque les Blancs l'avaient conduite à Providence. Il y avait beaucoup de choses en elle qu'elle ne comprenait pas, et elle comprenait encore moins l'élégante Mulâtresse qui se trouvait devant elle.

Pourtant, à cet instant, il se passa quelque chose entre elles. Les deux femmes se radoucirent. Rachel ne voyait plus le mensonge de Cherry Jane tel un acte de destruction qui menaçait les liens qui les unissaient. Grâce à ce mensonge, elle s'était taillé son propre espace en ce monde, ce qu'il avait fallu des décennies à Rachel pour accomplir. Cela ne plaisait pas à sa mère – elle aurait préféré que sa fille revendique leurs liens de parenté ouvertement et sans hésitation – mais elle pouvait l'accepter.

« Bon, dit Cherry Jane. Adieu. »

Rachel se demanda si elles allaient s'étreindre une dernière fois. Elle vit les bras de sa fille bouger doucement mais non – elle ne la serrerait pas contre elle en guise d'au revoir.

Cherry Jane remit le châle sur sa tête et se dirigea vers la porte. Là, elle marqua une pause.

Puis elle se retourna et dit doucement : « J'espère que tu la retrouveras. »

Rachel sourit.

Cherry Jane laissa derrière elle une odeur légère qui ressemblait à celle de la rosée matinale, ou de l'aurore après de fortes pluies, mais cela ne dura pas. Un air lourd et humide se faufila par-dessous la porte et à travers les fentes de la fenêtre, écrasant toute trace d'elle.

Personne passa le bras autour de la taille de Mary Grace, qui prit la main de Rachel et la serra entre les siennes. Une lassitude ancienne envahit la tête de Rachel, et ses membres devinrent lourds. Elle charriait avec elle une espèce de douce tristesse diffuse qui s'étendit peu à peu tel un nuage.

Ils rassemblèrent leurs affaires. Une couverture, une chemise supplémentaire, une miche de pain, qu'ils avaient pu acheter après avoir vendu la robe de mariée de Mary Grace. Ce n'était pas grand-chose. Rachel bougeait lentement pour faire durer le moment, se donnant le temps de se remettre. Elle pensait souvent à Thomas Augustus – plus petit que Cherry Jane, avec la peau plus foncée – qui avait choisi de vivre dans la jungle plutôt qu'au sein de la société, mais dans sa tête, ils commencèrent à se fondre l'une dans l'autre, car dans les deux cas, leurs futurs ne pouvaient correspondre au sien. Elle se sentait mieux en les imaginant ainsi, et sa tristesse commença à se dissiper. Ils étaient jeunes, tous les deux. Et même s'ils voulaient aller de l'avant sans plus songer à ce qu'ils avaient laissé derrière eux, Rachel savait qu'ils ne l'oublieraient pas. Peut-être qu'ils ne se souviendraient plus de son visage, de sa voix, de la sensation de ses bras autour d'eux, comme elle avec sa propre mère. Mais sa chaleur, son amour et son désir de les voir heureux, ça, ils ne pourraient l'oublier.

Rachel imagina Cherry Jane dans très longtemps, à un dîner de gala. À ses côtés, l'homme qu'elle avait aperçu avec elle le jour du marché, clair de peau, la main posée sur le bras de sa fille.

« Oh oui, imagina-t-elle celle-ci dire aux autres invités. Ma mère était une personne très considérée. Une Mulâtresse avec une peau presque aussi claire que la mienne. »

Elle entendait sa fille marquer une pause, puis ajouter en souriant : « Elle était bonne et elle était gentille. » Au cœur du mensonge, la vérité. Et Cherry Jane éprouverait l'amour de Rachel en prononçant ces mots. Ces sentiments ne disparaîtraient jamais.

32

ILS PRIRENT LA ROUTE ROYALE vers l'est qui longeait le pied des montagnes. Une fois Port-d'Espagne derrière eux, Trinidad rappela à Rachel les terres sauvages qui succédaient aux plantations de la Guyane britannique. Bien que la forêt ait été en partie décimée et que la marque de l'occupation des Blancs apparaisse ici et là, ils parcoururent de vastes segments de route sans rencontrer quiconque, environnés de jungle. Rachel repensa à la Barbade et réalisa combien elle était petite – même si à travers le brouillard de la mémoire, l'île lui paraissait peut-être plus petite qu'elle n'était en réalité. Au souvenir de sa vie là-bas, elle se sentit nerveuse, comme piégée. Elle pressa le pas sans même s'en rendre compte, et Mary Grace dut l'attraper par la main pour la faire ralentir.

Ils arrivèrent à une fourche et, d'instinct, Rachel les fit prendre au sud, mais ils ne rencontrèrent que des cabanes en bois au milieu de petits terrains. Personne les avait prévenues que Trinidad était moins cultivé ;

les Blancs s'y étaient précipités trop tard pour profiter de la grande vague qui avait vu le succès du sucre des Caraïbes, et ne parvenaient qu'à tirer du sol de maigres profits. Rachel savait qu'ils ne trouveraient pas de plantation avant peut-être des kilomètres.

Quand la nuit tomba, ils s'arrêtèrent pour camper sur les berges d'une rivière qui coulait le long de la route. Ils déroulèrent la couverture en guise de natte et s'y allongèrent tous les trois, bien serrés les uns contre les autres. Sans le soleil, sous les étoiles lointaines à demi drapées dans des écharpes de nuages, la nuit était froide, ce qui n'était pas pour déplaire à Rachel. Elle appréciait l'air frais, et le bruit de l'eau sur les pierres. Elle avait l'esprit clair et affûté. Elle s'endormit, ses pensées aiguisées jusqu'à la moelle, et cette moelle, c'était l'amour. Un amour qui, filant telle une flèche décochée par un arc, ne pouvait manquer sa cible. Elle l'imagina fusant à toute vitesse dans la bonne direction, et cette image la berça jusque dans un profond sommeil.

Au point du jour, Personne sortit un couteau de son sac de marin et tailla un bâton en forme de lance. Debout dans la rivière jusqu'au genou, brandissant sa lance, il attendit. Chaque fois qu'il bougeait un peu, ses pieds émettaient de petits tourbillons turbides autour de ses chevilles dans l'eau claire. Depuis la rive, Rachel et Mary Grace le regardèrent plonger l'arme à travers la surface, et elle en ressortit fichée dans un poisson qui se tortillait désespérément, quelques gouttes de sang coulant de sa blessure. Il était petit, à peine de la taille de la main de Rachel, mais Personne alla le donner aux deux femmes avant de retourner pêcher.

Rachel gardait un œil sur le soleil qui grimpait paresseusement à travers le ciel. Personne proposa de cuire une partie de sa pêche, et de fumer le reste, Rachel s'y refusa, déterminée à atteindre les plantations du sud avant la nuit, mais il réussit à la convaincre. Le peu de nourriture qu'ils avaient emportée de Port-d'Espagne ne durerait pas éternellement, et le poisson fumé se garderait plus longtemps que tout ce qu'ils pourraient trouver d'autre en chemin.

Elle finit donc par accepter, de mauvaise grâce, comme si le fait d'emporter avec eux du poisson fumé revenait à admettre qu'ils risquaient de passer des semaines sur les routes, voire plus. Elle laissa Personne et Mary Grace préparer le feu, et attendit pendant des heures les pieds dans l'eau, les yeux clos. Elle essaya de se vider l'esprit, de maîtriser sa nervosité, se concentrant sur des sensations simples tel que le soleil sur son visage, l'eau fraîche autour de ses chevilles, et l'odeur de fumée du feu qui lui emplissait les narines, jusqu'à la gorge.

Il faisait une chaleur torride lorsqu'ils se remirent en marche, aussi avancèrent-ils lentement dans la touffeur de l'air épaissi par les rayons du soleil. La bouchée de pain et de poisson que Rachel avait avalée en guise de petit déjeuner permettait difficilement de lutter contre la faim. Elle avait presque l'impression d'être de retour sur la plantation – en sueur, les jambes douloureuses, la tête battant à force d'être torturée par la soif, avec un vide au creux du ventre qui bientôt se répandit partout en elle, à croire que son corps cherchait désespérément le moyen de se nourrir.

Une goutte de sueur coula jusque dans son œil et elle s'arrêta pour frotter afin de calmer l'irritation.

« Ça va ? » lui demanda Personne.

Elle faillit en rire. « Ça va. C'est pas plus dur que de travailler aux champs. »

Et c'était la vérité. Les sensations physiques étaient les mêmes, mais elle faisait ça de son propre chef. Obliger son corps à se plier à sa volonté personnelle plutôt qu'au profit d'un maître était enivrant. La chaleur écrasante et la faim qui la tenaillait ne pouvaient lui faire oublier qu'elle était libre. Elle souffrirait encore de la fatigue, de la soif, verrait la lisière de sa vision s'ourler de noir lorsqu'elle serait prise de vertige à force de marcher. Mais elle endurerait tout ça par sa propre volonté.

Ils atteignirent les plantations peu avant le crépuscule. En découvrant la grande demeure qui s'élevait à l'horizon, et le moulin qui tournait lentement derrière, Rachel faillit tomber à genoux. D'épuisement, certes, mais aussi de peur. Ces affreux bâtiments qui représentaient la vie qu'elle avait autrefois menée lui rappelèrent combien ils étaient vulnérables. Ils n'avaient pas de papiers. Rien qui puisse empêcher un contremaître peu scrupuleux de prétendre qu'ils lui appartenaient.

Elle marqua une pause, les derniers rayons du couchant projetant une douce lumière rose sur les terres qui les environnaient.

« Faut attendre, dit-elle. Quand y fera nuit, on pourra aller au village sans se faire voir. »

Dans les jours qui suivirent, au clair de lune, ils se mirent à parcourir les villages des esclaves. Ils arrêtaient ceux et celles qu'ils croisaient sur les routes et qui profitaient de quelques heures de répit pour rendre visite à des amies ou retrouver des amants sur les plantations voisines. Ils demandaient :

Une femme qui s'appelle Mercy.

Elle est là ?

Tu la connais ?

Ils virent de vastes plantations de canne à sucre, de petites exploitations de cacao, des champs de coton, des cases en bois abandonnées ou dévastées par une tempête. Ils croisèrent des femmes avec des bébés de quelques mois dans les bras, et des hommes cabossés par des décennies de dur labeur. Ils rencontrèrent des esclaves de maison qui sortaient en douce la nuit pour aller retrouver une mère ou un mari, esclaves de houe. Les gens étaient chaleureux, soupçonneux, gentils, certains avaient l'œil vitreux, épuisés par une longue journée de travail.

Et ils demandaient, encore et encore :

Une femme qui s'appelle Mercy.

Elle est là ?

Tu la connais ?

Le jour, ils se reposaient autant qu'ils pouvaient. Ils se tenaient à l'écart des routes et des plantations. À cause de la chaleur féroce du soleil, Rachel avait le sommeil léger et ses rêves étaient délirants – ils étaient hantés par Mercy, et Cherry Jane. Et Micah, et Thomas Augustus. Les fantômes du passé étaient tous là. Dans cet environnement de plantations, son histoire la rattrapait et commençait à entamer sa détermination. Chaque fois qu'une personne secouait la tête en disant : « Non, y a pas de Mercy par ici », c'était pour elle de plus en plus difficile à supporter.

« L'île est grande, dit un matin Personne alors que le soleil se levait. On n'en a vu qu'une toute petite partie. On va la trouver. »

Rachel ne répondit pas. L'image qui la poursuivait dans ses rêves la montrait avec Mary Grace sur une autre île, toutes les deux beaucoup plus âgées, suivant un autre chemin et demandant toujours :

Une femme qui s'appelle Mercy.

Elle est là ?

Tu la connais ?

Puis les plantations disparurent. La terre redevint sauvage. Les oiseaux-mouches fusaient entre les arbres et les fourmis industrieuses avançaient sur le sol, armées miniatures de travailleuses des champs transportant leurs denrées entre leurs mâchoires en forme de pince. Un sentier parmi la jungle les ramena là où ils avaient démarré : sur la route royale. En la voyant, Rachel sentit le désespoir battre en eux. Mais que pouvaient-ils faire, si ce n'est poursuivre leur chemin ?

Personne suggéra qu'ils continuent vers le sud, jusqu'à cet endroit où la pointe de l'île s'allongeait en direction du Venezuela. Rachel acquiesça en silence. Les fois précédentes, à la croisée des chemins, quelque chose la guidait – la sensation que Mercy était proche. Elle imaginait pouvoir sentir la présence de sa fille. À présent, elle ne ressentait plus rien du tout.

Ils avaient suivi la route pendant presque deux kilomètres lorsqu'ils croisèrent un homme allant vers le nord avec un âne chargé de casseroles en cuivre. Ils l'entendirent avant de le voir – les ustensiles tintaient en s'entrechoquant à chaque pas de l'animal. Quand enfin ils le virent à l'horizon, menant son baudet au bout d'une corde, ils durent se protéger les yeux car le cuivre fourbi scintillait de manière aveuglante au soleil.

Ce marchand ambulant était vêtu de manière étonnante. Ses habits n'étaient guère plus que des haillons, son pantalon presque coupé au niveau des cuisses, la moitié inférieure ne tenant que par quelques fils, laissant les genoux totalement exposés. Mais sur sa tête était perché un tricorne qui avait l'air parfaitement neuf : noir avec un galon doré. Au-dessous, ses joues étaient si creusées qu'on pouvait supposer qu'il n'avait plus de dents, et sa peau sombre était si ridée qu'on aurait dit du papier froissé.

Il fit s'arrêter l'âne et les dévisagea comme si c'étaient eux, la curiosité.

Personne prit la parole le premier, ses mots étudiés coulant facilement de sa bouche.

« On cherche une femme qui s'appelle Mercy. Tu la connais ? »

Ils furent surpris en l'entendant répondre, tant sa voix était riche et profonde. À voir sa carrure, c'était à se demander d'où elle pouvait sortir ; ses côtes étaient visibles à travers sa chemise ouverte.

« J'connais aucune Mercy. »

Ils avaient tant l'habitude de cette réponse que Rachel ne ressentit rien. Pas de sursaut d'espoir suivi d'un bref effondrement. Il fallait s'y attendre. Bien sûr qu'il ne la connaissait pas.

La tête inclinée, l'inconnu posait tour à tour les yeux sur Personne, Rachel et Mary Grace.

« Où c'est que vous allez ? demanda-t-il.

— On a fait les plantations en direction de Port-d'Espagne, répondit Personne. On va essayer vers le sud. »

L'homme posa la main sur le flanc de son âne d'un air pensif.

« J'connais l'sud. Pis l'ouest et l'nord. J'ai arpenté ces routes, et fait commerce sur ces marchés. » L'âne bougea légèrement et les casseroles tintèrent. « Jamais vu aucune Mercy. »

Il se tourna vers l'est. Rachel suivit son regard tandis que le soleil de l'après-midi coulait tel un chaud liquide dans sa nuque. L'île se déployait en un trait épais et irrégulier à travers l'horizon. Elle paraissait sans fin, mais Rachel savait qu'à un point donné elle rencontrait la mer, et cela la réconfortait. Elle n'était pas infinie. Elle s'arrêtait quelque part.

« Ouais, continua le marchand. Vous d'vriez aller vers l'est. J'connais pas bien ces coins-là. Vous y trouverez p'têt votre Mercy. »

Il n'attendit pas la réponse. Il souleva son chapeau et repartit tranquillement, sifflotant par-dessus le fracas des casseroles et le bruit régulier des sabots du baudet.

En le regardant partir, Rachel fut frappée par l'absurdité de son allure et, pour la première fois depuis des jours, elle sourit. Qui était donc cet inconnu en guenilles qui portait un chapeau d'officier de marine et trimballait des douzaines de casseroles en cuivre ? Ils ne sauraient jamais son histoire, ne pourraient jamais deviner quel avait été son destin. Après avoir visité tant de plantations, croisé tant d'esclaves avec le même regard, Rachel était heureuse de rencontrer quelqu'un de différent, d'impossible à saisir. Cet étranger lui rappelait qu'en dehors des profondes ornières creusées par l'esclavage, ceux-ci pouvaient encore déborder, s'éparpiller dans toutes sortes de directions inattendues. Rien n'était gravé dans le marbre. Cet homme avait trouvé son propre chemin, il en irait de même pour elle.

« Vers l'est ? » demanda Personne d'une voix incertaine. Aucun moyen de savoir si ce que ce marchand avait dit était vrai. Mercy pouvait se trouver n'importe où.

Rachel pensait aux histoires de son enfance que lui racontaient les vieilles. Des histoires de héros, de dieux, d'humains qui changeaient de formes, d'animaux qui parlaient. Souvent dans ces histoires il était question d'un voyage et de gens qui se rencontraient au hasard des routes. Des secrets étaient confiés, des armes remises au héros. Rachel ne se voyait pas comme une héroïne et elle n'avait reçu ni sagesse ni arme particulières de ce marchand de casseroles ambulant. Mais l'esprit des contes était bien là, dans ce bref moment qu'ils avaient partagé.

« Vers l'est », confirma-t-elle. C'était leur meilleur espoir.

Après le coucher du soleil, ils bivouaquèrent ; loin des plantations, il n'y avait pas besoin de se cacher le jour pour voyager la nuit. Rachel eut du mal à dormir. Ses rêves étaient informes, intermittents – habités par l'idée de Mercy, mais sans son image, et le sentiment que quelque chose n'allait pas. Une peur rampante la fit s'éveiller en sursaut, seulement il n'y avait rien d'autre à faire qu'à attendre l'aube. Les astres, dont la froide lumière blanche transperçait l'abîme noir du ciel, scintillaient de manière menaçante, et Rachel fut soulagée quand enfin le soleil levant les renvoya au néant.

33

Les nuages étaient lourds et menaçants lorsqu'ils reprirent le chemin de l'est. La route était très fréquentée, irrégulière, marquée d'empreintes de chevaux. Plus d'une fois, Rachel sentit son pied tourner et une violente douleur remonter dans sa cheville. Par chance, elle ne se blessa pas, mais elle ralentit par prudence. Elle ne pouvait se permettre d'être immobilisée.

Autour d'eux, le paysage était de plus en plus désolé. Une jungle épaisse trouée de marécages bordait la route, mais dans l'humidité grise, tout avait l'air privé de vie. Pour Rachel, l'angoisse de la nuit passée se réverbérait en tout. *Infertile,* voilà le mot qui lui vint à l'esprit en dépit de la végétation.

Personne ne disait rien. Il paraissait pensif, plongé en lui-même. Rachel sentit qu'il éprouvait la même chose qu'elle à propos de la nature inhospitalière au centre de cette île. Mary Grace marchait entre eux, allant parfois devant pour être avec sa mère, puis derrière pour tenir la main de Personne. Elle était le lien qui les maintenait ensemble. Chaque fois que Rachel sentait la chaleur de son corps, cela la réconfortait. Elle représentait la vie, tandis qu'ils traversaient un paysage qui, aussi luxuriant soit-il, vibrait d'élans morbides. Quand sa fille marchait à ses côtés, Rachel se souvenait de tous les petits changements qui s'étaient opérés en elle depuis Bridgetown. Ces parties d'elles qui s'étaient ouvertes, déployées. L'espace qu'elle occupait désormais. Sa solidité. La capacité qu'elle avait de soutenir le regard de n'importe qui sans ciller. Contrairement aux arbres qui paraissaient figés, et que le vent n'agitait pas, Mary Grace était la preuve même que l'on pouvait grandir.

La pluie se mit à tomber et ils durent ralentir. Des flaques d'eau miroitaient dans la boue, telles des îles inversées. Mary Grace glissa et tomba lourdement, mais son sourire revint aussitôt pour montrer qu'elle ne s'était pas fait mal, et elle se remit sur pied. Rachel regarda le ciel, plissant les yeux car les gouttes lui martelaient le visage. Aucun signe d'amélioration ; le ciel n'était qu'une lourde couverture grise qui déversait son eau sur terre. Sans le soleil, Rachel perdit la notion du temps. Combien d'heures avant le crépuscule ?

« Va falloir continuer d'avancer même si y fait nuit », dit-elle. Ils pouvaient tenter de s'abriter dans les bois, mais ils ne pourraient échapper à la pluie. Les gouttes étaient trop épaisses. Rachel voyait les feuilles ployer sous leur poids. La seule issue consistait à devancer l'averse.

Mary Grace toucha le bras de sa mère, geste qui montrait sa détermination à poursuivre leur route tant que sa mère le voudrait. Mais il ne fallait pas voir là un signe de faiblesse, ni la volonté de faire passer les besoins des autres avant les siens. Rachel craignait souvent que Mary Grace ait trop sacrifié en la suivant ainsi dans cette odyssée à travers les Caraïbes – s'établir avec Personne, se donner la chance d'être heureuse plutôt que de partir à la recherche de frères et sœurs qui étaient peut-être morts ou disparus, ou si profondément engagés dans leurs nouvelles vies qu'on ne pourrait les persuader de revenir dans le giron de cette famille brisée. À la manière dont le visage de sa fille restait concentré malgré la pluie qui déferlait sur eux, Rachel comprit que sa quête était tout autant celle de Mary Grace. Celle-ci avait perdu un frère, dit adieu à un autre – sans doute pour toujours –, son autre sœur avait tourné le dos à sa famille dans une quête de respectabilité blanche accumulée de génération en génération, jusqu'au jour où ses descendants pourraient basculer de l'autre côté une bonne fois pour toutes. Rachel était trop obnubilée elle-même pour se rendre compte que Mary Grace, elle aussi, voulait désespérément retrouver Mercy.

Des cernes autour des yeux, la jeune femme était épuisée. Ils l'étaient tous. Pourtant c'était elle qui donnait le mouvement et qui se remit à marcher sans s'arrêter, malgré la pluie qui leur martelait la peau, trempait leurs vêtements, leurs cheveux et dégoulinait dans leurs yeux. Même quand la nuit tomba, froide et sans lune, et qu'ils durent se donner la main pour ne pas s'égarer. Rachel perdit tout sens de l'orientation, elle ne savait plus quelle distance ils avaient parcourue, ni combien de temps s'était écoulé depuis qu'ils avaient vu le soleil pour la dernière fois.

Enfin, la pluie diminua, d'abord pour se transformer en brume légère, avant de disparaître complètement. Trempée jusqu'aux os, Rachel ne s'en rendit pas compte tout de suite. Pas avant que Personne dise : « Au moins, la pluie s'est arrêtée », alors elle lâcha la main de Mary Grace et la tendit pour sentir des gouttes inexistantes.

Ils s'arrêtèrent, mais le sol étant gluant de boue, ils ne purent s'asseoir même pour se partager un morceau de poisson fumé. Rachel passa d'une fatigue douloureuse à une sorte d'hébétude stérile.

« On continue ? proposa Personne. Ça ne peut plus être très loin maintenant. »

Rachel allait lui répondre lorsque les derniers nuages se déchirèrent, laissant traverser les rayons de la lune qui nimbèrent d'argent le paysage. Elle regarda au loin devant elle et remarqua immédiatement une masse d'ombre. Des arbres ? Elle plissa les yeux. Non, ce n'étaient pas des arbres. Mais des bâtiments. Une plantation.

Mary Grace saisit le bras de sa mère. Elle l'avait vue, elle aussi. Rachel et Personne se regardèrent, puis se tournèrent de nouveau vers le lointain. Cette lumière fantomatique donnait à toute chose un caractère étrange, éthéré. Ils réussirent à se remettre en route, Rachel s'attendant à tout moment à voir les bâtiments disparaître car ceux-ci semblaient s'éloigner avec l'horizon sans jamais se rapprocher. Pourtant les champs autour des constructions étaient de plus en plus visibles et définis. Et Rachel reconnut l'allure inimitable de la canne à sucre.

Le chemin passait entre deux arbres, dont les branches se touchaient, formant une arche. Les yeux toujours rivés sur la plantation devant eux, Rachel ne vit pas le Blanc qui se tenait derrière le second arbre avant qu'il soit trop tard. Personne chuchota « Rachel » au moment où l'homme sortait de derrière sa cachette. Le canon de son fusil luisit en décrivant une courbe. Il ne le pointa pas sur eux mais l'appuya sur son épaule.

« On se fait une petite balade nocturne ? »

Rachel était prompte à jauger un homme. Il le fallait. Souvent, la vie tenait au fait qu'on était capable de deviner si un Blanc était du genre à se moquer de vous, à vous cracher dessus ou à vous tuer. Dès qu'elle le vit, elle se recroquevilla, se fit toute petite, pour diminuer sa taille et la largeur de ses épaules. Celui-là était du genre qui tuait. Pis : il faisait partie de ceux qui n'affichaient pas leur cruauté. Son visage montrait une politesse apparente. Rachel avait connu nombre d'hommes avec un éclair sadique dans les yeux et un rictus aux lèvres, mais ce n'était rien comparé à ceux qui ne manifestaient aucun sentiment, même lorsqu'ils commettaient les pires atrocités.

Elle baissa la tête et garda le silence. Mary Grace fit de même. Mais Personne – moins habitué à discerner le danger dans la courbure des lèvres d'un Blanc – prit la parole : « Nous sommes des voyageurs en provenance de Port-d'Espagne. Nous cherchons une femme qui vit peut-être dans les parages. »

Rachel sentait la brûlure du regard de ce Blanc sur elle et elle seule. Elle se risqua à le regarder. Il étudiait son visage, ses fins sourcils froncés. Elle baissa de nouveau les yeux, le cœur battant la chamade. Il voyait quelque chose en elle – quelque chose qu'il n'arrivait pas encore à nommer, même si Rachel le devinait déjà. Il suivait les contours de ses épaules, la courbure de son nez, la forme de son cou. Il se demandait si cette ressemblance était une coïncidence. Ou peut-être, comme tant de Blancs qu'elle avait rencontrés, était-il incapable de différencier les Noirs et essayait-il de déterminer si ce qu'il voyait chez elle était commun à toutes celles de sa race ou s'il s'agissait d'un signe, la liant à une femme qu'il connaissait.

Mercy était ici.

Ou l'avait été.

Ou s'était trouvée dans un endroit en même temps que cet homme, d'où qu'il vienne.

Voilà ce que savait Rachel. Ce Blanc étudiait son visage à la recherche de signes rappelant sa fille.

« On cherche une femme qui s'appelle Mercy », dit Personne.

Rachel releva de nouveau la tête. Le Blanc la dévisageait toujours. « Mercy », répéta-t-il, et Rachel de lutter contre la rage qui l'envahissait, contre l'envie de lui sauter à la gorge pour arracher ce nom de sa bouche.

« Vous la connaissez ? »

Enfin, le Blanc se retourna vers Personne en relevant les sourcils.

« Je suis contremaître ici. Il y a beaucoup d'ouvrières sur cette plantation, et je ne les connais pas toutes par leurs noms. Je n'ai aucun moyen de savoir si cette Mercy est ici.

— Peut-être que vous pourriez nous laisser aller au village poser la question ? »

Le Blanc prit son temps pour répondre. Il changea son fusil d'épaule, marquant une pause lorsqu'il le fit passer devant sa poitrine pour laisser son regard suivre le canon jusqu'au ciel. Enfin, il répondit : « En fait, je suis très tatillon sur les personnes que je laisse entrer sur ces terres. Surtout aussi tard. Il y a toutes sortes de gens qui viennent ici et font du grabuge.

— Nous ne cherchons pas les ennuis », ajouta Personne.

La crosse de son fusil calée dans son coude, le Blanc entrelaça ses doigts. Rachel remarqua combien ses ongles étaient longs, et comme la peau de ses mains paraissait douce et pâle dans le clair de lune.

« Les seuls Nègres que je laisse entrer, c'est ceux qui travaillent pour moi. Mais… » Il soupira, à croire que la générosité dont il s'apprêtait à faire preuve lui coûtait. « Je cherche à pallier le manque de main-d'œuvre. Si jamais cela vous intéresse, vous pouvez travailler ici, et vous pourrez essayer de trouver votre Mercy. Aux conditions de l'apprentissage évidemment. »

Rachel imagina que Personne attendait qu'elle décide quoi faire. Elle n'en était pas certaine car elle ne perdait pas des yeux le Blanc qui, lui, soutenait son regard avec constance, croyant sans doute que son expression ne trahissait rien. Pourtant, elle avait compris. Il savait qu'elle était la mère de Mercy. Ce qu'en revanche elle ne pouvait deviner, c'était comment il connaissait sa fille. Travaillait-elle pour lui ici même ? Venait-il d'une autre plantation où elle se trouvait ? Ou leurs chemins s'étaient-ils croisés d'une autre manière ?

Tandis que Rachel évaluait ses options, elle sentit monter en elle quelque chose qui ressemblait à de la bile sans en avoir le goût. Cela lui remplit la tête, envahit ses narines. Il n'y avait pas de mot précis pour décrire cette sensation, entre certitude et impulsion. Elle savait qu'elle devait prendre ce risque. Même si elle ne se fondait sur rien. Toutefois, sa bouche s'ouvrit et elle prononça ces mots.

« On cherche du travail, m'sieur.

— Très bien, dans ce cas. » Le Blanc sourit et, dans le clair de lune, ses dents parurent du même gris délavé que sa peau. « Bienvenue à Persévérance. »

Il les accompagna sur le chemin, jusqu'à ce qu'ils arrivent à un embranchement.

« Suivez le sentier sur la gauche et vous arriverez au village. Vous pouvez prendre n'importe quelle case inoccupée. Je vous verrai demain matin.

— Merci, m'sieur », répondit Rachel. Elle se tenait encore courbée, se faisant toute petite pour ne pas paraître menaçante. Ils prirent le sentier indiqué et au bout de plusieurs minutes seulement, elle se retourna et, constatant que le Blanc n'était plus là, elle s'étira pour reprendre son allure normale.

« Pourquoi… » commença Personne à mi-voix, mais Rachel le coupa aussitôt.

« Elle est ici. »

La brise légère s'était alanguie, et l'air nocturne était parfaitement immobile, telle une pause entre deux souffles. La terre molle absorbait le bruit de leurs pas. Dans le silence, Rachel entendait battre son cœur, et le sang chaud pulser dans ses oreilles. Elle soupira, mais cela n'aida en rien à desserrer l'étau qui la tenait – l'excitation du jeu, mêlée au sentiment qu'elle avait raison, qu'elle ne pouvait se tromper. Chaque pas la rapprochait de sa fille. La dernière qu'il lui fallait retrouver.

Elle sentit dans sa nuque un léger souffle d'air, tel un murmure. Les fantômes de tous ses autres enfants lui revinrent à l'esprit, qu'ils soient morts ou restés en arrière, mais ces fantômes n'étaient pas tristes. Ils n'apportaient qu'un sentiment d'anticipation – l'idée qu'une porte, naguère fermée, allait se rouvrir. Ces fantômes étaient derrière elle et la poussaient de l'avant. Les doigts de Rachel touchèrent un instant ceux de Mary Grace, et là encore elle se sentit propulsée vers l'avant. Elle allongea le pas.

Le chemin suivait un itinéraire tortueux entre deux champs, et les hauts plants de canne à sucre leur masquaient les environs de la plantation ou du voisinage du village. De temps à autre la brise faisait onduler les tiges, et ils avaient l'impression d'avancer à travers un océan, blanchi sous la lune. Le christianisme n'était guère familier à Rachel, mais lui revint un souvenir enfoui qu'Orion lui avait confié au sujet de Micah. Il s'agissait de Dieu qui ouvrait une mer en deux. Des esclaves traversaient pour gagner leur liberté. Mais non. Elle cligna, et vit le champ tel qu'il était : rien que de la canne à sucre. Pas question d'une mer s'ouvrant devant eux. La liberté ne se trouvait pas de l'autre côté. Seulement la promesse de six années d'apprentissage aux mains d'un homme cruel – et peut-être aux côtés de sa fille.

Le champ se termina brusquement – à tel point que Rachel s'arrêta, désorientée par la présence soudaine du village. Les cases, disposées en demi-cercle au bout du chemin, étaient en piètre état, certaines étaient même complètement à l'abandon. Des portes avaient disparu, des murs s'étaient écroulés, certaines fenêtres étaient envahies de toiles d'araignée au point qu'on eût pu les prendre pour des rideaux. Rachel avança prudemment. Était-ce bien là ? Ou toute cette plantation n'était-elle qu'une illusion ? Déserte, en ruine, peuplée uniquement de fantômes.

De l'ombre d'une case sortit un homme qui fumait sa pipe. Une manche de sa chemise pendouillait, vide.

« Qu'est-ce que vous voulez ? » demanda-t-il d'une voix rauque, le regard dur. Il avait l'air à peu près du même âge que Rachel. Il n'y avait rien d'amical dans la manière dont il les considérait.

Avant que Rachel ait eu le temps de répondre, une femme sortit derrière lui. Plus jeune, avec le même long visage maigre se terminant par un menton pointu. Sa fille, peut-être ? Elle posa la main sur l'épaule de l'homme, là où il lui manquait un bras, et il se radoucit un peu. Elle fixa immédiatement Rachel, sans rien montrer, comme si toute vie l'avait quittée.

Rachel était parfaitement immobile, elle attendait.

Pas la moindre trace d'émotion sur le visage de la jeune femme, mais elle hocha lentement la tête.

« Bon, dit-elle. J'vais la chercher. »

Elle se traîna jusqu'à la case voisine et disparut à l'intérieur.

Rachel sentit certaines parties de son corps se contracter – son cœur, sa gorge, son estomac – et alors même que ses poumons étaient pleins à craquer, elle s'aperçut qu'elle ne pouvait plus respirer.

Elle attendit.

Elle vit les volutes de fumée de la pipe s'évanouir dans le ciel.

Elle pria. Il n'y avait pas d'autre mot pour qualifier la manière dont son esprit se concentrait sur une seule supplication pour l'offrir à quelqu'un, à quelque chose, elle ne savait pas quoi.

Faites que ce soit Mercy.

D'abord, apparut un ventre rond. Elle était grande, comme sa mère. Les bras serrés autour de la poitrine. Sur la défensive. Certaine que sa voisine s'était trompée. Comment cela aurait-il pu être vrai ?

Pourtant, ça l'était.

Mercy et Rachel crièrent d'une seule voix. Pas un mot, juste l'expression de la douleur et de la joie relâchées d'un seul coup. Rachel ouvrit les bras, et Mercy vint à elle. Elles s'étreignirent, le ventre de Mercy rencontrant la partie la plus affamée et la plus vide de Rachel, et puis elles trébuchèrent et faillirent tomber car les jambes de Rachel ne la portaient plus. Mary Grace, qui s'était également précipitée vers sa sœur, aida celle-ci à soutenir leur mère. En sentant ses forces l'abandonner, Rachel songea à tout ce temps où elle avait dû tenir bon pour ses enfants. Tout ce temps où elle avait dû attendre la permission de pouvoir s'abandonner.

Pour une fois, elle s'autorisa à être faible. Elle se mit à pleurer. Ses membres coulaient par terre comme du liquide.

Elle sentit que les bras de ses filles flageolaient sous son poids, qu'elles ne pourraient pas tenir longtemps ainsi. Elle réussit à se maintenir debout.

Mercy était droite et raide, l'œil vitreux. Pas de larmes. Après ce premier cri, elle était demeurée silencieuse. Rachel en tremblait encore, au bord des larmes ; Mercy était immobile. D'une main, Rachel caressa les cheveux de sa fille – aussi courts que les siens, épousant les contours de son crâne.

« Je suis là, murmura-t-elle, je suis là. »

Sa poitrine se dénoua, relâchant la douleur qui était là depuis sa première perte – depuis Micah, peut-être même depuis qu'on le lui avait arraché. Elle n'était pas en quête d'un accomplissement, car son cœur portait déjà toutes les cicatrices de la mort, et du souvenir de ceux qui étaient restés à des milliers de kilomètres de là. Mais jamais elle ne s'était sentie si proche de l'accomplissement. Elle était dans l'acceptation. La paix.

34

RACHEL CONSTATA LES EFFETS du temps sur sa fille. Elle était toujours aussi grande et bien bâtie, les épaules tombantes, les hanches larges. Avec son ventre rond, cela donnait une illusion de force. Mais son visage émacié et ses membres hâves disaient autre chose : elle était terriblement amaigrie.

Quand Mercy était petite, Rachel s'inquiétait de son cœur généreux. Tant d'amour à donner. Peut-être trop. Sa fille avait été inconsolable lorsque Micah avait été emmené, puis Mary Grace. Elle, ils l'avaient prise par un après-midi où Rachel travaillait à la sucrerie, à broyer les cannes dans le moulin. Peut-être était-ce mieux ainsi ; Rachel avait longtemps été poursuivie par l'image de sa fille hurlant alors qu'on l'emmenait de force, le cœur brisé.

À présent, elle constatait que les choses s'étaient passées ainsi qu'elle l'avait craint. Mercy avait dû s'endurcir pour survivre. Cela se lisait dans son regard éteint, et la façon dont elle gardait un bras en travers de sa poitrine, pour protéger son cœur.

Était-il trop tard ? Sa fille était-elle irrémédiablement brisée comme l'avait prédit Thomas Augustus ?

Rachel voulut lui toucher le ventre. Elle la vit tressaillir, puis se reprendre, se détendre, et laisser la main de sa mère caresser la courbure de son corps.

Mercy ne disait rien.

Mieux valait en général ne pas poser de question – la conception sur une plantation pouvait être brutale, atroce. De même, mieux valait éviter de condamner le bébé avant sa naissance à la rancœur de sa mère en la forçant à raconter comment il était arrivé là. Pourtant Rachel vit que les traits de Mercy affichaient une autre forme de douleur. C'était une chose de porter un enfant pendant ces longs mois en craignant qu'il ressemble à quelqu'un qu'on haïssait. Rachel savait combien c'était douloureux. C'était pire de se demander s'il ressemblerait à quelqu'un qu'on avait aimé et qui était mort, disparu à jamais. Rachel connaissait également cette angoisse – un bébé fruit de l'amour et de la perte, en succession rapide.

Mercy ne leur posa aucune question, ni pourquoi ils étaient là, ni au sujet de leur voyage. Peut-être qu'elle aussi, en regardant sa mère, avait vu une douleur que Rachel n'avait pas la force de montrer – pas encore.

Le vieil homme et sa fille traînaient toujours devant leur case, impassibles devant ces retrouvailles. Celui-ci prit une longue bouffée de sa pipe et dit : « V'là l'aube. »

Il avait raison. À l'est, une bande de ciel d'un gris laiteux barrait l'horizon. Mercy saisit le bras de Rachel.

« Faut qu'vous partiez, dit-elle. C'est dangereux.

— Le contremaître ? répondit sa mère.

— Oui.

— On l'a déjà vu. »

Mercy cilla plusieurs fois. Elle ne semblait pas comprendre.

« On l'a déjà vu, répéta Rachel. Il nous a proposé du travail. On a accepté pour pouvoir venir jusqu'au village. Jusqu'à toi. »

Lentement, Mercy lâcha le poignet de sa mère et croisa de nouveau les bras sur sa poitrine.

« Ah, dit-elle d'une voix blanche. Alors bienvenue à Persévérance. »

Quand le soleil se leva, ils découvrirent que les champs de canne à sucre étaient à moitié gâtés. Les plus proches du village des esclaves étaient déjà très largement mûrs pour la récolte : les tiges ployaient et les feuilles pourrissaient par terre. Un champ avait été brûlé, et il n'en restait que la terre noircie.

Dans la lumière du matin, le contremaître avait l'air pis. Il était étrangement dépourvu de couleur, avec des cheveux blonds dégarnis et une peau de la couleur des os blanchis par le soleil. Rachel apprit qu'il s'appelait Mr Thornhill.

Elle n'avait jamais vu d'homme si pâle. Elle était habituée à ceux qui avaient le visage rougeaud à force de boire et de passer leur temps dehors, dans la chaleur torride des Caraïbes. Ce Mr Thornhill donnait l'impression de passer son temps avec les femmes, dans l'ombre d'un parasol, dégoûté à l'idée que sa peau puisse se rapprocher ne serait-ce que d'une nuance de celle des Nègres. Il arpentait les champs lentement, flanqué de deux costauds, observant les ouvriers qui coupaient la canne. Il avait des manières de femme blanche. Raide, supérieur, d'une grâce étudiée, avec des airs de prédateur et l'ombre d'une menace.

Personne et Rachel se retrouvèrent dans le premier atelier. Ils travaillaient à côté de la jeune femme qu'ils avaient rencontrée au village. Elle gardait les lèvres pincées chaque fois qu'ils tentaient d'engager la conversation avec elle, mais vers midi, un des hommes du contremaître lui hurla de travailler plus vite, et ils apprirent qu'elle s'appelait Nancy.

Le père de celle-ci avait échangé quelques mots avec Rachel en se dirigeant vers les champs à l'aube. Il s'appelait Abraham. Il suivait en boitant le premier atelier, ramassant les cannes en fagots du mieux qu'il pouvait avec son bras unique. Mary Grace restait auprès de lui, attachant les cannes qu'il empilait au sol.

La journée passa comme dans un rêve. Dans son corps, Rachel éprouvait la sensation que le temps s'était arrêté depuis qu'elle avait quitté la vieille plantation de Providence – et même depuis qu'elle avait ramassé une serpe à l'âge de treize ans et commencé à faucher les tiges de canne. Dans sa tête, en revanche, tout avait changé. Tandis que son corps retombait dans la routine, maniant la serpe encore et encore, son esprit voyait tout sous un jour nouveau. Elle sentait sa propre puissance. Dans un sens, cela lui plaisait de mesurer la force qu'elle possédait, combien elle pouvait enfoncer la serpe profondément dans les cannes les plus dures. Mais elle voyait aussi beaucoup plus clairement désormais combien ce travail était fastidieux ; elle commençait à éprouver une grande lassitude. Elle avait accompli ce travail jour après jour, mois après mois, année après année, pendant des décennies, mais entre-temps elle avait goûté à autre chose. Elle avait forcé son corps à accomplir des choses par sa propre volonté.

Ce travail était facile parce que ses muscles avaient très vite retrouvé le rythme. Mais c'était dur également parce qu'à chaque coup de serpe, elle ne pouvait s'empêcher de penser :

Pourquoi ?

Quand Mr Thornhill s'approchait, elle soutenait son regard. Elle sentait bien sa cruauté, mais elle n'avait plus peur. C'était toujours lui qui détournait les yeux, ne trouvant rien à redire à son travail, et puis – elle en était certaine – parce qu'il était un peu déstabilisé par l'expression qu'il lisait sur son visage. Il voyait qu'elle connaissait l'étendue de sa propre puissance, et cela l'inquiétait. Disparue celle qui se recroquevillait sur elle-même et se faisait toute petite. À sa place, se trouvait une femme de haute taille, une serpe à la main. À la fin de la journée, Rachel s'aperçut qu'il l'observait depuis l'autre bout du champ, alors elle abattit la lame le plus fort possible et trancha une tige d'un seul geste. Leurs regards se croisèrent. Rachel sourit. Mr Thornhill se retourna et partit vers la grande maison, tout là-bas, laissant ses hommes superviser les dernières heures de travail.

Une fois de retour au village avant la tombée de la nuit, Rachel se sentit submergée par l'excitation de sa nouvelle découverte : elle n'éprouvait plus aucun intérêt pour la vie qu'elle avait menée naguère, résignée à faire ce qu'on lui demandait. Elle ne s'était jamais crue capable d'effectuer les choix qui changent le cours d'un destin. Elle avait fait de son mieux pour survivre à l'esclavage, et quand la liberté était arrivée, elle avait pensé qu'il était trop tard pour elle. Découvrir à présent que le changement s'était produit sans qu'elle s'en aperçoive l'enivrait. En effet, il s'était opéré petit à petit, à chaque pas qu'elle avait fait depuis Providence, à chaque centimètre de mer ou de rivière qu'elle avait franchi. L'ancienne Rachel n'aurait jamais osé regarder Mr Thornhill dans les yeux.

Au village, Mercy les attendait déjà. Elle ne travaillait pas aux champs mais surveillait les animaux dans l'enclos près de la demeure des maîtres. Elle paraissait fatiguée, renfermée, et un éclair de lassitude traversa son visage lorsqu'elle remarqua la bonne humeur de sa mère.

« Ça s'est bien passé dans les champs ?

— C'est dur », déclara Personne, qui pétrissait l'intérieur de son bras avec son poignet. Sur le chemin du retour, il s'était montré silencieux. Rachel comprit qu'il avait dû sentir également que la roue avait tourné, qu'elle avait fait un tour complet, le ramenant jusqu'aux champs de canne à sucre, même si pour lui ce tour se comptait en décennies plutôt qu'en années. Le labeur l'avait épuisé, et Rachel lisait dans ses yeux l'agitation. Il y avait toujours en lui un petit garçon qui cherchait le moyen de fuir, ainsi que sa mère le lui avait ordonné.

« Viens, dit Rachel à Mercy. Assois-toi avec nous pour manger. On a du poisson. »

Ils se partagèrent la fin du poisson séché et laissèrent leurs pieds fatigués se reposer. Mercy observait sa mère de près, avec prudence.

Rachel lui prit la main, et cette fois sa fille n'eut pas de mouvement de rejet. C'était comme déballer un objet fragile, retirer des couches de peau aussi fines que de la gaze dans l'espoir qu'elles ne se déchirent pas.

« Faut qu'je sache, murmura-t-elle. Les autres ? » Elle regarda sa sœur. « Est-ce que… »

Rachel commença par lui parler de Thomas Augustus et Cherry Jane. Mercy baissa la tête et écouta, dessinant des formes dans la poussière. Elle ne laissait rien paraître – ni soulagement, ni désespoir.

Enfin, elle releva la tête. « J'suis contente qu'y soient en sécurité. »

L'ombre de Micah flottait dans le silence qui s'étendait entre elles.

Rachel reprit : « Micah… » mais Mercy la coupa.

« Non. »

Elle posa d'instinct la main sur son ventre. Rachel savait que le deuil avait ce pouvoir : chacun ranimait les souvenirs des précédents, chaque mort se fondait dans les autres, jusqu'à former une véritable masse de chagrin. Mercy avait ajouté Micah au nombre grandissant des proches qu'elle avait perdus.

« Un jour, j'te raconterai, dit Rachel. Mais pas aujourd'hui.

— Non, pas aujourd'hui », répéta sa fille, et Rachel la vit s'efforcer de cacher sa douleur en changeant d'expression.

Rachel regardait ses genoux. Il y avait tant à dire, mais ni l'une ni l'autre n'avaient les mots pour ça. Rachel aurait voulu mettre Mercy en garde : ne rien dire, feindre d'être forte, retenir ses larmes, endiguer son chagrin, rien de tout cela ne fonctionnait. Rachel s'y était essayée pendant quarante ans. C'était seulement à présent, après avoir parcouru des milliers de kilomètres, qu'elle comprenait combien tout cela s'était avéré futile. Elle aurait voulu dire à sa fille qu'elle devait s'autoriser à éprouver des sentiments, mais cela lui paraissait vain. On ne pouvait transmettre ainsi une telle leçon. Ce n'était pas si simple. Il fallait l'avoir vécu pour le comprendre.

Quand elle était plus jeune, Rachel s'était persuadée que les hommes blancs ne détenaient aucun pouvoir sur elle s'ils ne la voyaient pas pleurer, s'ils ne savaient pas combien ils lui faisaient mal en la séparant de ceux qu'elle aimait. À présent, cela la rendait malade d'y penser, car en réalité ils avaient toujours eu le pouvoir. Une souffrance digne ne donnait aucun avantage, contrairement à ce qu'elle avait cru. En vérité, les Blancs s'en moquaient. Qu'elle hurle ou garde le silence, c'était du pareil au même pour eux. Ils lui auraient malgré tout pris ses enfants pour les vendre, s'attendant à ce que Rachel retourne travailler comme s'ils ne lui avaient pas arraché le cœur.

Tandis qu'elle se demandait comment elle pourrait sauver sa fille, la douce, la gentille, l'aimante Mercy, désormais durcie par le travail et par le deuil, Mary Grace s'approcha de celle-ci. Elle se colla contre elle, depuis la hanche jusqu'au bras, et elles restèrent assises ainsi pendant un moment, jusqu'à ce que la tête de Mercy commence à ployer. Elle était plus grande que sa sœur, mais elle s'abandonna, jusqu'à ce que sa tête repose sur l'épaule de Mary Grace.

Elle se mit à pleurer. Des larmes silencieuses. Elle ferma les yeux et les laissa s'écouler librement sur le bras luisant de sa sœur.

Le regard sagace de Mary Grace rencontra celui de sa mère. Après tout, elles avaient parcouru tout ce chemin ensemble. Rachel n'était pas la seule à avoir appris à aimer de tout son cœur à nouveau. Mary Grace demeura parfaitement immobile tandis que Mercy s'effondrait contre elle et que Rachel réussissait avec peine à éviter de pleurer à son tour. En apparence, ses filles ne se ressemblaient guère – Mary Grace avait le visage plus large et plus plat, et elle était à la fois plus tendre et moins émaciée que sa sœur. Mais à cet instant, ainsi serrées l'une contre l'autre, Rachel vit tout ce qu'elles avaient en commun. Les mêmes sourcils et prunelles. Les mêmes mains étroites, avec de longs doigts fins.

Mercy se redressa et essuya ses larmes. Elle posa la main sur son ventre, comme pour se rappeler pourquoi elle devait les sécher. Elle effaça tout signe de tristesse – ses lèvres tremblantes, le chagrin qui creusait ses sillons sur son front – et son visage redevint impénétrable. Rachel observa sa fille ; Mercy avait mis fin à ses pleurs, mais elle ne semblait pas regretter de les avoir versés. Elle avait encore peur de trop en montrer, de trop ressentir, mais apparemment elle ne s'en voulait pas d'avoir laissé transparaître ce qu'il y avait au fond de son cœur. Il n'était donc pas trop tard.

Plus personne ne parlait mais Rachel sourit à ses filles, et Mercy lui rendit son sourire, pas avec la bouche, mais avec une douceur dans les yeux, une lueur qui brilla quelques instants avant de s'éteindre.

35

RACHEL VIT ABRAHAM LA PREMIÈRE. Elle l'observa un moment, assis, fumant en contemplant le ciel nocturne. Lorsque enfin il se retourna et la vit dans l'ombre de sa porte, il ne sembla pas surpris.

« T'arrives pas à dormir ? »

Rachel haussa les épaules.

Abraham se remit à observer les étoiles.

« Et donc, la Barbade ? » Il la regarda, voyant sa surprise. « Mercy m'a dit qu'sa mère était de la Barbade. J'm'en souviens vu que la Barbade, c'est là que j'suis né. »

Ce détail le rendit sympathique à Rachel. Elle considéra avec un intérêt nouveau son visage maigre et ses yeux caves. Certes, ils avaient suivi des chemins différents, mais ils avaient fait le même voyage d'une île à l'autre.

« T'as vécu là-bas longtemps ? »

Il secoua la tête. « J'avais huit ans quand y m'ont amené ici. Mais j'ai gardé des souvenirs. J'suis né dans le nord.

— Moi aussi j'étais dans l'nord. À Providence, tu connais ?

— J'connais le nom. Ça devait pas êt' loin. »

Il contemplait toujours les astres. Rachel attendit qu'il lui parle de gens qu'elle avait peut-être rencontrés, de sa famille dont elle aurait pu lui donner des nouvelles. Ou simplement qu'il lui confie le nom de la plantation où il était né afin qu'elle puisse lui apporter des informations. Mais il se taisait.

Il porta sa pipe à ses lèvres, prit une grande bouffée et laissa la fumée ressortir par sa bouche et ses narines. Cette vision fit penser Rachel aux âmes : si elles étaient visibles à l'œil humain, peut-être auraient-elles cette allure en quittant le corps, traces argentées émergeant d'une personne pour s'élever au ciel.

« Tu veux savoir qu'est-ce qui s'est passé ?

— Pour ton bras ? dit Rachel, qui regardait sa manche vide osciller sous la brise.

— Non. Qu'est-ce qui lui est arrivé à lui, répondit-il en désignant de la tête la case de Mercy. C'était un type bien, Cato. C'est une honte. »

Rachel attendit qu'il prenne une nouvelle bouffée.

« Ils ont essayé de se faire marrons. C'était après l'abolition de l'esclavage. Pourquoi s'enfuir quand on est libres, je sais pas. Mais y l'ont fait. »

Rachel regarda la case où Mercy dormait. Les morceaux du puzzle commençaient à s'emboîter. Cette carapace qu'elle portait, l'air de s'être résignée à son destin, tout ça n'était pas l'œuvre de longues années, mais de mois – peut-être de semaines. La blessure était fraîche, et Mercy essayait de guérir de la seule manière qu'elle connaissait.

« Y z'ont été pris ?

— D'une certaine façon, fit Abraham d'un air sombre. Y sont pas allés loin. »

Il montra quelque chose au loin, en direction de la piste indienne que Rachel et ses compagnons avaient empruntée pour arriver à la plantation. Une partie du chemin était visible au-dessus de la canne à sucre, avant de disparaître à l'horizon.

« Y sont partis par là. J'y étais. » Dans l'obscurité, difficile de déchiffrer son expression. Les mots étaient ternes et creux dans sa bouche, ne trahissant rien d'autre que son épuisement profond. « Pis je vois Thornhill qui commence à tirer. Premier coup, y rate, mais au deuxième il touche Cato en pleine poitrine. »

Rachel sentit sa mâchoire se serrer violemment. Il lui fallut un moment pour se calmer, mais lorsqu'elle reprit la parole sa voix était remplie de dégoût.

« Il a été puni pour ça, Thornhill ? »

Elle connaissait déjà la réponse. Certains comportements dépassaient les limites de ce qui était admis, hélas, la loi ne protégeait pas les esclaves comme elle aurait dû.

« Non. Sa sœur est mariée à un juge. Il a jamais été condamné pour rien depuis toutes ces années qu'il est ici. »

Rachel brûlait de colère face à tant d'injustice. Ce qui la surprit. Elle avait pourtant l'habitude. Il y avait un contremaître à la Barbade qui, lui aussi, avait ce genre de relations, et dont la plus jeune victime n'avait que quatre ans – battu à mort, il ne s'était jamais réveillé. Rachel avait passé des années à cultiver son indifférence face à ces mille cruautés, grandes et petites, qui faisaient le quotidien sur les plantations. Et pourtant, maintenant, la rage bouillonnait en elle, menaçant d'exploser dans un cri, à croire qu'elle n'avait jamais entendu parler auparavant d'un homme blanc qui assassinait un Noir et s'en tirait sans la moindre remontrance.

Elle ne pensait qu'à sa fille. Mercy et Cato chuchotant la nuit, élaborant leur plan. Mercy, la main sur son ventre, le visage grave, déterminée à ce que cet enfant soit le premier depuis des générations à naître libre. Mercy et Cato courant sous la lune. Mercy criant lorsque les balles avaient sifflé à ses oreilles. Mercy hurlant en voyant Cato trébucher pour s'affaler par terre, le sang sourdant de son torse.

Abraham la regardait qui écumait. Il ouvrit la bouche, mais se ravisa. Ils demeurèrent assis dans le silence seulement troublé par la respiration de Rachel, qui peu à peu redevint normale.

Quand elle lui sembla avoir dépassé ses envies de violence, Abraham ajouta : « Mercy a eu d'la chance d'en réchapper. Enfin, c'était pas d'la chance, se reprit-il en secouant la tête. Thornhill est capable d'atteindre une mangue dans un arbre à trois champs d'distance, s'il veut. Y savait qu'est-ce qu'y visait. Y savait déjà pour l'bébé, même si on était pas nombreux à savoir. On peut pas s'passer de main-d'œuvre ici, p'têt' qu'il a pensé que ça compenserait. On en tue un mais un aut' arrive pour le remplacer quèques mois plus tard. »

Rachel ravala la bile amère qui lui brûlait le fond de la gorge. Abraham la regarda, vit l'expression qui déformait ses traits et se tut. Sa voix se réchauffait, perdant ses tonalités les plus rauques. Rachel se demanda combien de centaines de nuits il avait passées ainsi devant sa case. Il devait s'habituer à avoir de la compagnie, et ça ne semblait pas lui déplaire.

« Et toi, t'y penses ? demanda-t-il.

— À quoi ?

— À te faire marronne.

— Il a bien fallu, pour v'nir jusqu'ici. »

Abraham tira une nouvelle bouffée sur sa pipe. Rachel remarqua que son regard se voilait légèrement chaque fois qu'il inhalait la fumée, comme si le tabac émoussait ses sens.

« Moi, j'y ai pensé quand j'étais jeune. À mon arrivée ici. J'voulais rentrer chez moi. C'est pour ça qu'les Blancs, y z'adorent nous garder sur des îles – comment qu'on fait pour rentrer chez nous, hein ? C'est la mer qui nous garde. »

Abraham soupira.

« C'était dans l'temps. Avant Nancy. C'est différent une fois que t'as des petits. T'as une raison de vivre. Cato et Mercy, c'est ce qui allait leur arriver. Le mioche, ça leur faisait une famille. P'têt qu'y z'ont pensé que c'était pas assez. Mais j'comprendrai jamais pourquoi qu'y se sont fait marrons. Qu'est-ce qu'y voulaient de plus ? »

Rachel ne pouvait détacher les yeux d'Abraham, qui ne semblait pas remarquer son incrédulité. Il fit tourner sa pipe entre ses mains, l'air songeur, examinant les craquelures du vieux bois et l'usure sur les bords.

Qu'est-ce qu'y voulaient de plus ?

Rachel l'observait, pour savoir s'il le pensait vraiment. Des rides profondes marquaient son front et encadraient sa bouche ; dans sa barbe, des boucles grises. Il portait sur son visage le poids des ans, et plus encore. Et ce vide au fond des yeux, le même que Rachel avait vu chez Mercy, à cette différence que, chez Abraham, c'était bien plus profond. Trop profond.

Qu'est-ce qu'y voulaient de plus ?

Mille réponses jaillissaient dans l'esprit de Rachel. Il y avait des fleuves dont l'embouchure était plus vaste que toute l'île de la Barbade. Il y avait la mer. Les mariages célébrés au fond des forêts, loin de la misère des plantations, là où l'amour était plus frais, plus clair – comme l'air des montagnes. Il y avait des villes remplies de gens sales et déracinés, où la souffrance avait une texture différente. Le travail pouvait y être aussi rude, la nourriture aussi maigre, mais la simple masse des difficultés, les centaines de gens qui s'entassaient dans ces quartiers bondés rendaient les choses plus faciles à supporter.

Le lien fragile que Rachel avait cru nouer avec Abraham s'était dissous. Ils n'avaient pas fait le même voyage. Entre la Barbade et Trinidad, Abraham avait perdu cette partie de son âme que Rachel avait récemment recouvrée. Elle n'avait pas dit son dernier mot.

L'image de Mercy serrant le corps de l'homme qu'elle avait aimé apparut dans l'esprit de Rachel. Le geste de Thornhill avait pour but d'inspirer la terreur. Il savait que le meurtre payait sur le long terme. Les gens avaient peur. Même au cœur de la nuit, il pouvait frapper. À plusieurs centaines de mètres de distance, il pouvait tuer : la nuit n'offrait aucune protection.

Rachel se rappela comment leurs regards s'étaient croisés dans les champs. Ses lèvres formaient une espèce de rictus. Elle avait senti les limites du pouvoir de cet homme, et sa force à elle. Au nom de Cato – qu'elle n'avait jamais rencontré, mais qu'à travers Mercy elle aimait pourtant –, ils finiraient ce qu'ils avaient commencé. Le souhait désespéré que cet homme avait formé pour son enfant, de lui offrir une liberté en dehors de la servitude de la plantation : ce souhait pouvait encore être exaucé.

Les ultimes braises se mouraient dans la pipe d'Abraham. Il tira les dernières bouffées, puis retourna sa pipe pour faire tomber les cendres par terre.

« J'imagine que t'es là pour un moment, dit-il.

— Pour sûr », mentit Rachel.

36

LES PROJETS D'ÉVASION de Rachel furent interrompus par un sifflement de Nancy. C'était le crépuscule, entre chien et loup. Les ouvriers des champs étaient rentrés au village avant Mercy, et Rachel essayait d'imaginer ce qu'elle dirait à sa fille à son retour, comment elle pourrait lui expliquer à quel point il était urgent de quitter Persévérance, quand Nancy désigna le chemin qui serpentait parmi la canne à demi récoltée en disant :

« Y a du grabuge. »

Mr Thornhill tenait Mercy par le poignet. Dans son autre main, une corde et un fouet.

Rachel se raidit.

Mr Thornhill ne semblait pas pressé, et s'il était en colère, il n'en laissait rien paraître. Lorsque Mercy et lui arrivèrent au village, il n'appela personne, ni ne requit aucune présence. Il mena Mercy jusqu'à l'arbre qui poussait à la limite du village. Rachel l'avait déjà remarqué et deviné à quoi il servait. Ses branches noueuses, nues et stériles, se détachaient sur un ciel crépusculaire.

Mercy gardait la tête haute, mais ses mains tremblaient.

Personne fit un pas vers Mr Thornhill. Mary Grace le retint.

Tous attendaient.

Mr Thornhill leva les bras de Mercy et l'attacha par les poignets à une branche juste à la bonne hauteur. Ses nœuds étaient méthodiques et il s'assura qu'ils étaient solides. Il recula d'un pas. Une petite foule s'était rassemblée – comme si les gens avaient senti sa présence.

« Aujourd'hui, Mercy s'est endormie pendant ses heures de travail. Puisque l'enclos n'est pas fermé, deux chèvres et une vache se sont échappées. » Il se tut et déchira la chemise dans le dos de la jeune femme. Mouvement véloce et violent qui jurait avec la lenteur de son élocution.

Rachel serrait les poings.

« Que ça vous serve de leçon à tous : je ne tolérerai aucune paresse sur cette plantation. »

Nouveau mouvement rapide. Tel un serpent.

Le fouet claqua et s'abattit sur la peau de Mercy.

Âcre odeur de sang, pareille à du métal sur la langue.

Non.

Rachel le sentit dans son dos à elle : la chair qui fond, la douleur brûlante qui aveugle, qui se propage jusque dans les os. Leurs positions étaient inversées : c'était elle qui était attachée à l'arbre, les yeux gonflés, presque fermés à cause des coups qu'elle avait reçus avant le fouet. Sa tête molle était inclinée sur son épaule. Et puis, ce cri : « Non ! » À travers les fentes de ses yeux, Rachel vit l'enfant échapper à ses frères et sœurs, trébuchant sur ses pieds minuscules en courant. Mercy, encore assez petite pour croire qu'elle avait le pouvoir d'arrêter le fouet, les yeux écarquillés, les mains levées, prête à détacher sa mère. À la lisière de son champ de vision que la douleur rendait flou, Rachel vit le contremaître se baisser et flanquer l'extrémité du fouet dans le visage de la fillette, lui cassant le nez, répandant son sang dans la poussière, puis il se redressa, prêt à répandre à nouveau celui de sa mère.

Aussi vite qu'il avait surgi, ce souvenir disparut. Mercy était toujours attachée à l'arbre, son dos cambré mettant encore plus en relief son ventre protubérant, ses orteils recroquevillés dans la terre alors qu'elle essayait de trouver comment se positionner.

Mr Thornhill se retourna. Il était rouge, davantage sous l'effet de l'excitation que de l'exercice. Il regardait Rachel. Elle s'aperçut que tous les regards étaient braqués sur elle.

Combien de fois avait-elle vu ainsi donner le fouet ? Combien de fois avait-elle hurlé en silence pour que cela cesse ? Mais cette fois, les mots étaient sortis. La peur n'étranglait plus sa gorge. Seulement la rage.

« Non », répéta-t-elle.

Le fouet pendait mollement au côté de Mr Thornhill. Derrière lui, la plaie ouverte sur le dos de Mercy pleurait du sang. Rachel tremblait, mais ce n'était pas de peur.

« Comment ça, "non" ? »

Il paraissait plus curieux qu'en colère.

« Arrêtez d'la faire souffrir comme ça. »

Le silence était si lourd qu'il absorbait tout. Rachel n'entendait même plus le bruit de sa propre respiration.

Mr Thornhill se retourna vers Mercy. Rachel bougea avant lui, elle se précipita en avant et lui saisit le bras avant qu'il ne s'abatte. Le choc d'être ainsi touché faillit le faire tomber, et son poignet s'agita pour échapper à l'étreinte puissante de Rachel.

Le masque tomba.

« Lâche-moi ! » gronda-t-il.

Il arracha son bras des mains de Rachel. Toutes les pensées cruelles qui lui avaient jamais traversé l'esprit, tous les actes ignobles qu'il avait accomplis apparurent soudain sur son visage. Il la frappa, pas avec le fouet, mais avec son poing : elle sentit le contact de ses os contre son crâne, puis son corps fut projeté en arrière et elle s'écroula brutalement par terre.

Elle ne bougea pas. Elle vibrait d'un pouvoir qu'elle ne comprenait pas complètement, et c'est seulement en regardant le dos lacéré de Mercy qu'elle parvint à s'empêcher de se relever pour rendre le coup. Elle était prête à mourir pour sa fille, mais cela ne servirait à rien. Mr Thornhill la tuerait et ensuite il fouetterait Mercy exactement de la même manière. Alors Rachel ferma les yeux et laissa le contremaître croire qu'il l'avait brisée, aussi facilement que ça.

Rachel compta les coups au bruit du fouet et des gémissements sourds de Mercy, qui se retenait de hurler. Dans les ténèbres brûlantes derrière ses paupières, elle imagina qu'ils étaient tous libres – Mercy, Mary Grace, Personne et elle-même. Des images lui vinrent en tête, ils s'enfuyaient de Persévérance et s'enfouissaient au plus profond des verts paysages de Trinidad.

Grâce à ces images, elle tint bon, et elle put ajouter à la longue liste de tout ce qu'elle avait dû supporter au cours de sa vie la torture d'avoir dû entendre sa fille enceinte recevoir le fouet.

C'est fini.

Elle ouvrit les yeux.

Mr Thornhill coupa les liens qui retenaient Mercy, ses jambes cédèrent sous elle et elle glissa sur le sol. Son dos était un désastre de chair rouge gonflée, parcouru de lambeaux de peau. Rachel vit Mr Thornhill s'éloigner, tout le sang qui lui était monté au visage s'étant déjà retiré. Il était redevenu de la couleur du lait. Il ne se retourna pas, ne prit même pas la peine de lui lancer un coup d'œil goguenard. À quoi bon ?

C'est fini.

Rachel et Personne relevèrent Mercy et la portèrent jusque dans sa case. Là, elle soigna ses plaies du mieux qu'elle put. Déjà le sang séchait le long des jambes de sa fille ; Rachel l'essuya. Nancy apporta en silence un baume pour soulager la douleur. Mercy fit la grimace quand sa mère en enduisit les blessures dans son dos, mais elle ne laissa pas échapper un gémissement.

Pour combler ce silence humide, étouffant, Rachel se mit à chanter. Une des chansons de Quamina. Le village des marrons était tel un rêve à présent, une autre vie. Mais la chanson conservait la magie de la forêt. Les bras de Mercy, enroulés autour de son ventre, commencèrent à se détendre. Rachel, dont la rage étreignait la poitrine, put à nouveau respirer.

Sa chanson se termina alors qu'elle finissait d'étaler le baume. Elle s'assit sur ses talons. Mercy ne bougea pas mais un lent soupir s'exhala de ses narines.

« Le bébé, murmura-t-elle. Je le sens. »

Rachel souffla à son tour. L'atmosphère s'allégea un peu. Elle posa la main sur la hanche de sa fille en prenant soin d'éviter la peau déchirée, et les deux femmes regardèrent la terre avec une gratitude muette. En dépit de tout, le bébé vivait encore.

« Tu peux m'raconter, dit Mercy la tête toujours baissée. Pour Micah.

— T'est sûre ?

— Oui. S'il te plaît. J'veux savoir. »

Elle ne bougea pas tandis que sa mère lui narrait toute l'histoire : le soulèvement, la bataille, les soldats sortant

Micah de la foule pour le fusiller parce qu'il avait tenté d'arracher sa liberté par la force. Par moments, les épaules de Mercy tremblaient un peu, mais le reste du temps, en dehors du sang qui continuait à couler des blessures les plus profondes, on aurait cru une statue.

Quand sa mère eut fini, Mercy se redressa lentement pour s'asseoir en s'appuyant sur le sol, serrant les dents de douleur. Ses yeux brûlaient, ne dissimulaient plus rien. Elle n'avait plus peur de cacher ce qu'elle avait dans le cœur.

« Merci », dit-elle. Puis, relevant la tête, elle ajouta : « Je suis fière. De qu'est-ce que Micah a fait. Ça a toujours été lui le plus courageux d'entre nous. »

37

MERCY AVAIT PEUR. Il y avait toujours en elle une jeune femme farouche – Rachel l'avait vu à la manière dont elle avait réagi en entendant l'histoire de Micah. Mais les conséquences de la dernière tentative d'évasion n'étaient pas faciles à oublier.

« Y va nous tuer », dit Mercy. Sa voix était rauque, à croire que ses efforts pour ne pas crier pendant qu'on la fouettait avaient diminué sa capacité à parler.

Rachel, ses filles et Personne chuchotaient, accroupis tous les quatre dans la case de Mercy. Le jeune homme jetait de fréquents coups d'œil à la porte, de crainte qu'on les observe.

« Faut qu'on s'en aille, dit Rachel.

— Tu comprends pas, répondit Mercy. Il monte la garde toutes les nuits. Y va nous tuer si on se fait marron. »

Rachel les regarda les uns après les autres. Mercy, terrifiée, portant encore le deuil de Cato. Personne, nerveux mais prêt – ce ne serait pas la première fois qu'il s'enfuirait. Et Mary Grace, le regard clair, prête à tout pour qu'ils puissent se sauver, comme sa mère.

« Alors on partira pas de nuit. »

Mercy fronça les sourcils. « Quoi ?

— C'est ça qu'attend Thornhill, poursuivit Rachel. C'est pour ça qu'on filera en plein jour.

— Mais on nous verra !

— Non. Demain, le premier et le deuxième atelier vont porter la canne à la sucrerie. Si on se cache derrière le bâtiment à côté du moulin, on sera cachés. De la grande maison et des champs, on pourra pas nous voir. On peut courir jusqu'au bois, en face. »

Elle attendit que les autres lui disent ce qu'ils pensaient de son plan. La bouche de Mary Grace formait un trait serré, plein de détermination. Mercy avait toujours la tête penchée ; elle était la seule que Rachel ne pût lire.

« On peut couper par la forêt et rejoind' la route. Prendre au nord, vers Port-d'Espagne.

— Non. » La voix de Mercy était grave. Elle tremblait mais ne craqua pas. « Y a un aut' chemin. »

Elle prit une respiration profonde et se redressa. Ce simple mouvement lui arracha une grimace, la peau de son dos encore à vif et ensanglantée.

« Y a des villages libres. Plus loin vers l'est. Au bord de la mer.

— Tu veux dire que des marrons vivent là-bas ? demanda Personne.

— Pas des marrons. Y sont libres pour la plupart. Y font pousser ce qu'y peuvent pour se nourrir, et le reste, y le vendent sur la côte. »

Rachel se pencha vers sa fille. « Tu crois qu'on devrait aller là-bas plutôt qu'à Port-d'Espagne ?

— Je sais pas », répondit Mercy. Un voile de sueur couvrait son visage. Il était évident qu'elle souffrait – à la fois de ses blessures, et à l'idée de tenter une nouvelle fois de s'échapper étant donné ce qui s'était passé la première fois.

« Abraham m'a raconté. Pour Cato. » Rachel parlait doucement. Elle s'attendait à ce que sa fille s'effondre un peu plus en entendant son nom, mais au contraire, elle releva la tête. Le feu se ranima en ses yeux.

« Faut aller vers l'est, dit-elle d'une voix qui ne tremblait plus. C'est Cato qui avait pensé aux villages. Son frère avait réussi à racheter sa liberté, et y voulait aller l'retrouver. »

Les autres, qui n'avaient jamais connu Cato, sentirent la puissance de son souvenir. Ils se regardèrent tous et tombèrent d'accord. Ils partiraient le lendemain.

La liberté – la vraie liberté – les appelait.

C'était une journée torride. Les rayons blancs du soleil dardaient sur les champs telles des dagues incandescentes et tout le monde était trempé de sueur. Coup de chance, vers midi, au moment où la chaleur atteignait son paroxysme, Mr Thornhill se retira dans la grande demeure, laissant ses hommes superviser le transport des fagots de canne à sucre jusqu'au moulin. Sans lui, Rachel sentit qu'elle respirait mieux, même si elle ne pouvait se débarrasser de la sensation d'être surveillée alors qu'elle n'avait pas la possibilité de suivre les mouvements du contremaître.

Ils ne s'étaient pas mis d'accord sur un signal, ou un moment propice pour fuir. Mercy était restée au village, arguant du fait qu'elle avait besoin de récupérer après le châtiment de la veille. Nancy avait transmis l'information à Mr Thornhill, ce qui avait occasionné un moment de tension – s'il avait forcé Mercy à retourner à son poste pour surveiller les animaux, il leur aurait été impossible de coordonner leur fuite. Peut-être qu'à l'aube d'une nouvelle journée de travail, il avait constaté combien les bras manquaient pour procéder à la récolte, ce qui l'avait convaincu de faire preuve d'une clémence très relative. Il n'avait pas les moyens de perdre le bébé. Quelle qu'en soit la raison, Mercy put donc rester au village. De sa case, elle pourrait elle aussi se rendre derrière la sucrerie, puis fuir vers la forêt. Lorsqu'elle verrait les autres, elle se sauverait à son tour.

C'était la partie du plan qui inquiétait le plus Rachel. Sa prudence naturelle luttait contre sa détermination nouvelle à n'accepter aucun compromis pour gagner sa liberté. Toute la matinée, la pensée du dangereux sprint de Mercy pour rejoindre les bois à travers champs pesa dans son esprit. Mais quel autre choix avaient-elles ? Et Mercy était courageuse – plus que sa mère ne l'avait jamais été, c'était certain. Celle-ci ne pouvait qu'espérer.

Au milieu de l'après-midi, alors que le soleil cognait toujours sur les ouvriers, Rachel, Personne et Mary Grace se retrouvèrent en queue d'un groupe qui se dirigeait vers le moulin. Sans s'être concertés, sans même s'être regardés, ils surent que c'était le bon moment.

Peu à peu leur allure ralentit, et plusieurs mètres de distance les séparèrent bientôt des autres. Au-devant, le moulin tournait – mû par la force des travailleurs à l'intérieur, puisqu'en ce jour accablant il n'y avait pas un souffle de vent.

Rachel bifurqua. Elle savait qu'ils devaient continuer à marcher mais surtout pas courir. Cela aurait trop attiré l'attention. Aussi, un pas après l'autre, au comble de l'anxiété, ils prirent la direction de la sucrerie pour se mettre en sécurité derrière le bâtiment.

Rachel vit quelqu'un sortir du moulin et son estomac se noua. Elle ne s'arrêta pas, il ne fallait pas, mais dès lors elle sut qu'on les avait vus.

Abraham émergea de l'ombre. Il regarda Rachel, mais celle-ci baissa les yeux, se concentrant sur ses pas.

Un pas en avant. Encore un.

Elle se retourna enfin. Il la regardait toujours. Elle était trop loin pour déchiffrer l'expression de son visage, ou pour voir s'il ouvrait la bouche, s'apprêtant à hurler.

Ils étaient presque arrivés, ils allaient échapper au regard d'Abraham. Rachel accordait sa respiration au rythme de ses pas.

Alors qu'ils tournaient à l'angle du bâtiment, elle se retourna vers Abraham une dernière fois. Difficile à dire avec le soleil dans les yeux, mais elle aurait juré qu'il avait levé la main en guise de salut. Il ne comprenait pas qu'on en veuille plus – il ne comprenait pas pourquoi Rachel et les autres tenaient à fuir cette demi-vie qu'ils menaient à Persévérance – mais peut-être pouvait-il l'accepter. Voire respecter leur choix. Son silence les protégerait tant qu'ils n'étaient pas partis.

Dans l'ombre de la sucrerie, Personne s'adossa au mur, haletant comme s'il avait retenu sa respiration depuis les champs. Rachel lui toucha le bras, puis Mary Grace. Ils ne dirent rien : ils avaient survécu à la première étape.

Ils déposèrent leur chargement de canne à sucre et Rachel jaugea la distance qui les séparait de la forêt. L'endroit lui parut soudain bien plus vaste qu'auparavant. Et plus exposé. La lumière du soleil blanchissait l'herbe brune et révélait des zones où la terre était nue.

Rachel se préparait quand Mary Grace donna le départ : elle détala. Elle se précipita hors de l'ombre et courut à toute vitesse vers les arbres. Personne la suivit aussitôt, à quelques centimètres derrière elle. Leurs foulées étaient longues et élégantes. Un instant, Rachel admira la beauté de ces deux silhouettes fusant à travers les herbes sèches, dont les pieds soulevaient de petits nuages de poussière. Puis elle s'élança à son tour dans la chaleur suffocante et la lumière aveuglante.

Tout en courant, elle se sentait plus grande que jamais. Ses membres déployés occupaient davantage d'espace. Elle touchait à peine le sol : elle volait.

Avant même d'avoir repris son souffle, elle était dans les bois. Elle tendit les bras et saisit un tronc pour s'arrêter. Le sursaut d'euphorie à l'idée d'avoir réussi laissa aussitôt la place à un frisson de peur.

Mercy.

Rachel fit volte-face, scrutant le village au loin.

« Là », pointa Personne.

Mercy avait déjà parcouru la moitié de la distance. Elle courait avec gaucherie, un bras enroulé autour de son ventre. Mais elle était rapide.

Le temps sembla ralentir. Une éternité s'écoula tandis que Mercy restait en suspens entre deux mondes : la servitude, et la liberté. Un oiseau sur une branche basse se mit à gazouiller, et même si son chant n'avait rien à voir avec une détonation, à chaque instant, Rachel avait l'impression d'entendre un coup de feu.

Mercy regarda derrière elle. On lisait la terreur dans ses mouvements. Rachel dut réprimer un cri :

Te retourne pas.

Cours !

Mercy était presque arrivée. Elle était si proche que Rachel voyait les larmes sur son visage. Son corps était autant secoué par les sanglots que par la course elle-même.

Puis on tira au fusil. C'était bien réel cette fois, pas imaginaire. La balle se ficha dans un arbre tout proche. L'oiseau s'envola à tire-d'aile. Mercy hurla. Elle trébucha, faillit tomber, mais elle était dans les bois à présent – Rachel la rattrapa.

Elles n'avaient pas le temps de se réconforter.

Personne, les yeux fous comme un enfant effrayé, ordonna : « Courez. »

Avancer parmi les arbres n'avait rien à voir avec leur course à travers le pré. Dans la faible lumière, des formes naissaient et disparaissaient à la lisière du champ de vision de Rachel. Alors qu'auparavant elle avait eu la sensation de se déployer, à présent elle était pour ainsi dire piégée. La canopée s'épaissit, au point d'être pareille au couvercle d'une boîte. Rachel avait du mal à respirer, elle était convaincue que les feuilles empêchaient l'air de passer. Des branches pointues lui déchiraient la peau et le sol inégal menaçait à chaque pas de la faire tomber. Mais sa simple volonté était plus forte que tout. Ils continuèrent à courir.

Il n'y eut pas d'autre détonation. Pas de cris s'élevant derrière eux. Pas de chiens aboyant à leurs trousses. Et lorsque Rachel s'aperçut grâce à un rayon de soleil perçant la végétation que Mercy pleurait toujours, elle s'écria : « Stop ! »

Sa fille s'effondra par terre, roulée en boule autour de son ventre. Ses épaules tressautaient. À la base de sa nuque apparaissaient les premières meurtrissures encore à vif. Le sang avait trempé sa chemise, dessinant sur le coton blanc des formes rouges qui viraient au noir selon la quantité imbibée.

Rachel s'agenouilla près d'elle. Elle lui caressa les cheveux. Le souvenir de ce geste était inscrit dans ses mains à force de l'avoir ainsi réconfortée quand elle était petite.

Personne passa un bras protecteur autour de Mary Grace. Son regard était suspendu au loin.

« On ne peut pas rester là », dit-il. Lui aussi tremblait – il vibrait de toute la puissance de son désir de survivre. « Ils vont arriver.

— Elle peut pas continuer à courir, répondit Rachel. Pas comme ça. Pas avec le bébé. »

Rachel vit l'instinct du marin en lui lutter contre la compassion. Finalement, il garda le silence, et Rachel comprit que la compassion l'avait emporté. Il ne parla plus de se remettre à courir – même si Rachel savait, à son estomac noué, qu'il avait raison. Ils ne pouvaient s'attarder là.

Mercy tourna la tête, enfouissant le visage dans le sol. Rachel se pencha, si bien que sa joue effleura les cheveux de sa fille.

« Ça va ? »

Mercy ne bougea pas.

« Tu peux marcher ?

Toujours rien.

Rachel attendit. Elle sentait l'agitation croissante de Personne, mais elle préféra l'ignorer. Elle se mit à respirer au même rythme que sa fille, essayant de guider celle-ci vers un souffle plus lent et plus profond.

Peu à peu les sanglots cessèrent. Mercy se rassit et essuya ses pleurs d'une main terreuse.

« Il a raison, dit-elle en regardant Personne. On peut pas rester là. »

L'anxiété se dissipa peu à peu sur les traits de Mercy, mais ce n'était pas comme les jours précédents où Rachel l'avait vue masquer ses sentiments. Il y avait autre chose. Les émotions se succédaient en Mercy, telles des vagues.

Elle se remit debout, se redressant de toute sa hauteur ; on ne pouvait avoir de doute sur les sentiments brûlants qui l'animaient.

Nous devons continuer.

Nous ne pouvons pas nous laisser reprendre.

Nous avons le devoir de vivre.

38

Hagards et traînant les pieds, ils n'osèrent pourtant pas s'arrêter au coucher du soleil. L'atmosphère confinée de la forêt amplifiait chaque son, depuis le craquement d'une brindille jusqu'au froissement des feuilles. Rachel avait les nerfs en capilotade et le cou douloureux à force de se retourner. Mais toujours aucun signe des hommes de la plantation qui allaient forcément les traquer, aiguillonnés par Thornhill. Ils changeaient souvent de direction afin de rendre leur cheminement imprévisible. Personne grimpa dans un papayer et cueillit un fruit : ils enduisirent leurs pieds de la chair pour tenter de masquer leur odeur. Rachel se demanda si cela suffirait.

L'obscurité rendait leur progression parmi les arbres encore plus difficile. Chaque fois qu'elle se retournait et voyait l'ombre béante derrière elle, tout son corps se crispait de peur. Un oiseau passa au-dessus d'eux, les frôlant presque, et le bruit soudain de ses ailes juste à côté d'eux les fit sursauter, se jeter dans les bras les unes des autres.

« On peut pas continuer comme ça, dit Rachel une fois remise de sa frayeur. Faut qu'on se repose. Sinon, c'est sûr qu'y vont nous avoir. »

Personne, fourbu, s'apprêtait à acquiescer quand Mary Grace leva une main pour l'arrêter.

« Qu'y a-t-il ? » demanda-t-il à sa femme.

Elle mit la main derrière son oreille pour leur faire signe d'écouter.

Le bruit de leurs pas l'avait dissimulé mais à présent, ils l'entendaient : le bruit de l'eau.

Ils s'avancèrent lentement en suivant le glouglou, jusqu'à ce qu'ils trouvent une rivière étroite, au courant rapide. Alentour, la forêt était moins dense, et dans l'espace entre les arbres, la lune brillait. En découvrant ce paysage, Rachel sentit une immense paix l'envahir. L'eau, mouchetée du clair de lune d'argent, coulait si vite qu'on aurait dit une créature vivante qui se tortillait et pouvait les protéger. Sous ses auspices, ils seraient en sécurité.

Ils s'assirent sur la berge et enfin purent respirer. À côté d'eux, un arbre mort – non pas abattu par les hommes, mais sans doute décimé par une tempête passée. Rachel voyait toujours la tragédie dans les arbres arrachés à la terre : c'était un bouleversement de l'ordre naturel, une créature vivante mise à bas alors qu'auparavant elle était tendue vers le ciel. Son regard ne cessait de se poser sur l'ombre de l'épais tronc, ses branches déployées et ses racines nues frémissant sous la brise. Elle essaya de ne pas y voir un signe de ce qui les attendait.

Ils n'avaient rien à manger, possédaient seulement les vêtements qu'ils portaient, si bien qu'il n'y avait rien d'autre à faire que dormir. Rachel ferma les yeux, la tête reposant sur le sol frais, et l'odeur de la forêt l'envahit – une fragrance douce et verte qui l'aida à se prémunir de ses pires peurs.

Il faisait encore nuit quand elle s'éveilla. À côté d'elle, Mary Grace et Personne dormaient, enlacés, mais Mercy n'était plus là. Elle se leva d'un bond, saisie de terreur, prête à crier – mais non. Sa fille n'avait pas été capturée. Elle était assise au bord de la rivière, tournant le dos à sa mère.

Rachel l'entendit gémir et vit ses poings serrés.

En un éclair, elle fut à ses côtés. « Qu'est-ce qu'y a ? »

Mais elle connaissait déjà la réponse. Elle reconnut la grimace sur le visage de Mercy, la même qui avait souvent déformé ses propres traits.

« Le bébé, dit Mercy. Les douleurs… ça a commencé pendant qu'on marchait, c'était pas trop violent, mais maintenant… » Son visage se crispa de nouveau. La sueur scintillait sur son front.

Rachel trempa le bord de sa robe dans l'eau pour essuyer le visage de sa fille. Elle ne savait pas quoi faire d'autre. Elle songea qu'elle devrait lui parler pour essayer de la rassurer, mais sa panique croissante lui nouait la gorge. Elle n'était pas sage-femme. Elle n'avait pas les compétences d'une femme comme Great Polly, qui avait mis au monde presque tous les enfants nés à Providence, à la Barbade. Tout ce qu'elle savait lui venait des accouchements auxquels elle avait assisté, les siens pour la plupart. Elle se sentait impuissante – jouet de forces qui lui échappaient totalement. Les choses avaient un caractère inexorable. Le travail allait se poursuivre, aussi sûrement que les hommes blancs allaient les retrouver. Ses pensées commencèrent à obscurcir sa vision, la peur lui donnait le vertige, pourtant une toute petite partie d'elle-même réussit à diriger ses mains pour qu'elles essuient de nouveau la sueur sur le front de Mercy.

Celle-ci se crispa. Elle cria, essaya de ravaler son hurlement en serrant les dents, mais finalement ne put le retenir. Les contractions étaient fortes. Le bébé arrivait. Son cri réveilla les autres. Mary Grace, voyant sa sœur ainsi, sembla aussitôt comprendre ce qui se passait. Elle se précipita au côté de sa mère et se mit à frotter par petits cercles le bas du dos de Mercy en prenant soin de ne pas monter trop haut, là où le fouet avait lacéré la peau.

« Le bébé », dit Rachel à Personne.

Elle lut dans ses yeux qu'il ressentait la même chose qu'elle. Aussitôt, il scruta la forêt. Il ne dit rien – ils ne voulaient pas effrayer Mercy – mais ils se comprirent. Personne laissa les trois femmes au bord de la rivière et repartit au milieu des arbres. Il allait faire le guet. Si Thornhill débarquait, ils ne pourraient fuir – pas avec Mercy dans cet état –, mais au moins la mort ne les prendrait-elle pas par surprise.

Mercy hurla de nouveau. Cette fois elle ne tenta pas d'étouffer son cri. Il se réverbéra à travers la jungle, faisant s'envoler plusieurs oiseaux. Un voile de sueur lui couvrait les bras, le cou, et des gouttes coulaient le long de son visage. Rachel ne savait plus quoi faire. Pourquoi ne se rappelait-elle pas comment Great Polly s'y était prise naguère avec elle ? Tous ses souvenirs étaient comme effacés par la douleur atroce, ces mains invisibles qui serraient son ventre…

Mary Grace cessa de la masser. Avec douceur et fermeté, elle expliqua à sa sœur comment se mettre à quatre pattes. Rachel la regarda, réalisant – et ce n'était pas la première fois – l'ampleur des trous qu'il y avait dans ce qu'elle savait du passé de ses enfants. Elle ne pourrait jamais en remplir certains.

Voir ainsi Mary Grace prendre les choses en main apaisa la peur de Rachel. Soudain, celle-ci se sentit alerte, déterminée. Elle savait ce qu'elle devait faire – connaissance non dite mais acquise à travers toute une vie, et peut-être même avant. C'était un sentiment à la fois universel – un instinct animal qu'elle partageait avec toutes les autres créatures – et singulier. La pensée prégnante qu'elle devait mettre au monde ce bébé qui, à travers Mercy, partageait son sang à elle.

Mary Grace recommença à frotter le dos de sa sœur, de manière plus soutenue. Rachel lui parlait au rythme des mains de Mary Grace.

« Respire, Mercy. Respire et souffle. »

Ses gémissements étaient ponctués de cris de douleur qui, suivant les indications de Rachel, allaient tous dans le même sens. Tout concourait à faire naître le bébé. Les hurlements de Mercy devinrent plus rauques, plus gutturaux. Rachel voyait presque les muscles bouger sous la peau de sa fille. La pression était de plus en plus forte. La rivière elle-même semblait se contracter, forçant l'eau à couler plus vite entre ses rives. Les femmes soufflaient à l'unisson, inspirant, expirant, le cœur battant, les mains agrippant le sol ou bien serrées ensemble. Mercy colla sa bouche contre terre pour que celle-ci absorbe ses cris tandis que le liquide jaillissait de son corps et coulait sur la berge pour rejoindre le cours d'eau.

Quand le bébé glissa entre les mains de Rachel, tout s'arrêta. On n'entendait plus rien – pas un souffle, pas même le bruit de l'eau. Le bébé ne bougeait pas. C'était un garçon, vit Rachel, puis elle le regretta. Cela rendait l'attente encore plus insupportable.

Puis les poings minuscules se serrèrent. Dans un cri perçant, le bébé annonça au monde qu'il était né. Les femmes poussèrent un soupir de soulagement. Les mains de Rachel tremblaient. Ses larmes, qui coulaient sur le petit corps de l'enfant, tracèrent des lignes au milieu du sang. Elle n'avait pas ressenti pareille chose depuis des années, depuis la dernière fois où elle avait réussi à mettre au monde un enfant vivant. Ce sentiment d'amour complet, absolu. Le bébé était un étranger, dénué de parole, inconnaissable. Il faudrait des années avant qu'il puisse dire ce qu'il pensait. Pourtant, l'amour n'attendait pas. Il était là dès le début – avant, même. L'amour se passait de mots, de présentation. Le fait d'exister suffisait.

Le placenta sortit, et Rachel donna son enfant à Mercy. Pendant un moment, les trois furent réunis : le bébé, la mère et la grand-mère.

Mercy se mit à le bercer doucement jusqu'à ce que ses vagissements s'apaisent et qu'il s'endorme.

Les trois femmes regardaient, fascinées. Elles observèrent le petit sous toutes les coutures, depuis ses mèches de cheveux noirs jusqu'à la douce plante rose de ses pieds.

Le sourire de Mercy disparut. Son regard sur son fils était empreint de tristesse. Le chagrin tirait sur les commissures de ses lèvres. Rachel voyait bien qu'elle pensait à Cato.

« Y lui ressemble ? demanda-t-elle.

— Un peu. » Mercy releva la tête et croisa le regard de sa mère. « Mais y t'ressemble à toi aussi. »

La jeune mère regarda de nouveau son bébé. Le chagrin disparut – il ne disparaîtrait jamais complètement – et elle sourit de nouveau.

« Micah, murmura-t-elle. Oui, c'est un beau nom. Bienvenue, petit Micah. »

39

La naissance d'une nouvelle vie irradie une aura puissante. Elle absorba toute leur attention. Le charme fut rompu quand Personne déboula en courant :

« Ils sont là. J'ai vu les lumières. Ils sont là. »

Mercy frissonnait, fiévreuse. Personne tapa du poing dans sa paume, regardant partout à la fois à la recherche d'une échappatoire, mais n'en trouvant aucune.

Une vague de lassitude enveloppa Rachel. Elle ferma les yeux. Une pensée lui traversa l'esprit : comme il serait facile de sombrer dans un sommeil éternel.

Au loin, elle entendit les chiens.

Ils arrivaient.

Mary Grace secoua sa mère par le bras. Rachel ouvrit les yeux et vit le bébé. Il était né libre. Son père et son oncle Micah avaient péri dans cette quête de liberté, sa grand-mère avait risqué sa vie, traversé des océans, marché des centaines de kilomètres sur ses pieds douloureux.

Cet enfant ne pouvait connaître l'esclavage. La liberté était pour lui un droit de naissance.

Un sursaut d'énergie puissant et désespéré parcourut Rachel : le désir de vivre, non pour elle-même mais pour le bébé, et pour Mercy, pour Mary Grace, pour Personne. Elle était allée les chercher, elle avait réuni ses filles, elle avait réparé cette famille qu'elle avait crue brisée à jamais. C'était une tâche à laquelle elle ne pouvait renoncer. Pas ici. Pas ainsi.

On les voyait à présent : des lanternes qui bougeaient entre les arbres et qui se rapprochaient.

Mary Grace tenait toujours le bras de Rachel en lui montrant la rivière, avec ce courant féroce qui allait bien plus vite qu'ils ne le pourraient jamais à pied.

Mère et fille se levèrent d'un seul mouvement sans avoir échangé une parole. Mercy était toujours assise par terre, tête baissée, et le bébé dormait dans ses bras. Rachel prit le petit Micah à sa mère et le serra contre sa poitrine. Mary Grace aida sa sœur à se remettre debout.

« La rivière », dit Rachel à Personne.

Il secoua la tête.

« Non. On va se noyer.

— Y a pas d'aut' solution. »

Personne contempla la rivière. Il savait mieux que quiconque les dangers cachés sous la surface de l'eau. Rachel lut la terreur dans ses yeux.

Le cri d'un homme retentit, assez proche pour qu'ils l'entendent :

« Les voilà ! »

Ce fut comme si le monde se brisait, fragmenté audelà de toute pensée cohérente. Rien n'existait plus pour Rachel que le bébé contre sa peau. Des images défilèrent devant ses yeux : Personne s'élançant vers la rive. Mercy prise d'un malaise. Mary Grace mettant toute sa force à soutenir le poids de sa sœur. Personne poussant l'arbre couché dans un râle d'effort et d'effroi, d'épuisement et de désir irrésistible de vivre. Le tronc roula lentement, lentement, jusqu'à l'eau.

Rachel se retourna, sidérée, en direction de ceux qui les traquaient. Elle vit les chiens bondir entre les arbres. Derrière, l'ombre d'un homme – était-ce Thornhill ? – et l'éclat d'un fusil qu'on arme.

« Rachel ! »

Le cri désespéré de Personne réassembla le monde en un seul morceau. Elle se remit à penser et la seule chose qui lui vint en tête fut :

Saute.

Tout de suite.

Serrant contre elle le petit Micah, elle plongea dans la rivière. Elle le tenait de sa main gauche, agitant l'autre en gestes aveugles à travers l'eau noire et tumultueuse. Elle entendit les balles siffler autour d'eux, leur bruit assourdi, transformé par l'eau.

Sa main droite ne rencontrait rien. Elle était ballottée par le courant. Elle crut que son corps allait se dissoudre. Elle cesserait d'être – ne ferait plus qu'une avec la rivière.

Soudain, on l'attrapa par le poignet et elle fut tirée vers la surface. L'air emplit ses poumons. Le bébé pleurait. Sa main rencontra enfin le bois ferme. Elle s'y accrocha, se maintenant le plus haut possible pour garder la tête de Micah hors de l'eau. Personne et Mary Grace tenaient Mercy entre eux, à peine consciente, pour la protéger du courant vicieux.

Une balle atteignit l'eau, à quelques mètres derrière eux. Et puis… rien. Les cris, les aboiements, les coups de feu, tout se dissipa.

L'eau les emportait au loin.

Il n'y avait plus rien à faire. La situation était désespérée. L'arbre les maintenait à la surface – à peine – mais la rivière était impitoyable.

Survivre de seconde en seconde, au fil du courant.

Tout ce que pouvait faire Rachel, c'était tenir le bébé et prier – pas un dieu dans le ciel, mais l'eau elle-même.

S'il te plaît, laisse-nous vivre.

« Rachel. »

La douleur dans son bras était atroce mais elle n'osait pas relâcher son effort. Elle dut puiser dans ses dernières ressources pour redresser la tête et regarder autour d'elle.

Le soleil était levé depuis des heures. La rivière était plus large à présent et le courant avait ralenti, semblable à ce qu'il était lorsqu'ils avaient mis la pirogue à l'eau sur le Démérara, des mois plus tôt.

« Rachel, répéta Personne. Nous sommes loin maintenant. On devrait accoster. »

Elle ne pouvait parler et se contenta de hocher la tête.

Personne et Mary Grace réussirent à diriger l'arbre vers la berge. Quand ses pieds rencontrèrent le sol, Rachel faillit en pleurer – toutes les émotions défilèrent sur son visage, mais pas une larme ne coula. Le petit Micah était silencieux contre sa poitrine pourtant il respirait toujours. Les yeux ouverts, il buvait le monde.

Par chance, une fois à terre, leurs jambes ne se dérobèrent pas sous eux – même Mercy réussit à tenir debout en s'appuyant sur l'épaule de Mary Grace. Elle tendit les bras et prit son enfant qu'elle se mit à allaiter tandis qu'immobiles, ils écoutaient les herbes qui bruissaient dans le vent et le cri lointain d'un oiseau.

Rachel qui un moment plus tôt n'avait plus de force se sentit à nouveau nerveuse. Elle voulait bouger pour reprendre possession de son corps après ces longues heures passées dans l'eau.

Personne regarda le ciel.

« Le courant nous a emportés vers l'est. Ce fleuve doit rejoindre la côte est. »

Mercy leva la tête. Ils se regardèrent les unes les autres.

Était-ce possible ? Ils s'étaient jetés dans la rivière sans réfléchir. Les avait-elle amenés justement là où ils voulaient aller ?

Ils se détournèrent du soleil. La rivière continuait vers l'horizon. Pas de trace de l'océan.

« Restez là, dit Personne en regardant les trois femmes. Reposez-vous. Je vais aller voir si…

— Non, coupa Mercy. On y va ensemble. »

Rachel reprit son petit-fils. Mercy avait du mal à supporter son propre poids, sans parler de celui du bébé. Ils se remirent en marche. Lentement, en se traînant, mais vivants.

Sans le lent déclin du soleil à l'horizon, on aurait pu croire que le temps n'existait plus.

Les marqueurs habituels qui permettaient de compter les heures avaient disparu. Ils n'avaient rien à manger, nulle tâche à accomplir si ce n'était marcher.

Seules preuves que le temps existait réellement, démontrant qu'il y avait un passé, un présent et un futur : les rides sur les mains de Rachel, le ventre encore gonflé de Mercy et les grands yeux clairs du bébé. Le temps n'était plus composé de ces longues minutes éreintantes à couper la canne à sucre sous le soleil brûlant. Pas même des saisons qui se succédaient, de la récolte au bouturage, et ainsi de suite. C'était un temps à l'échelle des générations, qui englobait des centaines d'années.

Mercy s'arrêta. Elle l'avait vue la première, loin audelà de l'horizon. Les autres aussi s'arrêtèrent et suivirent son regard… elle était bien là.

La mer.

Ils se rapprochèrent, se donnèrent la main, se serrèrent les unes contre les autres, se passèrent le bras autour des épaules. Tout pour être en contact. Pour savourer ensemble la vision qui se déployait devant eux. La douce île verte qui s'effaçait devant les vagues miroitantes.

« Là », dit Personne en pointant le doigt.

Un groupe de cases se profilaient à l'horizon, face à l'océan. Rachel vit même de fines silhouettes qui se déplaçaient autour des maisons – des gens courbés sur la terre, quelques chèvres se déplaçant dans l'herbe, un enfant qui courait vers la mer.

Micah se mit à regimber, levant en l'air ses poings minuscules pour protester contre cette longue marche au soleil, contre le courant effrayant du fleuve et tout ce qui avait constitué le premier jour de sa vie. Rachel se mit à le bercer, mais cela n'eut aucun effet. Le petit visage du bébé se crispa et ses pleurs se firent plus fort, plus insistants.

Mary Grace s'approcha de Rachel et regarda son neveu.

Et là, elle se mit à chanter.

Sa voix était frêle, par manque d'habitude, mais bouleversante. Chaque note vacillait, vibrait de toute une vie de sentiments. Non, pas d'une vie. De cent vies. Elle chantait pour elle-même et pour tous ceux qui étaient venus avant elle. Dans son chant, la douleur, la frustration, la déception. Et puis la joie, le soulagement, l'amour. L'espoir.

Le monde s'arrêta de tourner. Le soleil dans le ciel ne bougeait plus. Tout se tut pour entendre chanter Mary Grace. Rachel observa les lèvres de sa fille qui remuaient, leurs courbures magnifiques lorsqu'elles formaient les mots. Personne la regardait aussi, ému aux larmes d'entendre la voix de sa femme. Avait-il réussi à l'imaginer telle quelle ? Dans ses rêves, chantait-elle ainsi en s'adressant à lui ? En le voyant trembler, Rachel comprit que c'était là tout ce qu'il espérait, et plus encore.

C'était une chanson qu'elle connaissait. Une des chansons akans de Quamina, une chanson de leurs ancêtres, dont la mélodie vibrait dans les os de Rachel, où elle avait déjà résonné, bien longtemps auparavant.

Mercy se mit à chanter à son tour. Elle bredouilla quelques mots, rata quelques notes. Mais sa voix conduisit celle de Mary Grace plus haut, toujours plus haut, au-delà des nuages, jusqu'aux dieux. Les pleurs de Micah se calmèrent. Ses yeux commencèrent à se fermer.

Puis Personne se mit également à chanter. Sa voix vibrait à travers la terre. Ce n'était pas tout à fait la même chanson – celle-là lui appartenait, c'étaient ses mots à lui, transmis par les siens, ceux de son peuple qui avaient survécu aux fers, à la traversée, à la torture, et même à la mort. Les deux chants se mêlèrent ensemble pour n'en faire plus qu'un car leur message était le même. Ils avaient survécu.

Rachel regarda Micah, à présent paisible entre ses bras. Que pouvait-elle offrir de mieux à son petit-fils que les fragments d'une mémoire qu'elle avait portée en elle pendant tout ce temps ? Les paroles à demi oubliées d'une chanson.

Se joignant aux autres, elle se mit à chanter.

Ainsi donc, finalement, l'espoir pouvait exister en ce nouveau monde.

Nous les avons entendus chanter. Nous nous sommes mis à chanter avec eux, et nous avons accueilli cette vie nouvelle en ce monde cruel, monde où existe aussi l'amour si l'on sait où chercher.

Voilà comment on se souvient de nous. Grâce à des bribes de chansons, et dans les rêves, les sourires qu'échangent une mère et son enfant. C'est une partie de nous qui ne peut être anéantie. C'est une partie de nous qui nourrit les racines, les rend plus fortes.

Notre sol est fertile. Et nos arbres poussent.

Note de l'autrice

J'ai découvert l'existence de ces femmes des Caraïbes parties à la recherche de leurs enfants perdus quand j'avais seize ans. Je suis allée à une exposition intitulée *Making Freedom,* organisée par la Windrush Foundation. Cette exposition avait pour but de jeter un regard nouveau sur l'émancipation, non plus en tant que don des Blancs de Grande-Bretagne, mais comme quelque chose que les esclaves s'étaient battus de toutes leurs forces pour gagner à force de rébellions et de révolutions, de Haïti à la Barbade. Un pan de mur était consacré à ces femmes qui, après l'émancipation, avaient déposé leurs outils et s'étaient aventurées à travers les îles pour tenter de retrouver leurs enfants. Cette histoire est restée gravée en moi, c'était un acte d'un courage insensé alors que l'esclavage avait tout tenté pour détruire les familles. Plus tard, j'ai lu le livre qui avait servi de base à cette partie de l'exposition, c'était un récit oral intitulé *To Shoot Hard Labour* (1986), de Fernando C. Smith et Keithlyn B. Smith. Ce livre racontait l'histoire de Samuel Smith, né à Antigue en 1877 et qui était mort en 1982.

Il y narrait l'histoire de son arrière-arrière-grand-mère, Mère Rachael, qui avait traversé à pied Antigue après l'abolition de l'esclavage pour retrouver l'une de ses filles. C'est donc la véritable histoire de Mère Rachael qui a inspiré le voyage qu'entreprend Rachel dans ce roman.

La Liberté est une île lointaine est un livre aussi personnel qu'historique. Pour créer le personnage de Rachel, j'ai consulté ma mère, ma tante, ma belle-grand-mère et les histoires de ma grand-mère, qui est morte avant ma naissance. Comme Rachel, ces femmes ont supporté bien des choses. Comme elle, elles sont prudentes, calmes, aux aguets. Mais comme elle, elles ont tant de force et d'amour à donner qu'elles refusent de se laisser définir par les cruautés qu'elles ont endurées.

Ce roman puise ses racines dans ma propre expérience des Caraïbes, où j'ai passé du temps, chez mon grand-père, à Sainte-Lucie. Je garde des souvenirs très vifs de la première fois où j'y suis allée, à onze ans. De l'atmosphère lourde d'humidité en descendant de l'avion à l'aéroport de Vieux Fort. De la pluie si forte en rentrant de la plage à toutes jambes que ma mère nous avait demandé si nous nous étions baignés tout habillés. Du bleu impossible de l'océan, des cent nuances qui apparaissaient quand le soleil se couchait, de l'incroyable tiédeur de l'eau lorsque ma sœur et moi nous plongions dans les vagues, juste avant qu'elles éclatent. Mais je me souviens aussi de mon dernier voyage alors que je faisais des recherches pour mon mémoire de master sur l'héritage de l'esclavage dans les Caraïbes. Le paysage était toujours aussi beau, mais je voyais désormais partout les couches de l'Histoire accumulée. Les anciennes demeures sur les plantations et les nouveaux hôtels, tout aussi majestueux et en retrait du reste de l'île.

La pauvreté dans un endroit si luxuriant. Cet homme au bord de la route dans la ville de Anse-la-Raye, qui tenait un gros serpent jaune – il n'existe pas d'espèces de serpents indigènes à Sainte-Lucie, nous a expliqué cet homme, ils furent introduits dans les forêts par les propriétaires des plantations pour mordre les esclaves en fuite.

Les gens viennent séjourner aux Caraïbes car pour eux cela ressemble au paradis – un endroit hors du temps où ils peuvent oublier le rythme effréné de leur vie et se détendre sur la plage en sirotant un cocktail. Pour moi, les Caraïbes sont belles en raison de leur histoire, pas malgré elle. C'est un lieu où le passé affleure toujours sous la surface et où partout résonnent les échos de l'Histoire.

Enfin, si l'histoire de Rachel m'est si personnelle, c'est parce que moi aussi je sais ce que c'est d'avoir une famille fragmentée. Lors de mon dernier voyage aux Caraïbes, je me suis rendue à la Barbade pour y rencontrer pour la première fois ma grand-tante, la sœur de mon grand-père. Celui-ci avait quitté la Barbade à quatorze ans, il était d'abord parti à Sainte-Lucie, puis au Royaume-Uni. Sa mère et ses frères et sœurs sont morts sans savoir ce qu'il était devenu. Sa dernière sœur était encore en vie lorsqu'il a pris sa retraite dans les Caraïbes, et ils se sont revus une fois avant sa mort. Notre rencontre a été remplie de joie et de larmes, et j'ai entendu des histoires sur une branche de notre famille que nous pensions perdue.

Lors de ce même voyage, j'avais un rendez-vous dans un immeuble, et en me faisant signer le registre d'entrée, le garde m'a demandé d'où j'étais. Je lui ai répondu que j'étais britannique mais que j'avais de la famille à Sainte-Lucie. Il m'a demandé où, précisément, et quel était leur nom de famille. Je le lui ai dit et il est allé dans la pièce de derrière dont il est revenu avec un collègue. « Vous avez la même tête », m'a-t-il expliqué. Il s'est avéré que son collègue et moi étions bien de la même famille car nous avions un arrière-grand-père en commun. Le fait qu'un parfait inconnu reconnaisse les traits de mon visage, et qu'un autre soit aussi ouvert à l'idée de voir en moi une cousine éloignée, m'a montré que même si jusqu'à aujourd'hui les familles caribéennes ont été fragmentées, existe toujours la possibilité de recoller les morceaux – la possibilité, comme le dit Derek Walcott, d'un amour qui rassemble nos fragments.

Remerciements

Merci à toutes les personnes du monde de l'édition qui ont cru en ce livre. En particulier mes agentes, Laurie Robertson, Caroline Michele et toute l'équipe de PFD ; mes merveilleuses éditrices Sherise Hobbs, Bea Grabowska et toutes les personnes de chez Headline qui ont rendu possible la publication de ce livre. Merci aussi à Kate Saever et à toutes celles et ceux de Berkley qui ont permis à ce livre de traverser l'Atlantique.

La vie d'une écrivaine peut être solitaire, je serai par conséquent toujours reconnaissante à Jenn et Indy qui m'ont accompagnée tout au long du voyage, et dont le travail m'a tellement inspirée.

Merci Trixie, parfait compagnon d'écriture et le meilleur des chats. Je n'étais jamais seule quand tu étais sur mes genoux, et tu me manques énormément.

J'ai beaucoup été aidée dans mes recherches par les personnes suivantes : Arthur Torrington qui m'a offert *To Shoot Hard Labour* ; toutes celles et ceux avec lesquels j'ai échangé au sujet de mon mémoire aux Caraïbes, mais plus particulièrement Anderson Reynolds, Modest

Downs, Jolien Harmsen, Sylvester Clauzel, Henderson Carter, John Robert Lee, Pedro Welch et Rodney Worrell ; et toutes celles et ceux qui à Oxford m'ont soutenue lors de mes études sur l'esclavage et les réparations, en particulier Dan Butt, Blake Ewing et Teresa Bejan.

Merci aux professeurs qui m'ont transmis l'amour de la littérature et de l'histoire : Mr Douglas, Dr Brown et Mr Mann.

J'ai la chance d'avoir des amis incroyables qui m'ont soutenue et ont partagé mon enthousiasme à l'idée de publier mon premier roman. Je tiens en particulier à remercier Dan et Erin, Ellie, Issy, Louis, Will, Lottie, Ameen, Kelsey, Lily, Anna et Joanna. Je tiens aussi à remercier les Thruston qui m'ont accueillie à bras ouverts dans leur famille.

Maman, papa, Cal, merci pour tout. Jeannette, seconde mère pour moi, dont la maison remplie de livres a été pour moi un lieu si formateur (surtout les œuvres de la grande littérature féministe comme *Prince Cinders* de Babette Cole) – merci. Ce livre est pour vous tous.

Enfin, Charlie – merci pour l'amour et les rires, merci de me prendre dans tes bras quand je pleure, de me préparer à manger si tard après de longues soirées passées à écrire et de me soutenir dans tout ce que je fais. Sans toi, je n'y serais pas parvenue.

La communauté Charleston a aimé !

Chez Charleston, nous sommes convaincus que loin d'être une aventure solitaire, la lecture est une invitation au partage. Nous échangeons constamment avec nos lecteurs et lectrices, et nous sommes fiers de la belle communauté d'amoureux des livres que nous formons tous ensemble. Chaque année, nous choisissons au sein de cette communauté vingt lectrices et lecteurs qui nous accompagnent tout au long de l'année et découvrent nos romans en avant-première. Voici leurs avis !

Un premier roman époustouflant, poignant et inoubliable. Une véritable pépite !

@livresdesophie_

Inspiré d'une histoire vraie, l'incroyable récit d'une femme en quête de liberté qui aura traversé toute la Barbade pour retrouver les siens.

@mapetiterevolutionlitteraire

J'ai immédiatement été éblouie par la plume de l'autrice, à la fois fluide, profonde et poétique.

@les.lectures.de.claire

Époustouflant et profondément émouvant ! Un immense témoignage d'amour maternel.

@tsikou_booksta

Énorme coup de cœur pour ce roman. Eleanor Shearer a une plume envoûtante !

@dans_tous_mes_etats

L'autrice nous livre un récit porteur d'espoir, aussi puissant que poétique. Le coup de cœur de cette rentrée littéraire !

@doresixtine_lecturesdesixtine

À travers l'odyssée bouleversante d'une femme ô combien courageuse, Eleanor Shearer nous livre un récit d'une grande intensité.

@myjolielibrairie

J'ai adoré ce roman qui montre la puissance du lien maternel. Un hymne à la résilience et à l'espoir. Une ode au courage et à la révolution.

@lespagesdecynthia

Le personnage de Rachel est aussi attachant que touchant. J'ai été captivée et émue par cette belle histoire.

@yasmine.aufildesmots

IMPRIM'VERT®

Cet ouvrage a été imprimé en utilisant des papiers composés de fibres naturelles, renouvelables, recyclables et fabriquées à partir de bois issus de forêts qui adoptent un système d'aménagement durable. En outre, les fournisseurs de papier s'inscrivent dans une démarche de certification environnementale reconnue.

Achevé d'imprimer sur Roto-Page en juillet 2024
par l'Imprimerie Floch
53100 Mayenne
Dépôt légal : août 2024
N° d'impression : 105201
Imprimé en France